문학 그 높고 깊은

문학
그 높고
깊은
......

박범신 문학연구

박아르마 엮음

구수경	박철화	백가흠
권 온	송준호	윤은경
김경화	이평전	이재훈
김미현	정은경	임승훈
남진우	허병식	정유정
류보선		

구름서재

『문학 그 높고 깊은』은 '와초 박범신
문학포럼'에서 발표된 글과 논문을 수록한 작가 연구서이다. 건양대학교
'박범신 문학콘텐츠 연구소'가 주관하는 이 학술대회는 2015년 연구소의
출범과 함께 시작되어 제6회에 이르렀다. 그동안 문학 비평가와 작가를
중심으로 이루어진 학술토론과 논문의 성과가 양적으로나 질적으로 상
당히 축적되었다. 지역 대표 작가의 문학적 성과를 정리하고 학술 연구
를 심화시키고자 설립된 '박범신 문학콘텐츠 연구소'는 학술대회의 결과
물을 모아 연구서로 출간하기로 결정했다. 연구서를 내기로 결심한 이유
는 연구소의 성격과 학술대회의 주제가 박범신 작가의 작품에 집중되어
있어 일관된 성과를 축적할 수 있었고, 문학포럼에서 발표된 글과 논문
이 연구서로 출간하기에 부족함이 없다는 판단이 들었기 때문이다. 무엇
보다도 1973년 등단 이후 50여 년 동안 꾸준하게 작품 활동을 하고 있는

박범신 작가의 문학적 성과를 정리하여 학술 연구서로 출간하는 것은 연구소의 존립 이유이기도 하지만 한국문학 연구에도 기여하는 바가 있을 것이라는 생각에서이다.

생존 작가의 경우 작가에 대한 문학적 평가가 아직 유보적일 수 있고 관련된 학술논문의 양도 제한적일 수밖에 없기 때문에 연구에 상당한 어려움이 따른다. 다만 박범신 작가는 비교적 오랜 기간 지속적으로 작품 활동을 해 왔고 수많은 비평과 논의의 대상이 되고 있는 만큼 현재의 시점에서 그의 작품을 정리하거나 재조명하는 작업은 나름대로 의미가 있을 것으로 본다. 작가의 문학적 연대기를 정리한다면 '문제 작가 시기', '인기 작가 시기', '절필과 작품 활동 재개기', '갈망기'로 나눌 수 있고, 2011년 고향 논산으로 낙향한 이후인 '논산 시기'를 덧붙일 수 있을 것이다. 한국 문단의 원로로서 소설가로서 작가 박범신의 문학적 성과에 대한 평가는 평론가는 물론 독자 사이에서도 완전히 일치된 견해를 찾기 어려울 것이다. 특히 '인기 작가 시기'에 나온 작품은 많은 독자들의 호응을 얻었음에도 이른바 대중성과 문학성 사이에서 논란이 있는 것이 사실이다. 그럼에도 박범신 작가의 작품 활동에서 주목할 점은 지금까지도 꾸준하게 작품을 쓰고 있고 2000년 이후 최근에 나온 소설에 이르기까지 세월이 흐르면서 문장은 더 단단해지고 사유는 더 깊어지고 있다는 것이다. 우리는 한국문학은 물론 서구에서도 이른 나이에 대작을 내놓고 그것을 능가하는 작품을 쓰지 못하거나 일찌감치 작품 활동을 중단하고 과거의 명성에 기대어 살고 있는 작가를 너무나 많이 보아왔다. 그런 의미에서도 박범신 작가가 이룬 문학적 성과와 꾸준한 작품 활동은 평가를 받아야 한다고 생각한다.

『문학 그 높고 깊은』에 수록된 대부분의 글과 논문은 연구소가 주관한 문학포럼에서 발표되었다. 처음부터 완전한 연구논문 형식을 갖춘 글도 있고 발표문 형식의 글, 대화 형식의 글 등 다양하다. 모든 글이 박범신 작가의 소설 읽기에 관한 것이지만 연구자의 글과 좀 더 자유로운 형식으로 이루어진 작가의 글을 따로 분류하였다. 남진우, 김미현 평론가의 비평문은 문학포럼에서 발표된 글은 아니지만 박범신 작가의 작품을 보다 다양하게 조명하고자 하는 생각에서 저자의 허락을 받고 수록하였다. 결과적으로 이 연구서의 발간은 온전히 저자들의 도움에 힘입은 것이다.

박범신 작가와의 인연 혹은 연구소와의 관계를 독자 여러분께 말씀드리면, 작가가 대학 퇴직 이후 논산에 내려오게 되었고 논산의 탑정호가 내려다보이는 언덕에 집필실을 마련하였다. 이후 건양대학교에서 문학 강의를 하게 되었고, 마침 대학에 '박범신 문학콘텐츠 연구소'가 세워져 매해 문학포럼과 문학제를 개최하면서 자연스럽게 작가와 교류가 시작되었다. 연구소 역시 작가와 평론과의 관계처럼 박범신 작가와 일정한 긴장관계를 유지하면서 연구 사업을 수행하고 지역사회에 기여할 수 있는 문학제를 지속적으로 개최할 것이다. 그 작은 성과인『문학 그 높고 깊은』이 출간되어 연구소의 소임을 다할 수 있게 되었다. 연구서 출간에 참여한 저자들과 책의 출간을 지원해준 대학, 문학포럼 운영에 도움을 준 논산시에 감사의 인사를 드린다.

2021년 4월
박범신 문학콘텐츠연구소 소장 박아르마

.

| 제1부 | 박범신 소설 연구 |

제2부 작가가 읽은 박범신

제1부

박범신 소설 연구

이상적인 공동체를 탐색하는 맨발의 서사

장편소설 『유리』를 중심으로

구수경(전 건양대학교 교수, 문학평론가)

"이야기의 길은…… 날아서 가는 게 아니다. 땅바닥에 몸을 붙이고 뱀처럼 기어나가는 게 진짜 이야기지."(『유리』 중에서)

1. 알레고리와 차용의 창작기법

　　　　　　　　박범신은 문학에 대한 자신의 열정을 '문학순정주의'라 부른다. 그것을 증명하듯 데뷔 후 40여 년간 매년 한 편 이상의 소설을 출간하면서 작가로서의 본분을 올곧게 지켜가고 있다. 그는 독자가 읽어주는 소설을 써야 한다는 것, 그러기 위해서는 작가로서 끊임없이 자기변신이 필요하다는 것을 생득적으로 감지하고 있는 작가다. 그래서 그의 작품 세계는 특정한 사조와 유형에 가두기가 어렵다.

1970년대 초반에 출간된 첫 소설집 『토끼와 잠수함』에 들어 있는 단편들은 산업화되어가는 과정에서 소외된, 가난한 농촌의 참상이나 하층민 간의 권력 다툼을 사실적으로 그린다. 1970년대 말에서 1990년대 초까지는 『죽음보다 깊은 잠』, 『풀잎처럼 눕다』, 『불의 나라』 등 젊은이들의 사랑과 야망이 타락한 사회현실에 의해 좌절되는 세태소설을 연이어 발표하며 인기 작가로서의 명성을 얻는다. 그 후 자신의 문학에 대한 근본적인 회의 속에 '절필선언'이라는 단호한 결단을 내리고 3년 동안 자기 성찰의 시간을 가진다. 그리고 1996년에 작가로서의 고뇌와 자기 성찰을 보여주는 『흰소가 끄는 수레』를 발표하면서 창작활동을 재개한다. 이후 『나마스테』에서는 이주 노동자에 대한 차별과 소통 부재의 한국 현실을 비판하고, 『은교』에서는 각 인물의 내밀한 욕망의 충돌 속에서 인간 존재의 본질을 탐구하며, 『소금』에서는 자본주의 사회에서 돈 버는 기계로 전락한 가장의 위기와 혈연을 넘어선 새로운 가족공동체를 모색하는 등 다채로운 작품 세계를 보여주고 있다. 이처럼 작가 박범신에게 있어서 소설은 인간 존재와 사회현실에 대한 자신의 생각과 문제의식을 자유롭게 실험하는 상상력의 공간이자 세상과의 소통 욕구를 풀어내는 자기 치유의 장이 되고 있다.

데뷔 44년을 맞은 2017년에 출간된 박범신 작가의 43번째 소설 『유리― 어느 아나키스트의 맨발에 관한 전설』은 이전의 작품들과는 많은 부분에서 차이를 보인다. 기존의 작품들은 주제의 다양성에도 불구하고 작가 특유의 감성적인 문체, 인물들 간의 갈등을 고조시키는 섬세한 심리묘사, 그리고 독창적이면서 잘 구축된 스토리 라인 등 기본적으로 작가의 예술적 기질을 충분히 드러내는 창작기법을 보인다. 반면에 『유리』

에서 이런 특질을 기대했다가는 실망하기 십상이다.

먼저 우화(allegory)적인 느낌을 물씬 풍기는 소설의 분위기이다. 1915년에서 2015년까지 한국, 일본, 중국, 대만을 중심으로 한 동아시아의 역사적 사건을 배경으로 하고 있음에도 불구하고 소설은 이들을 수로국, 화인국, 대지국, 풍류국 등 가상국가명을 붙여서 호명한다. 또 주인공 유리 곁을 지키는 친구는 구렁이, 은여우, 원숭이, 햄스터 등 동물들이고 유리는 그들과 의사소통이 가능한 특별한 능력을 보인다. 또 대부분의 인물들이 이름 대신 붉은댕기, 백합, 구레나룻, 혹부리, 금이빨 등 외양의 특징으로 불리는 것, '세상에서 가장 긴 혀를 가진 남자', '세상에서 가장 넓고 깊은 귀를 가진 여자'와 같은 과장된 표현 등도 우화적인 분위기를 조성하는 데 기여한다.

부제에서 언급되는 '전설'이라는 구비문학적 서사방식도 이 소설의 주요한 특징이다. 소설은 할아버지 유리가 자신이 살아온 이야기를 증손녀 '나'에게 들려주는 구비문학의 서술방식을 취한다. 또한 외국에서 살다 온 수화자 '나'의 눈높이를 고려하여 이야기는 평이한 구어체 문장으로 서술된다. 거기에 죽음의 시기를 알려주는 신비의 샘, 21세기임에도 황금구렁이와 살고 있는 유리의 말년의 삶 등 판타지적 요소 등이 가미되며 기존 소설과는 다른 낯선 분위기를 연출한다. 그와 함께 소설의 상당 부분은 일제 강점기하의 국내 현실, 난징대학살, 중국 공산당과 국민당의 헤게모니 다툼, 6.25 한국전쟁, 박정희 독재정권 등 100년의 동아시아 역사를 요약, 설명하는 허구 외적인 사실적 정보로 채워진다. 따라서 작품을 어떤 장르의 독법(讀法)으로 접근해야 할지 독자를 곤혹스럽게 만든다.

그런가 하면 소설의 캐릭터나 플롯도 작가의 독창적인 상상력의 산물이라기보다는 기존의 다른 작가의 작품을 '의도적으로' 흡수하고 그것들을 변형시킨 상호텍스트적인 특질을 보인다. 주인공의 이름 '유리(流離)'는 가장 관념적인 한국소설로 일컬어지는 박상륭의『죽음의 한 연구』에 나오는 황폐화된 구도의 공간이자 주인공의 이름인 '유리'를 연상시킨다. 또『유리』에서 유리는 어머니와 큰아버지의 불륜을 목격한 후 성장이 멈춰버려 난쟁이 같은 작은 키를 갖고 있다. 이 에피소드는 귄터 그라스의『양철북』에서 주인공 오스카가 탐욕과 광기로 가득 찬 어른세계에 대한 저항으로 스스로 계단에서 떨어져 성장을 멈춘 채 난쟁이로 살아가는 모습을 떠올린다.

플롯 역시 다르지 않다. 이 작품은 주인공 유리의 일생, 즉 1915년에서 2015년까지 백 년의 삶을 다루고 있다. 이때 그의 삶의 공간은 한국과 중국, 대만에서 전개되는 격동의 역사 현장과 맞물리며 직, 간접적으로 영향을 주고받는다. 이러한 서사는 베스트셀러로서 영화화가 되기도 한 스웨덴 작가 요나스 요나손의 소설『창문 넘어 도망친 100세 노인』과 닮아 있다. 그 소설의 주인공 알란도 1905년에서 2005년까지 100세를 살았을 뿐만 아니라 세계사의 주요한 순간마다 우연히 자리하며 역사를 바꾸는 역할을 하고 있기 때문이다.

그렇다면 이 작품에서 작가는 왜 이러한 글쓰기를 택하고 있을까. 하나의 역사적 사건을 택하여 문학적으로 재창조하는 쉬운 길을 놔두고, 100년간의 복잡하고 무거운 동아시아의 역사를 모두 담아내고 있는 이유는 무엇일까. 소설을 읽으면서 지속적으로 올라오는 이런 질문들에 대한 답을 찾아보고자 하는 것이 본 연구의 목적이다.

2. 유랑, 살부(殺父)의 이유와 붉은댕기 찾아가기

이 작품에서 소설의 제목이자 주인공의 이름인 '유리(流離)'는 사람 이름으로서는 다소 어색하지만 작품 전체의 특질을 아우르는 단어이다. 한자 '流離'의 의미처럼 이 이름은 큰아버지를 죽이고 집을 떠나 한국, 만주, 중국, 대만 등의 역사적 현장을 떠돌면서 질긴 목숨을 이어온 주인공의 인생을 한마디로 대변하고 있다. "나는 유리(流離). 길에서 태어나 길로 흐르는 사람"[1]인 것이다.

주인공 유리는 어떤 소설에서도 만나기 어려운 개성적인 인물이다. 어머니와 외딴 초가집에 살 때 유일한 친구인 구렁이가 나팔꽃의 이슬을 핥아먹는 모습을 따라하다가 길어진 혀, 머리를 긁고 귓구멍까지 쓰다듬을 수 있는 긴 발, 큰아버지가 어머니를 은밀하게 찾아왔다가 가는 충격적인 현장을 목격한 후 성장이 멈춰버린 작은 키 등 유리의 외모는 볼품없고 그로테스크하다. 반면에 긴 혀로 상징되는 특별한 말재간, 무수한 독서량으로 다져진 지식, 동물들과 의사소통하는 능력, 동굴 속 비밀의 샘에서 알게 된 자신의 죽음 등 그의 정신세계는 특별하고 남들보다 우월하다. 반면에 유리는 민족적 애국심도 없고, 돈에 대한 욕망이나 사회적인 야망, 사랑에서도 의미를 찾지 못하는 허무주의적 인생관을 보인다. 이러한 대조적인 육체적, 정신적 특성은 유랑의 긴 여정 속에서 그만의 독특한 현실 대응방식을 낳고 있다.

---

1   박범신, 『유리— 어느 아나키스트의 맨발에 관한 전설』, 은행나무, 2017, 195쪽. 이후 소설의 인용은 쪽만 표기하기로 한다.

열일곱 살부터 시작된 유랑의 삶은 유리가 수로국(한국)에 대한 화인국(일본)의 착취와 수탈에 적극 가담하여 부와 권세를 누리고 있는 큰아버지를 살해함으로써 시작된다. "큰아버지/아버지를 죽였으니 다시는 고향으로 돌아갈 수 없다는 자각"[2] — 큰아버지를 죽였다는 죄의식에 사로잡혀 있는 것은 아니다 — 이 유리를 길 위로 떠밀고 있는 것이다. 그런데 큰아버지를 향한 살부(殺父)의 욕망이 어디에서 비롯된 것인지 스스로도 답할 수 없다는 데 유리의 내적 고민이 자리한다. 표면적으로는 친일파를 처단하는 독립운동의 일환으로 해석되지만, 어머니와 불륜을 저지른 사내에 대한 응징, 그리고 자신의 첫사랑인 일본 소녀 '백합'을 차지한 연적에 대한 질투 등 사적인 요인도 내재하고 있기 때문이다. 문제는 어느 것도 결정적인 이유가 될 수 없다는 데 있다. 실제로 '큰아버지/아버지'라는 이원적인 표현으로 호명하는 것에서도 알 수 있듯이 유리는 그에 대해 양가감정을 보인다. "나라를 팔아먹고 그에 따른 부가적 권세와 재물로 호의호식하는"[3] 큰아버지로서는 죽여야 할 대상이지만, 자신을 양아들로 받아들이고 경제적, 정신적 지원을 아끼지 않은 아버지로서는 고마운 존재인 것이다. 분명한 사실은 살부(殺父)라는 극단적인 행동이, 소심하고 우유부단한 양반도령인 유리가 사회악으로 구축된 큰아버지의 안전하고 견고한 성을 탈출하여 자신만의 세계를 찾아 유랑의 길을 떠나도록 추동하는 역할을 하고 있다는 점이다. 그 과정에서 유리는 맨발의 투사로 거듭나고 자기만의 방식으로 세상과 소통하는 방법을 터득

---

2   121쪽.

3   20쪽.

한다. 따라서 유리의 유랑은 "나는 왜 큰아버지를 죽였을까"[4], '나는 누구인가'라는 자기정체성을 찾아가는 내면의 탐색여행이 되고 있다.

큰아버지를 죽인 대가로 시작된 유리의 정처 없는 유랑은 어느 순간부터 붉은댕기를 찾아가는 여정이라는 동기를 부여받게 된다. 자신에게 동굴 속 비밀의 샘을 알려준 누이 같은 존재로서 위안부로 팔려간 붉은댕기를 찾아내는 일이 유랑의 목적이 되고 있다.

붉은댕기와 점순이의 이야기로 대변되는 '위안부' 모티프는 붉은댕기를 만난 17세(1932) 때부터 유리가 죽는 100세(2015)까지 소설 전반을 통하여 유일하게 이어지고 있는 중심서사이다. 이것은 이원적으로 전개된다. 하나는 붉은댕기 → 사은 → '나'의 엄마 → 증손녀인 '나'로 이어지는 여성 가계사(家系史)를 중심으로 한 이야기이고, 다른 하나는 젊어서는 위안소를 탈출한 위안부 여성들로 이루어진 가족공동체마을을 만들었고, 늙어서는 화인국이 강제동원한 위안부의 실체를 증언하려 한 '그 여자/엄마/점순이'에 대한 이야기이다.

위안부가 된 붉은댕기를 찾아가는 이야기는 역사적 만행이 개인의 삶을 얼마나 훼손시키고 깊은 상처를 남기는지를 극명하게 증언하는 과정에 다름 아니다. 누이와 같은 각별한 애정과 연민으로 붉은댕기를 끝까지 찾아 나섰던 유리는 그녀가 군국주의의 폭력성과 집단의 횡포 속에 비참하게 죽어갔다는 사실을 알게 된다. 그 후 집단권력 및 집단에 종속된 인간들에 대한 유리의 환멸은 깊어지고 역사적 허무주의는 강화된다. 대신에 개인의 자유와 평등을 보장받는 대안적인 삶의 방식에 대한 열망

---

4   121쪽.

은 커진다. 구체적으로 "타인의 자유를 훼손하지 않는 범위 내에서, 자신의 자유를 계속 확장하는 것"[5]이 가능한 삶에 대한 탐색이 그것이다.

소설은 위안부에 대한 화인국의 만행에 대하여 국가적인 차원에서 사죄나 보상은커녕 조국조차 그들의 불행을 외면함으로써 그들의 상처와 아픔이 현재까지도 치유되지 못하고 있는 현실을 점순이를 통하여 다시 한 번 조명한다. 유리는 무이산 위안부 마을에서 '엄마' 역할을 하던 '그 여자/엄마/점순이'를 고국에서 다시 만나 그녀의 마지막 남은 생을 돌본다. 이 에피소드는 한국전쟁 후 고국에 정착한 유리의 삶 속에서 유일하게 주체적인 삶으로 그려지고 있는 부분이기도 하다. 점순은 "나는 화인국이 강제동원한 위안부였다"[6]고 외치며 화인국 대사관 앞에서 분신을 시도한다. 화인국의 만행을 폭로하고 역사적 진실을 알리기 위해 자신의 부끄러운 과거를 스스로 밝히고 있는 것이다. 점순을 찾아간 유리는 혀로 점순의 썩어가는 살을 핥아주고 그녀의 한을 풀어주기 위해 조촐하게 혼례도 올리는 등 헌신적으로 그녀의 남은 인생을 위로해 준다. 그리고 죽어가는 점순이의 한을 풀어주고자 "나는 화인국이 강제동원한 위안부였다"는 문구가 담긴 삐라 수천 장을 풍선에 담아 광화문 광장에 뿌리고, 죽은 점순이를 살아서는 갈 수 없었던 고향에 묻어준다.

그렇다면 작가는 왜 이렇게 위안부에 대한 잔혹한 역사적 기록을 길게 서술하고, '붉은댕기'와 '점순이'의 허구적 스토리로 재구성하고 있을까? 실제로 붉은댕기를 찾아가는 과정에서 충분히 묘사된 위안부들의

---

5   123쪽.

6   564쪽.

비극이, 점순이의 증언으로 다시 반복됨으로써 극적 효과가 반감되는 느낌이 없지 않다. 이것은 아마도 동아시아의 '짐승의 역사' 속에서 인간의 정체성과 존재적 가치, 정신과 육체를 송두리째 유린당한 가장 비극적인 사건이 위안부에게 가해진 만행이라는 작가의 인식에서 비롯되는 것 같다. 아울러 그 아픔과 상처가 치유되지 못하고 사회적 관심의 사각지대에 매몰된 채 현재까지 이어지고 있는 사건이다. 따라서 국가와 사회가 외면하는 그들의 비극을 문학적 상상력을 통해서 재현하고 위무하고 싶었던 것이 아닐까. 실제로 이 작품에서 유리가 위안부들의 불행한 이야기를 들어주고, 그들의 아픔을 위무하는 인도주의적인 사랑은 정성스럽고 헌신적이다. 그런 점에서 광화문 광장에 수천 장의 삐라가 뿌려지는 모습은 붉은댕기(과거)에서 점순이(현재)로 이어지는 위안부들의 한을 광장으로 끌어내어 치유하는 해원(解冤)의 의식처럼 감동으로 다가온다.

3. 역사적 허무주의와 이상적인 공동체의 탐색

『유리』는 할아버지 유리가 증손녀 '나'에게 자신의 백 살까지의 삶을 들려주는 과정에서 동아시아 근, 현대사의에 굵직한 사건들을 서술한다. 이때 역사적인 사건들은 청자인 '나' — 대만에서 살고 있다 — 의 수준을 고려하듯이 가능하면 쉽고 평이한 구어체로 할아버지 유리의 요약과 주관적인 해석을 통해 전달된다. 이때 유리는 역사적 사건에 대한 감정적 반응을 최소화하고 있지만 사건들을 바라보는 자신의 관점에는 확신과 확실성을 드러낸다. 마치 교훈적인 전설을 들려주는 화자처럼 "그의 목소리는 완결된 사건에 대해 완전한 지식을 가지고 있으며, 역사에 대한 해석에도 의문의 여지가 없다."[7] 그가 들려주는 역사는 대부분 화인국이 수로국과 대지국을 지배하는 과정에서 드러나는 국가 간의 전쟁이 낳은 참상, 군국주의와 사회주의 같은 이데올로기의 폭력성, 그리고 식민지 지배계층의 탐욕과 악행 등 비극적인 사건들이다. 작가의 의도에 따른 몽타주식 역사 서술인 셈이다.

　이러한 서사구조는 유리가 왜 집단권력에 대한 환멸 속에 역사적 허무주의와 무정부주의에 경도되었는가를 논증하는 양상을 보인다. 주목할 것은 유리는 역사적 사건에 직접적으로 연루되기보다는 빗겨가는 운명을 보이고 있으며 그 결과 사건의 진실을 전달하는 사람으로서의 역할을 계속 이어가고 있다는 점이다. 예를 들어 위안부로 끌려가 화인군의 아이를 임신한 채 사막에 가서 죽은 붉은댕기의 사연도 그녀가 죽은 다음에야 큰마님을 통해서 듣는다. 화인군의 폭격으로 대부분의 사람들이 죽고 유리걸식단이 해체되었을 때도 그는 현장에서 떨어져 있다가 유일하게 살아남는다. 이렇게 소중한 사람들의 불행을 직접 목격하는 것이 아니라 공간적, 시간적 편차를 두고 접하게 되는 것은 유리가 비판적 거리를 유지하면서 역사의 전달자, 해석자로서의 역할에 충실하게 만든다. 그 결과 동아시아의 역사적 시, 공간을 유랑하면서 그가 확인한 것은 국가와 지배계급의 의해 행해지는 참혹한 살인과 인간 유린, 바로 '짐승의 역사'이다. 이러한 발견은 유리가 인간보다는 동물에, 국가보다는 국적과 나이를 초월한 가족공동체에, 집단 이데올로기보다는 개인의 자유에 경

7　로즈메리 잭슨, 『환상성 : 전복의 문학』, 서강여성문학연구회 옮김, 문학동네, 2001, 49쪽.

도되는 결과를 낳고 있다.

그 결과 유리는 짐승의 역사에 대한 대안으로서, 인간이 꿈꾸는 이상적인 삶의 형태는 어떤 것일까를 모색하고 있다. 이 소설에서 그것을 그리고 있는 것이 유랑의 과정에서 만난 허구적인 인물들의 이야기이다. 역사적인 사건과는 달리, 허구적인 스토리는 집단의 횡포로 인해 삶의 터전을 잃거나 인간 이하의 삶으로 내몰린 사람들이 자신들만의 방식으로 공동체를 조직하고 조화로운 삶을 만들어가는 행복한 모습을 그리고 있다. 사실적인 역사와 그 대안으로 그려진 허구적인 이야기가 씨실과 날실을 이루며 독특한 소설적 공간을 직조하고 있는 것이다.

구체적으로 유리는 유랑하면서 지배 권력의 핍박을 피해 숨어든 사람들로 이루어진 네 개의 마을공동체를 경험한다. 운지산 도원동의 산속 마을, 유리걸식단, 무이산 깊은 골의 도원동, 그리고 사막 속의 오아시스 마을 '유사현'이 그것이다. 이 네 개의 공동체는 작가 또는 유리가 구상한 일종의 무정부주의적인 공동체이다. 무정부주의(Anarchism)는 "노동과 평등에 바탕을 둔, 완전히 자유로운 경제조직"과 "어떤 정치적 지배에서도 자유로운"[8] 삶을 지향한다. 즉 무정부주의자들은 "압제와 착취의 기구인 국가"에 대한 적대감을 보이고, 모든 정치적·경제적 권위를 거부하며, "자유로운 개인들의 자발적 협동에 기반을 둔 분산적 사회"[9]를 모색한다. 따라서 그들이 생각하는 이상사회는 조직된 정부(국가) 아래서가 아니라 동지의식에 뿌리를 둔 협동을 통해서, 그리고 "소박한 생활과

---

8   김윤식, 『한국근대문학사상사』, 한길사, 1991, 118쪽.
9   김영민, 『한국문학비평논쟁사』, 한길사, 1993, 89쪽.

자연과의 친화"[10]를 통해서 개인의 자유와 평등이 보장되는 사회이다.

유리가 만난 네 개의 공동체는 기본적으로 이와 같은 무정부주의 공동체의 특성을 지향하면서도 조금씩 차이를 보인다. 먼저 붉은댕기가 살았던 '운지산 도원동의 산속 마을'은 화인국과 지주 등 세상의 핍박을 피해 산속으로 도망친 사람들이 모인 자연 집단이자 은신처에 가깝다. 아직 공동체로서의 일정한 체계나 조직을 갖추지 못했고, 그조차도 갑자기 발각되어 사람들은 잡혀가고 집은 모두 불태워지고 만다.

유리가 걸식과 함께 무단령 산맥 자연동굴을 은거지로 조직한 '유리걸식단'은 지식인과 혁명가가 만든, 이론과 실천을 겸비한 공동체로서 조직과 규모 면에서 상당한 면모를 보인다. 그들은 구체적인 행동강령을 만들고, 구성원 간의 역할을 분담하며, 사유재산을 인정하지 않고, 남녀 관계도 공평한 규칙에 따르는 등 공동체로서의 삶의 방식을 세부적으로 세운다. 무엇보다 다른 공동체와 차별화되는 것은 남자들이 주도하는 공동체라는 점이다. 따라서 그들이 빛날 때는 화인국 헌병대 분소와 주재소를 급습하고 화인국 상인을 처단하는 등 화인국의 지배에 저항하는 무장활동을 성공적으로 완수했을 때이다. 그럼에도 그들은 "어떤 무장세력과 연계하지도 않았으며, 조선의 독립을 앞세우지도 않"[11]는다. 조국의 독립이 아니라 "우리는 더 이상 유리걸식하지 않는다."[12]는 것을 유일한 도덕, 양심, 윤리로 삼음으로써 무정부주의 공동체임을 분명히 하고 있다. 일종의 무장 게릴라로서 악을 응징하는 그들의 전투는 "일종의 이상

---

10 위의 책, 90쪽.
11 137쪽.
12 143쪽.

문학 그 높고 깊은

적인 해방구"[13] 역할을 했지만, 그 때문에 화인군의 표적이 되고, 결국 금이빨의 배신으로 은거지는 폭파되고 식구들은 몰살당하는 최후를 맞는다. 그 결과 혼자만 살아남은 유리는 "패를 지어 자유를 얻을 수 없으며 머물러서 안락을 지킬 수 없다"[14]는 결론에 이르고 또 다시 유리걸식의 길을 떠난다.

유리가 붉은댕기를 찾아 들어선 '무이산 깊은 골의 도원동'은 전쟁의 희생양으로서 심신을 유린당하고 가족에게도 버림받은 각 나라 위안소 출신의 여자들이 모여 사는 여성공동체마을이다. 구성원들끼리 엄마, 아버지, 삼촌, 이모 등 혈연으로 맺어진 가족처럼 호칭과 역할을 부여하는 데서 알 수 있듯이 사랑과 우애를 토대로 한 가상의 가족공동체이다. 하지만 남성이 배제된 인위적인 집단이라는 점, 화인군의 아이를 임신한 붉은댕기를 '짐승의 새끼, 죄의 씨앗'을 잉태했다고 마을에서 추방할 정도로 남성 혐오와 정신적 트라우마를 극복하지 못하고 있다는 점에서 한계를 보인다. 그럼에도 전쟁이나 일으키고 성적 욕망을 추구하는 야만적 존재인 남자와는 달리, 삼라만상에 내포된 추상적 가치를 이해하는 특별한 감성을 지닌 여성들의 집단이라는 점에서 무장 게릴라집단이었던 '유리걸식단'보다는 진화된 공동체로 그려지고 있다.

유리가 꿈꾸던 이상사회에 가장 근접한 것이 큰마님의 착한 리더십 아래 구축된 사막 속의 오아시스 마을 '유사현'이다. 농사와 가축을 통한 자급자족, 사막 특유의 관개방식을 통한 지리적 환경 극복, 그리고 무슬

---

13 139쪽.
14 189쪽.

림임에도 옷차림이나 발언권, 제도에 있어서 남녀평등을 실천하는 등 이상적인 마을공동체로서의 면모를 그대로 보여주고 있기 때문이다. 이 공동체는 '큰마님'이라는 리더와 그의 권력을 인정한다는 점에서 세 개의 다른 공동체와 차이를 보인다. 이것은 리더가 일정한 권위와 권력을 갖지 않으면 공동체를 끌어가기가 어렵다는 인식에 근거한다. 이때 자애로운 어머니이자 정신적 스승인 큰마님은 모두가 평등하고 조화롭게 살아가는 이상적인 공동체를 유지하기 위한 목적으로만 눈에 드러나지 않는 '착한 권력'을 사용한다. 착한 권력은 물길의 정보를 독점함으로써 갖게 된 신비한 존재감과 구성원들의 존경이다. 티베트에서 비구니로 산 18년간의 수행으로 다져진 큰마님의 리더십은 티베트 깃발 '타르츠'의 5가지 색깔 — 녹색(바람), 파랑(물), 노랑(땅), 빨강(불), 흰색(하늘) — 이 상징하는 것처럼, 조화로운 삶을 실현하는 이상적인 공동체마을을 완성하는 데 바쳐지고 있다. 하지만 외부에서 들어온 유리가 큰마님에 의해 후계자로 지목되자 이를 시기한 큰마님의 측근들이 마을의 존재를 공산군에게 알림으로써 마을은 폭파되고 큰마님도 죽음을 맞는다. 착한 권력을 지향했음에도 불구하고 구성원들의 권력 욕망을 막지 못함으로써 큰마님의 공동체마을 역시 실패로 돌아가고 있는 것이다. 결국 유리는 붉은댕기의 딸 사은이만 데리고 비밀통로를 통해 빠져나와 다시 유랑의 길에 오르고 있다.

이처럼 작가는 허구적인 스토리를 통하여 국가권력과 경제적 계급구조, 개인의 자유와 평등을 억압하는 일체의 제도가 제거된 무정부주의 공동체를 다양한 형태로 탐색한다. 그것은 폭력을 통한 악의 응징을 특징으로 하는 남성 중심의 공동체에서 자급자족과 은둔, 평화를 지향하는 여성 중심의 공동체로 나아가고 있다. 하지만 유리가 가장 이상적으로 생각했고, 그래서 정착을 꿈꿨던 오아시스 마을마저 구성원의 탐욕으로 사라짐으로써 이상적인 인간공동체의 실현은 좌절되고 있다. 하지만 유리가 죽는 순간까지 큰마님을 정신적 어머니로서 존경하고 '유사현'을 그리워하고 있는 것은 그곳이 자신이 지향했던 공동체에 가장 근접한 모습이었음을 짐작하게 만든다.

이 네 개의 공동체사회와 관련하여 낯설면서도 강렬한 이미지로 다가오는 것이 바로 '동굴'이라는 공간이다. 신기하게도 이 작품에서 작가가 설정한 공동체마을은 하나같이 좁은 동굴을 통과해야 다다를 수 있는 곳이거나 아예 동굴 안에 거주공간을 마련하고 있다. 또 유리가 마지막에 스스로 자신의 죽음을 맞이하는 공간도 뒷산 황금 구렁이가 살고 있는 동굴이다. 이렇듯 작가가 근대인의 생활공간으로 어울리지 않는 '동굴'에 집착하는 이유는 무엇일까. 『유리』에서 '동굴'은 국가나 사회적 권력 같은 외부의 간섭과 침해에서 벗어나 개인들의 자유와 권리, 평등한 인간관계가 보장되는 상징적인 공간으로서 묘사된다. 기기에 격리와 단절의 은둔처, 속세를 벗어난 피안(彼岸)의 공간, 신비의 샘처럼 신이 깃들인 신성한 공간 등 풍부한 신화적 이미지가 겹쳐지면서 그 의미가 강화된다. 또 자신의 죽음을 맞이할 동굴에 대해 "내가 떠날 먼 길의 입구"로서 "이 길을 통해 나는 어머님에게, 큰마님에게 갈 것이다."[15]고 독백함으로써 동굴이 삶과 죽음을 가르는 경계이자 영원한 안식의 세계인 '죽음'으로 가는 통로임을 암시하는 등 자신이 지향하는 공간의 이미지로 다양하게 변주되고 있다.

---

15 393쪽.

4. 영적 교감을 나누는 이상적인 관계의 지향

『유리』는 '맨발의 유랑'과 '동굴'의 이미지에서도 알 수 있듯이, 근대의 과학문명과 자본주의사회가 이룩한 삶의 방식을 일절 거부한 채 자연친화적인 삶을 지향한다. 그러한 작가의 의도를 잘 드러내고 있는 것이 주인공 유리와 동물들의 교감이다. 실제로 이 작품에서 독자에게 인상적으로 다가오는 것이 유리의 외로운 유랑길을 함께하고 있는, 인간보다 훌륭한 동물친구들의 우정과 의리이다. 어머니와 산속 초가집에 살 때의 유일한 친구였던 구렁이, 사냥꾼 금이빨의 올무에 걸린 것을 구해준 보은으로 화인군에게 발각된 유리를 구해주고 산으로 돌아간 은여우, 유리가 '흑두건'의 정보를 얻으려는 소련파의 조직으로부터 손톱을 뽑히는 고문을 받을 때 천장 환기구로 들어와 유리를 구출해준 원숭이 '소호리', 유리가 사막 한가운데 있는 오아시스 마을 '유사현'을 찾아가는 데 도움을 준 햄스터 '무이' 등 유리의 동물들은 어떤 친구보다 유익한 동반자이다.

유리가 "사람들이 모두 짐승이 되고 나니 짐승들이 사람노릇을 하는 세상이었다."[16]고 표현하고 있듯이, 이들 동물들은 의리와 유머가 있고, 은혜를 잊지 않으며, 위기 때마다 유리를 구해주는 은인이자 의사소통이 가능한 친구 같은 존재로 그려진다. 유리 역시 작은 키에 긴 발과 긴 혀를 가진 그로테스크한 외모와 맨발로 산맥을 달리는 모습에서 원숭이를 연상시키는 등 그들과 닮아 있다. 이처럼 인간들 속에서 이상적인 관계

---

16 245쪽.

문학 그 높고 깊은

를 모색하기보다는 동물들과 소통하고 영적 교감을 나누는 것은 인간에 대한 불신과 인간으로 이루어진 세상에 대한 환멸을 역설적으로 강조하는 효과를 보인다. 실제로 유리는 만주, 대지국, 풍류국, 티베트, 아라비아 고원 등을 떠돌면서 자신이 정착할 수 있는 대상을 찾아 헤맸으나 결국은 찾지 못했다고 고백한다. 자연과 동물 외에는 그에게 위안과 평화를 준 대상이 없었던 것이다.

> "(전략) 나는 그전부터…… 자유를…… 원래 갖고 태어났다는 것
> 깨닫는 데 오래 걸리긴 했다만…… 후회는 없다. 그 무엇에도 소속되
> 지 않은…… 세월이었다고 느끼니까. 나부끼는 바람에게만 오직……
> 소속되어 살았다고 할까. 어떤 필연…… 어떤 우연에도 속박되지 않
> 는."(573)

그런 점에서 이 소설에서 100년간의 동아시아 역사를 들여다보는 작업은 작가 혹은 유리가 지향하거나 정착할 대상— 사람, 국가, 이념, 삶의 방식 등 — 을 찾아가는 탐색의 과정이었다고 할 수 있다. 하지만 긴 유랑을 통하여 확인한 것은 어디에도 소속될 수 없는 자유인의 피를 숙명적으로 갖고 태어난 존재라는 사실이다. "예술의 속성이 새로움, 다시 말해 독창성에 있기 때문에 종래의 모든 것을 부정하는 것이어서, 이 점에서 보면 예술은 저절로 아나키즘적이라 할 만하다."[17]는 김윤식의 말을 상기할 때, 죽음을 앞에 둔 유리의 독백은 그대로 40여 년간 '소설 쓰기'

---

17 김윤식, 앞의 책, 119쪽.

라는 고독한 여행을 매번 떠나야 했던 작가 박범신의 독백처럼 들린다. 어떤 사조나 이념, 외적 환경에도 얽매이지 않은 채 바람처럼 자유로운 상상력으로 이야기의 여행을 떠나는 것이 작가로서의 숙명임을 확인하고 있는 것이다.

인간 세상에 대한 환멸에도 불구하고 유리의 삶에 영향을 미치며 각별한 인간관계를 형성하는 인물로 걸식과 큰마님을 들 수 있다. 걸식은 연약한 양반도령인 유리가 큰아버지를 살해하고 북으로 뻗은 산맥을 따라 달릴 때 죽음의 위기에서 유리를 구해준 강직한 남성의 전형이다. 걸식과 동행하면서 유리는 맨발로 산속을 내달릴 수 있는 강인한 체력을 단련하고 유리걸식단에서 지적 능력을 활용하여 화인국을 공격하는 전략가로 거듭난다. 하지만 유리걸식단이 해체된 후 걸식은 공산당 팔로군의 흑두건단으로 활약함으로써 유리와는 다른 길을 간다. "유리걸식단 같은 소박한 집단으론 절대로 우리를 지킬 수 없다는 것"[18]을 깨닫고 사회주의혁명을 통해 자신의 꿈을 실현하는 방법을 택하고 있는 것이다. 반면에 유리는 사람을 당파적인 체계 안에 편입시키려는 모든 정치집단을 거부하며, "이 벼랑 끝에서 어떤 이념이나 체계의 소모품이 되지 않는 것, 저들의 강압과 요구에 끝까지 부응하지 않는 것"[19]이 무정부주의자로서 자신의 노선임을 천명하고 있다. 걸식이 집단권력의 힘을 빌려 평등한 사회를 만들고자 했다면, 유리는 개인과 개인이 모여서 자유와 평등, 조화로운 삶을 만들어가는 소박한 공동체를 꿈꾸고 있었던 것이다. 이처

---

[18] 251쪽.

[19] 255쪽.

문학 그 높고 깊은

럼 두 사람은 서로 다른 길을 선택했지만 서로를 향한 신뢰와 우정은 시, 공간을 넘어서서 계속되고 있다.

유리는 오누이처럼 아꼈던 붉은댕기, 첫사랑이자 이성적 욕망을 처음 느꼈던 백합, 처음으로 육체적인 관계를 가졌던 천지곡마단의 금희 등 여러 여성을 만난다. 하지만 영적으로 교감하고 운명공동체 같은 특별한 인연으로 다가온 대상은 큰마님이다. 유리는 "들을 만한 말을 너무 오래 듣지 못한"[20] 결과로 귓병이 난 큰마님을 자신의 긴 혀로 치료하고 매일 밤 자신이 겪은 세상이야기를 들려줌으로써 그녀의 불치의 병을 낫게 해 준다. 이 과정에서 두 사람은 서로를 통해서만 행복을 느낄 수 있는 기이한 신체적 특성을 가지고 있음을 발견한다.

유리는 세상에서 가장 긴 혀를 가진 남자, 마님은 세상에서 가장 넓고 깊은 귀를 가진 여자였다. 이야기를 듣는 큰마님의 눈이 빛나고 이야기를 하는 유리의 눈도 빛났다. 이야기야말로 안과 밖, 하늘과 대지, 현상의 유한과 초월의 무한을 단단히 있는 대로(大路)였으며 유장한 물길이었다.[21]

마치 유리의 긴 유랑이 큰마님에게 들려줄 이야깃거리를 모으는 과정이었던 것처럼, 유리는 큰마님 앞에서 말재주꾼으로서의 자신의 능력을 맘껏 발휘하며 세상 이야기를 들려준다. 유리의 존재가 돌올하게 빛

---

20 340쪽.

21 345쪽.

나는 순간이다. 큰마님 역시 최상의 이야기꾼인 유리의 이야기를 들으면서 세상에 대한 궁금증이 해소되고 지적 욕구가 충족되는 희열에 젖고 있다. 두 사람이 서로를 통해 내면의 결핍에서 벗어나고 있다는 점에서 그들의 만남은 일종의 자기치유의 과정이 되고 있다. 이것은 평생 쓸거리가 마르지 않는 이야기꾼으로 살고 싶은 바람과 자신의 이야기를 가장 잘 이해하는 이상적인 독자를 만나고 싶은 바람이라는 작가의 욕망이 알레고리적으로 표현되고 있다고 할 수 있다.

5. 나오기

박범신의 『유리』는 독자와 세상을 향하여 말하고 싶은 작가의 메시지가 먼저 정립되고, 소설의 구조나 스토리는 그 메시지를 전달하기 위한 수단으로 자유롭게 선택되는 양상을 보인다. 작가의 말에서 "무겁게 쓰지 않으려고 했다" "거침없이 썼다"고 밝히고 있듯이, 박범신은 작중인물을 창조하고 극적인 사건을 만들어내는 데 창조적 열정을 쏟는 대신에 사건은 역사적 사실에서 가져오고 주요 인물과 캐릭터, 플롯, 서사방식은 기존의 소설과 우화, 전설의 틀을 차용하면서 메시지의 강화에 방점을 찍고 있다.

그 결과 소설은 역사의 기록에서 발견되는 집단 및 이데올로기의 폭력성을 폭로하고, 탐욕과 불의로 가득한 인간 세상을 고발함으로써 왜 자신이 역사적 허무주의와 무정부주의적 삶에 경도되고 있는가를 논증한다. 아울러 국가와 집단이라는 권력에 종속되지 않으면서, 개인이 추구할 수 있는 이상적인 삶의 형태는 무엇인지를 탐색하고 있다. 이것은 역사의 질곡 속에서 유랑의 인생을 살아온 할아버지의 이야기를 들으며 증손녀인 '나'가 '어떻게 살 것인가'에 대한 내적 고민에 대한 해답을 찾아가는 과정이기도 하다. 그런 점에서 유리는 큰아버지를 죽였기 때문에 유랑을 시작한 것이 아니라 유랑을 떠나기 위해서 큰아버지를 살해한 것이란 생각이 든다. 그의 유랑은 역사의 시, 공간을 거닐며 인간이란 존재와 다양한 삶의 조건을 해독하는 긴 사유의 과정에 다름 아니다.

유리가 국가나 이데올로기 같은 집단적 가치를 거부하고 무정부주의 공동체를 꿈꾸며 개인의 상처와 아픔을 위무하는 인도주의적 사랑을 보이는 점은 그대로 작가로서 박범신의 정신적 기질을 대변한다. 바로 유리가 무국적자이자 자유인으로 살아온 것은 그가 짊어진 천형(天刑)이 아니라, 어디에도 구속되지 않으면서 세상을 정직하게 통찰할 수 있는 안목과 상상력을 지닌 이야기꾼으로 살아가기 위해 최적화된 실존적 환경이었다고 할 수 있다.

작가 박범신은 유리처럼 고독한 아나키스트로서 오늘도 맨발로 바람을 가르며 세상 속을 달리고 있을 것만 같다. 그리고 자신들의 이야기를 들어줄 이가 없어 귓병을 앓고 있는 사람들의 이야기를 세상 속으로 전하기 위해, 천부적인 이야기꾼으로서 뱀처럼 이야기의 길을 묵묵히 기어가는 그의 뒷모습이 그려진다.

2000년 이후 박범신 문학의 현재성

장편소설 『주름』을 중심으로

권 온(문학평론가)

1. 박범신이라는 이름의 거대한 산맥

박범신은 1946년 충청남도 논산에서 출생하여 1973년 〈중앙일보〉 신춘문예에서 단편소설 「여름의 잔해」로 등단한 소설가이다. 그는 1978년 무렵까지 문예지 중심으로 소외된 계층을 다룬 중단편을 발표하며 문제작가로 주목을 받았다. 박범신은 1979년 장편소설 『죽음보다 깊은 잠』, 『풀잎처럼 눕다』 등을 발표하게 되는데 이 책들이 베스트셀러가 되면서 1980년대 이후 우리나라를 대표하는 인기 작가 중 한 사람으로서 활약하게 된다.

박범신 작가의 작품 중 1970년대와 1980년대에 발표된 작품들은 폭력의 구조적인 근원을 밝히는 데 중점을 두었으며, 도시와 고향이라는 이분법적인 대립구조로서 가치의 세계를 해부하려는 시도로 인해 그는

문학 그 높고 깊은

'대중 작가'라는 평을 듣기도 했다. 그는 1981년 『겨울강 하늬바람』으로 '대한민국문학상'을 수상했고 이후 빛나는 상상력과 역동적 서사가 어우러진 화려한 문체로 근대화 과정에서 드러난 한국 사회의 본질적인 문제를 밀도 있게 그려낸 다수의 작품을 발표하며 수많은 독자들을 사로잡고 있다.

그런데 '영원한 청년작가'로 불리며 왕성한 작품 활동을 하던 박범신은 1993년 돌연 절필을 선언한다. 그가 1993년에 글쓰기의 한계와 중압감에 짓눌려 "정체 불명의 분열과 절망"에 시달리다가 절필을 선언한 것은 하나의 사건이었다. 등단 이후 20여 년 동안 전업 작가 생활을 하며 수많은 소설을 내놓아 독자들에게 친숙하던 박범신의 느닷없이 절필 선언은 놀라움을 불러일으키며 세간의 화제에 오른다. 이 사건을 가리켜 작가가 스스로의 이름에 붙어 있는 부정적인 의미의 '대중 작가'라는 꼬리표를 떼어내려는 고육책으로 해석할 수도 있다.

절필 당시 그는 소설가로서 창작집 『토끼와 잠수함』(1978), 『덫』(1979), 『식구』(1983), 『흉기』(1990), 장편 소설 『죽음보다 깊은 잠』(1979), 『돌아눕는 혼』(1980), 『풀잎처럼 눕다』(1980), 『겨울강 하늬바람』(1981), 『불꽃놀이』(1983), 『숲은 잠들지 않는다』(1985), 『우리들 뜨거운 노래』(1985), 『불의 나라』(1987), 『물의 나라』(1988), 『잠들면 타인』(1988), 『황야』(1990), 『수요일은 모차르트를 듣는다』(1991), 『틀』(1993) 등을 펴낸 바 있다.

박범신을 절필로 몰고 간 원인으로는 20여 년 동안 전업 작가로 활동하면서 쉴 새 없이 작품을 써내느라 소진된 상상력과, 1980년 '5월 광주'를 겪으며 맛본 참담한 무력감 등을 꼽기도 한다. 그는 당시 한 일간지에 소설을 연재하고 있던 처지여서 독자들에게 연재 중단에 따른 양해를 구하지 않을 수 없었다. 그래서 「연재소설 중단의 변(辯)」을 내놓는데, 이것과 함께 문학 담당 기자의 기사가 더해져서 신문 한 면 전체가 채워짐으로써 그의 '절필'은 하나의 사건이 된다.

절필 선언 이후 박범신은 문학과 삶과 존재의 문제에 대한 겸허한 자기 성찰과 사유의 시간을 가졌다. 그가 사유의 공간으로 선택한 곳은 세상에서 가장 높고 멀게 느껴지던 히말라야였다. 에베레스트, 안나푸르나 등 히말라야를 수차례 다녀왔으며 킬리만자로 트레킹에서 해발 5895미터의 우후루 피크 정상에 오르기도 했다. 그는 1996년 유형과도 같은 오랜 고행의 시간 끝에 〈문학동네〉 가을호에 중편소설 「흰소가 끄는 수레」를 발표하면서 작품 활동을 재개한다. 박범신으로서는 "문학이 과연 무엇이고 어디에 바쳐져야 하는가."라는 절필 당시의 화두가 어느덧 "어디로, 무엇을 짊어지고, 왜, 살아서 아침저녁 떠나지 않으면 안 되는가."라는 "삶의 본원적 질문"으로 바뀐 셈이다.

그 오랜 물음을 숙성시킨 끝에 빚어낸 것이 창작집 『흰소가 끄는 수레』다. 이 창작집을 두고 백낙청은 "괴로운 절필 끝에 박범신이 다시 펜을 든 것은 우리 문단에서 하나의 사건이다. 자연 속의 고행을 통해 그는 생명 사랑을 배웠고 어떤 달관의 경지에마저 이른 것 같다. 그럴수록 특유의 격정은 젊은 시절 못지않게 이글거리고 영혼의 음습한 골방까지 파고드는 눈길은 그 어느 때보다 섬뜩한데, 빼어난 기교의 저변에는 어느덧 든든한 작가적 논리가 자리 잡았다. 연작 『흰소가 끄는 수레』는 한국 소설 문학의 알찬 수확으로 남을 것을 확신한다."고 쓰고 있다. 백낙청의 이런 평가는 박범신이라는 작가의 이름에 부적처럼 따라다니던 '대중 작가'라는 꼬리표가 이제 떨어져 나갔다는 최종 평결인 셈이다.

문학 그 높고 깊은

「흰소가 끄는 수레」 발표 이후 1990년대 후반을 비롯한 2000년대 박범신 문학은 자연과 생명에 관한 묘사, 영혼의 리얼리티를 추구하는 작품 세계로 문학적 열정을 새로이 펼쳐 보이고 있다는 평가를 받는다. 박범신 문학의 현재성을 확인하고픈 독자들이 기억해야 할 주요 작품으로는 『흰소가 끄는 수레』(1997), 『킬리만자로의 눈꽃』(1997), 『침묵의 집』(1999), 『향기로운 우물이야기』(2000), 『외등』(2001), 『더러운 책상』(2003), 『빈방』(2004), 『나마스테』(2005), 『비우니 향기롭다』(2006), 『촐라체』(2008), 『엔돌핀 프로젝트』(2008), 『고산자』(2009), 『은교』(2010), 『비즈니스』(2010), 『나의 손은 말굽으로 변하고』(2011), 『소금』(2013), 『소소한 풍경』(2014), 『주름』(2015), 『당신』(2015), 『유리』(2017) 등이 있다.

박범신은 우리에게 소설가로서 잘 알려져 있지만 『산이 움직이고 물은 머문다』(2003)라는 시집을 출간하기도 하였고 다수의 에세이를 펴내기도 하였기에 총체적인 작가로 부르는 게 타당할 수도 있겠다. 이 글은 이 다재다능한 작가의 문학성을, 2000년 이후 박범신 문학의 현재성을 살피려는 의도로 집필되었다. 여기에서 독자들과 함께 고찰하려는 작가의 작품은 2015년에 출간된 장편소설 『주름』이다.

2. 16년 혹은 삶의 유한성이 주는 주름의 시간

이 글이 수많은 선택지 가운데 이 소설을 선택한 이유는 무엇일까? 그 이유를 알기 위해서는 조금 장황하더라도 『주름』에 수록된 「시간의 주름」이라는 개정판 작가의 말을 살펴볼 필요가 있겠다.

　　나로선 참으로 추억이 많은 소설이다.

　　그해 봄꽃들은 유난히 빨리 졌고 여름엔 자주 폭우가 쏟아졌으며 가을은 속절없이 침몰했다. 이 작품의 초고를 쓰던 1999년 세기말의 풍경이 그랬다. 그 무렵 내 가슴은, 시간의 주름살이 더께로 얹히면서 강력한 사막화가 진행되고 있었다. 나는 제목을 '침묵의 집'으로 정하고 '문학동네'에서 처음 두 권으로 간행했다. 신세기였고, 2600여 매나 되는 긴 소설이었다. 지나치게 말이 많았거나 참을성 없이 비명을 질러댄 것은 아닐까, 하고 나는 생각했다.

　　완간된 책을 받아 든 날은 가슴속 통증이 심해 강소주를 병째 마셨다. 뭐랄까, 앞으로도 오래 『침묵의 집』으로부터 내가 떠날 수 없을 것 같은 불온한 예감이 들었다. 써버리고만 것에 대한 자탄과 회한 때문에 한번 책을 내면 다시 돌아보지 않는 내 습성과 견주어볼 때 아주 드물고 특별한 사적 감정이 아닐 수 없었다. 나는 『침묵의 집』을 잘 보이지 않는 뒷줄 책장에 처박아두고 이것으로부터 떠나려고 애썼다.

　　신세기의 시간은 가파르게 다가와 횡포하게 흘렀다. 눈을 감으면 자주 천지 사방에서 꽃들이 지는 것이었고, 바늘귀 같은 협곡 사이로 어깨를 한껏 구부린 내가 걷는 꿈을 매일같이 꾸고 살았다. 맹목적인

문학 그 높고 깊은

분노와 비탄과 자학이 나를 괴롭혔다. 나는 훈련받은 사회적 자아를 앞세워 그 폭력적인 감정의 단층들과 피어리게 투쟁했다. 견딜 수 없으면 지체 없이 히말라야로 떠났으며 유랑의 길 끝에서 '텅 빈 중심'과 만나 혼자 울기도 했다. 산협을 혼자 헤매다가 남루한 찬 방에 몸을 뉘었을 때, 술에 취해 변기 속으로 코를 박고서 토하고 났을 때, 이승인지 저승인지 모를 가파른 벼랑길을 비몽사몽 걸을 때, 뒷머리털이 쭈뼛 곤두설 만큼 등 뒤로부터 나를 날카롭게 잡아채는 것이 언제나 있었다. 주술적인 느낌이었다. 아무것도 없는 듯하지만 분명히 거기에 존재함으로써 나의 50대를 잔인하게 가두고 있던 것.

그리고 무려 7년이 지나서 나는 서가 뒷줄 구석에 처박아 놓았던 『침묵의 집』을 다시 꺼내 들었다. 그로부터 어차피 떠날 수 없다면 그와 정면으로 마주치는 게 낫다고 여겼기 때문이었다. 2600여 매 소설을 1500여 매 이하로 아프게 깎아냈다. 1000매 이상 깎아낸 소설이니 제목을 바꿔도 좋을 권리를 내가 갖게 됐다고 생각했다. 『주름』으로 제목을 바꾸고 랜덤하우스에서 재출간한 게 2006년이었다. 나를 묶어놓고 있는 세계로부터 떠날 수 있는 단독자로서의 존재론적 권리를 갖고 있다고, 선언하듯이 생각하기도 했다.

당신도 단독자로서의 당신 권리를 행사할 수 있다.

예순 살이나 된 내 주인공의 치명적인 유랑과 반역적 모럴리티, 그리고 피고름을 기꺼이 먹는 끔찍한 성적(性的) 자멸의 상세 묘사에 대해 불화살의 비난을 아끼지 않더라도, 그것은 당신의 고유한 권리이다. 소리쳐 욕을 해도 상관없다. 그것은 내 것이 아니고 내 주인공의 것도 아니기 때문이다. 다만 충고하거니와, 이 소설 『주름』을 단순한 부도덕한 러브 스토리로만 읽지 않기를 바란다. 나는 시간의 주름살이 우리의 실존을 어떻게 감금하는지 진술했고, 그것에 속절없이 훼손당하면서도 결코 무릎 꿇지 않고 끝까지 반역하다 처형된 한 존재의 역동적인 내면 풍경을 가차 없이 기록했다고 여긴다. 시간은 우리 모두에게 언제나 단두대를 준비해두고 있다.

혹 여전히 젊다고 생각하는가. 생이, 환하던가.

다시 9년여 『주름』을 새로 내기 위해, 나는 지난겨울 『주름』을 또 손질했다. 300여 매쯤 깎아냈고 결정적인 장면의 서술을 일부 바꿨다. 그리고 보면 거의 16년여 동안 내가 『주름』에서 떠나지 못한 셈이다. 이처럼 집요하게 한 작품을 붙들고 있기는 처음이다. 혹 알 수 없는 일이다. 다시 7~8년이 지나고 나면 또 깎아내는 짓을 할는지. 깎아내고, 깎아내고 하다가 마침내 단 한 줄로 삶의 유한성이 주는 주름의 실체를 그려낼 수 있게 된다면 그때 아마 나는 작가로 성숙했다는 느낌을 가질 것이다.

오늘 사방에서 봄꽃들이 지쳐 들어오는 호숫가를 오래 걸으면서 생각했다. 평생 내가 손으로 잡고 싶었던 건 바람이었고, 평생 내가 알고 싶었던 건 '시간의 주름'이었다고. 글쓰기는 평계에 불과했을는

지도 모른다고. 바람을 잡지 못하고 시간의 주름을 알지 못하니 한사
코 글쓰기의 길을 우겨온 거라고.

위의 글 또는 말은 2015년 4월에 발표된 것이다. 박범신에 따르면 소
설 『주름』은 "참으로 추억이 많은 소설이다." 이 소설의 초고는 1999년
이른바 세기말에 쓰였다. 작가는 그 무렵 자신의 가슴에서 "시간의 주
름살이 더께로 얹히면서 강력한 사막화가 진행되고 있었다."고 말한다.
1999년에 그는 개인적으로 50대 중반을 바라보는 나이였고, 사회적으로
보자면 2000년 혹은 21세기라는 경험하지 못한 새로운 시대를 앞두고
있는 변화의 시기였다. 변화의 다른 이름이 불안일 수 있음을 감안한다
면 1999년 박범신은 신체적인 기능의 노화와 함께 스산한 인생의 가을을
온몸으로 받아들여야 했을 테다. 그런 까닭에 『침묵의 집』이라는 제목으
로 이 소설의 초고가 출고되었을 때, 작가는 "지나치게 말이 많았거나 참
을성 없이 비명을 질러댄 것은 아닐까,"라는 생각 또는 자책에 시달리는
것은 우연이 아닐 수 있다.

　세기말의 시기 또는 "신세기의 시간"에 박범신은 매일같이 악몽에
시달렸나 보다. "맹목적인 분노와 비탄과 자학이 나를 괴롭혔다."라는 진
술은 당시 작가의 심정을 잘 드러내고 있다. 세기말에 그를 괴롭히던 "그
폭력적인 감정의 단층들" 곧 무의식 깊숙이 내재하는 악마의 감정을 극
복하려고 그는 "사회적 자아를 앞세워", "피어리게 투쟁했"고, "견딜 수
없으면 지체 없이 히말라야로 떠났으며 유랑의 길 끝에서 '텅 빈 중심'과
만나 혼자 울기도 했다." 박범신의 50대는 그렇게 잔인한 방식으로 흘러
가고 있었다.

작가가 서가 뒷줄 구석에 처박아 놓았던 『침묵의 집』을 다시 꺼내 들게 된 시기는 1999년으로부터 7년이 지난 2006년이다. 그는 2600여 매의 소설을 1500여 매 이하로 줄이고 제목을 『주름』으로 바꾸었다. 1000매 이상을 덜어낸 새로운 소설을 쓰면서 박범신의 나이는 60대에 접어들고 있었다. 작가는 소설 『주름』을 부도덕한 러브 스토리로만 읽어서는 안 된다고 독자들에게 말한다. 그에 따르면 이 작품은 시간과 끝까지 사투를 벌이는 한 존재의 실존과 역동적인 내면 풍경을 뜨겁게 보여준다.

행인지 불행인지 9년여 시간 후에 박범신은 새로운 『주름』을 내놓게 된다. 300여 매를 덜어내고 결정적인 장면의 서술을 일부 바꾸게 되는 것이다. 2015년의 『주름』은 이렇게 탄생한다. 작가의 나이는 어느덧 70에 다다른 시기이다. 50대 중반에서 70대 초입에 이르기까지 16년여 동안 그는 『주름』을 떠나지 못하고 매달렸다고 볼 수 있다. 스스로의 표현처럼 작가는 시간의 주름 또는 삶의 유한성이 주는 주름의 실체를 탐구하고 있는지도 모른다. 더욱 놀라운 사실은 박범신이 추후에 이 작품의 개작 가능성을 여전히 열어 놓고 있다는 점이다. 박범신의 『주름』 개작은 마치 최인훈 작가가 자신의 대표작 『광장』을 열 번이나 개작한 것에 견줄 수 있는 치열한 작가 정신의 소산이 아닐 수 없다.

3. 생(生)의 심연으로 내려가는 어둡고 추른 길

이제부터는 박범신 장편소설 『주름』에서 독자들과 공유하면 좋을 대목을 선정하여 함께 읽어봄으로써 작가 특유의 문체와 표현을 느낄 수 있는 계기로 삼기로 한다.

> 과실 속에 씨가 있듯이, 태어날 때 우리는 생성과 소멸, 탄생과 죽음이라는 2개의 씨앗을 우리들 육체의 심지에 박고 태어난다. 생성과 소멸은 경계 없는 동숙자이다. 우리가 청춘으로 불릴 때조차 푸르른 생성의 그늘 속에선 사멸의 씨앗이 은밀히 자라는 걸 멈추지 않는다. 다섯 살짜리 아이에겐 다섯 살의, 스무 살짜리 청년에겐 스무 살의, 일흔 살 노인에겐 일흔 살의 생성과 소멸이 함께 깃들어 있다. 사랑의 운명도 그럴는지 모른다. 말년의 아버지가 온몸으로 겪었던 인생도 그렇다. 아니, 오랫동안 오로지 외부의 명령에 삶을 내맡긴 채 뜨겁게 살지 못했으므로 말년의 아버지가 갑자기 겪었던 상승과 추락은 더 극적인 느낌이다.(9쪽)

박범신은 직관이 뛰어나다. 그는 인간의 운명을 과실에 비유한다. 과실 속에 씨가 있듯이, 작가에 따르면 인간에게는 "생성과 소멸" 또는 "탄생과 죽음"이라는 두 개의 씨앗을 몸에 지니고 태어난다. 소멸이나 죽음의 속성이 노인에게만 어울리는 게 아니라 아이나 청년에게도 내재되어 있다는 박범신의 심오한 통찰은 "사랑"이나 "인생"으로 아름답게 이동한다. "탄생"과 "생성"과 "상승"을 연결하고 "죽음"과 "소멸"과 "추락"을 잇는 그의 그래프는 문학의 본질로서의 비유와 상징의 가능성을 보여준다는 점에서 탁월하다.

서울에 도착했을 땐 이미 비구름이 걷힌 화창한 날씨였다. 나는 평생 처음으로 한 주일이 시작되는 월요일에 무단 지각을 했다. 처음 하는 지각이었다. 확실히 예감하진 못했으나, 그때 이미 나는 내 앞에 은밀히 놓인 덫을 향해 나아가고 있었다. 삶이란 때로 그렇다. 평온하고 안정된 삶일수록 은밀히 매설된 덫을 그 누구든 한순간 밟을 수 있다는 것. 그것이야말로 어쩌면 생의 심연이 지닌 본질적이고 절대적인 권한일는지도 모르겠다. 생이라고 이름 붙인 여정에서 길은 그러므로 두 가지다. 멸망하거나 지속적으로 권태롭거나.(103쪽)

여기에서의 '나'는 천예린과 함께 이 소설을 이끄는 두 명의 주인공 중 하나인 김진영이다. 박범신은 평생 규칙과 규율을 준수하는 삶을 살아가던 이가 "처음 하는 지각"은 단순한 지각이 아님을 알려준다. 그것은 삶이라는 진로 앞에 놓인 "은밀히 놓인 덫"을 밟는 일일 수 있다. "평온하고 안정된 삶일수록 은밀히 매설된 덫을" 밟으면 걷잡을 수 없는 늪처럼 빠져든다는 것. 작가는 독자들에게 생이라는 여정에는 극단적인 두 갈래 길이 있음을 강조한다. 안전하지만 따분한 '권태'의 길을 선택할 것인가? 아니면 불안하지만 생생한 '멸망'의 길을 선택할 것인가? 차분히 생각해 볼 일이다.

당신이 원한다면 이혼해드릴게요.

얼마 전 아내가 했던 말이 생각났다. 아내는 회색 가면을 쓴 듯 무표정한 모멸의 어조로 그 말을 했다. 가슴속에 한순간 격렬한 통증 같은 게 지나갔다. 나는 한참 동안 장롱 모서리를 붙잡고 서 있다가 봉투 3개를 꺼내 돈을 담았다. 돈은 달러뿐이었다. 아내 앞으로 5,000

달러를 담았고 애들 둘에게는 각각 3,000달러씩을 남겼다. 50여 년의 인생을 마감하면서 가족들에게 남길 것이 이것뿐이던가 생각하니 와락 공포감이 들었다. IMF로 상징되는 세기말의 환란은 이 땅의 모든 사람은 물론이고 아내와 아이들에게도 냉혹하게 덮칠 것이 뻔했다. 파멸은 피할 수 없을 것이고, 그 파멸 가운데 살아남으려면 도망친 내게 맹렬한 적개심을 그들이 갖는 게 좋을 것이었다. 엊그제 다녀온 고향 집 생각이 났다. 마을 앞에 도열하고 서 있던 미루나무가 모두 베어진 것을 그때 알았다. 무참했다. 고향 집 어귀에 있던 미루나무들이 싹 베어지고 없더라……고, 나는 전화기를 들고 선 선우에게 말했다. 선우가 어리둥절한 표정을 지었다.

나는 그렇게, 외환 위기로 내몰린 조국을 떠났다.(189~190쪽)

외환위기(Currency Crisis, 外換危機)는 1997년 11월에 발생하여 2001년 8월 23일에 종결된 경제사건이자 금융사건이다. 1997년 7월 태국 바트화 폭락에 이어서 필리핀 페소의 폭락 등이 나타나면서 아시아 전역으로 외환위기가 확산되었고 한국의 경우 정부가 모든 수단을 동원해서 환율 방어를 위해 외환시장에 개입하였으나 외화유동성 부족으로 결국 국가 부도 상황에 직면하게 되었다. 한국정부는 결국 1997년 12월 국제통화기금(International Monetary Fund)에 구제금융 양해각서를 체결하여 국제통화기금으로부터 195억 달러, 세계은행(IBRD)과 아시아개발은행(ADB)으로부터 각각 70억 달러와 37억 달러를 지원받아 외환위기를 가까스로 넘겼다.

박범신의 소설『주름』은 당시 "외환 위기로 내몰린" 대한민국의 현실을 "IMF로 상징되는 세기말의 환란"으로 묘사한다. 작가는 그것을 "격렬한 통증"이자 "공포감" 또는 "파멸"로 규정한다. 특히 주인공 김진영의 "50여 년의 인생을 마감하면서", "아내 앞으로 5,000달러를 담았고 애들 둘에게는 각각 3,000달러씩을 남겼다."라는 진술에서 무참한 삶과 생의 허무를 가감 없이 보여준다. 50과 5000과 3000이라는 구체적인 숫자들은 이 작품의 핍진성을 극대화하는 효과를 갖는다.

> 어떤 이는 숙명이라고 부른다. 그 당장엔 우연처럼 일어나 우리들을 끝없이 번민시키고 또 분열하게 하는 것, 그렇지만 종국엔 아귀가 딱 맞춰진 듯 옴짝달싹할 수도 없게, 우리가 거기 좌초할 수밖에 없었다고 느껴지도록 하는 것, 합리주의만으로는 다 설명할 수 없으나 이렇게 저렇게 오감 열고 느끼면 제 몫몫, 원인과 결과, 넘치지도 모자라지도 않게 짝을 채워 제자리 찾아 앉는 것, 인생을 나는 보다 모던한 말로 예비된 프로그램이라 부르고 싶다. 살다 보면 누구나 두 갈림길에 놓이게 마련이라고 어떤 시인은 읊었거니와, 그것이 두 갈림길이 아니라 세 갈림길, 또는 열 갈림길, 백 갈림길이라 할지라도 그 길의 초입에서 느끼는 혼란과 분열일 뿐, 결국 그 길을 다 통과해 지나오고 나서 돌아보면, 그렇고말고, 그 모든 길은 다만 하나로 이어진 어떤 불가항력적 프로그램 속에 입력된다. 그것이 인생이라는 이름의 미로 게임이다.(236~237쪽)

아마도 우리가 지금껏 살아가면서 접한 것들 중에서 인생을 향한 가장 아름다운 정의(定義)가 아닐까? 박범신에 의하면 인생은 "우연"이자

"번민"이고 "분열"이자 "숙명"이다. 작가는 삶은 "합리주의만으로는 다 설명할 수 없는 것"으로 규정한다. 그에 따르면 인생은 "넘치지도 모자라지도 않게 짝을 채워 제자리 찾아 앉는 것" 또는 "예비된 프로그램"이다. 박범신은 삶이라는 길에서 느끼게 되는 어떤 "혼란"은 결국 "그 모든 길은 다만 하나로 이루어진 어떤 불가항력적 프로그램 속에 입력된다."라고 해석한다. 이 소설을 읽은 독자들은 "인생이라는 이름의 미로 게임"을 어떻게 풀어야 할 것인가? 삶은 본질적으로 모든 것이 예정되어 있는 불가항력적인 프로그램이라고 하더라도 인간은 자신이 감당할 수 있는 부분에서 최선을 다해야 하지 않을까?

> 무엇이 남는 게 있어 죽이고, 또 떠날 것인가. 그녀가 죽음에의 북진을 하고 있다는 걸 알고 난 다음 내가 서늘하게 확인한 것 중 하나는, 누구든 생의 중심이라 할, 죽음에의 북진을 언제나 멈출 수가 없다는 것이었다. 그녀는 처음부터 알고 떠났지만 나는 아무것도 인식하지 못하고 떠나온 것만 다를 뿐이었다. 오래된 와이셔츠의 단추가 올이 풀려 늘어져 나오듯, 청춘, 혹은 신생의 젊은 땅이라고 말하고 있을 때조차, 시간은 돌이킬 수 없이 사멸의 북행길로 우리를 몰고 와 마침내 북극해 밑 5000여 미터, 절대 고독의 그 심연으로 우리를 밀어 넣고 만다는 것을 나는 이제 알고 있었다. 나 또한 그 대열에서 한 번도 이탈하지 않은 인생이었다.(259쪽)

박범신을 가리켜 작품성과 대중성을 조화롭게 확보하고 있는 뛰어난 작가로서 규정할 수 있는 근거는 무엇인가? 그의 작품을 읽는 독자는 개인과 사회가 유기적으로 만나고, 구체성과 관념성이 행복한 화학 결합을 진행하고 있음을 깨닫는다. 인용한 대목에서 박범신은 죽음을 묘사하면서 "죽음에의 북진"이나 "사멸의 북행길" 또는 "북극해 밑 5000여 미터, 절대 고독의 그 심연" 등 그만의 개성적이고 빛나는 표현들을 도입한다. 이러한 비유와 상징은 작가의 돌올한 문학성을 유감없이 보여주는 근거가 된다.

　　그녀는 언젠가 실토했다.

　　내가 병들고 나서 깨달은 한 가지는, 우리가 우리들의 본능을 너무도 존중하지 않는 삶의 체제 속에 놓여 있다는 거였어. 그녀의 전반기 삶은 그래도 그 체제와의 불화를 줄이려고 노력했으나, 그녀의 후반기 삶은 그 체제와의 불화를 오히려 극대화하려고 노력했다는 것이었다. 내가 신부와 관계 맺은 것도 그래. 그녀는 설명했고, 그녀의 설명을 나는 알아들었다. 평생 누군가를 그처럼 깊이 알게 된 것도 내겐 처음 있는 일이었지만, 한 사람에게서 그처럼 많은 걸 배운 것도 물론 처음 경험한 일이었다. 그녀는 내게 시작(詩作)을 권유했고 데생도 가르쳤다. 그리고 내게 더욱 꿈같이 행복했던 것은, 적어도 그 기간 동안, 그녀는 대체로 나를 한 인간으로서 대등하게 존중해 주었다는, 바로 그 점이었다. 내 자아라고 생각했지만, 기실 사회구조 속에서 훈련받은 가짜 자아, 그 허위를 깻박치고, 평생 억눌려 있던 본질적인 나의 다른 자아를, 그녀는 부드럽게 끌어내어 동등한 우의로 그것을 존중해주었다. 내가 수치스럽다고 여기어 한사코 폐기 처분했던 본증을 존중해준 것은 그녀가 처음이었다. 그녀는 최종적으로 내가 자유로운 인간이라는 사실을 깨우쳐주었을 뿐 아니라, 친구로서 연인으로서 대등하게 그것을 받아들여주었다.

그것은 내가 일찍이 상상하지 못했던 행복이었다.(294쪽)

작가가 천예린과 김진영이라는 두 인물을 내세워서 독자들에게 전달하려는 메시지는 무엇인가? 박범신은 현대인이 "우리들의 본능을 너무도 존중하지 않는 삶의 체제 속에 놓여 있다는" 것을 김진영을 통해서 보여주고 있다. 김진영은 천예린에게서 "그처럼 깊이 알게 된 것도", "그처럼 많은 걸 배운 것도" 처음이었음을 깨닫는다. 김진영은 천예린에게서 시를 배우고 그림을 배우면서 온전한 한 인간으로서 존중받으며 일찍이 상상하지 못했던 행복을 맛보게 되는 것이다. 작가는 김진영이라는 캐릭터를 형상화하면서 "수치스럽다고 여기어 한사코 폐기 처분 했던 본능"이 사실 매우 소중한 덕목일 수 있으며 그러한 본능의 존중에서 "자유로운 인간"이 탄생할 수 있음을 보여준다. 어떻게 보면 프로이트가 『문명 속의 불만』에서 포착한 문제의식을 소설로 녹여낸 것이 바로 박범신의 『주름』이라는 생각도 가능할 것 같다.

우리가 생이라고 부르는 것의 원형이 어떤 형상의 집 속에 갇혀 있는지 나는 모른다. 그 집은 지금도 침묵의 은유로서 우리에게 별빛 같은 예시를 보내고 있을 터이다. 그러나 그 별빛 같은 예시를 좇아 깊고 고요한 생의 우물 밑을 들여다보기엔 아직 나는 너무 젊다. 그래서 나는 아버지가 노트에 남긴 글의 마지막 부분을 여기 옮겨 놓고 이 이야기에서 떠나려고 한다. 천예린의 최후 모습과 캄차카에 있을 때의 아버지 심경을 묘사한 대목이다. 그러나 이것은 참다운 피리어드가 아니다. 나는 그렇게 생각하고 있다. 생애를 통해 아버지가 그러했듯이, 아버지가 그리워한 알 수 없는 그 무엇의 심연까지, 생의 끝까지, 자유의 중심까지, 나 또한 계속 걸어가보려 한다. 나는 아버지를 묻었으나 당신을 떠나보낸 것은 아니다. 어머니도, 천예린도 마찬가지다. 나는 당신들을 아버지, 어머니, 선생님이라는 한정적인 이름에서 해방시켜드리고 싶다. 그리하여 생의 심연으로 가는 길에 오래오래 나의 텍스트로 삼을 요량이다. 그곳, 생의 심연으로 내려가는 어둡고 푸른 길을 상상하면 가슴이 두근거린다.

　아버지, 아니 인간 김진영이 내게 남긴 선물이다.(410~411쪽)

　박범신에 따르면 생은 불가지(不可知)의 문제에 속하고 죽음 역시 그러하다. 인용 대목은 김진영의 아들 김선우의 입장에서 서술된다. 아버지 김진영이 "그리워한 알 수 없는 그 무엇의 심연"이 무엇인지, "생의 끝"이나 "자유의 중심"이 어디에 있는지 김선우는 알 수 없지만 아들은 아버지처럼 "또한 계속 걸어가보려 한다." 삶이 선택의 문제가 아니듯이 죽음 역시 선택의 차원을 넘어선다고 할 때, 작가는 여기에서 인간이란 다만 자신에게 주어진 길을 걸어갈 뿐이라고 이야기하고 싶었는지도 모른다. 독자로서는 "그곳, 생의 심연으로 내려가는 어둡고 푸른 길을 상상하면 가슴이 두근거린다."라는 진술을 "선물"처럼 기억해야 하는 건 아닐까? 박범신은 삶이 고통의 연속만은 아니듯이 죽음 역시 그러할 것이라는 기대를 가져야 한다고 말하는 걸까?

　　　　　　　　　　　　　　　　　　　　　　문학 그 높고 깊은

4. 시적인 문장과 진정한 자유

　　　　　　　　　　이 글은 우리나라를 대표하는 소설가 중 한 사람인 박범신 작가의 작품 세계를 되돌아보려는 시도였다. 2000년 이후 박범신 문학의 현재성을 살피기 위하여 2015년에 출간된 장편소설 『주름』을 논의의 중심에 세워 보았다. 이 글이 작가의 무수한 작품 중에서 『주름』을 선정한 까닭은 이 작품을 향한 그의 애정이 남다르기 때문이었다. 1999년 2600매 분량의 『침묵의 집』에서 출발한 소설의 여정은 2006년 1500매 내외의 『주름』으로 이동하였고, 2015년 1200매 내외의 개정판 『주름』으로 변경되었다. 박범신은 이 작품을 개작하면서 50대 중반의 나이가 70대 초입에 이르게 되었다. 더욱 놀라운 사실은 작가가 추후에 이 작품의 개작 가능성을 여전히 열어 놓고 있다는 점이다. 박범신의 『주름』 개작은 마치 최인훈 작가가 자신의 대표적 『광장』을 열 번이나 개작한 것에 견줄 수 있는 치열한 작가 정신의 소산이 아닐 수 없다.

　『주름』은 1997년 11월부터 2001년 8월까지 지속된 외환위기를 배경으로 삼고 있는 소설이다. 작가는 이 작품에서 지금껏 경험하지 못한 사회적 혼란 속에서 안전과 안정의 길만을 추구하던 주인공 김진영이 천예린이라는 은밀한 덫을 만나서 극적인 화학 반응을 일으키는 과정을 다양한 인물의 시선으로 다채롭게 형상화한다. 이 소설은 죽음이나 멸망을 눈앞에 둔 상황에서의 삶이 오히려 진정한 삶일 수 있음을 보여준다. 박범신에 따르면 억눌러 왔던 본능에 충실한 삶이 자유로운 인간으로서의 삶일 수 있다. 비유와 상징으로 무장한 작가의 시적인 문장은 죽음을 더 이상 공포의 순간으로 묘사하지 않는다. 박범신은 단순한 합리주의만으로는 설명할 수 없는 생을 하나의 숙명이며 불가항력적인 프로그램으로 이해한다. 작가는 이 작품 『주름』의 독자들에게 순간순간에 최선을 다하며 본능에 충실한 삶을 사는 것이 진정한 자유에 이르는 길임을 알려주려는 건 아닐까?

노년과 청춘의 은교(隱交)

박범신의 『은교』에 이르는 사다리

김경화(충북대학교 유립문화연구소 연구원)

1. 들어가며

박범신은 예술성과 상업성을 동시에 갖춘 작품을 쓰고 있는, 한국 문단에서 독보적 위상을 지닌 작가다. 그가 내놓은 작품은 영화와 연극으로도 소개되어 대중의 사랑을 받으면서 사회에 새로운 화두를 끊임없이 던지고 있다. 그중에서도 70대 노시인과 17세 여고생의 사랑을 다룬 『은교』(2010)는 파격적인 소재로 사회에 커다란 파문을 일으키기도 했다. 주인공 이적요가 들려주는 노년의 욕망에 대한 솔직하고도 섬세한 보고와 자기갱신을 통한 절대적인 미의 탐구는 관객들에게 충격과 더불어 잔잔한 감동을 선사하였다.

『은교』는 2012년 정지우 감독에 의해 영화화되면서 더 알려진 탓인지 작품에 대한 초기 비평은 영화와 원작의 차이를 비교하고 분석하는 논문이 주를 이뤘다. 황영미는 "소설 『은교』가 늙음에 대한 성찰과 욕망"을 강조한 반면, 영화 〈은교〉는 "육체적 사랑과 정신적 사랑의 차이가 감각적으로 형상화"된 작품이라고 두 매체상의 차이점을 선명하게 부각했다.[1] 최배석은 소설 『은교』의 액자형 서술 구조가 삭제된 영화 〈은교〉는 "관객에게 해석과 의미화를 부여하는 불확정성 영역"[2]을 선사했다며 영화의 미덕을 강조했다. 정한석 역시 원작이 결핍한 "은교의 깨달음"[3]이 영화화 과정에서 적절하게 첨가되었다고 영화를 호평한다. 서지우가 훔친 이적요의 소설은 원작에서는 에밀레종을 모티브로 한 탐미적 예술가 소설인데 영화에서는 은교에 관한 열정을 담은 단편 소설 『은교』로 변형해 주체적 화자로서 은교를 부각했다는 것이다. "내가 그렇게 예쁜 아인 줄 몰랐어요. 고마워요. 은교 예쁘게 써줘서"라는 은교의 마지막 대사에 혼돈의 청소년기를 끝내고 자율적 주체로 거듭나는 은교의 깨달음이 녹아 있다고 보았다. 그런데 소설 원작에는 은교의 깨달음이 없다고 할 수 있는지에 대해서는 더 세밀한 연구가 필요하다.

이채원의 연구는 『은교』 소설과 영화가 대중문화에 어떠한 반향을 일으켰는지에 초점을 맞췄다. "한국 사회에서 '노인'에 대한 '타자화'와 '금기시'된 '노인의 욕망'이라는 화두를 본격적으로 공적인 담론의 장(場)에 가져"온 점은 높이 사지만, 소녀를 욕망의 대상으로 다루는 "남성 판

---

1 황영미, 「박범신 소설 『은교』의 영화화 연구」, 『영상예술연구』 22, 2013, 176쪽.
2 최배석, 「소설의 영화로의 매체 전이에 따른 불확정성 영역에 관한 고찰: 박범신의 소설 『은교』와 정지우의 영화 〈은교〉를 텍스트로 하여」, 『영화연구』 57, 2013, 415쪽.
3 정한석, 「깨달음에 관한 슬픈 시가 있네」, 『씨네 21』, 2012.5.24. http://m.cine21.com/news/view/(2020/10/22)

타지"[4]의 한계는 벗어나지 못했다고 결론을 내린다. 김명석은 원작 소설에 대한 충실한 이해로 연구의 방향을 수정한다. 종이책으로 나오기 전에 먼저 이 작품이 〈살인 당나귀〉라는 제명으로 작가 블로그에 연재되었다는 데 주목해 OSMU 서사의 특징을 새롭게 밝혀낸다. "박범신이 박범신을 다시 읽고(쓰고), 정지우가 박범신을 다시 읽고(쓰고), 독자와 관객이 그것을 읽는"[5] 변용의 과정을 분석하여 상호텍스트성의 표본으로서 작품에 접근하였다.

외국문학 전공자들에게도 『은교』는 매력적인 텍스트를 제공했다. 나보코프의 『롤리타』, 사쿠라바 가즈키의 『내 남자』, 마르틴 발저의 『사랑에 빠진 남자』, 필립 로스의 『죽어가는 동물』, 토마스 만의 『베니스에서의 죽음』과 비교되면서 『은교』는 세계 문학의 관점에서 다시 한 번 새롭게 논구되었다.[6] 블로그를 통해 대중과 소통하고 그 결과를 예술작품으로 결정화한 『은교』가 세계 문학 차원에서 재조명되면서 논의의 결은 더 정치해졌다. 융(C. G. Jung)의 분석심리학, 진화심리학, 라캉의 욕망이론, 프로이트 이론 등 심리학적 비평의 입장에서 연구되었고, 페미니즘 비평

---

4   이채원 「(대중)소설과 (대중)영화가 당대의 사회규범과 소통하는 방식: 소설 『은교』와 영화 〈은교〉를 중심으로」, 『문학과 영상』 3권4호, 2012, 727쪽.

5   김명석, 「박범신 소설 『은교』의 욕망 구조와 서사 전략」, 『한국문예비평연구』 50, 2016, 252쪽.

6   김엘레나, 「욕망의 글쓰기: 나보코프의 『롤리타』와 박범신의 『은교』」, 『한국노어노문학회 학술대회 발표집』 10, 2015. 박성희·허배관, 「욕망과 금기의 균열- 사쿠라바 가즈키의 『내 남자』(私の男)와 박범신의 『은교』를 중심으로」, 『일본근대문학연구』 50, 2015. 원윤희, 「노년의 욕망과 행복 - 마르틴 발저의 『사랑에 빠진 남자』와 박범신의 『은교』를 중심으로」, 『독일언어문학』 77, 2017. 오봉희, 「젊음에 대한 시기와 질투: 로스의 『죽어가는 동물』과 박범신의 『은교』를 중심으로」, 『비교문학연구』 49, 2917. 이채원, 「비교문학의 관점에서 본 『베니스에서의 죽음』과 『은교』」, 『비교한국학』 23-1, 2015. 등이 비교문학의 관점에서 『은교』를 분석한 논문이다.

도 가세했다[7]. 일찍이 노년문학의 관점에서 작품을 분석했던 이미화는 『은교』를 서발턴의 관점으로 재해석하는 논문을 최근 발표했다.[8]

이처럼『은교』는 매우 다양한 각도에서 고찰되었지만 그 연구의 한계도 드러냈다. 영화와 소설을 비교한 초기 논문은 영화에 너무 치중하였고, 외국 문학과 비교한 경우도 소설 원작의 내용이 충실하게 반영되지 못한 경우가 많았다. 이론 비평에 입각한 연구도 부족한 부분이 있었다. 작가에 의해 "갈망의 3부작"[9]가운데 하나라 지목된 덕분인지 몰라도 이 작품은 심리학적 비평의 관점에서 가장 많이 해석되었다. 하지만 이 역시 심리이론에 작품을 끼워 맞추다 보니 문학을 이론에 종속시킨 한계를 보인다. 페미니즘 비평 또한 남성 화자 속에서 자기 목소리를 내지 못하는 은교에 집중하면서 주인공 이적요의 고뇌를 입체화하지 못한 심각한 우를 범했다. 그러나 페미니즘 관점에서 최근『은교』가 다시 거론되는, 변화된 사회상은 또 간과할 수 없는 현실이기도 하다. 문학 작품이 시대에 따라 다르게 해석되고, 작가는 그 가능성까지 염두에 두고 작품을 써야한다는, '오래되었지만 늘 새로운' 진실을 되새기게 하기 때문이다.

이 작품이 출판되고 영화화되던 10년 전과 현재 우리 사회의 대중적 정서는 사뭇 다르다. 오늘날 우리 사회 여러 층위에서 일어나는 대립과 갈등은 그 양상이 더 복잡하고 심각해지고 있다. 산업화와 민주화 시대

---

7   이명미, 「융의 분석심리학적 관점에서 본 소설『은교』에 나타난 자기실현」, 『한국언어문학』 100, 2017. 노병춘, 「오이디푸스 콤플렉스의 문학적 재현」, 2015, 『어문연구』 95, 2018.

8   이미화, 「현전의 형이상학과 서발턴 재현양상의 상관성 연구-박범신『은교』를 중심으로」, 『우리문학연구』 67, 2020.

9   박범신, 『은교』, 문학동네, 2010, 406쪽 (앞으로 이 책의 인용은 인용문 다음에 쪽수를 표기하는 것으로 대신함)

의 대립과 갈등이 다소 관념적 성격을 지닌 것이었다면, 21세기의 갈등은 피부로 느껴지는 갈등이다. 그 가운데서도 '혐오'에서 잉태된 남녀 갈등과 노년과 청년 간 세대 갈등은 해마다 심각해지는 추세다. 2018년을 전후해 우후죽순 터진 권력형 성 추문과 성 비위 사건은 이 갈등의 골이 얼마나 깊은가를 방증한다. 그런 까닭에 『은교』가 나온 지 10년이 된 오늘날도 이 작품이 영화화될 수 있을까 묻는다면 긍정적 답변을 기대하기는 어려울 것 같다. "늙은 괴테의 은교 찾는 소리"[10]라는 비아냥조 작품 감상을 경직된 관념의 산물이라고만 치부할 수 없는 게 지금 우리가 직면한 현실이기 때문이다.

이 글은 이렇게 복잡하고 새로운 문화 지형에서 작품이 재해석될 필요가 있다는 문제의식에서 출발한다. 『은교』가 10대 소녀에 대한 노시인의 사랑을 넘어, 젊은 세대와 노년 세대의 갈등에 대한 해답을 모색하는 글로 읽힐 수 있는 가능성을 타진하려 한다. 이를 위해 주인공 이적요의 관점이 아니라 작중 화자인 Q변호사의 시각에서 작품을 해독하고자 한다. 이러한 독해 방식은 문학의 존재이유를 다시금 생각하게 하는 오늘날 특히 더 유용하다. '문학의 죽음'을 이야기하는 시대에도 문학이 결코 죽지 않는 이유는 그 속에 삶을 '이해 가능한' 것으로 만드는 힘을 보유하고 있기 때문이다. 사람들은 세계와 삶, 인간이 불가해한 미스터리로 다가올 때 문학 작품을 펼친다. 그 세계의 독자로 들어가 문제적 인물을 만나고 문제적 상황을 등장인물들과 함께 타개하면서 자기 앞에 놓인 삶을 이해할 수 있는 단서를 찾는다. 생을 긍정할 수 있는 힘을 얻는 것이다.

---

10 문유석, 『쾌락독서』, 문학동네, 2018, 105쪽.

이런 원론적 관점에서 『은교』에 대한 비평사를 되돌아보면, 그간의 비평은 노시인 이적요와 그의 제자 서지우의 갈등에 주목하고, 두 사람의 관점에서 은교를 읽는 방식으로 진행되었다. 이적요와 서지우와 함께 작품 화자로 등장하는 Q변호사의 입장과 해석을 살피는 비평은 전무했다. 가장 객관적인 입장에서 사태를 바라보는 화자를 작품 해석에서 배제하면 작품의 의미가 온전히 드러나기 어렵다.

Q변호사는 이적요와 서지우를 누구보다 잘 알고 있는 사람이며, 두 사람의 욕망 대상인 은교를 선입견 없이 바라볼 수 있는 유일한 위치에 있다. 이적요와는 반백년을 함께 한 지기며, 생업에 묻혀 시시한 시를 쓰고 있다고 자책한다는 점에서 서지우의 처지를 누구보다 잘 이해하고 공감한다. 두 사람이 남긴 기록물을 교차해 독해하면서 사건의 전모를 가장 객관적으로 분석하고 전달할 수 있는 인물인 것이다. 이적요의 문학적 평가 작업에 관여하면서 은교의 현재 모습을 전하는 중요한 지점에 있기 때문에 Q변호사에 의지하지 않고서 독자들은 작품에 접근하기 어렵다. 그가 어떻게 이적요의 과거를 재구성하고 은교와 현실 세계에서 어떻게 교류하며 영향을 미치는가는 작품 이해의 필수 요건이다. Q변호사의 탐색은 곧 작품의 의미를 찾으려는 독자의 탐색인 것이다.

2. '오영훈 변호사'가 'Q변호사'로 바뀐 이유

블로그 연재소설 〈살인 당나귀〉에서 '오영훈'이라는 이름으로 명시되던 변호사는 『은교』에서는 'Q변호사'로 등장한다. Q라는 이니셜로 떠올릴 수 있는 한글 성(姓)이 희박하다는 것을 감안하면, 'Q변호사'의 'Q'는 'Quest' 혹은 'Question'의 'Q'를 연상시킨다. 『은교』에서 Q변호사는 연재소설에서 담당하던 이야기 전달자, 오영훈에 머무르지 않고 사건의 진상에 '물음'을 던지고 작품의 의미를 '탐색'하는 적극적 인물로 변모한다. 그래서 그는 이적요와 서지우의 갈등이 고조 되는 순간에는 어김없이 작품 속 화자로 등장해, 사건의 전모를 전달할 뿐만 아니라 그 파장까지 현실에서 통제한다. 또한 이적요가 공개하라고 명한 기록을 다 드러내지 않고 있음을 은연중 알림으로써 독자에게 적극적 해석을 유도하기도 한다. 독자는 변호사가 안내하는 대로 이야기 얼개를 구성하되, 필요한 부분에서는 스스로 도약 할 줄도 알아야 작품을 온전히 이해할 수 있도록 소설이 설계된 것이다.

Q변호사는 소설 『은교』 해석의 열쇠를 쥐고 있다. 이적요와 서지우가 각각 남긴 기록을 읽으면서 두 사람의 갈등을 탐색하고 진실을 탐색하는 주체는 바로 Q변호사다. 총 27장 가운데 이적요가 화자가 되어 서술한 부분은 16장, 서지우의 글은 5장, 변호사의 글은 6장으로, 이적요 분량이 압도적으로 많다. 하지만 이적요와 서지우의 장(章)이 각각 '시인의 노트'와 '서지우의 일기'라는 단순 표지를 달고 있는 반면, 변호사의 장은 뒤에 일련번호가 있어 사건의 진전을 환기시킨다. 그리고 변호사의 장에는 늘 은교가 등장해 사건이 현실의 장에서 새 국면에 진입했음을 암시한다. 은교는 새로운 진실을 추가하고 변호사는 더 복잡해진 사태 속에서 과거 사건을 재구성하는 역할을 하는 것이다.

처음 Q변호사는 이적요 사망 일주기가 되어 그의 유언을 집행하는 변호사로 등장한다. 노시인의 노트를 펼친 변호사는 "나는 한 은교를 사

랑했다"(11쪽)와 "내 분신처럼 살았"던 "서지우를 내가 죽였다"(12쪽)는
고백을 접하면서 변호사 이상의 일에 직면했음을 예감한다. 마침 사무실
로 부른 은교가 찾아와 독서는 중단된다. 은교는 건물이 변호사 소유라
는 사실에 놀라며 "이렇게 높은 곳에서 일하면 성공했다는 느낌이 들 것
같아요."(15쪽)라고 재잘댈 뿐 죽은 시인의 노트에는 관심이 없다. "후배
시인으로서나 법적 후견인으로서"(18쪽) 자신의 역할을 다하고자 하는
변호사와 달리 은교는 "세상의 더 높은 앞날을 바라보고"(15쪽) 사는 생
각 없는 젊은이처럼 그의 눈에 비친다. 시인이 지정한 인세 상속자이면
서도 일주기 행사에도 참여하지 않겠다는 태도에서 이런 확신은 더욱 강
해진다.

　은교가 돌아간 후 Q변호사는 시인의 노트를 다시 꺼내 이적요가 은
교와 서지우를 각각 어떻게 만났는지 읽는다. 은교는 시인의 집 뒤란에
놓인 사다리를 타고 빈 집에 들어와 정원의자에 앉아 졸고 있는 소녀의
모습으로 노시인과 첫 대면한다. 서지우는 20여 년 전 노시인이 대학에
서 문학을 가르칠 때 청강생으로 들어온 무기재료공학과 학생이었다. 노
시인이 이들을 처음 만났을 당시 나이는 각각 10대 후반과 20대 초반이
었다. 두 사람의 나이 차는 크지 않지만, 그 첫인상은 너무 다르다. 시인
에게 은교는 가슴에 '창(槍)' 문신을 한 인상적인 소녀로, 서지우는 "중년
의 그것"과 같은 "깊은 쌍꺼풀"(30쪽)을 소유한 청년으로 각인되어 있다.
"셔츠 속에 은신한 채 이쪽을 노리고 있는 전사"(24쪽)를 상상하게 하는
가슴을 지닌 은교와 달리, 서지우는 "평생 동안 오로지 주인이 주입해 준
생각, 가리키는 방향에 따라 짐을 지고 걸어갈 뿐인 '낙타' 같은 존재"(34
쪽)로 시인은 기억한다. 은교가 "감히 다른 사람이 앉는 일"(22쪽) 없던 시

인의 그네에서 졸다가 시인에게 오히려 "누, 누구세요?"(25쪽)라고 반문하는 "고이연⋯⋯"소녀라면, 서지우는 졸업 후 10여년 만에 찾아와 "다시 제자로 받아주십시오, 선생님"(33쪽) 하며 무릎부터 꿇던 청년이었다. 은교가 시인을 유혹하는 '관능'이라면, 서지우는 시인이 결(缺)하고 싶은 '무능'이라고 할 수 있다.

하지만 현재 시인의 기록을 읽는 Q변호사는 '관능'의 은교보다 '무능'의 서지우에게 더 끌린다. 서지우의 쌍거풀은 자기반역의 모험은 안중에 없는, "죄의 심지"(36쪽)라는 이적요의 말이 "서지우가 아니라 내 옆구리에 비수를 찔러 넣는 것"(36쪽)같다고도 느낀다. 그 역시 생업에 바빠 "평범하기 이를 데 없는"(36쪽)는 시만 쓰고 있다고 자책하기 때문일 것이다. 변호사에게 이적요는 "초월적인 적요의 시간"(20쪽)을 산 위대한 시인이었다. 폭설로 길이 끊긴 티베트 고산을 혼자 오르다 안내자 손에 이끌려 억지로 내려오면서 "카일라스 정상으로 가고 싶었어. 그것은 신성으로서 완벽했어. 시적 천재성이란 그런, 신성(神性) 아닌가."(38쪽)를 외치던 시인은 그에게 '웅혼한 시인'으로 각인되어 있다.

그러나 Q변호사가 처한 현실은 노시인을 마음껏 추억하고 추도하도록 내버려두지 않는다. 기자들은 시인이 남긴 노트를 공개하라고 변호사를 다그치고 내용을 전해 들은 일부 문인들은 문단의 명예를 위해 노트를 파기하라고 종용한다. 이러지도 저러지도 못하는 변호사는 "늘 시인을 그림자처럼 따라다니며 보좌했"(43쪽)던 서지우의 무덤을 찾아가 답을 구한다. 상업적 목적을 표방하는 문학 작품 공모를 통해 소설가로 다시 데뷔한 서지우는 원초적 욕망을 파헤친 세 번째 소설, 〈심장〉으로 막 주목 받던 중 사망했다. 그런데 서지우의 교통사고가 자신의 기획이었다는 노시인의 고백을 변호사는 결코 믿을 수 없다. 시인이 "감옥살이할 때 처음 만나 맺은 친교의 세월로 보면 벌써 반백년"(18쪽)을 알고 지낸 이적요가 "거의 내 분신"(13쪽)이라 칭했던 서지우를 죽일 이유는 없다고 보기 때문이다. 도대체 이들 사이에 무슨 일이 있었던 것일까, 변호사는 어려운 숙제를 앞에 놓은 아이처럼 당혹스럽다.

나로서는 너무나 힘든 독서가 아닌가. 더구나 이제 머지않아 기자들이 벌떼같이 그 노트를 내놓으라 몰려올 것이다. 어떻게 할 것인지, 앞이 캄캄했다. 노트를 내게 맡긴 이적요 시인은 물론이고 서지우까지 원망스러웠다. 무덤 속에만 있지 말고 일어나 뭐라고 말 좀 해보게나, 라고 나는 속으로 서지우에게 말했다. 자신들이 풀어야 할 문제를 내게 떠넘기고, 그들은 나 몰라라 누워 있었다. (43~44쪽)

죽기 한 달 전 이적요 집에서 마주친 서지우는 웃통을 벗고 장작을 패고 있었다. "저 친구 몸이 탄탄하네요."(45쪽)라고 변호사가 웃으며 말을 건네자, 이적요는 "몸이 좋으면 뭘 하누" "멍청한데"(45쪽)라며 이죽거렸다. "당신이 젊은 날 가질 수 없었던 아름다운 서지우의 쌍꺼풀을 처음부터 질투"(45쪽)했던 건 아닐까 과거의 일화를 반추하고 있을 때 묘를 찾은 은교와 마주친다. 은교는 서지우도 자신에게 일기를 남겼노라고 새로운 텍스트를 언급한다. 이적요의 노트를 보여줘야 서지우의 일기를 넘겨주겠다는 은교의 태도에서 변호사는 "생각보다 눈치도 빠르고 감각도 예민한 처녀"(48쪽)라고 은교에 대해 고쳐 생각하게 된다.

이처럼 세상을 보는 Q변호사의 시각은 유연하다. 노트를 통해 은교가 시인의 집안 청소 일을 시작하면서 이적요에게 커다란 변화가 있었음을 알게 된다. 은교는 "하나의 움직이는 '등롱'"(58쪽)이 되어 "'어셔 가(家)' 저택"(58쪽) 같던 어두운 집에 온기와 활기를 불어넣는다. 그것은 이적요가 사회주의 운동에 헌신했던 젊은 시절 어쩌다 이룬 가정에서는 경험하지 못했던 따뜻함이었다.

내게 아들이 하나 있었다.

감히 혁명을 꿈꾸던 이십대, 어떤 여자와의 관계에서 우연히 얻은 사내아이는 내가 감옥에서 나왔을 때 이미 중학생이었고, 내가 첫 시집을 냈을 땐 고등학생이었다. 그 여자와 결혼한 적은 물론 없었다. 사랑한 것도 아니었다. 같이 살아보지 않았으니 자식이라는 느낌도 없었다. 이름은 얼이었다.(64쪽)

시국사범으로 몰려 도망 다니다 숨어든 친구 집에서 친구 여동생을 알게 되고 자식도 얻지만 이적요는 가족이라는 느낌을 받지는 못했다. 아내라 불리지도 못했던 "어떤 여자"는 간경화로 죽고, 아들 얼과도 교류가 거의 없었다. 생애를 통해 열 번도 채 만나지 않아 "자식이라는 느낌도 없는"(64쪽) 아들과 달리, 그림자처럼 동행하는 서지우에게는 아들 이상으로 끌린다. 때론 그 감정에 조바심과 안타까움이 겹치면서 증오로 표출되기도 하지만, 그것은 친아들에게는 느끼지 못했던 애정이었다.

서지우의 순수성을 사랑하지 않은 건 아니었다. 그 때문에 안타까

윘던 적고 많았고, 그를 가르쳐 좋은 시인의 길을 가게 하려고 마음 먹었던 시절도 있었다. 사람으로서 그는 미운 데가 별로 없었다. 순정이 있었고, 충직했고, 보기에 따라선 쌍꺼풀도 남달리 이뻤다. 그러나, 서지우는 시간이 아무리 지나도 여전히 '멍청'했다. 감수성이란 번개가 번쩍하는 찰나, 확 들어오는 그 세계를 단숨에 이해하는 섬광 같은 것일진대, 그에겐 그게 없었다. (69쪽)

위 글은 서지우 사망 후 술로 연명하며 쓴 것이다. 살해의 이유를 나름 합리화하면서 한편으로는 자책에서 헤어나지 못하는, 극도의 모순된 감정에 휩싸여 쓴 글인 만큼, 이 부분이 액면 그대로 해석되어서는 안 된다. 이적요가 서지우를 "멍청"하다고 일갈하는 이면에는 기대만큼 성장해 주지 못하는, 아들을 바라보는 아버지의 애틋한 마음이 숨어 있다.

이적요를 바라보는 서지우의 감정도 이와 크게 다르지 않다. 케이블 텔레비전에 나와 자신의 최신작 『심장』에 대해 인터뷰 하면서 "손녀딸보다도 훨씬 어린 소녀를 볼 때도 눈빛에 이글이글, 욕망의 불길이 솟구치는, 그런 노인"(70쪽)이 실제 있다는 말은 이적요를 겨냥한 것이긴 하나, 모욕을 주기 위한 말이었다고만 볼 수는 없다. 이적요를 경계시키기는 말이기도 했다. 그동안 스승이 쌓아올린 명성이 은교로 인해 한순간에 무너질까봐 걱정하는 마음에서 서지우는 없는 용기를 낸 것이기도 했다.

그러나 이 장면을 보고 이적요는 자신의 미발표 원고를 훔쳐 발표하는 주제에 은교에 대한 자신의 순수한 애정까지 폄훼하는 제자를 용서할수 없다고 선언한다. 은교를 사이에 두고 서로의 그림자 같던 두 사람은 서서히 어긋나기 시작한다. 서로 상대를 통해 자신의 모습을 보면서도

문학 그 높고 깊은

그것을 인정하지 못해 파국을 예고하게 된다. 오영훈 변호사가 Q변호사라는 다소 모호한 이름을 가지게 된 이유도 여기에 있다. 실체에 접근하고자 하는 사람은 자신을 모두 노출해서는 안 된다. 그는 자신의 이름을 숨기고 탐색을 시작한다.

3. 오해와 이해 사이, 은교(隱橋)를 건너는 법

Q변호사는 이적요가 서지우를 살해했다는 세간의 오해를 쉽게 벗지 못한다. 그 역시 서지우가 노시인을 의도적으로 능멸하고 그의 미발표 작품을 훔쳐 개인적 출세에 이용한 것은 살해당할 이유로 충분하다 보기 때문이다. 이런 '오해'는 불안을 증폭하고, 증폭된 불안은 진실을 왜곡한다. Q변호사는 이적요 기념사업회 운영위원들이 모인 자리에서 노트의 핵심 내용을 밝히고 "언제 어떤 방법으로"(77쪽) 대중에게 알릴지 논의하려 한다. 하지만 위원들은 노트 공개 자체를 문제 삼는다. 유명 시인의 살인 문제가 드러나면 "문단 전체가 치명적인 이미지 손상을 입게 될 거라"(78쪽) 믿기 때문이다.

은교는 Q변호사에게 사건을 진실로 이해하고 싶으면 텍스트 자체를 의심하라고 넌지시 알려준다. 서지우의 일기를 건네주면서 "내게 읽히고 싶은 부분만 추려서 넘겨주신 거 같아요."(80쪽)라는 말은 이적요의 노트 또한 단편적 진실만 담고 있을 수 있음을 암시한 것이다. 은교가 기록을 건네는 조건으로 이적요의 노트에서 자신의 부분을 빼 달라 요청한 것은 기록은 온전한 진실을 전달하지 못한다는 것을 알고 하는 말이다. 물론 이적요와 서지우 사이에 쌓인 오해가 자신과 무관하지 않음을 알고 있기 때문이기도 하다. 다음 두 인용문에서 첫 번째 인용문은 이런 저의를 숨기지만, 둘째 인용문은 이러한 은폐를 그대로 노출한다.

> "할아부지 노트에도 제 얘기 나올 거예요. 서지우 선생님 글에도 저, 나와요. 솔직히 다 지우고 싶어요. 그 노트랑 공개되면 제가, 또 신문에 나고 할지 모르잖아요? H라고, 이니셜로 불러도요. 가까운 친구들 결국 다 알게 돼요. 할아부지 돌아가셨을 때 H양 어쩌고, 신문에 나서요. 쪽팔려 죽는 줄 알았어요."(81쪽)

> "저는요, 할아부지 노트에서도 서선생님 글에서도 떠나고 싶어요. 그렇다고 할아부지랑 서선생님, 밉다는 뜻은 아니에요. 원망 같은 거……없어요. 두 분 다, 죽어도……저……못 잊어요……"(83쪽)

그런데도 Q변호사는 언론 노출에 대한 부담감 때문에 은교가 운다고 잘못 생각한다. 그녀의 눈물에 죽은 두 사람에 대한 복잡한 감정이 스며있음은 읽지 못한다. 그래서 서지우 일기를 받고서 처음부터 읽지 않고 이적요가 진술한 부분과 겹치는 부분부터 먼저 읽는다. 작가 인터뷰 날 일기를 읽으면서 "모욕감과 노기로 온몸을 부르르 떨고 있는 선생님을 상상"(86쪽)하며 쾌감을 느낀다는 진술은 잘 보지만, "세상에서 가장 사랑하고 존경하는 나의, 나의 선생님"(88쪽)이라고 외치며 우는 서지우는 그냥 스쳐 지나간다. 애초에 사건의 오해에서 이해로 이어지는 은교(隱橋)는 현실에 존재하는 은교를 통해서만 건널 수 있기 때문이다. 하지만 은교는 변호사를 찾지 않는다. 부를 때만 모습을 나타낼 뿐, 자발적으로 변호사를 찾아오는 법은 없다. Q변호사가 아직 기록의 진실만 믿고, 행간의 의미를 읽지 못한다고 보기 때문이다.

이런 Q변호사를 이해의 세계로 이끄는 첫 계단은 은교에게 남긴 이적요의 편지다. 죽음을 바로 앞에 두고 대학생이 되어 있을 미래의 은교에게 쓴 편지는 은교를 새로운 시각으로 바라보게 한다. 편지에서 노시인은 자신의 "흔들의자 팔걸이에 자연스럽게 '놓여져' 있던(92쪽)" 은교의 손을 보는 순간 과거에 느껴보지 못한 감정의 소용돌이에 휩싸였다고 고백한다.

그 손등 위의 맥박은,

울근불근,

아주 고요하면서도 힘차게 뛰고 있었다. 네 심장이 뛰고 있는 것 같았지. 아니, 쌔근쌔근 바람 부는 네 코의 피리, 푸르스름하고 가지런한 네 속눈썹 그늘의 떨림, 맑은 물 고인 네 쇄골 속 우물, 오르락내리락 시소를 타고 있는 네 가슴의 힘찬 동력, 휘어져서 비상하는 네 허리의 고혹을 나는 보고 느꼈다. 내가 평생 갈망했으나 이루지 못했던 로망이 거기 있었고, 머물러 있으나 우주를 드나드는 숨결의 영원성이 거기 있었다. 네가 '소녀'의 이미지에서 '처녀'의 이미지로 둔갑하는 순간이었다.(93쪽)

"장지와 약손가락 사이로 흘러가는 핏줄"(93쪽)이 "마치 어린 새싹처럼 살짝 솟아오른 피돌기 부분이"(93쪽)이 뛰고 있다는 사실에 이적요는 충격을 받는다. 거대한 이데올로기에 갇혀 허울뿐인 정의를 좇다 놓쳐버린 진실을 바로 그 피돌기에서 보았기 때문이다. "머물러 있으나 우주를 드나드는 숨결의 영원성"이 바로 그곳에 있었고, "온갖 불온한 시대를 살아오면서 진실로 간절히 그리워한 것이 '처녀'의 숨결이었다는 것"을 처음으로 깨달았기 때문이다.

은교는 어린 시절 자신을 폭력으로부터 구해준 고향 누나 D를 연상시켰으며, "내 안에 평생 잠복해 있던 낯선 나"(130쪽)를 만나게 해주었다고 노시인은 회고한다. "감정은, 일종의 얼룩에 불과"(130쪽)하다 여기고, 자신의 이성을 "평생 신뢰해온, 평생 자신만만했던"(129쪽) 노시인의 집이 사실은 유폐된 붕괴 직전의 집이었음을 은교가 알려준 것이다. 바깥 공기가 차단되어 속부터 썩어간 암흑의 집에 은교가 들어와 처음으로 작은 등불을 밝힌 것이다. 은교는 외부에서 들어온 한 가닥 신선한 공기였고, 노시인이 가꿔온 예술 세계를 새롭게 되돌아볼 수 있는 거울이 되어주었다. 그런데 그 집을 공유한 서지우가 은교에게 다른 욕망을 품었다고 느끼면서 둘 사이 신뢰에 금이 가기 시작한다.

서지우가 은교와 입을 맞추는 장면을 본 이적요는 "오로지 나를 능멸하기 위해 일부러 순진무구한 그 애를 꼬였다고"(149쪽)고 상상하며, 자신이 대신 써준 원고 덕분에 스타 소설가로 부상한 서지우가 인세를 약속대로 공정하게 나누지 않는다고 의심한다. 그런데도 처음에는 자신의 속마음을 드러내지 않는다. 좋은 소설을 쓰지 못해 좌절에 빠진 서지우에게 "좋은 방법은 자네가 나로부터 독립해 자네 소설을 쓰는 거지. 그러면서 지금까지 내가 쓴 걸 깔아뭉개는 거야. 해봐."(146쪽)라고 격려한다.

하지만 서지우의 입장에서 보면 이적요는 쉽게 깔아뭉갤 수 있는 대상이 아니다. 아버지를 밟고 넘어서야 할 아들에게 아버지는 너무 높은 산이다. 아버지의 격려는 오히려 자식에게 '너 어디 한 번 하는 거 보자'라는 조롱으로 들리기 십상이다. 급기야 두 사람은 "모든 것이 까발려져 함께 파멸에 이르는 순간을 원하면서도, 동시에 그것을 끔찍이 두려워"(148쪽)하는 모순된 감정 상태에 이른다. 상대가 "선수를 쳐 고백하는 게"(148쪽) 아닐까 서로를 의심한다. 급기야 "낙천적이었던 서지우는 오리무중 미묘한 캐릭터로 둔갑했고, 그에 대한 나의 감정 또한 조금씩 모멸감을 더해갔다"(147쪽)고 노시인은 서술한다.

노트를 읽으며 Q변호사는 은교가 이적요의 집에 들어오기 전, 먼저 노시인의 집에 들어와 등불을 밝힌 이는 서지우였음을 알게 된다. 그는 이적요가 안으로 쌓은 담장을 조금씩 허물어 내고 세상과 소통하는 길을 터준 고마운 제자였다.

"서지우는 안으로 쌓은, 사람에 대한 나의 담장을 조금씩 허물었다. 재주가 없다고 생각하고 처음엔 거들떠보지도 않았다. 그는 열심히 내 집에 드나들었다. 나는 드나들다 말겠거니 하고 모르는 체 내버려두었다. 그러나 몇 년이 지나도 그는 시종여일했다. 재주가 없는 대신 심성이 착하고 따뜻했다. 아들과 살았어도 그만은 못했을 터였다. 어떤 가족보다 나은 사람이었다. 때마침 나는 가속도로 늙어가고 있었다. 거의 유일하게 그를 믿을 수 있었고, 살붙이 같은 정을 느꼈다. 단 하나의 가족이었고, 모든 희로애락과 오욕칠정을 내보여도 되

는 유일한 친구였다.(249쪽)

　"제자로서 문학판에서 쑥쑥 뻗어나가지 못하는 게 늘 마음"(249쪽)에
걸렸던 이적요는 "서지우라는 이름을 통해 포르노그래피 소설을 응모해
당선"(144쪽)해 그가 소설가로 다시 살 수 있도록 길을 터 주었다. 상금과
인세를 나누는 조건을 제시해 서지우가 기성작가로서 자존심을 다치지
않도록 배려까지 한다. "마음속에서 그는 여전히 '내 새끼'"(250쪽)기 때
문이다. 하지만 서지우라는 이름으로 자신이 쓴 통속소설을 발표한 것은
서지우만을 위한 일은 아니었다. "문학에서까지, 층위를 제멋대로 나누
어 놓고, 모든 작가 작품을 마치 공산품에 품질 표시를 하듯 표시해서 칸
칸마다 나누어 몰아놓으려는 듯한 지식인 독자들의 일반적 관습"(131쪽)
에 대한 이적요의 경멸이기도 했다. "시인으로 성역화해온 나의 '빛나는
성취'를 스스로 시궁창에 버리고 싶은 자학의 한 수단"(145쪽)이었다는
점에서 자기 모멸적인 행위이기도 했다.

　Q변호사는 억눌려 있다 폭발한 이적요의 문단에 대한 환멸과 "위험
한 자의식"(144쪽)이 두 사람 사이의 갈등을 더욱 키웠다는 것을 알게 된
다. 이적요는 자신의 미발표 원고를 모아둔 반닫이를 일부러 열어 놓고
서지우가 훔쳐가기를 기다린다. 첫 소설 발표로 이미 "나는 누구인가, 이
적요인가, 서지우인가"(164쪽)라며 혼란스러워 하는 제자가 원고를 그냥
두지는 않을 것임을 알고 한 행동이다. 자신이 쓰지도 않은 글에 대해 인
터뷰하느라 지치고, 문학잡지에 실을 원고를 달라는 편집장의 추궁에 시
달린 서지우는 이적요의 덫에 쉽게 걸리고 만다. 소설을 "편견으로 가득
찬 지식인 사회에 대한 통렬한 야유의 한 가지 방식"(142쪽)으로 삼은 노

시인에게 제자의 도둑질은 감사한 일이기도 하다. 이적요가 분노한 것은 원고를 몰래 빼돌린 행위가 아니라, 나름 고친답시고 손을 대 엉터리를 만든 서지우의 조악한 솜씨다.

"사람에 대한 나의 담장을 조금씩 허물었"다고 이적요가 평가한 서지우는 이때부터 이적요의 담장 안에 자신이 갇히게 된다. 막연하게 좋은 글이 아니라, 이적요의 기대와 명성에 필적하는 글을 생산해야 하는 처지가 되면서 이적요의 그림자로 갇히게 된다. 누가 서지우고 누가 이적요인지 알 수 없는 극심한 혼돈 상태에서 그는 한은교를 만난다. 어머니가 목욕탕에서 일하다 다쳤다고 울며 차를 세우는 은교에게 돈을 건넬 정도로 서지우는 심성이 따뜻한 사람이었다. 하지만 선의로 건넨 돈이 "원조교제 하자는 거죠?"(173쪽)라는 반응을 불러오자, 오히려 그 말 때문에 "불온한 마음이 생기"(174쪽)게 될 정도로 이미 정신적으로 피폐해져 버렸다. 그에게 "은교는 그냥, 밉지 않은, 좀 귀엽고 정결한 이미지의, 그 또래"(163쪽) 여자애일 뿐, "머물러 있으나 우주를 드나드는 숨결의 영원성"을 느끼게 하는 그런 아이도 아니었던 것이다.

이렇게 판이하게 다른 두 사람이 서로 질투하고 오해하고, 증오를 쌓아가면서 이적요의 집은 다시 어둠에 휩싸이고 문은 안에서 닫히고 잠기게 된다. 외부 사람들이 보기엔 더없이 화목한 가족 같지만, 실상 두 사람은 상대를 그림자로 옭아매고 지옥문으로 들어가는 중이었다. 『어셔가의 몰락』의 주인공 쌍둥이 남매가 외부와 차단된 채 서로만 의지하며 살다가 결국 상대를 쓰러뜨리고 저택이 허물어지듯, 이적요와 서지우의 관계는 가벼운 충격에도 무너질 정도로 허약해진다.

석조 주택은 붕괴된 상태는 아니었다. 아직 건재한 부분과 이미 부서진 석조가 조악하게 뒤섞여 불협화음을 내고 있을 따름이었다. 나는 어셔의 집을 보면서 낡은 목공예품을 떠올렸다. 겉은 완벽하고 그럴 듯 해 보여도, 오랜 세월 지하실에 쳐 박혀 있어 외부 공기를 전혀 쐬지 못해 속부터 썩어 들어간 목공예품 같았다.[11]

Q변호사는 은교의 출현으로 이적요와 서지우가 서로 상대의 그림자로 살고 있었음을 확인하게 되었다고 판단한다. 그림자의 경계가 무너지는 날 두 사람 역시 무너지리라는 두려움도 함께 느꼈다고 본다. 이런 불안과 공포를 이적요는 서지우에게 투사하고, 서지우는 한은교에게 투사한다. 이적요가 서지우를 지나치게 트집 잡는다고 Q변호사가 느꼈던 것은 이 때문이며, 서지우가 은교를 완력으로 제압하는 것도 이 때문이다. 두 사람의 집은 "오랜 세월 지하실에 처박혀 있어 외부 공기를 전혀 쐬지 못해 속부터 썩어 들어간 목공예품"처럼 겉은 멀쩡하지만, 누가 출입문만 열어도 그 힘으로 무너질 정도로 이미 쇠약하다.

그것이 은교가 이 집을 출입문이 아니라 사다리를 타고 몰래 숨어든 이유다. 은교는 두 사람이 오해에서 이해로 건너는 다리가 되려 하지만, 스승과 제자는 은교를 사이에 두고 만나려 하지 않는다. 은교 앞에 서면 어둠 속에 파묻혀 있던 두 사람의 관계가 그대로 드러나기 때문이다. 두 사람이 건너지 못한 오해에서 이해로 이어지는 은교를 건너는 이는 Q변

---

11 Edgar Allan Poe, *The Fall of the House of Usher*, Create Space Independent Publishing, 2017, p.5.(번역은 필자의 것임)

문학 그 높고 깊은

호사다. 그는 이적요가 기록한 은교를 통해 은교에 대한 이해의 폭을 넓혀간다.

4. "그때 내 눈에 그 사다리가 들어왔다"

이적요 기념관 사업을 위해 현장 답사를 나온 Q변호사는 관계자들과 기자들이 이적요가 직접 파 놓고 "적요굴(寂寥窟)"(246쪽)이라 부른 암굴에 커다란 관심을 보이는 데 놀란다.

암벽을 파고 들어간 동굴이 거기 있었다. 동굴 입구는 한 사람이 허리를 구부리고 들어갈 만큼 좁았지만 이삼 미터쯤 들어가면 한두 명이 서고 누울만한 골방이 나왔다. "이거, 이적요 시인이 직접 팠다면서요?" 누가 물었고, "맞습니다. 거의 혼자서 작업했다고 들었습니다." 누가 대답했다. 그것은 사실이었다.(156쪽)

혼수상태로 있던 시인이 마지막으로 병실을 나와 "스스로 판 암굴, 멍석 위에 반듯이 누워 죽어"(158쪽) 발견되었기에 관계자들이 이 동굴에 특별한 의미를 부여하는 것은 어쩌면 당연하다. 굴에다 시인이 "임종한 대로 밀랍인형을 만들자"(157쪽)는 제안이 나올 정도로 사람들은 '암굴'과 '시인'을 필사적으로 연결하고 싶어 한다. "고요하고 쓸쓸하다는 뜻을 가진 적요(寂寥)라는 이름"(16쪽)과 '암굴'은 어딘가 어울리기도 하고 "신비주의"(157쪽) 분위기를 고양시킬 수 있다고 보기 때문이다. 문단 관계자들이 죽은 시인을 신비화하는 데 골몰하는 것과 달리 Q변호사는 이적 요가 남긴 작품의 현재적 의미를 되묻는다. 이 집을 자주 방문하기도 했던 Q변호사가 죽은 시인의 집에서 새롭게 본 것은 "암굴"이 아니라 바로 "사다리"였다.

> 그때 내 눈에 그 사다리가 들어왔다.

> 옆집 담장과 시인의 집 사이, 잡초들 사이에 쓰러져 박힌 알루미늄 사다리였다. 시인의 노트에서, 그 사다리와 관련해 충격적으로 묘사된 부분이 두서없이 떠올랐다가 꺼졌다. 사다리는 본래 시인의 집에서 곧장 뒷산으로 나가기 위해 뒤란의 축대에 세워져 있던걸요. 나는 사다리를 유심히 보았다. 그러나 나와 달리, 사다리에 주목하는 사람은 없었다. (156쪽)

사다리를 새롭게 주목한 것은 "시인의 노트에서, 그 사다리와 관련해 충격적으로 묘사된 부분이 두서없이 떠올랐"기 때문이라고 Q변호사는 말한다. 그러나 그가 사다리를 독자에게 언급한 곳은 두 군데뿐이다. 첫 번째는 은교가 문이 잠긴 시인의 빈 집에 들어온 경위를 "집 뒤 축대에 사다리가 걸쳐져 있던걸요."(25쪽)라고 밝힐 때다. 두 번째는 이적요가 노랑머리 청년으로부터 "당신 지금, 썩은 관처럼 보여!"(208쪽)라는 모욕을 당한 후 두문불출하다가 "집의 뒤란에서 사다리를 타고 올라가"(237쪽) 뒷산에서 은교를 만날 때다. 그런데 이 부분을 "사다리와 관련해 충격적으로 묘사된 부분"이라 말하기는 어려울 것이다. Q변호사는 사다리에 대해 이적요가 중요한 언급을 하였다고만 밝힐 뿐, 충분히 설명하지 않은 채 독자에게 그 해석을 의도적으로 미루고 있다.

변호사의 언급을 통해 독자가 추론할 수 있는 것은 이적요가 '암굴'에 은거하고자 했던 '고독'의 시인이 아니라, '사다리'를 타고 이곳과 저곳을 잇고자 했던 '연결'의 시인이었다는 점이다. 사다리는 은교가 처음 이적요의 집으로 들어올 수 있는 수단이었으며, 좌절에 빠진 이적요가 뒷산에서 은교를 만날 수 있도록 도와준 다리였다. 이 사다리는 홀어머니 대신 어린 동생들을 전적으로 돌봐야 하는 십대 소녀와 "친구나 동지는 배신의 다른 이름이었고 꿈과 이상은 관념에 불과"(248쪽)했던 과거에서 나와 "혼자 시 속으로"(249쪽) 걸어 들어갔던 70대 시인을 연결하는 수단이었다. 이 사다리를 통해 은교는 가족보다 더 가족 같은 사람들을 만날 수 있었고, 이 사다리를 통해 이적요는 "할아부지는요, 은교보다요, 더……불쌍해요……"(240쪽)라고 진실로 자신을 이해한 소녀를 만날 수 있었다.

사람들은 이적요가 세상과 절연하고 동굴의 고독을 사는 시인이라 생각했지만, Q변호사는 이적요가 항상 뒤란에 사다리를 놓고 사람과 연결되기를 염원했던 시인이었음을 뒤늦게 깨닫는다. 이적요가 암굴 속 죽음을 선택한 것은 자신이 세상을 향해 걸쳐 놓은 사다리가 결국 실패했음을 암시한다. "그 사다리와 관련해 충격적으로 묘사된 부분"이란 실패를 인정하고 다시 암굴로 걸어 들어간 시인의 소회와 관련된 어떤 것이라 짐작될 뿐이다. 서지우와 은교, 두 사람과의 은교(隱交)를 통해 '신성'으로서의 예술, '삶'으로서의 예술에 다가가고자 했던 이적요의 꿈은 결국 수포로 돌아가게 된 것이다.

그러나 이 어려운 '사다리'의 수수께끼를 푼 Q변호사도 은교를 이해하는 속도는 아주 더디다. 이적요의 아들 '얼'이 아버지처럼 차가운 사람이 "사랑이라 불러도 되는 그런 감정"(160쪽)을 느낀 소녀가 과연 누구인지 궁금하다고 말하자 그는 은교에 대한 이적요의 마음은 "사랑이라기보다 연민"(160쪽)이라고 단정한다. 변호사가 보기에 은교에게는 사람을 끄는 특별한 매력이 없는, 그저 모든 게 보통인 "보통 여자애"(163쪽)고, 노시인을 매료시킨 것은 은교가 아니라 은교가 지닌 젊음의 광채라 본 것이다.

이적요 시인이 본 경이로운 아름다움이란 은교로부터 나오는 특별한 아름다움이 아니라, 단지 젊음이 내쏘는 광채였던 것이다. 소녀는 '빛'이었고, 시인은 늙었으니 '그림자'였다. 단지 그게 전부였다. (163쪽)

그래서 처음에는 이적요가 아니라 서지우가 은교의 "모든 실체를 사실 그대로"(163쪽) 보았다고 생각한다. "인생을 다 알고 있는, 먼 곳을 보는 눈빛"을 소유한 "그리움이 많은 여자애"(174쪽)라는 서지우의 기록을 Q변호사는 더 신뢰했던 것이다. 서지우의 기록에 따르면 은교가 처음 시인의 집에 온 것도 사실 서지우를 만나기 위함이었다. 그것도 모르고 "곧고 의지가 강했으며, 누구보다 여자에 대한 욕망을 하찮은 것으로"(175쪽) 보았던 이적요의 "시선에 자주 불씨 같은 것이"(175쪽) 타오르니 서지우는 고민이 되지 않을 수 없었다.

설마, 하고 손 놓고 있어야 할까. 어떻게 살아온, 어떤 선생님인지

나는 알고 있다. 보호해야 할 분은 은교가 아니라 선생님이다. 세상에서 가장 좋아하고 존경하는 나의 선생님. (176쪽)

이적요가 은교를 차에 태우러 학교까지 오는 걸 보고난 후 서지우의 걱정과 불안은 배가된다. 서지우가 노랑머리를 시켜 대로에서 이적요를 모욕하도록 한 것은 증오라기보다는 사랑에서 나온 행동일 수 있다. 서지우에게 이적요는 은교 이상의 존재기 때문이다.

그러나 선생님을 잃고 싶지 않고, 은교도 잃고 싶지 않다. 나는 여전히 선생님을 존경하고 사랑하고 있다. 때로 선생님이 나의 장애물이며 짐이라고 느낄 때도 있지만, 그 짐을 지고 가는 것이, 선생님 없이 살아가는 것보다 백 배 낫다. 어떤 의미에서 선생님은 여전히 은교 이상이다. (327쪽)

그래서 처음 은교를 본 Q변호사의 소감은 서지우의 견해와 유사하다. "'가치에 비해 지나치게 칭찬받는 봄'과 다르지 않다"(212쪽)고 느끼면서도, "단순히 젊다고만 할 수 없는, 나이가 느껴지지 않는 '신비한' 눈빛"(213쪽)을 지녔다고 본다. 하지만 서지우의 차를 일부러 펑크내고 자신의 코란도 조향장치를 교묘히 조작한 것은 이적요가 맞지만, 서지우의 교통사고는 그런 이유에서 발생한 것이 아니라고 단호하게 말하는 은교를 대하면서 은교에 대한 변호사의 생각은 바뀌기 시작한다. 그녀가 사건에 전혀 무관심하지 않았다는 것도 처음 알게 된다. 서지우의 차가 "그냥 추락한 게 아니라 굽잇길에서 중앙선을 넘어 올라오는 차를 보고 피하려다 핸들을 급히 꺾다 추락한"(214쪽) 것이며 목격자도 있다는 은교의 얘기를 듣고, 오히려 그녀가 "그들로부터 완전히 빠져나오지 못했다는 것"(216쪽)을 절감한다. 그는 은교를 아주 잘못 보았던 것이다.

> "두 분 다, 저는 요, 진짜요. 좋아⋯⋯해요. 지금도요. 특히 할아부
> 지는요. 날이 갈수록요. 더 깊어지는 중이구요. (217쪽)"

> "할아부지와 선생님, 서로가 너무 많이 사랑했다는 거예요. 절 사
> 랑한 게 아니에요. 두 분하고 함께 있을 때마다 버림받은 기분은 제
> 가 가져야 했구요. 진짜로요. 끼어들 틈도 없었는걸요."(217쪽)

Q변호사는 은교의 진심을 이해하면서 사건의 진실에 도달한다. 서지우 사고 기록을 다시 살피고 "'눈물'이 그를 죽음으로 몰아넣은"(373쪽) 주범이라 결론짓는다. 너트가 빠진 자동차를 본 서지우는 "세상에서 가장 사랑하고 존경하는 스승과의 관계를 절대 회복시킬 수 없다는 명백한"(375쪽) 사실을 깨닫고, 주체 못한 눈물 때문에 중앙선을 넘어 올라오는 차를 미처 피하지 못했다. 최종 결론에 이른 Q변호사는 자기 앞에 앉은 은교에게서 "단단히 닫힌 입술 안쪽에 아주 웅숭깊은 어떤 알이라도 품고 있는"(378쪽) 듯한 모습을 본다. 노시인을 "죽은 '시인의 사회'에"(15쪽) 몰아 두고 자신은 "세상의 더 높은 앞날"(15쪽)을 바라보고 내달리는 이기적인 처녀가 아니라 노시인이 가지 못한 길에 다시 서 있는 청년 은교를 새롭게 본 것이다.

이러한 청춘의 가능성을 미리 내다본 이는 다름 아닌, 이적요였다. 그

문학 그 높고 깊은

는 젊은이의 은어도 배우고 헤나 문신도 따라 하면서 청춘의 길과 은밀히 교제하고자 했다. "왜 좀 더 오래전에 이런 길이 가까이 놓여 있는 걸 보지 못했을까"(196쪽) 후회도 하고, "아니, 보지 못한 게 아니라 한사코 버리고 온길"(196쪽)이라 자책도 하면서, 그 길을 은교와 함께 다시 걷고자 했다.

5. 나오며: 내일의 은교를 기다리며

지금까지 Q변호사의 관점에서 『은교』를 읽으면 작품이 어떻게 재해석될 수 있는지 살펴보았다. Q변호사는 이적요와는 반백년 이상 알고 지낸 사이며 후배 시인이기도 하다. 그는 이적요 사후 일을 책임 진 변호사로서 그의 유언을 집행하고, 후배 시인으로서 시인의 기념사업에도 참여한다. 이적요와는 비교도 안 되는 변변치 않은 시를 쓰고 있다고 자책한다는 점에서 서지우가 처한 문학적 곤경도 잘 알고 있다. 생면부지의 은교까지도 서지우가 남긴 노트를 건넬 만큼 신뢰할만한 인물이다. 이야기를 독자에게 전달하는 세 명의 화자 중 가장 객관적인 시각을 유지하는 이가 변호사이므로 독자들은 그의 관점에서 사건을 이해하고 등장인물에 대한 인식도 키워간다.

Q변호사는 처음에는 서지우와 비슷한 관점으로 은교를 바라보았으나 이적요의 글을 읽으면서 차츰 은교가 지닌 가능성을 알아보게 된다. 노시인이 은교를 통해 본 경이로운 아름다움이란 그저 "젊음이 내쏘는 광채"(163쪽)일 뿐이라 여겼던 변호사는 마지막에는 은교에게서 "웅숭깊

은 어떤 알"(378쪽)을 품은 '청년'을 만나게 된다.

변호사는 이적요와 서지우가 은교에게 품었던 욕망을 지니지 않았기 때문에 '있는 그대로'의 은교를 보고, 그녀의 목소리 또한 제대로 들을 수 있었다. 은교가 사다리를 타고 노시인의 집에 몰래 들어와 그에게 가르쳐준 것은 청춘과 교류하는 사다리를 끊지 않는 한 청춘이라는 진실이었을 것이다. 그녀는 허울뿐인 이데올로기에 갇혀 자신의 청춘을 유실했다고 후회하는 노시인에게 새로운 문학의 길을 보여준다. 그리고 이적요가 '적요굴'을 스스로 팠던 시인이기도 하지만, 뒷산으로 가는 사다리를 항상 뒤란에 걸쳐 두었던 '사다리'의 시인이었음을 독자에게 환기시킨다. 이적요가 '은거'의 시인을 가장하고 있었지만 실상은 '연결'의 시인을 간절히 소망하고 있었음을 은교가 바로 본 것이다.

하지만 이적요에게 '연결'은 쉽지 않은 문제였다. 50대에 만난 20대 청년 서지우와는 조바심과 허욕 때문에 대신 써준 소설이 화근이 되어 관계를 망치게 된다. 작가로서 느린 성장을 안타까워하다가 문학가로서 서지우를 완전히 고사시켜 버리고 만 것이다. 하지만 70대에 만난 10대 소녀 한은교는 달랐다. 은교에게는 무엇이 되라 요구하지 않았다. 은교가 내뿜는 생기와 아름다움 속에서 "머물러 있으나 우주를 드나드는 숨결의 영원성"(93쪽)을 발견하고 비로소 관조할 수 있었다. 그런 노시인을 서지우는 과도하게 걱정하고 의심했다. 이적요가 청년 서지우를 받아들이고 아들처럼 키웠듯, 은교를 성장시킬 수 있다고는 생각하지 못했다.

이적요의 은교에 대한 마음이 어떠한 것인지는 세밀한 논의가 더 필요하다. 그러나 분명한 것은 이적요가 자신이 흘려보낸 청춘의 보상으로서 은교를 생각하지는 않았다는 점이다. 그는 은교를 있는 그대로의 모

문학 그 높고 깊은

습으로 대하고 사랑했다. 서지우라는 청년과의 은밀한 교제가 실패로 판명날 즈음 한은교를 만났기 때문에 이런 여유와 안목이 생겨났을 것이다. 이렇게 이적요는 세상과는 절연해도 청춘과는 연결되려 노력한 시인이었다.

이적요와 서지우의 틈바구니에서 부대끼며 때론 가족의 정을 느꼈던 은교는 스스로 시를 배우고 스스로 시를 쓰는 청년으로 성장한다. 대학교 교문 앞에서 만난 은교의 표정이 하루가 다르게 깊어지는 것은 그녀가 시를 쓰고 있기 때문이라고 Q변호사는 생각한다. 변호사 사무실에서 이적요의 노트를 읽고 노시인의 마음을 안 은교가 노트를 불태워버린 것은, 어쩌면 그녀가 시인의 마음이 되었기 때문인지도 모른다.

따라서 은교에게 거는 우리의 기대는 크다. 내일의 은교는 어제의 이적요를 뛰어넘는 시를 쓸 것이며, 오늘의 서지우보다 더 대중적으로 사랑받는 문학을 할 것이다. 이적요가 걸쳐두기만 하고 결국 건너지 못한 사다리를 은교만 알고 있기 때문이다.

문학 그 높고도 깊은

김미현(이화여대 교수, 문학평론가)

한 작가가 말한다. "데뷔 초기에 나는 사회비판적 성향이 강한 단편들을 열심히 썼으나 발표 지면조차 확보하지 못하는 소외를 겪었고, 소위 인기 작가의 이름으로 살던 십몇 년간은 많은 독자의 사랑을 받았지만 내가 내 작품으로부터 유리되는 고통을 경험했으며, 작가로서 죽음이나 다름없었던 '절필'을 통해 나는 급기야 나의 문학적 기득권을 반납했다."(『향기로운 우물 이야기』, 창작과비평사, 2000, 작가의 말) 이 작가는 박범신이다. 스스로 밝힌 대로 박범신은 베스트셀러와 문제작을 동시에 썼지만, 서로 다른 이유로 찬사와 비난을 동시에 받았다.

그래서 그의 대표 중·단편 10편을 시간 순서대로 수록한 이 책은 '절필 이전-절필 기간-절필 이후'의 흐름을 보여주는 3부분으로 크게 나눌 수 있다. 절필을 전후로 데칼코마니처럼 좌우가 바뀐 등가물과 비슷한 구조를 지닌 것이 그의 작품들이기 때문이다. 「겨울 아이」, 「역신(疫神)의 축제」, 「읍내 떡뺑이」, 「그들은 그렇게 잊었다」 등이 절필 이전인 1970년대 말부터 1980년대 초까지의 작품 세계를 보여주는 작품들이다. 그리고 절필 시기의 경험과 고통을 담고 있는 「제비나비의 꿈」과 「바이칼 그 높고 깊은」이 1990년대 중반의, 작가가 절필했던 시기를 대표하는 작품들이라고 할 수 있다. 나머지 「그해 가장 길었던 하루」나 「내 기타는 죄가 많아요, 어머니」, 「항아리야, 항아리야」, 「감자꽃 필 때」는 작가가 다시 글을 쓰기 시작한 이후인 1990년대 말부터 2000년대 초까지의 작품 세계를 보여주는 작품들에 해당한다.

작품들의 면면에서 드러나듯이 이 작가는 '왜 쓸 수 없는가'라는 문제조차 소설이 되고, '왜 계속 쓰고 있는가'가 삶의 이유가 되는 천형(天刑)의 작가이다. 때문에 위의 인위적인 시기 구분이나, 그런 구분의 기준이 되는 '절필'이라는 단어 자체가 무의미하거나 모순적인 작업일 수밖에 없다. 그러나 그 자체로 한 작가의 문학적 연대기이자 산업화나 근대화 이후의 한국 소설사에 해당한다면, 이 소설집을 이런 시각에서 바라봄으로써 그의 문학 속 '밀실'과 '광장'을 상호 소통시켜 주는 창이나 문을 달 수도 있을 것이다.

박범신의 초기작들은 『죽음보다 깊은 잠』이나 『풀잎처럼 눕다』, 『밤이면 내리는 비』, 『물의 나라』, 『불의 나라』 등의 베스트셀러 장편소설로만 그를 평가하거나 기억하는 사람들의 뒤통수를 치는 수준과 경향을 보여주고 있다. 소외되고 억압받는 자들을 내세워 1970년대의 산업화나 독재를 비판하는 사회성 짙은 소설들을 씀으로써 '잠수함 속의 토끼'와 같은 민중과 작가의 모습이 강조되고 있기 때문이다. 첫 창작집의 표제작이기도 한 「토끼와 잠수함」에서도 드러나듯이 이 작가에게 1970년대 사회는 밀폐되고 억압적인 잠수함에 다름 아니다. 이런 잠수함 속 공기의 움직임이나 변화를 가장 예민하게 알려주는 것이 바로 토끼이다. 잠수함 공기 내의 산소 포함량을 진단하기 위해 태운 토기의 호흡이 정상에서 벗어날 때부터 여섯 시간을 최후의 시간으로 삼기 때문이다. 이런 맥락에서 한 사회의 억압 정도나 위험 수위를 가장 정확하게 알려주는 인물 군상이 바로 토끼로 대변되는 1970년대의 '뿌리 뽑힌 자'들이다. 그리고 그런 토끼들의 호흡에 가장 민감하게 반응하는 작가 또한 게오르규의 『25시』에 나오듯이 잠수함 내의 토끼에 다름 아님을 박범신의 초기작들은 여실히 보여준다.

「겨울 아이」에서 군 수리조합장의 아들 '나'가 귀향길에서 만난 아이로부터 확인하게 된 것은 '나'의 아버지로 인해 소읍 사람들이 삶의 터전을 잃었다는 사실이다. 경제의 발전 논리에 입각해 농토를 목장이나 유원지로 만드는 과정에서 주변부로 내몰린 아이의 가족들은 읍의 분뇨 탱크가 바로 집 앞에 세워지는 수모까지 당한다. 급기야 그 분뇨 탱크 속에 아이의 어린 여동생이 빠져 죽자 '나'의 죄의식과 부끄러움은 더욱 커진다. 아이의 가족들이 항변하는 것은 "똥깐보다 사람살이가 더 귀하다"는 것이다. 이런 기본적이고도 인간적인 원칙이 지켜지지 않는 사회에 대한 분노가 아이로 하여금 '나'가 투숙해 있던 자신의 여관집에 불을 지르는 행동으로 발전한다. 이를 통해 강조되는 것은 도시화에 따른 농민의 해체와 심화된 빈부 격차 및 계급 간의 갈등이다.

보다 구조적이고 체계적인 입장에서 권력의 문제에 천착한 작품이 「역신의 축제」이다. 10여 년 후에 「틀」이라는 작품으로 확대 개작되기도 한 이 작품에서는 세계의 폭력성이나 권력의 편재성에 대한 작가의 신랄한 비판이 이루어지고 있다. 전근대적이고 씨족적인 권력을 대표했던 강진사의 세력을 타파한 뒤 새롭게 등장한 전도사의 권력은 근대적이고 합리적인 지배의 외양을 갖추고 있다. 그러나 전도사가 내세운 "이제 곧 잘 살 수 있게 된다"라는 당의정(糖衣錠) 속에는 마을 사람들을 희생 제물로 삼는 권모술수가 숨겨져 있다. 전도사에 의해 이용당한 후 자살하는 어린 화자 '나'의 누나로 대표되는 마을 사람들의 희생을 대가로 치르고 '새로운 강진사'로 재림한 것이 바로 전도사이기 때문이다. "우리 동네에선 강진사가 자유를 정하는 거랬어요"에서 "마을의 모든 일은 전도사가 결정했다"로 바뀌었을 뿐, 혹은 아이들의 우두머리가 강진사의 손자에서 타자이자 약자였던 '나(성재)'로 바뀌었을 뿐 마을 사람들의 지위나 삶에서 달라진 것은 없다. 오히려 합법화되거나 자발적인 복종을 강요한다는 측면에서 더 고급화되고 무서워진 권력이 재생산된 것일 뿐이다. 그래서 작가는 신을 위한 진정한 희생이나 제의는 없고, 가짜 신인 역신들을 위한 허황된 축제만 있는 병들고 타락한 사회, 지배하는 사람은 바뀌었지만 권력의 틀은 바뀌지 않은 억압적인 사회에 대해 불신과 허무를 느끼고 있다.

이와 연관되어 희생양이나 제물에 해당하는 억압받는 소수, 뿌리 뽑힌 자, 소외된 계층, 밑바닥 인생 등에 대한 작가의 관심과 애정을 대변하는 인물이 바로 「읍내 떡뻥이」의 떡뻥이다. 떡뻥이는 거지인 굴노인의 보살핌을 받는 정신적·육제적 불구자이다. 그런데 이처럼 정신도 모자라고 꼽추이기도 한 떡뻥이의 유일한 보호처인 굴노인의 집이 철거될 위기에 처한다. 동네 유지이자 발전 세력을 대표하는 극장 주인 만상의 돈 되는 버드나무를 보호하기 위해 힘 없는 굴노인의 30여 년이나 된 보금자리가 헐리도록 도시 계발 계획이 변경된 것이다. 굴노인은 집의 보상금으로 받은 3만원을 거지 왕초인 이쁜이에게 주면서 떡뺑이의 앞날을 부탁한다. 그러나 단지 돈이 탐났던 이쁜이는 떡뺑이가 만상과 그의 부하인 성구의 성적 노리개였고 임신까지 한 사실을 알고는 떡뺑이를 내친다. 다시 굴노인을 찾아간 떡뺑이는 강물에 빠져 죽으려는 굴노인를 따라 생을 마감한다. 이쁜이 또한 만상의 극장에 불을 지른 후 사라진다. 이처럼 사라진 '강경읍의 명물들'을 대신하는 것은 산업화와 도시화의 물결이다. "커다란 불도저가 한입에 토굴을 잡아먹고, 사람들은 살기 좋아졌다 환호하고, 결국 금강물을 뽑아 올리는 터빈이 밤낮없이 돌아가며, 기계 소리가 몸서리를 쳐댈 것이다"라거나, "때마침 읍에서 새마을 운동의 일환으로 페인트칠이다, 간판을 새로 단다, 읍내 미화 운동을 개시했다"라는 말이 함축하는 바는 과연 읍내 명물들의 희생으로 인한 개발이 누구를 위한 것인지 그리고 진정한 발전인지에 대한 근본적인 회의라고 할 수 있다.

이와 다른 맥락에서 사회의 폭력이나 발전 논리에 의한 희생을 4·19 세대의 변모로 형상화한 작품이 「그들은 그렇게 잊었다」이다. 사회에 의한 억압에서 예외자란 있을 수 없다는 사실을 혁명의 주체이자 지식인인 인물들을 통해 보여주고 있는 것이 이 작품이다. 고1 때 정의감과 건강함에 불타 4·19 혁명에 참가했던 '나'는 지금은 38살의 실직자가 되어 무기력한 삶을 영위하고 있다. 그러다가 혁명 때 목숨을 잃은 친구의 묘지 앞에서 우연히 재회한 선배를 통해 '나'는 4·19 혁명으로 대표되는 희망과 생명력을 되찾으려 한다. 이것은 "잊지 않아야 할 것을 잊지 않고 사는 방법"을 찾기 위한 몸부림에 다름 아니다. 그러나 '나'가 확인한 것은 먹고 살기 위해 개장사로 변신한 선배의 모습이다. 더욱더 비극적인 것은 선배를 이처럼 세속적이고 속물적인 생활인이나 정의와 신념을 상실한 변절자로 만든 것이 바로 거부할 수 없는 자본주의적인 현실이라는 사실이다. '초전박살'이나 '하면 된다'는 자본주의의 논리 자체가 흉기가 되어 선배의 삶을 훼손시키고 있었던 것이다. 원하지 않았으나 피할 수 없었다는 점에서, 그럼에도 불구하고 가족들에게조차 오히려 개처럼 취급당한다는 점에서 선배는 가해자가 아닌 피해자이다. 정의나 자유, 순수가 오히려 독소가 되면 패배자가 될 수밖에 없다. 그리고 가해자로 살아도 이길 수 없다면 피해자가 된다. 이처럼 이 소설은 과거의 영광을 잊지 않고서는 살 수 없는 사람들에게는 희망이나 신념 자체가 오히려 흉기가 된다는 것을, 그리고 그 흉기가 바로 폭력적인 사회가 획책한 '자살을 빙자한 타살'에 사용되고 있는 무형의 무기에 다름 아님을 아프게 전하고 있다.

이상의 4편의 초기작들은 "나는 급속한 산업화로 무질서한 장터 같았던 당시에 그 산업화의 필연적 산물인 구조적 불평등과 계급간의 갈등 문제에 나의 중·단편을 바쳤다"(「그해 내린 눈 지금 어디에」,『흰소가 끄는 수레』, 창작과비평사, 1997)라는 작가의 고백이 진실임을 확인시켜 준다. 비판적이고 비관적인 사회나 세계에 대한 인식을 통해 베스트셀러만이 아니라 문제작을 쓴 작가로서의 면모를 확실하게 보여주고 있기 때문이다. 이로써 박범신은 독자 혹은 평론가가 안(못) 읽은 것이 아니라 작가가 쓴 것, 베스트셀러냐 아니냐가 아니라 좋은 소설인가 아닌가가 전체적인 문학 평가에 있어서 중요하다는 것을 강조한다. 그리고 이 시기를 관통하는 작가의 관심이 '인간주의 이데올로기'였음도 보여준다. 기존의 거칠거나 직접적으로 사회를 반영하는 소설들과 박범신의 초기작이 갈라서는 지점도 바로 이 부분이다. 그는 사회를 말하기 위해 인간을 말하지 않고, 인간을 말하기 위해 사회를 말한다. 때문에 이 작가에게 리얼리티는 현실이기도 하지만 영혼이기도 하다. "우리는 누구나 풀잎같고, 그렇지만 세상은 늘 우리에게 칼날이 되라고 한다"(『황야』3. 청한문화사, 1990)라는 문제의식이 이 시기의 작가를 지배했기 때문이다.

하지만 이처럼 풀잎을 자르는 칼날에 대해 "재미있고도 향기롭게 말하는 대중성과 현실 비판 의식을 저버리지 않는 문제성이라는 두 마리 토끼"(「그해 내린 눈 지금 어디에」)를 모두 잡으면서 문학화하려 했던 작가에게 위기가 찾아온다. 절필 직전에 쓴 작품인 「그해 내린 눈 지금 어디에」에서 드러나고 있듯이 80년 광주로 대표되는 현실적 억압의 무게에 짓눌려 있던 작가에게 상상력의 고갈이라는 문학에서의 파산 선고까지 내려진 것이다. 현실과 일정한 거리를 유지하며 자신의 사막 혹은 골방에서 피 흘리는 구도자처럼 소설을 쓰던 작가에게 '실제 작가'의 모습과 '풍문 속 작가'의 모습 사이에서 발생하는 괴리도 커다란 고통이었겠지만, 더 심각한 고통은 '골방'과 '광주' 사이의 거리, '글'과 '삶' 사이의 거리에서 오는 분열과 회의이다. 그래서 펜을 놓게 된 작가는 3년이 흐른 후에 "글쓰기를 중단하고 있는 동안 내가 아프게 만났던 자기 성찰의 보고서"(『흰소가 끄는 수레』, 작가의 말)에 해당하는 「흰소가 끄는 수레」 연작 5편을 쓴다.

그중 한편인 「제비나비의 꿈」은 절필한 소설가가 베스트셀러 작가였던 자신을 비판한 교양 국어 강사로 인해 상처 입은 20살 아들과 나눈 대화체로 진행되는 소설이다. 하지만 이 소설이 단순한 작가의 자전적 고백에서 그치지 않는 이유는 '무리'로부터 튕겨져 나온 '제비나비의 꿈'을 문제삼고 있기 때문이다. 문학의 절대적 힘을 강조하는 것은 이 작가에게 전혀 새로운 것이 아니다. 박범신에게 작가란 문학을 하지 않으면 죽을 수밖에 없는 존재이기 때문이다. 여기서 더 나아가 작가는 '무리'로 대변되는 지배적이고 억압적인 제도나 질서, 폭력적인 집단성이나 전체성을 거부함으로써 소외될 수밖에 없는 소수의 공포를 강조하고 있다. 소설 속 '나'가 폭력적인 교사에게 저항했던 고등학교 때의 체험, 힘 있는 교장의 권력에 외롭게 저항했던 전임강사 시절의 체험, 신문사 입사시험 때 경험한 소수자로서의 체험 등을 열거하는 것도 이런 공포감을 강조하기 위함일 것이다. 그에게는 수치심이나 모멸감이 아니라 무리에서 떨어져 나왔을 때 겪게 되는 이런 공포감이 문학적 트라우마와 연결된다. 무리로부터의 소외로 인한 공포감이 절필의 동기가 되는 것도 이 때문이다. 유명작가라는 소문이나 단정으로 인해 자신의 문학의 실체를 규명조차 하지 않으려는 '무리'들로부터 느낀 소외와, 자신이 지금까지 일궈온 문학 전체라는 '무리'로부터 자기 자신의 삶이 벗어나 있을 때 느끼는 소외가 동시에 공포를 유발시킴으로써 그를 절필로까지 몰고 간 것이다. 하지만 그는 다시 무리 속으로 돌아가 무리 속에서 무리를 위한 문학을 하기 위해 절필을 철회한다. '문학을 위한 삶'에서 '삶을 위한 문학'으로, '운명의 문학'에서 '일상의 문학'으로 무게 중심을 옮기기 위해 필요했던 어둠의 시간을 극복했기 때문이다. "길고 고통스러운 어둠의 시간을 꿈꾸며 인내하고 나서 마침내 그 무명(無明)을 일시에 무너뜨리는 나비의 탈피와 비상"이 진정한 작가의 임무로 비유되고 있는 것도 이런 이유 때문이다.

「바이칼 그 높고 깊은」에서는 딸에게 보내는 편지 속에서 이런 작가의 임무가 변주되어 나타나고 있다. 글쓰기를 멈추었음에도 불구하고 사라지지 않는 집착과 탐욕, 번뇌에서 벗어나기 위해 작가는 "시베리아 대삼림 가운데 물 맑은 영혼의 심지로 밝혀 있는 바이칼"을 찾아간다. 이 여행에는 "내가 쓴 소설들은 삶을 여는 것이었던가, 한정지어 닫는 것이었던가"에 대한 작가로서의 회의가 작용한 것이다. 그래서 자신의 문학하는 자세와 운동권 딸의 시위하는 자세를 대비시키면서 두 가지의 자세가 합일될 때 물과 불, 수심과 수면, 심신(心神)과 색신(色身) 등도 하나가 될 수 있음을 강조한다. "네가 불 타는 아비(阿鼻)의 거리에서 꿈꾸듯이, 나 또한 세상 속으로 돌아가 보다 높고 보다 낮은, 보다 고독하고 보다 깨끗한 나의 사랑을 꿈꾼다"라는 작가의 말이 이런 합일을 위한 기초가 된다.

이처럼 세상 속에 적극적으로 들어가 '열린 문학'을 하고 싶다는 작가가 다시 초심으로 돌아가 쓴 '또 다른 처녀작'들이 바로 「그해 가장 길었던 하루」와 「내 기타는 죄가 많아요, 어머니」 같은 작품들이다. 작가 스스로도 첫 창작집인 『토끼와 잠수함』을 연상시킨다는 연작집 『향기로운 우물이야기』에 실려 있는 작품들로서, "서사의 길을 닦아 세상 속으로 가고 싶다"(작가의 말)는 작가의 의도가 잘 드러나 있기도 하다. 여기서 작가가 강조하는 서사의 회복은 1990년대 문학의 내면화 경향에 대한 비판에서 비롯되었기에 의미심장하다. 그가 강조하는 서사가 단순히 이야깃거리나 줄거리 중심의 소설이 아니라 독백이 아닌 대화, 고립이 아닌 관계, 본질이 아닌 실존을 회복시키려는 문학의 권리장전으로 읽히기 때문이다. 초기작들을 강하게 연상시키면서 전통적이고도 정통적인 계열에 속하는 「그해 가장 길었던 하루」가 이 지점에 자리잡을 수밖에 없는 것도 이 때문일 것이다.

특히 「내 기타는 죄가 많아요, 어머니」에서 작가가 다시 한 번 확인시켜 주는 것도 바로 현실과의 실제적 관계에서 발생할 수 있는 문학의 유죄성이다. 이 소설에서 동일 인물인 '우대산'과 '서우빈'의 이중성은 그자체로 문학과 현실, 작가와 문학이 관계 맺는 방식의 은유라고 할 수 있다. 유명작가인 '나'를 사칭하면서 '나'의 시까지 도용하는 사기꾼 우대산은 문학을 통해 비뚤어진 호사 취미를 누리려 하거나 자신의 열악한 신분에 대한 불안감을 편법으로 해소하려는 '가짜'에 불과하다. 그러나 진짜 예술을 지향했다가 그런 자신으로 인해 오히려 굶어 죽었던 카나리아로 인해 가짜의 길로 들어 선 후 그런 가짜를 보고 열광하는 가짜 애호가들을 비웃으며 굴복시키려고 하는 서우빈은 '진짜'일 수도 있다. 가짜를 비판하는 가짜는 진짜이기 때문이다. 이처럼 평가가 전도될 수 있는 우대산 혹은 서우빈을 통해 작가의 분신인 '나' 또한 자신의 문학을 되짚어본다. 이것은 문학이 유죄인 경우가 과연 '가짜 같은 진짜'일 때인가 아니면 '진짜 같은 가짜'일 때인가라는 심오한 질문과 연결될 수 있기에 이소설을 뒤집어진 '예술가 소설'로도 읽히게 한다. 우대산이 아무리 추상적인 이미지에 불과할지라도 힘들고 배고팠던 시기에 자신의 등불이 되어준 것처럼, 아무리 가짜일지라도 서우빈의 문학이 그에게 한 순간의 진실이나 감동을 준다면 비난만 할 수 있을 것인가. 이것은 그대로 우대산 혹은 서우빈에게 죄를 짓게 한 '나'의 문학은 과연 진짜이자 무죄라고 확언할 수 있는가에 대한 회의로까지 발전한다. 이런 자신의 문학에 대한 도저한 회의주의와 결벽증을 통해 이 작가의 문학에 대한 숭고한 열정은 더욱더 깊어진다.

이토록 힘들게 제자리를 되찾아가고 있는 이 작가에게 진짜 중요한 것은 죽음에 대한 욕망과 불멸에 대한 의지 사이에서 느끼는 갈등과 괴리와의 싸움임을 알려주는 작품이 「항아리야, 항아리야」이다. 이 작품에서 늙은 여류 작가나 무기력증에 빠진 화가 '나'의 비생산성은 "아이를 밸 수 없는 자들의 쓸쓸하고 참혹한 퍼포먼스"(『빈방』, 이룸, 2004, 작가의 말)를 유발시키고 있다. 작가는 이를 통해 생명력으로 가득 찬 별과 빛을 품고 있는 우주조차 아무런 생명력이 없는 "무기물의, 커다란 투구"(작가의 말)로 여기는 현대인들의 불임성을 고발한다. 이 소설 속에서 반복되어 등장하고 있는 씨앗을 품고 있는 해바라기, 큰 젖가슴을 가진 여성의 몸, 임산부의 자궁을 닮은 항아리, 완형(完形)의 달(月)이나 모래 언덕, 부풀대로 부풀어 오른 여성의 음부를 닮은 산골짜기 등은 모두 생명력과 풍요로움의 상징이다. 원형(圓形)을 통해 생산적인 창조력을 지향하는 원형(原型)들에 해당하기 때문이다. 반면 '나'의 헛배나 중심이 텅 빈 항아리, 옛 애인 혜인의 가짜 젖가슴, 무기질의 호피티(hoppity) 등은 모두 불모와 불임의 상징이다. 대조되는 이 두 상징을 통해 작가는 죽음과 생명, 소멸과 불멸, 공허와 충만 사이의 갈등을 문제삼고 있다. 때문에 필생의 야심작을 쓰려고 했던 늙은 여류 작가의 자살 이후에 "나는 남몰래 대형 항아리 속을 들어갔다"라는 말로 끝나고 있는 이 소설은 고래 뱃속으로 들어가 다시 태어나고 싶은 수많은 요나들의 재생 혹은 신생에 대한 염원을 형상화한 것이라고 볼 수 있다.

「감자꽃 필 때」는 지금까지 살펴 본 작가의 중·단편들이 지향하는 바

문학 그 높고 깊은

가 무엇인지를 잘 보여주는 결정판에 가까운 소설에 해당한다. 두 갈래의 길이 있다. 밭둑길로 대표되는 벙어리 농부의 길과, 시멘트길로 대표되는 용암사 주지의 길이 그것이다. 두 길 모두 "묘지로 이어지는 길" 혹은 "삶으로부터 저승으로 빠져 나가는 길"이다. 물론 그 길의 모양이나 끝은 서로 다르다. 농부의 밭둑길이 텅 빈 듯하지만 분주한 반면, 주지의 시멘트길은 분주하지만 공허하다. 농부의 길이 외롭지만 순수하고 정갈하다면, 주지의 길은 활달하지만 집착과 미련으로 인해 춥고 추하다. 때문에 "언제나 이것과 저것, 삶과 죽음의 경계가 없고 일체의 결핍도 없는, 불멸의 삶을 살 수 있는 이상향"인 '샹그리라'로 갈 수 있는 사람은 시멘트길로 죽음에 이른 주지가 아니라 밭둑길로 죽음에 이른 농부이다. 이를 통해 작가는 불멸에 이르기 위해서는 제대로 죽어야 한다는 것, 제대로 죽기 위해서는 제대로 살아야 한다는 것, 제대로 살기 위해서는 제대로 아프거나 많이 버려야 한다는 것을 보여준다. 죽지 않고서는 불멸에 이를 수 없는 삶의 모순을, 그렇기에 더욱더 치열한 삶을 포기할 수 없다는 낭만적 아이러니를 강조한 것이다.

이렇게 볼 때 박범신의 문학은 시간을 통과시키는 문학이 아니라 시간과 함께 흘러가는 문학임을 확인하게 된다. 무엇을 위한 문학이 아니라 그 자체로 문학인 문학, 수면의 변화나 흐름을 수용하고 합일시키려는 심해의 불변성과 영원성을 동시에 추구하는 문학이 바로 이 작가의 문학이라고 할 수 있다. 따라서 이 책에 실린 거의 대부분의 작품 속에서 죽음에 이르는 인물을 등장시키면서 작가가 탐구하고자 했던 것은 통렬한 죽음에 이르고 싶은 작가의 근원적인 욕망임과 동시에 죽음 이후의 삶마저 문학화하려는 지독한 소명의식이기도 하다. 이런 그의 문학은 앞으로 변하면서도 변하지 않을 것이다. 죽음의 유한성을 인정함으로써 불변의 불멸성에 도달하려는 부랑(浮浪)의 문학이기 때문이다. 소포클레스의 『필록테테스』에 나오는 작가의 은유처럼 그는 독사에 물린 고약한 상처를 지녔기에 집단으로부터 유리되기도 하고, 활을 잘 쏘는 특별한 재능 때문에 어쩔 수 없이 집단의 부름을 받기도 하는 존재이다. 또한 남을 아프게 하기 위해 자신이 먼저 앓는 환자이자, 자신의 항원체로 그 병을 치료할 수 있는 유능한 의사이기도 하다. "내 몸 안엔 늙지 않는 예민하고 포악한 어떤 짐승이 살고 있다"(『빈방』, 작가의 말)라고 말하는 작가라면 그 엄청난 업(業)을 감당할 수 있을 것이다. 여기 모인 작품들이 바로 그가 사회나 인생 혹은 문학을 겨냥해 정확하게 쏘아댄 화살들이다.

성찰적 자아와 회귀의 서사[1]

『흰소가 끄는 수레』의 한 읽기

남진우(시인, 문학평론가)

1. 아버지의 죽음과 문학의 내면화

           1990년대 문학의 특성 가운데 하나로 아버지 – 교사 – 지사로 대표되던 사회적 초자아(social superego)의 현저한 약화를 들 수 있다. 식민지 시대와 동족상잔의 참화와 개발독재의 암흑기를 통과해 오면서 우리 문학은 의식적이든 무의식적이든 단호하고도 금욕적인 부성의 압도적인 지배를 받아왔다. 대다수 작가들은 아버지의 법 아래에서 아버지의 목소리를 흉내 내며 아버지의 행방을 찾는 문학적 도정에 오르곤 했다. 부재하지만 현존하는 아버지의 목소리는 지상명령과도 같았다. 그 아버지는 때로 이념의 광휘에 둘러싸인 모습으로 현

---

1 『숲으로 된 성벽』, 문학동네, 1999, 344~364쪽. 수록원고

상하기도 했고 때로 복고적 가족주의의 의상을 걸치고 나타나기도 했다. 물론 간간이 부친 살해의 욕망이 금기의 장벽을 뚫고 표출되기도 했지만 그 욕망 또한 깊이 파고 들어가 보면 아버지에 대한 강렬한 동경과 애착의 역설적 표현이라는 점에서 아버지의 시절은 좀처럼 마감될 기미를 보이지 않았다. 문제는 아버지의 실재성이나 아버지와 자신 사이의 물리적 거리가 아니라 아버지로 상징되는 빛의 찬란함이었다. 그 빛이 저기 빛나고 있는 한 아버지에 대한 추구가 초래할 수도 있는 현실의 왜곡이나 균형의 상실은 대개 무시되기 마련이었다.

그러나 현실 사회주의권의 몰락과 함께 찾아온 1990년대는 우리에게서 돌연 그 빛을 앗아가 버렸다. 아버지는 이제 희망이 아니라 억압의 대명사가 되었고 모방의 전범이 아니라 폐기 내지 처형의 대상이 되었다. 신의 일식에 이어 아버지의 일식이 시작된 것이다. 아버지의 빛이 사라진 대신 후기 산업사회의 현란한 인공 불빛이 우리의 시야를 어지럽히며 우리의 의식을 장악해가기 시작했다. 도처에서 아버지를 죽인 아이들의 환호성이 울려 퍼지고 아버지의 시신을 분배하는 축제가 벌어졌다. 이를 혹자는 새로운 시대의 개막을 알리는 징후라고 기대감을 표시했고 혹자는 새로운 야만의 도래라고 개탄했다. 아버지라는 초자아가 사라졌다는 것은 모든 금지와 위계가 약화·소멸·철폐되었다는 것을 의미한다. 아버지의 법 바깥으로 미끄러져나간 아이들은 저마다 탈주와 위반의 몸짓을 선보이며 새로운 문학적 지형도를 그려나갔다. 그 결과 1990년대 문학은 지난 연대의 문학과는 여러모로 다른 개성이 출현할 수 있었고 또 거기에 많은 시선이 모이도록 하는 효과를 산출했다. 특정 이데올로기에 포박된 문학적 경향의 쇠퇴와 신세대 문학을 둘러싼 다양한 풍문들은

1990년대 문학의 이러한 측면을 명확히 예시해준다고 하겠다.

1990년대의 또 다른 특징인 문학의 연성화(軟性化)와 내면화는 바로 이러한 조건에서 출발한다. 흔히 이야기되는 대로 정치·사회·역사 같은 거시적 주제에 대한 상대적 무관심에 병행해서 일상의 미시적 진실에 대한 천착과 욕망·육체·대중문화·테크놀로지 같은 테마에 대한 형상화가 수면 위로 부상함에 따라 전시대의 남성적·이념 지향적 문학은 근본적 도전에 직면하게 되었다. 집단적 이념과 관련된 큰 주제보다는 탈이념의 작은 주제가, 흥미로운 사건 중심의 서술보다는 등장인물의 심리에 대한 섬세한 접근이, 강렬한 이야기성보다는 아름답고 정교한 문체가 더 선호되고 더 많은 주목을 끌게 된 것이다.

이러한 문학의 연성화는 자연히 내면화라는 특성과 맺어지게 된다. 여러 평자들이 지적한 대로 1990년대 문학의 다양한 지류 가운데 가장 유니크하면서도 높은 평판을 받은 게 바로 신경숙과 윤대녕으로 압축되는 내성(內省/內性) 문학의 계열이다. 이들은 개인의 고유한 실존에 대한 민감한 인식과 정신적 상처를 감각적이면서도 우수 어린 문장에 담아내 우리 소설을 새로운 단계에 진입시키는 데 결정적인 역할을 했다. 그러나 이러한 흐름에 대한 비판이나 반발이 전혀 없었던 것은 아니다. 최근 1990년대 소설의 내면성을 둘러싸고 제기된 몇몇 비판적 시각은 내성 문학의 시대적 필연성과 미학적 가능성에 대해 원점에서 다시금 사고하게 만드는 계기가 되어주고 있다.[2]

---

[2] 예컨대 이성욱은 「내면, 타자의 복원과 타자의 배제」(『세계의 문학』 1997년 가을호)라는 글에서 1990년대의 문학적 주류로 정착한 내성 소설을 비판적으로 고찰하고 있다. 그는 내성 소설이 탐구하고자 한 '새로운 자아'라는 것이 "단지 독아(獨我) 수준에 머물지 않고 역사

명백한 것은 우리가 문화사적으로 '자아의 소환'이라고 부를 수 있는 새로운 현상을 눈앞에 두고 있다는 사실이다. 당연하게 거기 그냥 있는 것으로 치부돼왔던 자아가 문제시되고 다양한 각도에서 탐구되는 것은 그만큼 우리 시대에 주체 – 자아 – 내면이라는 것이 위기에 처해 있다는 점을 반증해주는 것일 것이다. 안정되고 명료한 자기동일성이라는 것 자체가 환상이 되어버린 시대에 작가들은 다채로운 길을 통해 주체 – 자아 – 내면을 가로지르고 그 존재 방식과 의미를 탐문하고 있다. 이때 그 내면이라는 것이 또 다른 '허상'이나 '도피처'가 되지 않기 위해서는 성찰의 진정성과 진지성이 담보되어야 할 것이다. 박범신의 연작소설집 『흰소가 끄는 수레』가 우리에게 특히 유의미하게 다가오는 것은 바로 그 때문이다. 그의 소설은 심층적 자아를 깊이 있게 파고들어가는 투시력을

_____

대 개인이라는, 구태의연한 이항대립적 담론을 해체하는 임무를 수행하면서 양 영역의 새로운 접합 가능성을 꿈꾸고자" 한 것이었다면 실제 작품에선 그러한 접합이 제대로 이루어지지 못했다고 평가하고 있다. "객관적 현실은 황망히 퇴각해버리고 개체적 개인만이 덩그러니 서 있는 정경"이라는 것이다. 이러한 지적은 어느 정도 1990년대 소설의 한 측면을 평이하게 진단한 내용으로 동의할 만하다. 그러나 이어지는 글에서 그가 자아·내성·내면화 등에 대해 설명하면서 데카르트의 코기토에서부터 헤겔의 주인/노예의 변증법, 바흐친의 대화주의 등을 거론한 것은 전혀 정곡을 찌르지 못한, 현학의 나열로 보인다. 단적으로 이야기해서 신경숙이나 윤대녕 등이 탐구하는 내면은 데카르트에서 헤겔을 거쳐 현상학으로 이어지는 주체나 자아 개념으로는 포획되지 않는 영역이기 때문이다. 오히려 그들은 데카르트를 시발점으로 하는 현대적 주체-합리적 이성이 침묵시켜온 자아의 또 다른 부분, 그 유현하고도 심원한 세계를 탐색하고 있다. 신경숙이나 윤대녕 소설에 나오는 신비적 합일의 경험이나 유령 허깨비에 관한 이야기는 데카르트의 이성적 주체나 헤겔의 주인/노예 변증법의 '바깥'에 위치해 있는 것이다. 여기서 우리는 이성욱이 자아의 단일성에 지나치게 매달려 있다는 점을 지적할 수 있겠다. 신경숙이나 윤대녕 소설의 미적 특수성을 제대로 해명하기 위해선 자아의 복수성을 긍정하고 현대 이후 배제·소외되어온 자아의 또 다른 일면에 대한 깊은 천착이 요구된다. (심상대나 김영하의 최근 소설에서 볼 수 있는 '탐미적 자아'의 등장에 대해서도 같은 말을 할 수 있다. 그동안 우리 문학은 자아의 다양하고도 풍부한 측면에 대한 탐구를 '과도한 개인성의 탐닉'이란 미명 아래 지나치게 억압해온 면이 없지 않다.) 현대적 주체-합리적 이성의 '타자'인 자아의 또 다른 일면 앞에서 '독백'만 한 것은 정작 평자 자신인 것 같다.

문학 그 높고 깊은

보여주고 있다. 아울러 그는 아버지의 죽음이 일상화되어버린 시대에 아버지로 남아 세상을 살아나가는 일의 힘겨움을 감동적으로 형상화해 드러내고 있다. 그의 성찰적 시선은 아버지의 죽음 이후 허용된 자유의 공간을 유영하는 대신 한 사람의 가장으로서 대지에 발 딛고 서서 생을 계속해나가는 과업의 둔중하고 엄숙한 의미를 헤아리고 있다. 그에 따라 이 소설집엔, 김치수의 지적 에 따르면 "과장 없는 진솔함이 잔잔하게 깔려 있"으며 "야성적인 그의 세계가 세련성을 획득하고 있음을 확인할 수 있다."[3] 이제 박범신 소설의 새로운 경지를 구체적으로 살펴 볼 차례가 되었다.

2. 회귀와 순환의 여정

잘 알려진 대로 박범신은 1970년대에 등단한 작가 가운데 누구보다도 왕성한 작품 활동을 꾸준히 전개해 왔으며 또 광범위한 독자층의 사랑을 받았던 작가이다. 『흰소가 끄는 수레』는 그런 그가 돌연 절필 선언—작가 자신의 표현을 빌리면 '임종사'—을 발표하고 독자들의 시야에서 사라진 지 3년여의 세월이 지난 후 발표한 일련의 노작들을 묶은 창작집이라는 점만으로도 우리의 주목을 끌기에 족하다. 인기 작가로 한 시대를 풍미한 작가가 절필 선언이란 극단적 방법으로 문학적 사망신고를 발표하고 세인들의 시선에서 몸을

---

3   김치수, 「부랑의 세계 혹은 깨달음의 길」, 『흰소가 끄는 수레』 해설, 창작과 비평사, 1997.

감추기까지엔 남다른 고민과 불면의 밤이 있었을 터이다. 그러나 그는 당연하게도 문학 그 자체를 포기한 것은 아니었다. 그는 작가라는 "언제나 무릎 끓고 받고 싶었던 성찬" 앞으로 언젠가는 돌아올 수밖에 없는 숙명을 타고난 사람이었다. 따라서 작가 자신이 서문에서 밝히고 있는 바대로 이 작품집은 "글쓰기를 중단하고 있는 동안 내가 아프게 만났던 자기 성찰의 보고서"인 셈이다. 그 성찰은 자신이 지금까지 열정을 다 바쳐가며 해온 글쓰기가 거의 한계 지점에 도달했다는 자각과 자신이 지금까지 쓴 글들이 어쩌면 전혀 무가치한 허위의 집적에 불과할 수도 있다는 쓰디쓴 회의에 바탕을 두고 있다. 그 자각과 회의는 이 연작소설집의 맨 마지막에 수록된, 그러나 시간적으로는 가장 먼저 쓴 작품인 「그해 내린 눈 지금 어디에」에 잘 드러나 있다. 이 소설집에 실린 작품 가운데 가장 통렬한 자기반성을 담고 있는 이 소설의 중심인물은 마흔아홉 살에 이른 작가로서 현재 자신의 글쓰기와 베스트셀러 작가로서 지내 온 지난 시절에 대해 극심한 자의식과 회한에 사로잡혀 있다. "남다른 문학에의 열정과 소외된 시절에 대한 보상 심리로 무장"한 그는 삼십대를 거치면서 다수의 문제작과 베스트셀러를 잇달아 발표해 사람들로부터 한때 '타고난 이야기꾼', '감성의 황제'라는 칭호를 들으며 세속적 성공을 구가해 왔지만 오십을 앞둔 지금 스스로를 가리켜 "늙은 복서"라고 자조적으로 말할 정도로 정신적 위축과 무력감에 빠져 있다. 대중의 환호와 갈채도 이젠 더 이상 도움이 되지 않는다. 대중의 인정과 찬사를 고취시키기 위한 노력은 종국적으로 무한대의 자기 착취로 귀결될 뿐이다. "당신 그러다가 죽겠어. 제발 당장에, 지금 당장에, 때려치워, 그 소설"이라는 아내의 부르짖음은 그러한 저간의 사정을 잘 요약해주고 있다. 피폐한 정신과 쇠약해진 육신으로 바라본 세계는 텅 빈 들판처럼 황량하다. 그리하여 그는 새삼 "문학이란 무엇이고 무엇이어야 하는가"라는 고전적이면서도 그로서는 절실하기 이를 데 없는 질문에 맞닥뜨리게 된다.

이런 그에게 몇 년 전 무턱대고 그의 집을 찾아온 정체불명의 한 여인에 대한 기억이 떠오른다. 1980년대 초반 군사정권이 폭압적인 방식으로 세상의 질서를 재편하고 있을 즈음, 그는 한 일간지에 "허망하기 이를 데 없는 비극적 구조 속에서 세 남녀 주인공의 사랑이 어떻게 침몰되는지"에 관한 내용의 소설을 연재하고 있었다. 그해 겨울 어느 날 술집에서 집으로 전화를 걸어본즉 낯선 여인이 찾아와 그를 기다리고 있다는 것을 알게 된다. 전화로 몇 마디 주고받은 끝에 그녀가 자신과 전혀 무관한 사이이며 정신까지 약간 이상한 상태라는 사실을 깨닫고 그는 호통을 쳐서 그녀를 집 바깥으로 내쫓는다. 그러나 그 후로도 그녀를 기억에서 완전히 추방하지 못한 그는 실성해서 떠돌아다니는 그 여인의 이미지가 어느새 자신의 내면에 "집구렁이처럼 똬리를 틀고" 있음을 느끼게 된다. 작품은 오랜 시일이 흐른 후 당시 집을 나간 그녀가 얼어죽었을 것으로 판단한 주인공이 그녀의 신원을 파악하기 위해 노력하는 모습을 보여주고 어쩌면 그녀가 광주 민주화운동의 희생자 가운데 한 사람이었을 수도 있다는 점을 제시하며 끝을 맺고 있다. 시대와 무연하게 글을 써온 직업 작가라는 점에 자부심과 곤혹감을 함께 느껴온 그는 이 경험을 통해 자신의 소설이 "당시의 폭력적 시대 상황과 이야기를 은유적으로 비끄러매"고자 했지만 "그건 겉구조에 불과했다"는 참담한 반성을 하게 된다. 그러면서 그는 "나 정영호는 그 여자를 죽음의 어둠으로 내쫓은 장본인이다. 인중에 점이 있느냐 없느냐는 상관없다. 인중에 점이 있는 여자도 내쫓았고, 인중에 점이 없는 여자도 내쫓았던 나는 죄인이다. 내 죄가 지금도 이렇게 무겁다"는 비장한 심경을 토로하기에 이른다. 원하든 원치 않았든 자신 역시 시대의 가해자 편에 서있던 사람 중에 한 명이었음을 그는 뒤늦게나마 뼈저리게 인식하게 된 것이다. 이처럼 그가 글을 쓰지 못한 것은 '대중주의'라는 자신이 그동안 고수해왔던 신념이 산산이 붕괴된 대신 그걸 대신할 만한 새로운 신념 체계는 아직 형성되지 못한 것에 기인한 탓이 크다고 할 수 있다. 그러나 그것이 곧 작가로서의 삶에 종지부를 찍는 이유가 될 수는 없다. 소설 말미에 언급돼 있듯이 새롭게 맞이하는 오십대엔 또 다른 자아로 다시 태어나 새로운 글쓰기를 시도해야 함을 그는 절감하고 있기 때문이다.

이렇게 본다면 「그해 내린 눈 지금 어디에」는 가파른 상승 끝에 정점에 이르렀다가 한순간에 허방으로 떨어져 내린 주인공이 존재의 갱신을 앞두고 쓴 전락의 기록이며, 그에 이어지는 '흰소가 끄는 수레' 연작은 절필이란 작가로서는 존재의 최저 지점이라 할 수 있는 바닥에서 몸을 일으킨 그가 다시 새로운 상승의 길을 모색해나가는 과정에 대해 쓴 통과제의의 기록이라 할 수 있다. 그러나 우리는 여기서 '흰소가 끄는 수레' 연작에 대한 분석으로 직진하는 대신 「그 해 내린 눈 지금 어디에」에 나오는 다음 구절을 다시 한 번 되새겨 읽어볼 필요가 있다. 왜냐하면 작가인 주인공과 무작정 그의 집을 찾아온 낯선 여인과의 통화 장면을 그리고 있는 이 대목은 이 소설집 전체의 주제를 조그맣게 응축해서 담고 있는 '그림 속의 그림' 같은 역할을 맡고 있기 때문이다.

문학 그 높고 깊은

당장 내 집에서 나가시오!

벽시계의 아래쪽에서 작은 쪽문이 열리며 뻐꾸기가 뛰쳐나온 게
바로 그때였다. 뻐꾹, 하고 어린 뻐꾸기는 울었다. 회색 배면(背面)에
갈색 부리가 뚜렷했다. 가택침입이야, 당신. (……) 뻐꾹.
당장.
뻐꾹. 지금 당장.
뻐꾹. 내 집에서 뻐꾹, 나가시오.

이 작품 속에서 여러 번 되풀이되어 동일 선율의 반복 같은 음악적
효과를 거두고 있는 벽시계의 뻐꾸기 울음소리와 주인공의 외침은 이 소
설의 씨줄과 날줄을 이루고 있는 시간적/공간적 테마를 함축적으로 보여
주고 있다.
먼저 시간에 관한 테마. 작중인물의 말을 끊고 대화 사이에 침입해 들
어오는 뻐꾸기 울음소리는 주인공의 시간에 대한 강박관념을 여실히 보
여준다. 그는 시간의 파괴적 리듬에 불안을 느끼고 그로부터 벗어나고자
한다. 그는 늙어가는 것에 대해, 육체의 기능이 쇠퇴하는 것에 대해, 원기
왕성하던 상상력이 메말라가는 것에 대해, 그리하여 서서히 죽음 앞으로
떠밀려갈 수밖에 없는 것에 대해 절망적인 무력감을 느끼고 있다. 즉 이
작품집에 수록된 소설들은 젊음을 앗아가는 가차없는 시간의 흐름을 거
슬러 오르려는 불가능에 가까운 몸부림을 추적하고 있다. 그는 시간이라
는 거인과 싸우고 있는 야곱이다. 일방향으로 질주하는 시간의 직선운동
과 싸우고자 한다면 어떻게 해야 하는가. 거기에 대한 가능한 답변 중의

하나는 그 직선을 구부려 과거로 흐르게 한다는 것이다. 잃어버린 시간을 찾아서 떠나는 작업이 바로 그것이다. 과연 '흰소가 끄는 수레' 연작은 오십대에 들어선 작가가 자신의 젊은 날로, 유년시절로, 육체적 탄생의 순간으로, 그리하여 심지어는 먼 옛날 조상들이 살았다는 민족의 시원으로 거슬러 오르는 시간여행을 보여주고 있다. 그 시간여행은 망각에서 기억으로 가는 여정이기도 하다. 주인공은 과거의 자신과 해후하고 잊고 지냈던 사건을 하나씩 반추해 나가다가 현실적으로 도저히 기억해낼 수 없는 일까지 의식의 표면으로 떠올리기에 이른다. 「흰소가 끄는 수레」에서 유년시절 길렀던 황구의 죽음에 얽힌 삽화나 「골방」에서 자신이 어머니의 자궁을 빠져나오던 출생의 순간을 추체험하는 것은 그 극명한 예라고 할 수 있다.

다음은 공간에 관한 테마. 벽시계라는 둥지(집)에서 뛰쳐나와 뻐꾹 소리를 내는 뻐꾸기와 당장 내 집에서 나가라는 주인공의 외침은 상호 조응하면서 이 소설이 집이라는 공간을 둘러싸고 벌어지는 이야기임을 시사하고 있다. 그런데 여기엔 하나의 미묘한 아이러니가 잠복해 있다. 정작 집을 나가야(=떠나야) 하는 것은 그 여자이기 전에 그 자신이기 때문이다. 주인공은 이 소설집 곳곳에서 문학에 대한 열정 하나만으로 경제적 궁핍과 가족적 불행 및 자살에의 유혹을 견뎌내며 문학에의 꿈을 실현해온 지난날을 '부랑'이라는 단어로 요약하고 있다. 평생 그를 추동하던 것은 "떠나고 싶었던 열망과 신열"이며 "걷고, 달리고, 관성의 바람 속을 솟구쳐 날"고자 하는 욕망이다. 그런 그도 소설의 대중적 성공으로 인해 쉰살의 초입인 지금에 이르러선 세 아이의 아버지이자 한 여자의 남편으로서 "우뚝한 이층집, 따뜻한 아랫목, 푹신한 침대" 같은 표현이 말해주는 정주의 행복을 누리고 있다. 그러나 이런 일상의 안락이 자기기만 내지 자기 마취 위에 쌓아올린 모래성이라는 사실을 확인하는 순간 그는 다시 "부랑의, 저 잔인한 살의"에 사로잡혀 "조포한 질주"를 하게 된다. 그렇다면 뻐꾸기 울음소리는 전화 저편의 여자에게 보내는 통고이기 전에 전화 이편의 남자에게 전하는, 길을 떠나라는 촉구인 셈이다. 과연 그는 일상적 평안을 박차고 나와 젊은 시절의 방황의 자취가 남아 있는 해인사로, 무주로 떠나는가 하면(「흰소가 끄는 수레」), 용인 변방에 위치한 굴암산 자락의 외딴집에 칩거해 있기도 하고(「제비나비의 꿈」), 막내아들과 자동차로 밤길을 달려 고향마을을 찾기도 하고(「골방」), 멀리 우리 민족의 시원인 바이칼 호수로 날아가 고국의 딸에게 편지를 쓰기도 한다.(「바이칼 그 높고 깊은」) 그의 여정은 기존의 집을 떠나 새로운 집을 찾아가는 도정이며, 이는 항상 미답의 세계를 향해 나아가야 하는 모든 진정한 작가에게 짐 지워진 운명이기도 하다.

이렇게 본다면 이 소설집은 시간적으로는 과거를 향해 떠나며, 공간적으로는 현재 실제 살고 있는 집으로부터 점차 멀어져 보다 근원적인 집으로 가까이 가는 회귀의 서사로 이루어졌다고 할 수 있다. 그 떠남은 앞만 보고 달리는 젊은 날의 직선적인 부랑과는 달리 제자리로 다시 돌아올 수밖에 없는 순환의 궤적을 그리고 있다. 그 회귀와 순환의 여정은 곧 내면의 동반자, 내 속의 여성(female in me), 자신의 아니마를 찾아나서는 과정이기도 하다. 「그해 내린 눈 지금 어디에」에서 주인공이 소리를 질러 내쫓았던 여인, 얼굴도 모르고 이름도 모르는, 그러면서도 그의 내부에 똬리를 틀고 있는 그 여성이야말로 그가 작가로서 새롭게 태어나기 위해선 기필코 다시 살려내야 할 영혼의 다른 반쪽, 글쓰기의 수호천사이기 때문이다.

　　가끔 그 여자가 떠올랐다.

　　내가 '행복한 작가'로 지내던 몇 년 동안, 모든 죽은 자들이 내 환
영의 들길을 떠났음에도 불구하고, 유독 그 여자만 남아 있었다. 그
여자는 원고를 밤새 쓰고 난 어느 새벽, 잡다한 술자리를 파하고 돌
아오는 어느 한밤, 좋아하는 설렁탕 국물을 후룩후룩 마시고 난 어느
한낮, 문득문득 떠올라 거꾸로 놓인 압핀처럼 발에 밟혔다. 그 여자는
늘 어둠 속의 눈길을 가고 있었다.

'행복한 작가'와 '불행한 작가'는 사실 종이 한 장의 차이에 지나지 않
는다. 자기동일성에 금이 가는 순간 작가는 행복한 무지의 상태에서 고
통스러움의 상태로 이행한다. 새롭게 자기동일성을 정립하기 위해 집을
나선 그 앞에 저 멀리 가물거리며 가고 있는 여자의 뒷모습이 보인다. 그
녀는 누구인가. 위 인용이 나오는 대목보다 몇 페이지 앞엔 "그 무렵, 지
금 누군가 등을 보이고 그들 가운데의 수로를 따라 걸어가는 환영이 보
이곤 했다. 돌아가신 어머니가 갈 때도 있었고, 젊어 자살한 누이가 갈 때
도 있었다"는 구절이 나온다. 슬쩍 지나치듯 언급한 이 구절이 그러나 의
미심장하게 보이는 것은 왜일까. 이제 우리는 이 작품집의 지층 저 밑에
도사리고 있는 오이디푸스적 갈등 구조에 대해 알아볼 단계에 도달했다.

　　　　　　　　　　　　　　　　　　　　　　　　　문학 그 높고 깊은

3. 오이디푸스, 끝없는 부랑의 길

『흰소가 끄는 수레』를 흥미롭게 읽는 방법 중의 하나는 이 소설집을 늙은 오이디푸스의 드라마로 치환시켜 읽는 것이다. 소설가 오이디푸스는 인생의 절정기를 지나 황혼을 맞이하고 있다. 그는 자식들도 자기 마음대로 되지 않는 현실에 직면해 있으며 육체적 노쇠가 수반할 수밖에 없는 작가적 능력의 저하에 대한 공포에 사로잡혀 있다. 우리는 이미 앞에서 뻐꾸기 울음소리에 대한 분석을 통해 이 작품을 관류하고 있는 시간에 대한 강박관념을 추출해낸 바 있다. "시간은 저의 존재 증명을 위해 모든 사물에다 사멸의 옷을 입힌다." 시간의 "잔인한 침식"은 가차없이 육체를 부식해 들어오고 상상력의 불을 꺼뜨린다. 남는 것은 주인공이 문학청년 시절 썼다는 소설 제목 그대로 "이 음산한 빛의 잔해"뿐이다.

전엔 그랬었다. 푸르렀던 연대에는. 연필을 들고 원고지와 마주해 앉으면, 천지창조의 마지막 날 아침처럼, 휘황한 광휘의 허공으로 형형색색 수천의 나비떼가 날아올랐다. 상상력은 억겁의 어둠을 뚫는 섬광이 되어, 모든 감각의 촉수들을 열고, 그 촉수들의 황홀한 운행으로 하나씩 열씩 백씩……

지표면을 차고 나는 어휘의 나비떼들. 고통이 있다면 동시다발적으로 떠오르는 그 수많은 나비 중에서 어떤 나비를, 어떤 포충망에 담아 원고지 네모난 우물에 가두느냐 하는 것이었다. 불편해도 여보,

돋보기를 써요. 돋보기를 아무리 써도 나비떼는 차츰 보이지 않고, 바리케이드가 통행금지, 통행금지, 둘씩 셋씩 짝지어 늘어가고, 초조하고 화가 나서 쓰고 또 써보지만, 원고지에 칸칸이 채워지는 부화되지 못한 나방의 시신들. 베갯머리에 빠진 죽은 머리칼들.

문학적 창조력의 고갈에 직면한 작가의 고뇌를 토로한 위 대목에서 두드러진 것은 글쓰기의 좌절이 심리적 성불능(psychic impotence) 상태와 겹쳐 있다는 점이다. 젊은 시절 어둠을 뚫는 섬광이 되어 날아오르는 나비떼가 황홀한 성적 오르가슴을 떠올리게 한다면 중년에 도달한 지금 부화되지 못한 나방의 시신은 성적 불능과 생식력의 상실을 암시하고 있다. 그것은 나방의 시신에 이어지는 죽은 머리카락과 원형탈모증에 대한 언급으로 한층 강화된다. 문학적 창조의 원천인 머리에서 빠져나간 '죽은 머리카락'은 다음 문단에서 의지와 상관없이 생식기에서 빠져나가는 정액으로 그 내포를 명확히 드러내고 있다.

사십대 중반이었던가, 정액이 쑤욱 요도를 빠져나가던 첫경험의 불쾌감. 그것은 목표물을 향해 직진으로 날아가는 가미카제로서의 사정(射精)이 아니었다. 정액은 쑤욱, 특별한 긴장감 없이 쑤욱, 배출되었다. 비뇨기과에 가봐요, 여보. 전립선이 안 좋으면 그런답디다. 의사는 전립선에 아무 이상이 없다고 말했다. 정액은 그 후부터 자주, 아버지의 이처럼, 쑤욱 빠졌다.

쑤욱 빠지는 머리칼은 쑤욱 빠지는 정액이며 부화되지 못한 나방의

문학 그 높고 깊은

시신이다. 육체적 노쇠의 징후들은 글쓰기의 무력감과 한 동전의 양면을 이루고 있다. 주인공이 원하는 것은 목표물을 향해 직진으로 날아가는 사정, 그 화려한 폭발이다. 그것은 "가미카제가 만나는 통렬한 죽음에의 오르가슴"에 대한 희원이며 "가미카제식 통렬한 산화(散華)"에 대한 갈망이다. 주체와 객체의 경계선이 무화되는 그 황홀의 순간, 글 쓰는 주체와 그가 쓴 글 역시 한몸이 된다. 이처럼 젊은 날 밤마다 휘황한 빛깔로 작중인물의 상상력과 직관의 청천을 날던 나비떼는 곧 사정의 순간의 통렬한 산화(散華/散花)와 동일한 것이다. 작가의 무의식 속에서 펜(pen)과 페니스(penis)의 은유적 일치가 작동하고 있음을 알 수 있다. 그에게 글쓰기는 단순한 욕망을 넘어 거의 욕정의 대상이며 글 쓰는 작업은 성행위에 다름 아니다. 화려한 투신과 산화, 그리고 오르가슴—이것이 그가 꿈꾸는 '직진 강하', '쾌속 항진'의 글쓰기이다. 하지만 냉철하게 객관적으로 생각해 보면 글쓰기란 어휘들이 "원고지 공간마다 불꽃으로 터지는" 폭발적이고 환상적인 절정의 체험이라기보다는 긴 노력과 헌신이 요구되는 수고로운 노동에 더 가깝다는 사실을 알 수 있다. 글쓰기에 있어서도 이상과 현실은 쉽사리 합치되지 않는 것이다. 과연 시간의 흐름과 함께 그러한 산화의 황홀경은 종말을 고하고 모든 존재는 사멸의 어둠 속으로 잠기는 운명에 처해진다. "쑤욱, 소리도 없이, 걸림쇠도 없이 쑤욱 쑤욱, 뭔가 빠져나가지만 아랫배엔 죽은 살들이 차오르"는 것을 지켜봐야 할 때의 암담함. 따라서 이 작품에서 작중인물을 위협하는 글쓰기의 무력감은 단순히 문학적 창조력의 저하 및 자신이 지금까지 해온 문학적 작업에 대한 회의의 소산에 머무는 것이 아니라 생로병사로 이루어진 삶의 본질에 대한 물음과 고뇌라는 보다 근원적인 문제에 연결된다고 할 수 있다.

'흰소가 끄는 수레' 연작의 첫머리를 장식하고 있는 작품에서 주인공은 절필 선언 후 한동안 갈피를 잡지 못하고 방황하다 자살까지 염두에 두고 차를 몰아 서울을 벗어난다. 해인사를 거쳐 문학청년 시절의 추억이 서린 무주 적상산으로 가기 위해 눈길을 달리던 도중 그는 우연히 만난 동갑내기의 낯선 사내를 태우게 된다. 자신에 대해 모든 것을 알고 있는 듯한 그 사내와 대화를 주고받으면서 주인공은 서서히 자신을 사로잡고 있던 미망과 집착의 사슬에서 헤어 나오게 된다. "선생이 안쓰러웠소. 글쓰기를 중단한다고 해 놓고도 정작 아무것도 버리지 못하는 선생이, 스스로 이르되 임종사를 써 던지고 왔다면서도 정작 죽지 못해 고통받는 선생이 말이오"라는 사내의 말을 통해, 그리고 아버지와 어머니와 막내누나의 덧없기도 하고 끔찍하기도 한 죽음에 대한 회상을 통해 주인공은 자신의 고뇌가 글쓰기에 대한 욕망과 좌절의 차원을 넘어 보다 근원적인 것, 다시 말해 원형적인 것에 그 뿌리를 드리우고 있음을 깨닫는다.

> 사내가 내게 가르쳐준 것의 하나는 내가 지금 가위눌리면서 짐 지고 있는 것들이 글쓰기, 그 유일한 사랑에의 침식과 사멸 때문이 아니라, 그보다 더 원형적인 것, 원통한 아버지가 만났던, 가출한 어머니가 만났던, 노래 부르는 누나가 만났던, 사멸이라는 말의 허깨비 관념, 혹은 존재의 무위(無爲).

그가 문학을 통해 이루려 했던 불멸의 꿈 또한 덧없기는 마찬가지라

문학 그 높고 깊은

는 것, 불난 집[火宅]과 같은 이 세상, 생로병사와 온갖 욕심으로 타고 있는 이 세상에서 불멸이 있다면 "흰소가 끄는 수레에 실려 있을" 거라는 인식에 도달하는 것이다. 그러나 그렇다고 해서 작가가 명리와 욕망을 초월하여 불교적 달관의 세계로 선뜻 건너가 버릴 수는 없는 법이다. 작가인 한 그는 여전히 속세인 이 땅에 남아 글을 써야 한다. 내면의 분신이라 할 수 있는 유령 같은 사내의 도움은 그로 하여금 자살의 꿈을 포기하고 새롭게 삶의 의욕을 되찾게 했지만 이는 문제 해결의 끝이 아니라 단지 시작일 뿐이다. 삶은 계속 새로운 도전의 형태로 그에게 다가오기 때문이다.

자아의 좁은 감옥에 유폐된 단계에서 벗어나 바깥으로 눈길을 돌릴 때 제일 먼저 시선에 들어오는 것은 당연히 가족일 수밖에 없다. 「흰소가 끄는 수레」에 이어지는 「제비나비의 꿈」, 「골방」, 「바이칼 그 높고 깊은」 등은 각각 두 아들과 딸과 관련해서 주인공의 마음이 변화해가는 과정을 글쓰기의 고뇌와 겹쳐서 보여주고 있다. 이들 작품은 공통적으로 주인공과 자식 간의 은밀하면서도 절실한 갈등을 섬세하게 포착하고 있다. 「제비나비의 꿈」에서 대학생인 큰아들은 수업 중 한 강사가 자신의 아버지의 문학 세계를 폄하하는 발언을 하는 것을 듣고 충격을 받는다. 그는 '전능한 아버지'라는 유아적 환상이 깨진 것에 대한 아픔과 함께 평소 친하게 어울렸던 주위 친구들이 그러한 비판에 암암리에 동조하고 공모의 웃음을 짓는 것에 상처를 입는다. 「골방」에서 십대 후반에 이른 막내아들은 심한 정서적 불안정을 느끼고 밤에 몰래 집을 나갔다가 돌아오는 것을 되풀이한다. 그것은 일단 사춘기적 반항의 외양을 띠고 있지만 아버지에 대한 강한 적대감을 동반하고 있다는 점이 두드러진다. 「바이칼 그 높고 깊은」에선 대학생이 된 딸이 학생운동에 발을 들여놓음으로써 부모의 통제권에서 이탈한다. 자식들의 반항과 아버지의 포용이란 구도로 전개되는 이들 이야기에서 쟁투는 아버지와 자식 사이에서 일어나는 것 못지않게 그의 내면에서 일어난다. 그의 분열된 의식과 무의식이 바로 싸움터인 것이다.

그 싸움이 가장 선명한 양상을 하고 드러나 있는 「골방」을 보도록 하자. 굴암산의 집필실에 머물다 오랜만에 서울에 돌아온 그는 한밤중에 막둥이가 몰래 집을 빠져나와 어머니가 몰고 다니는 차에 오르는 것을 보고 동승한다. 어렸을 적부터 유난히 아버지를 완력으로 꺾어 이기는 데 관심이 많던 막둥이는 밤마다 어디로 가느냐는 물음에 "그냥 아무데나 가요"라면서 "길이 좋은 곳에선 액셀을 끝까지 다 밟아버려요. 시속 150킬로미터를 넘으니까 차의 앞대가리가 흥분했는지 버르르르 떨리더라구요"라고 대답한다. '앞대가리'라는 상스러운 표현이나 '흥분' '버르르르 떨림' 같은 말이 어떤 의미를 띠고 있는지는 막둥이가 모는 게 하필이면 '어머니의 차'라는 점을 생각해보는 것으로 충분하다. 차의 여성성, 그 차를 몰고 질주하는 남성, 절정에 달했을 때의 앞대가리의 떨림. 이처럼 아버지와 아들 간의 성적 경쟁 관계는 고향집을 앞에 두고 둘이 나란히 서서 오줌을 누는 장면에서 다시 한 번 환기된다.

모든 아들은 숙명적으로 오이디푸스의 운명을 타고난다. 그러나 여기서의 오이디푸스는 단지 근친상간이나 살부 욕망의 화신으로 나타나는 데 그치는 것이 아니라, 인간이란 그 자체로 하나의 수수께끼이며 해결 불가능한 문제라는 고차원적인 의미를 표상하고 있다. 폴 리쾨르에 따르면 오이디푸스의 죄악은 리비도의 영역에 속하는 것이 아니라 자의식의 영역에 속한다. 그는 유아적 욕망 때문이 아니라 왕의 긍지 때문에 멸망한다.[4] 아버지 넘어서기가 오이디푸스의 한 면을 나타낸다면 유랑과 편력은 오이디푸스의 다른 한 면을 나타낸다. 그는 고독하게 무리로부터 떨어져 나와 자신에게 주어진 운명의 죄를 대속하기 위해 길을 떠나야 하는 것이다. 「제비나비의 꿈」에서 화자 = 아버지가 큰아들에게 들려주는, 자신이 자라오면서 겪은, 무리 속에서의 소외감과 관련된 에피소드들은 바로 작가이기 이전에 오이디푸스의 운명을 타고난 한 남성이 거쳐가야만 하는 형극의 길을 잘 말해주고 있다. 추방과 소외, 그리고 고독이야말로 그의 일용할 양식인 것이다. 그렇게 본다면 주인공이 왜 자신의 조부를 아무 근거 없이 절름발이로 상상했는가 하는 의문도 풀리게 된다. 성씨는 같지만 파가 다른 씨족 부락에 끼여 산 조부는 선친의 묏자리 문제로 다른 마을 사람과 대립하다 결국 쫓겨나게 된다.

> 너의 증조부님이 결국 향리에서 쫓겨나 충청도 변방으로 이주해온 것이 그 때문이었다. 누대에 걸쳐 피붙이로, 이웃으로 살던 사람들 두고 고향 떠날 때, 왜 그런지 모르겠다만, 그걸 상상해보면, 내 머릿속의 삽화에서 할아버님은 자꾸자꾸 다리를 절지 뭐냐. 그분은 물론 절

---

4 프랑스의 철학자 장 피에르 베르낭은 오이디푸스 신화를 고대 그리스 도시국가의 독특한 정치 제도였던 오스트라키즘(도편추방)과 결부시켜 해석하고 있다. 고대 그리스인들은 지나치게 위대한 인물이나 지나치게 비천하고 죄가 많은 인물은 공동체의 결속을 저해하고 그 사회에 화를 초래할 수 있다고 믿었다. 그래서 매년 최악의 인간이나 최고의 인간을 한 명 선출해 지난 1년 동안 그 도시에서 집적된 모든 악을 짊어지워 추방했다는 것이다. 오이디푸스는 최고의 인물(도시의 구원자이며 왕)이자 최악의 인물(근친상간과 근친 살해를 저지른 죄인)이라는 점에서 이 기준에 정확히 들어맞는다. 오이디푸스는 이처럼 욕망과 자아 인식, 무의식과 영혼, 죄악과 숭고한 희생의 접점에 위치한 문제적 인물이다.

름발이가 아녔어. 그런데도 내 상상 속에서 그분은 절며절며, 뿌리 뽑

혀 흐르고 있어.

신화에서 육체적 장애나 기형은 흔히 그 인물에게 부여된 '선택받은

자'의 표지 구실을 하곤 한다. 그것은 다수를 내세우는 정상인들의 따돌

림과 핍박을 불러오며 나아가 공동체의 안녕을 위한 희생양으로 내몰리

는 근거가 되기도 한다. 오이디푸스는 어원상 '부은 발'이라는 의미를 지

니고 있다는 사실에서 유추할 수 있듯이 절름발이였다.[5] 다리를 절며 공

동체 바깥으로 내쳐짐을 당하는 이러한 오이디푸스의 운명은 주인공 집

안의 경우, 할아버지대에서 그친 것이 아니라 아버지, 그 자신, 그리고 그

의 아들에 이르기까지 대물림하여 이어져 내려왔다고 볼 수 있다.(「그해

내린 눈 지금 어디에」의 여인도 주인공의 환상 속에서 "멀고도 험한 길을" "때때로

절룩거리며" 걷는다.) 향리에서 쫓겨나 이역의 변방으로 이주해야 했던 할

아버지는 물론이고, 시조창이나 그림에 남다른 소질이 있었음에도 불구

하고 장돌뱅이로 떠돌다 명을 달리한 아버지나, 어릴 때부터 무리에 편

입되고 싶다는 강한 열망을 지니고 있었음에도 불구하고 항상 무리에 섞

이지 못하고 고난을 자초하는 씁쓸한 경험을 여러 차례 겪어야 했던 주

인공 역시 "면면히 가계(家系)를 따라 내려오는" 무리와의 불화―외톨이

의식에 사로잡혀 있다. 그리고 이러한 외부 세계의 소원화(疏遠化)와 자

5　오이디푸스와 함께 대표적으로 절름발이면서 경배의 대상이 되었던 신화적 인물로 그리스
　의 디오니소스와 구약성서의 야곱을 들 수 있다. 그들의 불구는 저주받은 출생/영웅적 자
　질이란 상반된 의미를 보유하고 있다. 그것은 열등성과 우월성을 동시에 표상한다. 운명적
　으로 정상인들과 어긋날 수밖에 없는 외양의 소유자인 그들은 한곳에 정착하지 못하고 평
　생을 고단하게 떠돌게 된다.

폐적인 의식은 형태를 달리하여 그의 큰아들과 막둥이에게 유전되고 있
는 것이다. 그렇다면 "무리 안에 들 수 없는 자가 만나야 되는 살집 저미
는 그 무엇, 상처, 고독, 압박" 그런 것들은 무엇으로 치유해야 하는가. 오
이디푸스에게 허여된 삶의 가능성은 어떤 것인가. 거기에 대한 답변은
불행히도 '부랑'밖에 없다는 것이다. 그는 스스로를 매질하며 화택 세상
에서 '길 없는 길'을 끝없이 가는 수밖에 없다. 그를 태워다줄 흰소가 끄
는 수레는 어디에도 없다. 그 스스로 흰소가 되어 자신의 삶과 문학과 괴
로운 기억들을 끌고 나아가야 되는 것이다. 어머니의 자궁이 그를 내뱉
은 그 순간부터 그의 부랑은 이미 시작됐다. 그 부랑의 끝에 또 다른 자
궁=골방이 기다리고 있다. 그의 조포한 질주는 밝은 세상을 향해서가 아
니라 어두운 골방을 향해, "어머니, 옳다고도 그르다고도 말하지 않는 무
기(無記)의 자궁 속, 깊고 깊은 골방"을 향해 이루어진다. 그리하여 과거
로 거슬러 오르던 그는 젊은 시절과 어린 시절을 거쳐 태어나던 순간의
숨막히는 순간과 조우한다.

이미 개구기(開口期)였다.
시시각각 다급해지고 있는 어머니의 심장 박동 소리를 나는 자궁
속에서 들었다. 발작은 더욱더 빈번해지고 내가 열달이나 살았던 골
방 속의 내압(內壓)은 초를 다투어 높아지고 있었다. 어머니는 그렇지
만 비명 한 번 지르는 법 없이 고통을 견디고 있었다. 끽소리도 하지
마라들. 뽀드득 이를 갈면서 물어뜯듯이 말하는 낮고 앙칼진 어머니
의 목소리가 분명 내 귀에 들렸다.
끽소리도 내지 마라들. 지지배면 엎어놔버릴 것인즉.

어머니가 자신을 낳는 순간을 환상 속에서 다시 체험하는 이 장면은 질식시킬 듯 탐욕스럽고 독점적인 어머니에 대한 유아기의 불안을 반영하고 있다. 오직 아들을 낳기 위해 딸이라면 가차없이 없애버리겠다는 결의로 충만한 그 어머니는 다사로운 모성의 화신이라기보다는 잔인하고 원시적인 '무서운 어머니'의 형상을 하고 있다. 주인공은 선오이디푸스적(pre-Oedipal) 환상을 통해 거세적인 모성과 조우한다. 그 어머니는 실제의 어머니라기보다는 비개인적인, 원형적인 여성상의 현현이라고 할 수 있다. 이러한 설정은 오이디푸스의 탄생 외상(birth trauma)을 알려줌과 아울러 그의 정신세계에 강력한 영향력을 행사하는 여성의 본질에 대해 시사해주고 있다. 자기 내부로의 여행(journey into myself)을 통해 주인공은 그의 정신을 사로잡고 있는 양면적인 여성상과 대면하게 된 것이다. 그 여성은 때로 어머니의 모습을 하고 있기도 하고 때로 누이의 모습을, 때로 아내의 모습을, 때로 딸의 모습을 하고 있기도 하다.[6] 그리고 어느 겨울날 문득 그의 집에 찾아왔다 떠난 미지의 여인으로 출현하기도 한다. 그 여인(들)은 하나이면서 여럿이고 여럿이면서 하나이다. 그 여성 = 자궁 = 골방은 눈부신 햇빛이 아니라 "요요(姚姚)한" 달빛의 조명을

---

6 「골방」 후반부에서 막둥이의 안부가 확인되는 순간, 막둥이의 부재 속에서 이루어지는 주인공과 아내의 정사는 '원초적 장면'의 재현이라 할 만한데 이때 주인공은 아내를 향해 "나야, 엄마. (……) 안아줘"라고 속으로 부르짖는다. 그 순간 아내는 아내라는 단일한 존재이면서 나의 어머니이기도 하고 나의 딸이기도 하다. 역으로 나는 나이면서 나의 아버지이고 나의 아들이기도 하다. 나는 단일자가 아니라 원형적 힘의 담지자로서 무수히 변모하고 무한히 증식하는 변전의 한가운데에 있다. 연작의 대미를 장식하는 작품 「혼잣말」에서 "아아, 엄마. 사정할 것 같애요"라든가 "쭉정이 같은 엄마의 자궁을 열 달이나 내가 온몸으로 충만하게 채웠던 은혜를 언제 갚으실 건가요?"라고 말하는 것(엄마가 나를 잉태한 게 아니라 내가 엄마의 자궁을 채웠다는 이 전도된 인식. 그때 아이는 전신이 남근이다)도 이런 맥락에서 이해할 수 있다.

문학 그 높고 깊은

받고 있다. 여성의 원형을 세계 각지의 광범위한 달 신화와 관련지어 심도 있게 파헤친 에스터 하딩의 명저『사랑의 이해』를 직접 인용하고 있는 데서 드러나듯이「골방」은 작가가 드디어 자신의 무의식을 사로잡고 있었던 힘의 정체를 서서히 의식하기 시작했음을 말해주고 있다. 달은 그의 부랑을 한편으로 추동하면서 다른 한편으로 앞장서서 인도하는 내면의 동반자에 다름 아니었던 것이다. 달은 그가 거처하고 있는 굴암산의 오두막을 "푸른 달빛의 양수"로 둘러싸고 있다.[7] 그 힘은 어둡고 음습한 파괴력으로 드러날 수도 있고 평안하고 원융한 생명력으로 표출될 수도 있다. 그 힘에 의해, 아니 그 여성의 안내에 의해 아비지옥의 화택 같은 이 세상은 달빛으로 꽉 찬 "거대한 어머니의 자궁 속"으로 탈바꿈하게 된다.

그런 점에서「바이칼 그 높고 깊은」에서 주인공이 고국의 딸 하나에게 편지를 보내는 곳이 바이칼 호수라는 사실은 매우 의미심장하다. 호면 해발 455미터, 깊이가 최저 1620미터인 그 호수는 "세계에서 가장 높고 가장 낮은" 그러니까 지정학적 위치 자체가 대립적 요소의 통합을 구현하고 있는 호수인 동시에 초승달 같은 형태가 말해주듯 달의 힘을 받고 있는 신생의 땅이기도 하다. "지도에서 보았던 초승달 모양 때문일까, 바이칼이 보여준 첫인상은 아미를 내리깔고 앉은 수줍은 신부의 느낌 그

---

7   주인공이 머무는 굴암산 외딴집은 어머니의 무덤과 산등성이 두엇을 사이에 두고 있다. 절필하고 있는 동안 그는 자주 어두운 한밤중 산을 넘어 어머니의 무덤을 찾아가곤 한다. 굴암산의 모성성은 이 산의 중턱에 이름 그대로 굴(대지의 자궁)이 숨겨져 있다는 데서 더 강화된다. 그 굴은 "꽉 막힌 듯하지만 아주 어둡진 않고, 열린 듯도 하지만 아주 밝지는 않은, 부드러운 빛이면서 부드러운 어둠인" 유년의 짚단 더미를 생각나게 한다. 이렇게 본다면 굴암산 기슭에 은거중인 주인공은 모태에 안겨 다시 태어나기를 기다리고 있는 아기인 셈이다.

것이었어"라는 표현을 빌린다면 주인공의 바이칼행은 우주적 자궁=여성과의 결합을 위한 여정이기도 한 것이다. 그곳에서 그는 깊은 상념 끝에 학생운동에 몸을 던진 딸의 마음을 이해하고 젊은이들이 추구하는 대의에 공감을 느낀다는 점을 피력하기에 이른다. 자아 내부의 골방을 파고들던 그는 그 끝에서 보다 나은 세계, 보다 바람직한 삶을 위한 숭고한 노력과 그것이 목표로 하는 공동체의 비전을 공유하고 있음을 표명한다. 그의 내면 칩거는 내부로의 함몰이 아니라 내면의 열림이며 이 열림을 통해 그는 단자의 고독에서 벗어나 타인을 향해, 보다 나은 세상을 위한 노력을 향해 손을 뻗는 단계에 도달 한 것이다.

4. 길 없는 길

박범신의 『흰소가 끄는 수레』는 개인적 위기를 거쳐 자기 자신에 대한 성찰적 의식이 점차 심화 확대되어가는 과정을 그린 자아의 서사(narratives of self)이다. 인생의 후반기에 맞닥뜨린 다양한 도전을 극복해가는 주인공의 모습은 그 진솔함만큼이나 절실한 감동을 읽는 사람에게 선사한다. 진정한 자기 발견을 위한 그의 여정은 불교에서 말하는 기사구명(己事究明)을 연상시키는 바가 있다. 자기를 탐구한다는 것은 자기라는 존재가 점점 더 깊은 의심의 대상이 되는 것을 의미한다. "찾으면 찾을수록 벗어나게 되고 가면 갈수록 길은 멀어지"는 것이다. 자기에게로의 여행은 끝이 있을 수 없다. 때문에 자기 존재에 대한 그 물음을 끝까지 계속 추구해 가는 기사구명의 정신이 요청

문학 그 높고 깊은

된다. 이 소설집에서 우리가 볼 수 있는 것도 바로 그러한 순정한 열정으로 가득 찬 정신의 고투이다.

물론 연작소설이란 형식상의 제약이 주는 문제점을 비롯해 이 작품집이 완성도에 있어 미흡감이나 아쉬움을 전혀 주지 않는 것은 아니다. 지나치게 독자를 배려한 나머지 작품 결말 부분에 종종 사족이 따라붙어 독자로 하여금 홀로 상상하고 여운을 즐길 수 있는 기회를 사전에 차단한 점이라든가 주인공과 자식 간의 화해가 너무 예정된 것처럼 보인다는 점, 작가의 사유가 대부분 가족이라는 좁은 동심원만을 맴돌고 있다는 점 등을 단점으로 꼽을 수 있을 것이 다. 그리고 '흰소가 끄는 수레' 이야기를 빌려 제시되고 있는 주인공의 깨달음에도 불구하고 과연 그가 장엄한 자아 상(imperial self-image)에 대한 집착에서 얼마나 벗어났는지 하는 의문도 남는다. 그는 여전히 청산 같은, 혹은 청대(靑竹)처럼 직립한 팔루스적 권력에 대한 희구로부터 완전히 자유로워 보이지 않기 때문이다.

그럼에도 불구하고 박범신의 이번 창작집은 1990년대 우리 문학이 거둔 중요한 수확이며 그것이 던져준 신선한 충격은 적지 않은 파장을 불러오리라고 예측할 수 있을 것이다. 우리는 과거의 자신과 결별하고 새로운 문학적 처녀지를 찾아 나선 이 작가의 모험을 존중하고 더 큰 기대의 짐을 그의 어깨 위에 올려놓을 마음의 준비가 되어 있다. 소설 속의 인물이 이야기했던 "고통스럽게 찾아가야 할 쉰 살의 새 들길"이 여전히 아득하게 작가 앞에 펼쳐져 있음을 잘 알고 있기 때문이다.

'출세하지 못한 촌놈들'의 분노와 죄의식

박범신 초기소설의 특이성

류보선(군산대학교 국어국문학과 교수, 문학 평론가)

1. '출세했으나 출세하지 못한 촌놈들'과 '출세하지 못한 채 출세한 촌놈들'의 문제성, 혹은 박범신 초기 소설의 특이성

이글의 문제의식은 간단하다. 아니, 분명하다. 기존의 문학사는 주목하지 않았지만, 박범신의 초기 소설은 충분히 문제적이라는 것. 물론 여기서 논의가 그치지는 않을 것이다. 그칠래야 그칠 수가 없다. 만약 앞의 명제가 성립한다면 뒤따라야 하는 후속 논의들이 있는 까닭이다. 예컨대 다음은 같은 것. 박범신의 초기 소설이 (안)알려진 것과는 다른 까닭에 박범신 문학의 역사에 있어서 그리고 한국문학사에 있어서 박범신 초기 소설의 자리가 마련되어야 한다는 것. 그리고 그 자리는 70년대 문학의 또 하나의 주요 계보가 되어야 한다는 것.

박범신의 초기 소설이 충분히 읽히고 그 의미가 적절하게 평가되지 않은 데에는 여러 가지 이유가 있을 것이고 보는 이에 따라 다를 수 있다. 여러 이유 중 주목할 것은 두 가지이다. 하나는 박범신의 초기 이후 소설들의 압도적인 명성. 박범신이라는 이름이 독자 대중에게 널리 알려진 것은, 그리고 문학사적으로 크게 호명된 것은 그의 초기 이후 소설에서부터이다. 우선 『풀잎처럼 눕다』, 『죽음보다 깊은 잠』, 『물의 나라』, 『불의 나라』 등의 작품들이 잇달아 폭발적으로 읽히면서 박범신은 80년대 독자 대중들의 가장 뜨거운 관심을 받는 그 작가가 된다. 하지만 이는 박범신 소설의 역사에 있어서 양날의 칼로 작동한다. 『풀잎처럼 눕다』 등의 박범신의 소설은 독자 대중들의 열렬한 환호를 받으며 1980년대 대중들에게 가장 사랑받는 작품 목록의 앞자리에 등재되지만, 대신 문학사의 중심으로부터는 멀어지게 된다. 그렇게 대중문화의 한 아이콘으로 각광받던 박범신 문학은 90년대 중반 들어 또 한 차례의 큰 전회를 감행하거니와, 그 전회의 출발점인 『흰소가 끄는 수레』 등으로 이번에는 문단의 열렬한 환대를 받으며 문학사의 중심으로 귀환한다. 그 이후는 우리가 잘 알고 있는 그대로다. 『흰소가 끄는 수레』 이후 박범신은 『더러운 책상』, 『촐라체』, 『은교』, 『고산자』, 『나마스테』, 『당신』, 『소금』, 『유리』 등의 문제작을 연이어 발표하며, 타자에 대한 무조건적 환대, 호모노마드적 삶, 참된 사랑에 대한 갈망을 차가운 계산이 지배하는 이 세상을 넘어설 수 있는 탈-존의 길로 제시한다. 세기전환기의 존재자들에 대한 감동적인 재현과 실재적 윤리에 대한 집요한 천착으로 박범신의 소설은 세기전환기의 한국문학을 한껏 풍요롭게 하는 것은 물론 새로운 세기 한국문학의 또 하나의 중심으로 자리하기에 이른다. 이러한 일련의 사정을 감안하다면 박범신 초기 소설의 흔적을 희미하게 한 것은 어떤 점에서는 이후에 쓴 박범신 자신의 소설이라고 할 수도 있다. 아이러니하게도.

하지만 박범신의 초기 소설은 그 이후 박범신 소설에 묻힐 만한 그런 것이 아니다. 박범신의 초기 소설은 이후 박범신 소설의 갈 길을 미리 보여주는 박범신 문학의 기원에 해당한다는 점에서 주목해야 하지만, 그 자체로도 이미 거듭 읽고 읽어야 할 정도의 밀도와 잠재성을 지니고 있다. 박범신 초기 소설에는 그 소설이 발표된 그 시대에는, 그리고 이후 문학사에서도 충분히 호명되지 않았지만 '질서화되지 않은 혁명적 에너지'가 임리하다. 말하자면 박범신의 초기 소설은 혁신적이지 않아서 안 읽힌 것이 아니라 너무 혁신적이어서 기존의 상징질서 안에 편입되기가 힘들었다고 해야 한다. 이것이 박범신의 초기 소설이 충분히 읽히지 않고 또 문학사적 계보로 등재되지 않은/못한 두 번째 이유이다. 한마디로 박범신의 초기 소설은 당시의 상징질서의 맥락에서 보자면 너무 외설적이고 실재적이었으며, 동시에 당시의 상징질서가 감싸 안을 수 없을 정도로 혁명적 에너지가 넘쳤던 것이다.

지나친 단순화일 수는 있다. 하지만 추상도를 높여 크게 보는 것이 필요할 때도 있다. 거칠게 말하면 60~70년대 한국문학은 '출세한 촌놈들'의 '잔인한 도시'와의 충격적 조우와 고향에 대한 그리움과 기이하게 착종된 죄의식, 그리고 '출세하지 못한 촌놈들'의 고통과 절망이라는 두 중심'에 의해 형성되었다고 해도 과언이 아니다. 이렇게 두 개의 문제틀이

---

1   물론 60~70년대 한국문학에 가장 주목할 만한 성과를 낸 것은 소위 분단문학이다. 분단 때문에 고향으로 돌아갈 수 없는 이들의 정신적 상처와 고향에 대한 그리움, 그리고 분단을 빌미로 사회구성원들의 자유를 허여하지 않는 예외상태적 상황에 대한 비판적 정동이 합쳐져 분단문학이 60~70년대 한국문학의 가장 중요한 성과라는 점을 부인할 이는 없다. 그러나 지금 우리가 논하는 방식대로 말하자면 분단문학도 크게 보아 '출세한 촌놈들'의 이

60~70년대 한국문학의 주류를 형성하고 있었고 이 경향들이 집중적인 조망을 받은 것이 사실이다. 그러나 이 두 개의 주류적 흐름이 당대의 사회적 증상이나 그 증상을 치유할 잠재성을 모두 포괄하고 있었는가 하면 그렇다고 단언하기 힘들다. 그 문제틀이 60년대 이후 한국 사회의 변화를 모두 포괄하지 못하기 때문이다.

물론 60~70년대 한국 사회의 가장 큰 변화의 동인은 탈토지화 과정이다. 잘 알려져 있듯 60년대 이후 한국 사회는 급격한 탈토지화 경향을 보인다. 제1차 경제개발 5개년 계획을 신호탄으로 강력한 산업화 드라이브가 걸리면서 한국 사회 전체는 대대적인 탈토지화 흐름에 휩싸인다. 농촌공동체에서 목가적 삶을 살았던 수많은 존재들이 존재의 뿌리인 토지로부터 쫓겨나고, 토지로부터 쫓겨나 어쩔 수 없이 대도시로 떠밀려온 그들은 대도시의 잉여노동력으로 전락한다. 이들 중 일부가 출세하여 사회의 상층부의 일원이 되기도 하지만, 그러나 거의 대부분은 출세하지 못한다. 고향을 떠났다는 점에서 '출세한 촌놈'들이기는 하나 사회적으로 높은 지위에 오르는 것을 의미하는 '출세'를 하지는 못한다. 아니 사회적으로 높은 지위는커녕 바우만이 '쓰레기가 되는 삶'이라고 표현한 모더니티의 추방자들이 된다. 자본주의는 이윤추구를 단 하나의 원리로 삼는다. 그리고 그 교환경제 시스템을 더욱 강화하기 위해(물론 이를 일반적으로 '발전'이라고 역사철학적으로 맥락화한다) 고도화된 분업체계를 갖춘다. 극단적인 이윤 추구 혹은 이윤 추구라는 극단을 지상선으로 하는 화

야기라고 할 수 있다. 그들이 '출세한' 곳이 돌아가고자 해도 돌아갈 수 없는 저곳 북한이어서 그 그리움과 절박함이 보다 비극적인 것이 사실이지만, 그들도 '출세한 촌놈들'이기는 마찬가지이다.

폐경제를 유지하기 위해서는, 그리고 그 화폐경제를 효율적으로 운영하기 위한 고도의 분업체계를 유지하기 위해서는, 과잉의 인적 조건과 물적 토대가 필수적이다. 필수불가결한 인원 이외의 잉여의 노동력이 많으면 많을수록 값싼 노동력이 구조적으로 보장되는 까닭이다. 이를 위해서 자본주의 시스템은 무한정에 가까운 노동력을 (대)도시로 끌어들여야 하고 또 그들 중 상당수를 비록 당장 쓸모는 없더라도 (대)도시 주변에 잔류시켜야 한다. 당연 그 노동력이 모두 필요한가 하면 그렇지 않다. 단지 노동시장의 유연성을 위해, 그러니까 '더욱더 값싼 임금노동'을 유지하기 위해 과잉의 유휴 인원이 필요할 뿐이다. 자본주의 시스템은 다수의 양질의 노동력을 유입하여 화폐경제를 유지하고 그렇게 사용하고 난 후 더 이상 효용성이 떨어진 노동력은 냉정하고 단호하게 추방한다. 그러므로 자본주의의 탈토지화 운동은 수많은 쓰레기가 되는 삶들, 그러니까 모더니티의 추방자들을 양산한다.[2]

여기까지는 우리가 익히 들어왔고 잘 알고 있는 과정이다. 하지만 문제는 자본주의화에 따른 탈토지화 운동이 여기에 그치지 않는다는 것이다. 그것은 농촌공동체 그것도 근본적으로 탈토지화시킨다. 토지를 중심으로 자족적 통일성을 유지하던 농촌공동체는 이제 자본주의적 시스템에 적합한 공간, 그러니까 '시장을 위한 생산, 다시 말해 보지 못하고 전혀 알지 못하는 고객을 위한 생산'의 지대, 달리 표현하면 일종의 공장으

---

2 탈토지화 과정에 대해서는 쥘르 들뢰즈 · 펠렉스 가따리, 최명관 옮김, 『앙티 오이디푸스』, 민음사, 1994. 제3장, 제4장 참조. 그리고 탈토지화로 인해 도시로 유입된 존재자들이 '쓰레기가 되는 삶'으로 전락하는 과정에 대해서는 지그문트 바우만, 정일준 옮김, 『쓰레기가 되는 삶 - 모더니티의 추방자들』, 새물결, 2008. 참조.

로 바뀐다. 그러면서 주변부의 농촌공동체에도 거대한 공간적 전회가 일어난다. 이 공간적 전회, 혹은 전회적 상황을 들뢰즈는 탈분절화로 설명한다. 전지구적 자본주의화는 주변부에서의 개발, 그러니까 〈저개발의 개발〉을 강요하는데, 이때의 개발은 중심의 프롤레타리아에 비하여 주변의 프롤레타리아를 크게 착취함으로써 크게 잉여가치를 높인다. 즉 (대)도시에서의 노동의 유연성을 높이기 위해 극단적으로 도시만을 위한 시장경제를 강요하기 때문이다. 그 결과 농업에서의 노동은 대도시에서의 노동보다도 더욱더 소외되는 양상을 보인다. 그 결과 농촌의 많은 인구들이 어쩔 수 없이 삶의 기반인 농토로부터 이탈하고 그 빈자리를 메우기 위한 거대한 구조 조정이 일어난다. 즉 전통적 분야들의 파멸, 외향적 경제회로들의 발전, 제3차 산업의 비대, 생산성과 수입의 분배에 있어서의 극단적인 불평등이 발생[3]하는 탈분절화 과정이 가파르고 숨가쁘게 진행된다. 한 부류가 그 동안 자신이 살았던 토지로부터 쫓겨나 대도시에 안착하지 못한 채 모더니티의 추방자들이 되는가 하면, 또 한 부류는 자신이 몸담았던 농촌공동체에 어떻게든 잔류하나 이들 역시 그곳까지 떠밀려온 자본주의 시스템에 의해 또 다른 의미의 모더니티의 추방자들이 된다.

이렇듯 1960~70년대 한국 사회는 강력한 산업화의 길을 걸으면서 그야말로 전 국토가 출렁인다. 이 거대한 지각변동은 전 국토의 탈토지화 과정과 탈분절화 과정으로 구체화되거니와, 이에 따라 1960~70년대의 존재자들의 현존 형식은 크게 네 가지 형식으로 요동친다. 다름 아닌

---

3 쥘르 들뢰즈·펠렉스 가따리, 최명관 옮김, 『앙티 오이디푸스』, 민음사, 1994, 346면.

'출세해서 출세한 촌놈' '출세했으나 출세하지 못한 촌놈들'과 '출세하지 못했으나/않았으나 출세한 촌놈들' '출세하지 못하고 출세하지 못한 촌놈들'로 분화가 그것이다.

하지만 1960~70년대 한국문학은 주로 '출세해서 출세한 촌놈들'을 주목하거나 '출세하지 못하고 출세하지 못한 촌놈들'에만 주목했고, 이 시기를 다룬 이후의 문학사 역시 그 계보를 중심으로 1970~70년대 문학을 재구성해 왔다. 물론 이런 계보학이 가능했던 이유는 그 두 계보 외에 다른 문학적 경향이 없어서가 아니라 이 두 계보가 보다 의미 있다는 판단 때문일 것이다. 그러나 이 판단은 절대적인 것도 아니고 절대적이어서도 안 된다. 이 두 계보는 전지구적 자본주의화가 가져온 탈토지화 과정과 탈분절화 과정이 만들어낸 치명적 증상, 그러니까 60년대 이후 산업화가 초래한 '쓰레기가 되었던 삶들'의 상처와 절망을 모두 포괄하지 못할 뿐만 아니라 세밀하게 재현하지 못한다. 뿐만 아니다. 위의 두 계보는 자본주의적 탈토지화가 초래한 쓰레기가 된 삶들의 구체적 실존 속에서 탈존의 길, 그러니까 역사적 전망을 제시함으로써 그 전망은 당시의 사회적 증상을 넘어설 만한 실재적 잠재성을 확보하지 못하기도 한다. 정리하자면 1960~70년대 한국문학의 두 중심은 당시 한국문학의 '질서화되지 않은 혁명적 에너지' 혹은 혁신적 계보들을 모두 호명하지 못했을 뿐만 아니라 오히려 그러한 잠재성을 지닌 문학 작품을 문학사에서 배제하기도 한다.

그런데 이런 와중에 60~70년대 탈토지화 과정과 농촌에서의 탈분절화 과정 모두를 집요하게 천착한 작품들이 있었으니, 바로 박범신의 초기 소설이다. 박범신의 초기 소설은 농촌공동체를 해체시켜 그 구성원들을 대거 대도시로 이산시키고 그렇게 만들어진 대규모의 잉여 인력을 통해 고용의 유연성을 확보하는 흐름, 곧 탈토지화 과정에만 주목하지 않는다. 박범신의 초기 소설은 그 반대 방향에도 주목한다. 그러니까 중심으로부터 주변으로 퍼져 가는 탈토지화 과정, 다시 말해 농촌공동체의 탈분절화 과정. 박범신의 초기 소설은 이 두 경로 중 어느 하나도 포기하지 않는다. 양쪽의 흐름 모두에 고루 시선을 던진다. 그 때문에 박범신의 초기 소설은 60~70년대 당시의 주류 소설과는 이질적인 풍경을 보인다. 훨씬 더 무시무시하고 외설적인데, 이를 두고 우리는 실재적이라고 부를수 있을지 모른다. 하여간 박범신의 초기 소설은 자본주의적 탈토지화 과정과 탈분절화 과정이 불러온 치명적 증상을 그야말로 무시무시하고 외설적으로 재현하며 그 원장면에 가까운 치명적 상처 속에서 그 위기를 넘어설 구원의 힘을 찾아내고자 한다.

박범신의 초기 소설이 충분히 읽히지 않고 평가되지 않은 두 번째 요인은 바로 이러한 박범신 초기 소설의 실재성과 관련이 깊다. 박범신의 초기 소설은 1960~70년대 한국 사회의 핵심적인 증상인 자본주의적 탈토지화 과정과 탈분절화 현상을 집요하게 파고들되, 그중에서도 특히 당시 한국문학의 두 중심이 주목하지 않았던 장면, 구체적으로 말하면 '출세했으나 출세하지 못한 촌놈들'과 '출세하지 못한 채 출세한 촌놈들'의 문제를 집중적으로 전경화시킨다. 이러한 시선은 '출세해서 출세한 촌놈' '출세하지 못하고 출세하지 못한 촌놈들'을 중심으로 당대를 파악했던 당시의 주류적 문학과는 거리가 있었거니와, 박범신 초기 소설이 충분히 읽히지 않은 것은 바로 이 때문이라 할 수 있다. 그러니까 박범신의 초기 소설이 기존의 문학사에 주요 성과로 등재되지 않은 것은 박범신 초기 소설이 문제적이지 않아서가 아니다. 오히려 그 반대다. 박범신의 초기 소설은 그 시기 한국문학의 두 중심이 놓친 또 다른 증상들을 면밀하게 분석하고 그 증상을 치유할 윤리적 좌표 혹은 정치철학을 모색하고 있는 것이 사실이다. 박범신의 초기 소설은 바로 이 점 때문에 문제적이며 문제작이라 할 만하다.

이렇듯 밀도 높은 문제성에도 불구하고 충분히 읽히지 않은 박범신 초기 소설의 문제성을 규명하고 박범신 초기 소설을 그에 걸맞는 문학사의 자리에 등재시키는 것, 그리고 그를 통해 한국문학사 전체를 재구성하는 것, 이것이 이 글의 문제의식이며 최종적인 목적지이다.

2. 탈토지화된 존재들의 공포와 '돈과 권력의 구조화된 카르텔'의 위력

박범신 초기 소설의 주요한 한 계열은 '출세한 촌놈들'에 관한 이야기이다. 좀 더 구체적으로 말하면 '출세했으나 출세하지 못한 촌놈들'의 이야기이다. 즉 농촌공동체로부터 쫓겨나왔으나 출세하지 못하고 모더니티의 쓰레기가 되는 삶을 살아야 했던 존재들, 모더니티의 추방자들에 관한 소설이 박범신의 초기 소설의 하나의 주요한 계열을 이룬다.

박범신의 초기 소설의 주요 모티브가 되는 '탈토지화 서사', 그러니까 고향에서 쫓겨 나와서 출세는 하지 못하고 모더니티의 추방자로 전락하는 이야기는 그야말로 참담하기 짝이 없다. 여기 비록 풍족하지는 않으나 토지와 더불어, 그리고 인정 있는 이웃과 함께 호흡하며 하루하루, 한

해 한 해를 그래도 온기 있는 삶을 사는 장소가 있다. 이곳에 오로지 잉여가치만을 좇는 자본주의의 물결이 몰려온다. 이 자본주의 물결은 한순간 자족적인 통일성을 이루며 살던 농촌공동체를 시장경제 속에 강제적으로 편입시킨다. 시장경제 속에 들어서는 순간 자족적인 통일성을 유지하던 농촌공동체의 삶은 근본적으로 변화한다. 과잉의 공장노동자를 필요로 하는 국가-기구는 극단적인 저곡가 정책을 펼치며 이는 농촌을 한순간에 위기와 혼란에 빠뜨린다. 그래도 노동한 만큼 보상받을 수 있었던 농산물의 가격이 하루아침에 급전직하하면서 더 이상 농촌은 목가적인 풍경을 유지할 수 없는 상황에 직면한다. 대대적인 구조 조정이 일어난다. 수많은 존재들이 토지에서 쫓겨나 보다 큰 도시로 옮겨 다니다가 결국은 서울까지 떠밀려온다. 그나마 일자리를 향해 부나비처럼 몰려온 것이나 그곳엔 이미 그와 같은 존재들이 차고 넘친다. 운때가 맞으면 일용노동자라도 되기도 하나 많은 경우엔 부랑자 같은 삶을 살게 된다. 마땅한 거처도 없어 달동네, 판자촌을 전전하나 이 판자촌 자체가 법으로 인가되지 않은 곳이어서 생존 자체가 불법적인 그것이 되는 경우가 대부분이다.

예컨대 「우리들의 장례식」의 주인공 봉추는 갑작스레 차가운 계산주의가 지배하는 그곳으로 변질된 농촌에서 쫓겨나 강경을 거쳐 서울로 올라온다. 마음씨 착한 아내를 만나 겨우겨우 살아가나 어느 날 갑작스럽게 장모의 죽음을 맞이한다. 한데 진심어린 애도의 절차는 언감생심, 비싼 장례 비용 때문에 어쩔 수 없이 장모의 시신을 불법적으로 매장한다. 그런가 하면 「아버지의 평화」는 죽어서도 평화와는 거리가 먼 아버지의 삶의 과정을 통해 느닷없이 밀어닥친 '탈토지화 과정'이 농촌공동체와 그곳 구성원들의 삶을 얼마나 극한상황 속으로 몰아넣는지를 반어적으로 재현한다. 이들 가족의 전락은 할아버지로부터 물려받은 기름진 농토가 공장부지로 강제적으로 편입되면서부터 시작된다. 싼값에 토지를 넘겨준 아버지는 그것으로 이런저런 일을 벌여보지만 파산하고 그 충격으로 정신분열증을 앓게 된다. 농사를 짓던 감각으로는 자본주의라는 차가운 계산주의 세상에 적응할 수 없었던 탓이다. 결국 서울의 판자촌으로 밀려가고 그곳에서 비운의 삶을 마무리한다. 하지만 아버지의 비극은 죽어서도 끝나지 않는다. 아버지의 묏자리가 아파트 단지로 재개발되면서 이장을 해야 할 상황이 생긴다. 그러나 거의 대부분이 파헤쳐진 공동묘지에서 비석 없는 아버지의 무덤을 찾는 것은 불가능에 가까운 일, 어렵게 한 무덤을 지목하나 그곳에선 금니를 한 시신, 아버지의 시신일 수 없는 시신이 나온다. 그러나 어머니를 그것을 모른 체할 뿐더러 나중에는 그 금니로 화장 비용의 일부를 지불한다. 또 그런가 하면 「식구」의 식구들 역시 극한상황에 몰린 살림살이 때문에 인륜은 물론 법마저 위반하는 극단적인 선택에 수시로 내몰린다. 가족의 생계를 위해 그야말로 목숨을 걸고 일을 하나 이 '식구'들의 삶은 점점 더 깊은 수렁 속으로 빠져 들어간다. 집이 좁아 가족 중 몇은 '하수도용 토관'에 나가서 자야 하고, 갓 태어난 외손주는 영양실조로 위독하고, 아이들은 더 이상 미룰 수 없는 것들을 끊임없이 요구한다. 결국 만득은 보상금을 바라고 실족사를 선택한다.

사층 난간에 척 올라서자 눈앞엔 파르르 손가락을 떨며 죽어가는 어린 외손주의 모습이 환히 보였다. 그리고 자신을 향해 원망스럽게 치켜뜬 성철이의 충혈된 눈, 하수도용 토관에서 기어나오는 성구와

막내의 소름 돋힌 안색, 판잣집 철거 계고장을 쥔 채 절규하는 까치
댁도 환히 보였다.

　자식새끼라고 뭐 하나 해준 게 있냔 말예요! 오만 원만 빨리 해주
세요.

　썩을 놈덜. 여길 쫓겨나고 우리집 같은 건 권리금도 안 준댜. 인자
꼼짝없이 신작로에 나앉게 되얐는디 춘 게 문제여!

　만득씨는 이를 악물었다. 어지럼증 때문에 눈앞이 뽀얗게 흐려졌
다. 잘 입히고 잘 먹이고, 그래서 튼튼하게 길러야지요. 여자처럼 고
운 피부를 가진 젊은 의사가 안경 너머에서 자신을 질타하고 있었다.
자식들을 재우고 입히고 먹이지 못한 죄는 구천에 가서도 용서받지
못할 게 뻔했다. 아버지가 아닌가. 아버지! 아버지! 길례가 매달리고
성철이, 성구, 막내가 매달리고, 까치댁이 허우적거리며 허리춤에 매
달리는 느낌이었다. 만득씨는 마지막 힘을 모아 오른발을 성큼 앞으
로 내뻗었다.[4]

　이처럼 박범신 초기 소설에 따르면 농촌공동체로부터 쫓겨나온 존재
들은 또 한 차례, 거듭거듭 치명적인 전락을 경험한다. 물론 갑작스레 토
지에서 쫓겨난 이들만 날개 없는 추락을 경험하는 것은 아니다. 청운의
꿈은 안고 온 존재들 역시, 그중에서도 특히 차가운 계산주의 대신 양심
을 지키고자 한 존재들은 하나같이 자존은 물론 생존마저 힘겨운 극한
상황으로 내몰린다.(「청운의 꿈」) 더한 경우 범법자(「호우주의보」)가 되기도

4　박범신, 「식구」, 『박범신중단편전집 1 - 토끼와 잠수함』, 문학동네, 2015, 371면.

한다.

박범신의 초기 소설은 이처럼 60~70년대 강력한 자본주의화 정책으로 발생한 '탈토지화 과정'이 얼마나 수많은 존재들을 모더니티의 추방자들로 전락시켰는지를 무시무시하고 외설적으로 재현한다. 그런데 박범신의 '탈토지화 서사'는 이에 그치지 않는다. 더 이상 전락할 것이 없어 보이는 하위주체의 또 한 차례의 전락을 서사화할 뿐만 아니라 거기에 하나의 장면을 더 외삽시킨다. 더, 더, 밑바닥으로 퇴행하는 하위주체들의 위험천만한 삶에 대한 자본가들과 국가-기구의 대응방식이다. 탈토지화에 따른 주변부적 존재들의 바닥 모를 전락은 사실 주변부 존재들에 대한 극단적인 착취에 기인한다. 극소수 자본가의 과잉의 잉여가치를 위해, 그리고 '저개발의 개발'의 급속한 진행을 위해 이토록 많은 존재들이 쓰레기와 같은 삶으로 전락한 것이다. 그렇다면 이들의 전락을 발판 삼아 그토록 넘치는 잉여와 쾌속 개발을 획득한 쪽은 이들의 희생적 삶에 대한 보상, 보장, 보호 등을 행하는 것이 당연한 것이리라. 그것이 인간에 대한 최소한의 예의이며, 국가-기구가 해야 할 최소한의 의무일 것이다. 그러나 사회의 상층부가 삶의 기반 전체를 송두리째 빼앗긴 그들에게 돌려주는 것은 냉소와 혐오와 무지와 무능력이라는 낙인이다. 그리고 만약 이 부조리와 전도된 혐오에 비판과 저항의 목소리라도 낼라치면 자본가와 국가의 카르텔은 그들의 권위에 도전하는 그 누구에게라도 무자비하고 노골적인 폭력을 행사한다.

1) "자넨 사람을 잘못 잡아왔어."
"그, 그럴 리가……"

"입 다물어!"

금속 지휘봉이 휙 바람 소리를 내면서 키 작은 사내의 목에 떨어졌다. (……)

"그러실 게요. 얼마나 놀라고 억울하셨겠소?"

쉰 목소리가 부드럽고 조용하게 말했다. 마치 손자며느리를 위로하는 듯한 인자한 할아버지의 말투였다.

"쯧쯧, 내 이 녀석들을 혼내주겠소. 다른 사람도 아니고 교육을 맡아 하시는 선량한 신민을 이런 식으로 모시다니……"5

2) "암, 손톱이 아니라 히힛, 목을 뽑아버릴 수도 있지!"

운전사의 말을 대머리가 받았다.

"잘못했습니다……."

나는 울면서 빌었다.

"금방 부틒 꿀 거면서 왜 까불어! 이봐, 회상님께선, 지난 십 년간 한 번도 사진을 찍어본 일이 없으신 분야. 그걸 알아야지. 오늘은 늦었으니까 여기서 주무셔야 되겠어. 밤새 반성하면 새벽에 보내줄게."

(……)

나는 잔을 비우고 찌개를 한 숟갈 입에 물었다. 너무 쓰라려서 저절로 이마가 찡그려졌다. 엊그제 그 지하실에서 맞을 때 입안이 터진 데다 이가 두 개나 부러졌기 때문이었다. 눈두덩은 아직껏 부어 있었고 이마는 찢어졌으며 조금만 움직여도 옆구리가 뜨끔뜨끔 결리곤

---

5   박범신, 「흉기 1」, 『박범신중단편전집 2-흉기』, 문학동네, 2015, 291면.

했다. 그들이 그렇게 하고자 했다면 그들의 말대로 그들은 능히 내 손톱과 발톱까지 다 뽑아냈을 터였다. 수도 서울의 대로에서 명색이 기자인 나를 불문곡직 납치해다 무차별적인 폭력을 행사해도 될 권리를 가진 사람이 있다고 믿을 수는 없었다. 명색이 그래도 민주국가 아닌가.[6]

위의 장면에서 볼 수 있듯 박범신의 초기 소설은 국가-기구와 자본가에 의해서 일상적으로 행해지는 불법적, 초법적 폭력에 주목한다. 1)은 국가-기구에 의해 자행되는 불법적 폭력의 장면이다. 물론 국가-기구 중 몇몇은 사회구성원에 대한 자유의 억압과 폭력의 행사를 합법적으로 위임받는다. 그러나 그들이 합법적으로 위임된 폭력을 행사할 수 있는 경우는 그가 사회의 안녕을 해칠 때이다. 하지만 1)의 국가-기구는 그런 법적 절차를 넘어서서 폭력을 행사한다. 그 기구의 필요에 따라 아무나 잡아들이고 무자비한 사적, 물리적 폭력을 가한다. 사람을 착각해 잡아들여 무자비한 테러를 가하고도, 나중에는 그것을 알면서도 전혀 잘못했다고 생각하지 않는다. 일을 하다 보면 이런 사소한 실수는 있을 수 있다고 믿는다. 그들의 이 탈법적인 행위 때문에 그들이 오인해 잡아온 사람이 아픈 딸을 잃었음에도 불구하고 그들은 그들이 저지른 잘못을 바로잡으려 하거나 보상하려 하지 않는다. 국가를 지키다 보면 일어날 수 있는 사소한 실수로 덮고 간다. 2)는 그 누구에게도, 그 어느 법적 조항에 의해서도 폭력을 위임받은 적이 없는 자본가에 의해서 폭력이 행사되는 장면이다.

---

6   박범신, 「흥기 2」, 『박범신중단편전집 2』, 309~311면.

문학 그 높고 깊은

이 자본가는 좋지 않은 일로 세간에 이름이 알려지는 것을 꺼려한 나머지 그 장면을 찍은 사진기자를 납치해 죽음에 이를 수 있을 정도의 폭력을 행사한다. 하지만 이 엄연한 불법 행위는 국가-기구와 법의 비호를 받으며 한순간에 아예 일어나지 않은 일로 뒤집힌다.

이처럼 박범신의 초기 소설은 '돈과 권력의 구조화된 카르텔'[7]에 의해서 폭력적으로 수행되는 60~70년대의 탈토지화 과정에 대해 집요하게 천착한다. 이 카르텔에게 탈토지화의 급속하고도 효율적인 완수는 지상의 과제이다. 그들은 이를 위해 수단과 방법을 가리지 않는 것은 물론 그 어떤 '방어선'도 없다. 그 카르텔은 '저개발의 개발의 완수'와 '최대한의 잉여가치의 창출'이라면 어떤 것이건 그 어떤 견제도 받지 않고 감행한다. 「흉기 1」의 경우처럼 그것을 막아세우는 방해물이 나타나거나 그것을 비판하는 목소리가 들려오면 즉각 그것을 국가권력을 통해 불법적인 방식으로 해결한다. 법을 앞세워 저항을 잠재우기도 하지만 「흉기 2」처럼 일단 폭력을 통해서 해결해 놓고 그것을 법을 통해 비호하기도 한다.

정리하자면 박범신의 초기 소설은 당대 상황을 자본과 국가가 서로 결탁해서 극단적인 불평등의 상황을 만들어 놓고 그 모순을 국가-테러로 봉합하는 상황, 그러니까 '명색만' '민주국가'로 파악한다. 이러한 맥락화를 통해 박범신의 초기 소설은 60~70년대 한국 사회의 휩쓴 탈토지화 과정의 폭력성과 억압성을 실재적으로, 충격적으로 재현하고 있다. 이러한 장면을 통해 박범신의 초기 소설은 60~70년대의 탈토지화 과정이 국가와 자본에 의한 폭력의 무차별적 행사와 그것의 법적 비호를 통해

---

7   박범신, 「호우주의보」, 『박범신중단편전집 2』, 96면.

수행되었음을 충격적으로 보여준다. 박범신 초기 소설이 전경화한 이러한 상징적인 장면은 죄 지은 사람을 법정에 세우는 것이 아니라 아무 사람이나 법정에 세워 놓고 죄를 만들어내는 장면을 통해 근대 국가의 폭력성을 상징적으로 그려낸 카프카를 연상시키는가 하면 죄 없는 사람을 밤새 고문해 놓고 그 고문의 흔적을 지우지도 않은 채 죄 없는 사람을 밖으로 내보내는 장면을 통해 한국 사회의 공포정치를 묘파했던 최인훈의 『광장』과 비견할 만한 압도적인 장면이라 할 수 있거니와, 우리가 박범신의 초기 소설을 60~70년대 한국소설의 값진 성과로 문학사에 등재해야 하는 이유도 바로 여기에 있다.

3. 나쁜 아버지와 마찬가지로 나쁜 아들들 − 탈토지화 과정의 두 개의 억압

박범신의 초기 소설 중 또 하나 주목할 만한 계열은 농촌공동체 혹은 주변부 공동체에서 진행되는 탈토지화 과정과 탈분절화 현상을 집중적으로 재현하는 소설들이다. 초기 소설의 문제작 중 상당 작품이 이 부분을 집중적으로 묘사하고 있는 바, 이 계열이야말로 박범신의 초기 소설의 특이성을 이루는 중핵이라 할 만하다. 「시진읍」, 「겨울아이」, 「역신의 축제」, 「논산댁」, 「읍내 떡뻥이」 등은 60~70년대 농촌공동체에서 진행되는 탈토지화 과정과 그에 따라 변화하고 있는 주변부적 존재들의 실존 형식을 집중적으로 다룬다. 「시진읍」 등은 공히 '출세해서 출세한 촌놈들'이 아니라 주변부적 존재들, 그러니까 '출세하지 못했으나/않았으나 출세한 촌놈들' '출세하지 못하고 출세

문학 그 높고 깊은

하지 못한 촌놈들'들의 실존 형식과 관계성을 집중적으로 다룬 소설들이다. 앞질러 말하자면 이 소설들이 그려낸 탈토지화 과정은 그간 충분히 주목되지 않았지만 당대의 어떤 소설보다도 당대의 현실을 핍진하고 실재적으로 재현한다.

박범신의 초기 소설이 재현한 탈토지화 과정을 종합하면 대략 이렇다. 여기, 상대적으로 자족적 통일성을 가지고 목가적인 풍경을 유지하던 농촌공동체가 있다. 물론 그곳에 모순이 없었던 것은 아니다. 생존 자체가 힘든 절대 가난과 경제 외적 강제로 특칭할 수 있는 계급/신분 차별과 맹아적이나마 자본주의적 모순이 중첩되면서 기존의 농촌공동체의 삶 역시 만만찮게 힘겹다. 하지만 그곳에서는 힘겨운 가운데서도 서로를 배려하는 마음이 넘쳐났었더랬다. "반만 년이나 살아오면서 우리 백성이 죽지 않은 게 까닭이 워디 있겠어? 잘살어서가 아녀. 끼니를 굶어도 이웃끼리 서로서로 받쳐주는 그 뜨뜻한 마음 하나로 견딘 거지. 그런디 요즘 시상은 그게 읎어. 농진공에서 공사를 벌이고 읍에서 지붕 개량을 하라느니 새마을 공장 져준다니 혀쌓지만, 등골 서루운 것은 옛날보다 더허니 참 조홧속이랑게. 아무래도 사람덜이 잘 모르고 있는 거 같어. 우리 백성의 심이라는 게 뜨뜻하게 써주는 맘 그거였는디. 그 맘은 뿌리 뽑아 읎애고 공사만 혀싸야 뭐허겠어?"[8]

한데 어느 날 이 농촌공동체가 치명적으로, 그리고 불가역적으로 균열한다. 바로 자본주의 시스템이 농촌공동체에까지 밀려들어오기 때문이다. 앞절에서도 말했듯 자본주의는 대도시 주변 그리고 거대 공장지대

---

8   박범신, 「읍내 떡뻥이」, 『박범신중단편전집 2』, 227면.

주변에 넉넉할 정도의 과잉의 노동력을 모아두어야 유지된다. 국가-기구는 이를 위해 저곡가 정책 등으로 농촌공동체 구성원들을 대도시로 쫓아내는 한편 농촌공동체에 잔류하더라도 제3차산업의 인력으로 자리를 옮기게 하거나 아니면 더욱 더 가난해지는 악순환을 견디며 농업에 종사하게 한다. 한데 농촌공동체의 균열이 이들에게 치명적인 것은 더 열악해진 가난과 정주할 터전의 상실 때문만은 아니다. 물론 그것만 해도 치명적인 위기이다. 그러나 더 큰 위기는 농촌공동체 전체가 자고 일어나면 더욱 더 이윤추구의 장으로 변질된다는 것이다.

이는 농촌공동체 구성원들에게 전혀 준비되지 않은 존재 전이를 요구한다. 이제 이들은 자기가 보고 아는 사람들을 위해 땅을 일구며 노동하는 것이 아니라 시장을 위한 생산을 해야 한다. 알지도 못하고 보지도 못한 사람을 위한 생산을 해야 하고, 그 생산을 하며 뭔가를 남겨야 생활을 할 수 있다. 네 가지 길이 주어지고 그중 하나를 선택해야 한다. 하나는 원초적 아버지가 되는 것. 다시 말해 이윤추구라는 단 하나의 교리를 섬기며 자본주의의 괴물이 되는 것. 자본주의의 괴물이 되면 그 자들은 곧 프로이드가 말한 원초적 아비와 같아진다. 자본주의 사회에서 이윤추구의 운동이 멈출 수 없듯, 이 이윤추구의 노예가 된 괴물들은 그들의 욕망에 그 어떤 정지선도 두지 않는다. 그들은 여러 여자와 재화를 욕심껏 독점하고자 하고 실제로도 독점한다. 이렇게 재화와 여자를 독점한 그들은 맹아의 자본가가 되어 무한정의 원시적 축적을 추구하는 한편 탈토지화의 완수를 목적으로 하는 권력과 결탁하여 공동체 안에서 무소불위의 권력을 행사한다.

우드득 작업복의 한 자락이 찢어지면서 가슴이 활짝 열리고 있었다. 논산댁은 이를 악물었다. 어두운 하늘이 온통 자신을 향해 허물어지는 것 같았다. 할퀴고 물어뜯으며 몸부림을 쳤으나 명수씨의 짓눌려오는 무게는 천근 덩어리였다.

"이봐 논산댁! 돼지 키워서……선자 산다고 했잖여? 나 말고 ……누구헌티 사겄어? 안심방죽 너머……물논 시 마지기는……논산댁헌티 줄라고 맘먹고 있는디……"

이번엔 아랫도리의 어딘가 우지직 찢기고 있었다.

명수씨의 숨찬 지껄임도 차츰 멀어지고 정신은 까물대는데, 어쩐 일인지 몸뚱어리 전부가 말을 들어주지 않았다. 소리를 질러야지 싶었으나 그도 생각뿐이었다. 목구멍이 칵 막혀와 꼼짝하기도 어려웠다. 후줄근하게, 맥없이 처져서 땅속의 깊은 곳으로 가라앉아버리는 느낌이었다. (……)

명수씨가 그녀의 앞가슴을 여며주고 어둠 속으로 사라진 한참 후에야 그녀는 상반신을 일으켰다.

"인자 우리 꺼먹이도 배곯지 않게 됐단 말여. 낼부터는 말여. 으흐흐……"

그녀는 실성한 듯 중얼거렸다.[9]

다른 하나는 탈토지화의 소용돌이에 휩싸여 토지에서 이탈하는 것이다. 물론 이 부류 중 대부분은 더 큰 도시를 거쳐 서울로 올라가게 되

---

9   박범신, 「논산댁」, 『박범신중단편전집 1』, 405~406면.

며, 그들이 그곳에서 어떻게 살아가는가 하는 것은 이미 앞서 살펴본 바이기도 하다. 그리고 세 번째의 길은 탈토지화된 농촌공동체에 순응하며 사는 것. 이 길을 택할 때 가능한 삶은 시장경제에 복무하게 된 농촌에서 기반이 미약한 3차 산업에 종사하거나 도시의 노동자보다 이중, 삼중으로 소외된 농업노동자가 되는 것이다. 그리고 마지막으로 선택 가능한 삶은 재토지화를 꿈꾸는 것. 탈토지화 과정에서 극대화되는 반생태적이고 비인간적인 면모를 비판하고 탈토지화된 농촌을 재토지화시키려는 지향을 보인다.

박범신의 초기 소설의 한 계열은 바로 이러한 '농촌공동체의 탈분절화 과정'을 적극 반영하고 재현한다. 박범신의 초기 소설은 '농촌공동체의 탈분절화 과정'을 재현하면서 그 과정을 주로 탈토지화 과정에 편승하여 원시적 축적으로 꿈꾸는 원초적 아비와 같은 이들과 재토지화를 꿈꾸는 이들 간의 갈등을 중심으로 맥락화한다. 예컨대 「시진읍」은 시장경제의 시스템에 시진읍을 탈토지화하여 막대한 재화와 막강한 권력을 획득하려는 세력과 이에 맞서 예전의 시진읍의 명성과 활력을 이어가려는 세력 사이의, 그러니까 탈토지화 세력과 재토지화 세력 사이의 갈등이 핵심 서사를 이룬다. 그런가 하면 「겨울아이」는 탈토지화로 인해 갑작스레 삶의 터전을 잃고, 급기야 딸까지 잃는, 그래서 탈토지화 세력에 대해 극렬한 반감을 품은 한 아이를 주요 서사축으로 설정한다.

그런데 문제는 이 갈등이 나쁜 아비와 선한 아들, 부정의와 정의, 나쁜 악당과 선한 영웅의 대결의 양상으로 전개되지 않는다는 것이다. 탈토지화 과정에서 태어나는 원초적 아비들은 탈토지화 과정을 수행하는 권력과 밀착한다. 아니 반대인 지도 모른다. 권력과 밀착될 수 있기 때문에 원초적인 아비의 탐욕을 실현할 수 있다. 하여간 도대체가 권력과 법의 비호를 받는 원초적인 아비가 보이는 탐욕과 그가 행하는 폭력은 집요하고 치명적이다. 그가 행하는 폭력의 정도가 과잉의 그것이고 전방위적인 그것이기에 그 폭력의 희생의 제물이 되어야 하는 존재들은 어떻게든 대응을 해야만 한다. 그래야 인간다운 삶까지는 바라지 않더라도 살아내는 것이 가능하겠기 때문이다. 그런데 탐욕적인 원초적인 아비는 탐욕의 화신이어서 그 어떤 비판도, 설득도, 읍소도 통하지 않는다. 나머지 선택지가 있다면 저항이고 투쟁이다. 한데 원초적 아비와 그를 에워싸고 있는 권력 사이의 야합은 워낙 견고하여 그 저항은 곧 한계에 부딪친다. 때로는 정말 초인적인 의지로 저항하기도 하나 그래도 승부의 추는 바뀌지 않는다. 결국 저항을 택한 존재자들이 선택할 수 있는 마지막 방법은 원초적 아비에 못지않은 아들이 되는 것이다. 즉 나쁜 아들, 악마적인 영웅이 되는 것. 다시 말해 원초적 아비에 저항하기 위해 원초적 아비에 못지않은 폭력적인 인물이 되기에 이른다.

그 순간 백만씨와 왕도의 주변을 경찰들이 에워쌌다. 기습적이어서 사람들이 자기도 모르게 한 발씩 뒤로 물러났다. 모든 사람들의 표정에 당황스러운 기색이 역력해졌다. 왕도와 백만씨만 포위한 게 아니었다. 곰배팔이의 시신을 메고 온 청년봉사회의 회원들과 행렬을 앞서 이끌어온 번영회 간부들도 포위되었다. 사람들의 전의가 급속하게 잦아들었다. 설마 경찰서장이 이 많은 사람들 앞에서 거짓말을 하고 있다고 생각하는 사람은 별로 없었다. 행렬이 어정쩡하게 멈춰 선 사이 왕도와 백만씨가 경찰서의 정문으로 재빨리 빨려들어갔다. 단호하고 재빠른 작전이었다. 경찰서 정문을 들어선 다음에야 왕도와 백만씨의 시선이 잠깐 마주쳤다. 백만씨는 이미 모든 걸 깨달은 눈치였다. 왕도를 바라보는 그의 눈에 물기가 고여 번질번질하고 있었다.

"바보 같은 자식!"

백만씨가 고개를 돌리며 씹어뱉듯이 말했다.

"……내가 싸워온 건 여기를 사랑하기 때문이었다. 그런데 넌 사랑을 이해 못해. 건달에 불과해. 곰보댁을 봤니? 시진읍을 구할 사람은……"10

"누나하고 형철이 아버지가 밤중에 밀밭에서 나오는 걸 봤니. 안 봤니?"

전도사가 다시 한번 물었다.

"저……"

"저는 빼고."

"예. 봐, 봤습니다."

"그렇게 더듬거리면 안 된다고 했잖아!"

전도사가 미간을 찌푸렸다. (……)

"첨부터 다시 시작하자."

전도사는 불 속으로 판자 쪽을 하나 더 집어던지며 말했다.

"거짓말을 한다고 생각하면 안 돼. 네가 봤다고 말하는 일은 실지

10 박범신, 「시진읍」, 『박범신중단편전집 1』, 105~106면.

일어났었으니까. 그리고 중학교를 잊지 마라. 고등학교도 대학교도
잊지 마라. 잘만 하면 모든 것이 이루어진다. 누나에게도 결코 나쁜
일이 아니야."

　　전도사의 눈은 반짝반짝 타오르는 듯했다.[11]

　　이처럼 이들은 탈토지화 과정을 적극적으로 수행해 농촌공동체를 파
괴하는 이들과 투쟁을 시작한다. 물론 농촌공동체를 지키기 위해서다. 그
러나 탈토지화 과정을 주도하는 세력은 자그마한 흔들림도 없다. 흔들
림은커녕 점점 더 강고해진다. 이 거대한 역사적 파고를 넘기 위해, 그리
고 이 중과부적의 싸움에서 멋지게 지자는 생각보다는 어떻게든 이기고
자 한다. 그 결과 그들은 원초적 아비가 자신의 욕망을 충족시키기 위해
수단과 방법을 가리지 않듯 수단과 방법을 가리지 않고 싸움에서 이기고
자 한다. 이기기 위해 원초적 아비 모양 필요에 따라 여러 하위주체들의
이용한다. 그들은 처음에는 모든 욕망과 재화를 독점하는 원초적 아비를
증오하지만 잠시 동안의 지연을 거쳐 그 원초적 아비처럼 하위주체들을
폭력적으로 동원한다.

　　박범신의 초기 소설이 그려낸 바에 따르면 이처럼 60~70년대 한국
사회의 탈토지화 과정은 이처럼 농촌공동체의 삶을 근본적으로 파괴한
다. 수많은 존재들을 농토로부터 이탈시켜 도시의 부랑자로 전락하게 하
거나 남겨진 이들을 원초적 아비와 아비 못지않은 괴물로 전락한 아들
사이의 진창 같은 싸움에 말려들게 한다. 물론 박범신의 초기 소설에 목

11　박범신, 「역신의 축제」, 『박범신중단편전집 1』, 257~258면.

가적 풍경에 대한 기억 또는 진리의 빛에 대한 회억 때문에 꽤 오랫동안 탈토지화의 탐욕과 재토지화의 광기를 거부하는 존재들이 없는 것은 아니다. 그러나 그들 중 탈-존의 길을 선택하는 일은 거의 일어나지 않는다. 그들은 최선을 꿈꾸며 원초적 아비와의 싸움을 시작했다가 어쩔 수 없이 차선을 선택하고 차차선, 차차차선, 차차차악, 차차악, 차악의 과정을 밟아 급기야 자본주의적 이윤추구의 길에 순응하기 시작한다. 그리고 급기야 원초적 아비 모양 자본주의적 이윤추구의 전도사가 되거나 대리인이 된다.

박범신 초기 소설의 한 경향은 이처럼 자본주의 바깥에 위치해 있던 농촌공동체가 전지구적 자본주의화 혹은 한국 사회의 강력한 산업화 정책에 의해 균열되고 파괴되는 양상을 충격적으로 재현한다. 물론 이러한 경향의 소설이 박범신의 초기 소설에서만 보이는 것은 아니다. 많은 소설들이 이러한 문제를 다룬다. 하지만 여기서 유념해야 할 점은 박범신의 초기 소설은 그러한 균열을 주로 차차악이나 차악의 존재들에게서 보이는 죄의식이나 분노를 통해 묘사한다는 점이다. 그 결과 박범신의 초기 소설은 유사한 사회적 증상에 주목한 여타의 동시대 소설들과 또 다른 세계상을 그려낸다. 여타의 소설들이 주로 최악의 존재들에 대항하는 최선의 존재들의 정치적, 도덕적 정당성을 그리는 데 초점을 맞추었다면, 박범신의 초기 소설은 보다 중간적인 존재들의 실존 형식을 통해 1960~70년대의 자본주의적 탈토지화 과정을 형상화한다. 다만 초점을 보다 중간자적인 존재로 옮겼을 뿐인데, 박범신 초기 소설이 그려내는 탈토지화 과정은 무시무시하고 외설적이다. 거기에는 보다 전능한 물신과 그 전능한 물신에 비해 '참을 수 없을 정도로 가벼운 존재'들로 가득

하며, 이러한 세계상은 우리에게 '못난 놈들을 얼굴만 봐도 흥겹다'는 꿈의 세계로부터 우리가 얼마나 멀리 떨어져 있는지를 충격적으로 알려준다. '출세한 촌놈들의 죄의식'이나 '출세하지 못한 촌놈들에 대한 절대적 믿음' 때문에 볼 수 없었던 실재적 풍경이라 할 만하며, 이러한 실재적인 것을 우리에게 보여주었다는 것만으로 박범신 초기 소설이 지니는 의미는 남다르다 할 수 있다.

4. 마주하는 공동체와 박범신 초기 소설의 잠재성

박범신의 초기 소설을 말할 때 잊지 말아야 할 것은 박범신의 초기 소설이 '돈과 권력의 구조화된 카르텔'에 의해 폭력적으로 수행되는 탈토지화 과정과 탈분절화 과정에 공포를 느끼고 전율하면서도 그 소설들이 그 폭력적 구조 혹은 구조적 폭력을 어떻게든 근절시키자는 당위적인 목소리를 전달하는 것에 그치지 않는다는 점이다. 박범신의 초기 소설은 세상(의 변화)을 절망적으로 인식하면서도 당대적 현실을 선악의 이분법으로 파악하지 않는다. 당연히 현존재들의 실존 형식도 최악과 최선 사이에 둔다. 해서 박범신의 초기 소설의 인물들엔 최선과 최악의 인물보다는 차악, 차차악, 차차차악, 차차차선, 차차선, 차선 정도의 인물에 초점이 맞춰져 있다. 그리고 이러한 인물 설정을 통해 당시의 구조화된 폭력이 당대인의 의식 깊은 곳까지를 지배하고 있는지를 예리하고 아프게 환기시킨다. 또 한편 이 구조적인 폭력을 넘어서는 것이 얼마나 힘겨운가도 제시한다. 그렇지 않겠는가. 사회구성원

대부분이 구조적 폭력에 철저하게 순응하며 살아가고 있는 상황에서 또 다른 구조를 향한 사회적 실천을 행한다는 것은 결코 간단한 일이 아닌 것이다. 이처럼 박범신 초기 소설은 구조적 폭력의 극복의 필연성을 환기하는 한편 그것의 극복 (불)가능성에 대해 말하거니와, 이 때문에 당대의 주류와 구분되는 독특한 자리를 차지한다.

박범신 초기 소설이 당대 현실의 (구조적) 폭력성을 예리하게 주목하면서도 동시에 그것의 극복 (불)가능성을 절망적으로 받아들이고 있다고 해서 박범신 초기 소설에 자본주의라는 구조적 폭력을 넘어설 길을 아예 포기하고 있는 것은 아니다. 불가능에 가깝다고 믿으면서도 그 가능성을 끊임없이 찾아 나선다. 안 되면 이미 존재하는 모든 말들을 다 소진시키더라도 하려 한다. 그것을 통해 현재의 말을 너머의 어떤 윤리적 좌표, 그러니까 가능성이 모두 소진된 상태에서 그 존재를 드러내는 잠재성을 모색하려 한다.

박범신 초기 소설에는 이제까지 우리가 살펴보았듯 현실에 만연해 있는 일상적인 폭력, 그리고 그 뒤를 떠받치고 있는 구조적 폭력이 압도적으로 배치되어 있음에도 불구하고 언뜻언뜻 그 구조적 폭력과 대비되는 장면이 명멸하듯 등장한다. 아니, 출몰했다 사라진다. 다음과 같은 것이다.

조금 실성한 곰배팔이가 시진읍에 떠돌아다니기 시작한 것은 그럭저럭 칠팔 년이 가까웠다. 얻어먹고 살지만 굳이 찾아다니며 손 벌릴 줄도 모르고, 정신이 좀 나간 듯해도 지랄 발광을 떠는 일은 없었다. 그저 벌쭉벌쭉 웃기나 잘하고 어두워지면 대흥교 밑의 거적 위에 찾아와 조용히 갔다.

차츰 곰배팔이는 읍내의 명물이 되었다. 아무도 그녀를 미워하거나 모질게 대하지 않았다. 오히려 언제부터라고 딱 집어 말할 수는 없지만 시진읍민들의 묘한 친밀감 속에 보호되어왔다고 해야 옳을 것이다. 시진읍을 오랫동안 떠나 있던 사람까지도 고향 사람들을 만나면 곰배팔의 안부를 먼저 물을 정도였다. ……어쨌든 읍민들은 대부분 곰배팔이를 만나면 농담이라도 한마디 건네주기가 일쑤였고, 아낙네들은 철따라 헌옷, 헌신발이나마 챙겨 신기는 것을 잊지 않았다.[12]

떡뻥이의 머리가 솟아오르면 굴 노인이 가라앉았고, 굴 노인의 머리가 솟아오르면 반대로 떡뻥이가 보이지 않았다. 숨바꼭질 같았다.

할아부지, 나 애개 뱄어.

뭐여, 애를 배다니!

증말이랑게. 자, 볼록헌 내 배 좀 만져봐.

얼레, 그럼 내가 살어야 쓰겄구나, 누구 씬지 몰라도 고게 무신 상관여? 곱사 안 되게 잘 키워야지.

할아부지 손자여.

암, 손자지.

할아부지 죽으면 이애가 꽃상여 태워줄 겨.

그려 그려.

---

12 박범신, 「시진읍」, 『박범신중단편전집 1』, 32~33면.

취 죽겠어. 얼렁 안아줘……

숨바꼭질하듯 서로 엇갈려 강물 위로 솟구칠 때마다 굴 노인과 떡뺑이 사이에 그런 말들이 비명처럼 오가는 것 같았다. 그러나 그것도 한순간 잠시 후 강물 위엔 아무것도 보이지 않았다. 나비처럼 사뿐사뿐 눈송이가 내려앉는 강심에, 다만 보퉁이 하나가 남실남실 떠내려갔다. ……대를 물려 떡뺑이 모녀가 주워 간직해온 헝겊 쪼가리들이었다. 빨강 노랑 남색 자주 보라 하양……색깔도 가지가지였다.[13]

"세상은 큰 것이 작은 것을 합쳐 더 크게 만드는 것을 발전이라고 말하는 개발주의가 판치고 있"[14]는 세상에서 "여기서 살고 있는 우리를 위하고 우리의 후배와 자식들을 위한 전쟁"이 벌어지는 사이에 박범신의 초기 소설은 위와 같은 장면을 중간중간 외삽시킨다. 그를 통해 이 격렬한 전쟁의 진정한 목적지는 시장경제의 구축도 아니고 그렇다고 예전 질서로의 회귀도 아닌 바로 위와 같은 친밀성의 공동체여야 한다는 점을 끊임없이 환기시킨다. "무엇을 나누는 것이 아니라 함께 있음 자체를 나눔, 다시 말해 '나'와 타인의 실존 자체가 서로에게 부름과 응답이 되"[15]는 공동체. 박범신의 초기 소설은 탈토지화 과정이 폭력적으로 진행되는 60~70년대의 전쟁터에서 이러한 개념화하기 힘든 공동체를 염원하며, 이러한 공동체는 박범신 초기 소설의 값진 성찰이라 할 만하다.

---

13 박범신, 「읍내 떡뺑이」, 『박범신중단편전집 1』, 257~259면.
14 박범신, 「시진읍」, 『박범신중단편전집 1』, 24면.
15 모리스 블랑쇼/장-뤽 낭시, 박준상 옮김, 『밝힐 수 없는 공동체/마주한 공동체』, 문학과지성사, 2005, 141면.

문학 그 높고 깊은

하지만 안타깝게도 박범신 초기 소설 중간중간에서 명멸하던 빛은 한동안 박범신의 소설에서 그 흔적을 찾기 힘들어진다. 이후 박범신의 소설이 '흉기로 가득 찬' 세상과 맞짱뜨는(?) 방향으로 그의 소설의 경향이 변화했기 때문이다. "그날 밤늦게 나는 칼을 한 자루 샀다. 총이나 대포를 살 수 없는 게 한이었다. 내가 산 것은 겨우, 하얗게 날이 선 단검 한 자루였다."[16] 그러나 그렇다고 해서 이러한 공동체의 염원이 박범신 문학에서 아주 사라진 것은 아니다. 그것은 후기의 장편소설인 『나마스테』, 『유리』 등의 소설에서 다시 모습을 드러낸다. 귀환했달까 아니면 순환했달까 할 수 있는 것이다. 어쨌든 박범신 초기 소설에 언뜻언뜻 흩어져 있는 마주하는 공동체에의 열망은 박범신 초기 소설의 또 하나의 주요한 성과라 할 수 있으며, 이것이 또한 우리가 박범신의 초기 소설을 꼼꼼히 다시 읽어야 하는 이유이기도 하다.

---

16 박범신, 「흉기2」, 『박범신중단편전집 2』, 323면.

낭만적 자아의 현실적 서사

박철화(문학평론가)

1. 낭만적 자아의 갈망과 방황

우리가 사는 시대를 근대로 부르며 이전의 봉건시대와 구분하는 것은 무엇보다 우리 자신이 자유인이라는 점 때문이다. 근대 이전의 봉건시대는 신분제 사회였고, 각자 삶의 형식은 태어나는 순간부터 정해져 있었다. 반면에 근대는 사회적 합의로서의 법 말고는 개인의 삶에 어떤 선험적 규제와 속박도 있을 수 없다. 근대인은 자신의 자유의지와 능력에 따라 삶을 만들어갈 수 있는 자유를 가진 사람을 의미한다.

물론 이런 자유에도 문제가 없는 것은 아니다. 정해지지 않은 삶의 가변성(可變性) 앞에서의 막막한 두려움과 함께, 무엇보다 자유인의 무한한 갈망과 그에 비해 주어진 현실 사이의 괴리를 견뎌야 한다. 근대의 자유주의가 왕왕 혼돈을 거쳐 파시즘으로 퇴행하는 모습을 보이기도 하고, 갈망과 현실 사이의 괴리가 근대인의 삶을 신화 속의 시지프(Sisyphus)처럼 영원한 미완성에 빠트리며 좌절과 권태를 가져오는 것은 다 그런 이유에서다. 그 현실이 때로 얼마나 위험한지는 괴테의 『젊은 베르테르의 슬픔』[1]이 잘 보여준다. 갈망을 성취할 수 없는 고통을 겪느니 차라리 갈망의 주체를 없애는 일이 나을 정도이기 때문이다. 하지만 그렇다고 해서 이 근대를 부정하고 봉건의 어둠 속으로 되돌아갈 수는 없다. 누구도 자신의 자유를 포기하지 않을 것이며, 원한다고 해서 버릴 수 있는 것도 아니기 때문이다. 자유인의 갈망과 방황은 근대인의 운명이며, 베르테르는 바로 우리 자신이다. 다시 괴테의 말을 빌리자면, "인간은 노력하는 한 방황한다."

문학과 예술의 역사는 그런 근대인에게 낭만적 자아라는 이름을 붙인다. 유한한 생에 대비되는 무한한 가능성을 동경하며, 객관적 세계와 내면 감정 사이의 단절과 분열에 고통 받는, 그러면서도 나와 세계, 자아와 우주의 조화를 꿈꾸는 자아 말이다. 그래서 근대 이전의 문예가 진리로서 주어진 세계를 사실적으로 재현하는 기술에 가깝다면, 근대의 문예란 자아가 갈망하는 세계를 그리면서 동시에 그 세계에 쉽게 가 닿을 수 없다는 불일치와 고통의 진리를 증언하는 모순적 작업을 의미한다. 시와 극에 비해 상대적으로 젊은 문학 장르인 소설이 근대를 대표하게 된 이유도 거기에 있다. 소설은 정해진 형식이 없으며, 낭송과 상연(上演)의 의

---

1 독문학자 임홍배에 따르면, 이 책의 제목으로는 '젊은 베르터의 고뇌'가 원뜻에 더 가깝다. 그러나 워낙 '젊은 베르테르의 슬픔'으로 오래 전부터 알려져 있어, 그냥 쓰기로 한다.

무로부터도 자유롭다. 저마다 다른 개인의 내밀한 목소리를 담을 수 있는 가장 유연한 장르가 소설이다. 근대의 자유인이 없었다면 언어의 자유로서의 소설 역시 존재하기 어려웠다. 갈망과 좌절, 방황의 시와 극이 바로 소설이다.

이 글은 작가 박범신 스스로 '갈망의 삼부작'이라 이름 붙인 『촐라체』, 『고산자』 그리고 『은교』를 다루고자 하는 데서 출발한다.

> 지난 십여 년간 나를 사로잡고 있었던 낱말은 '갈망(渴望)'이었다. 『촐라체』와 『고산자』 그리고 이 소설 『은교』를, 나는 혼잣말로 '갈망의 삼부작(三部作)'이라 부른다. 『촐라체』에서는 히말라야를 배경으로 인간 의지의 수직적 한계를, 『고산자』에서는 역사적 시간을 통한 꿈의 수평적인 정한(情恨)을, 그리고 은교에 이르러, 비로소 실존의 현실로 돌아와 존재의 내밀한 욕망과 그 근원을 감히 탐험하고 기록했다고 느끼기 때문이다. (「작가의 말」, 『은교』, 406쪽)

사실 작가 스스로 이렇게 작품을 들여다보는 프레임을 설정해 두는 일은, 장점이기도 하고 단점이기도 하다. 작가의 애초의 창작 의도에 초점을 맞추는 일에는 도움이 되지만, 그만큼 작품이 가진 다양한 해석의 가능성을 좁힐 수도 있는 위험을 안기 때문이다. 하지만 다행스럽게도 이 갈망의 삼부작은 작가의 의도를 쫓아가는 일이 텍스트 해석의 자유와 특별히 충돌을 일으키지 않는다. 우리가 이 짧은 글을 시작하며 근대의 낭만적 자아를 언급한 것은 무엇보다 박범신이라는 쓰기의 주체가 그러한 낭만적 자아의 생생한 예이며, 가능한 작가의 뜻을 존중하면서 얼핏

시공간이 완연하게 다른 세 작품 전체를 조망할 수 있는 자리가 바로 이 지점이기 때문이다.

2. 『촐라체』, 인간과 자연의 영성(靈性)

　　　　　　　　　　　오늘날 우리는 자신의 이성과 감정에 절대적 가치를 부여하지만, 인간의 긴 역사에 비추어 그것은 아주 짧은 최근의 일이다. 무엇보다 근대적 주체의 자유를 전제하지 않고서는 불가능한 일이기 때문이다. 그런데 '나는 생각한다, 고로 나는 존재한다'는 명제로 데카르트가 근대 이성의 출발을 알리고도, 감정은 한동안 변방에 머물러야 했다. 제어하기 어려운 가변성 때문에 진리와는 관계가 멀다고 생각한 것이다. 하지만 계몽적 이성이 봉건의 두터운 담장을 무너뜨린 대포라면, 감정이야말로 그 포격에 파괴력을 더한 화약과도 같은 존재다. 객관적 이성의 주체보다, 오히려 느끼는 자아로서 감정의 주체야말로 바로 나 자신임이 더 분명한 영역이기 때문이다. 프랑스 철학자 장-자크 루소가 『고독한 산책자의 몽상』을 통해 이 세계와 자연과 하나가 되는 감정의 주체를 묘사한 곳에서, 독일 화가 후고 다비드 프리드리히가 거대한 자연을 마주한 근대인의 뒷모습을 그린 데서 근대적 자아의 낭만주의는 제대로 된 모습을 갖추기 시작한다. 혹자는 그것은 '숭고미(崇高美)'라 부르고, 또 누군가는 만물 '상응(相應)'의 희열이라 불렀다. 이 순간 자연은 사물로서의 대상이 아니라 영성을 가진 또 다른 주체가 된다. 내면의 자아와 외적 세계가 하나가 되는 근대적 진경(珍景)이 탄생하는 것이다.

『촐라체』는 삼부작의 출발점을 이루는 작품으로 이러한 면모를 잘 드러내는 작품이다.

> 글쓰기에 대한 순정적 열망과 삶의 유한성에 대한 격렬한 반항 사이에서 히말라야 오지를 떠돌던 2005년 이른 봄, 나는 처음 '촐라제'를 만났다. 처음 본 그것은 내가 오랫동안 찾아 헤맨, 초월적인 아름다움이었다. 나는 한순간 전율했고, 그리고 어떻게든 그것과 내가 깊이 맺어질 것이라는 불가사의한 예감을 느꼈다.(「작가의 말」, 353쪽)

작가의 이 발언은 앞서 언급한 화가 프리드리히의 것이라 해도 전혀 이상하지 않다. 그것은 자연의 숭엄함에 전율하는 낭만적 자아로서의 동질성을 의미한다. 그것이야말로 삶의 유한성과 무의미, 반복적 일상의 권태를 뛰어넘을 수 있는 힘 가운데 하나다.

여기서 태어난 『촐라체』는 어떻게 보면 다큐멘터리 르포에 가깝다. 전문적인 산악 등반 용어부터 시작해서 시간의 흐름을 쫓아가는 서사 전개가 특히 그렇다. 게다가 실제 히말라야 등반에서 조난당한 동료를 구하느라 연결된 줄을 놓지 않은 탓에 동상으로 손가락과 발가락을 잃은 실제 모델까지 있다. 어떤 점에서는 다큐의 사실성이 낭만적 울림을 방해할 가능성까지 있다. 그렇지만 이 작품에는 '살아 있는 것들이 가진 존재의 빛'이라 이름 붙인 다른 힘이 있다.

세 남자의 시선을 따라 각기 전개되는 이야기 구조는 단순하다. 아들 현수의 갑작스런 출가(出家)로 실존의 물음과 마주한 화자와, 아비가 다른 두 형제 박상민과 하영교가 우연히 네팔에서 만나 촐라체 북벽을 오르는 과정이 전부이기 때문이다. 사실 이들 셋에게 현세의 얽힌 인연은 무거운 짐이다. 그것은 일상적 현실의 은유로서 우리를 짓누른다. 이 작품은 그 무게에 무릎 꿇지 않으려는 생명의 '본원적 낙관주의'를 힘차게 보여준다.

여기서 자연의 냉혹한 힘은 먼저 생을 위협하는 공포로 다가온다. 하지만 그것을 마주하고 견디는 고통과 극복의 시간이 있었기에 얽힌 현실에 대한 수락(受諾)이 가능하고, '세계 내 존재'로서의 자신에 대한 새로운 인식과 출발이 이루어진다. 코스모스를 잉태한 카오스처럼, 또 산고(産苦)의 진통처럼 촐라체의 저 자연은 광포하기만 한 것이 아니라, 새 생명을 내놓는 친근하면서 따듯한 온기를 품고 있다. 현지인의 야크 카르카가 불탐으로써 구조의 길이 열리듯, 죽음과 절멸의 극한적 상황에도 좌절하지 않는 한 자연은 삶의 출구를 내어준다. 자연만 그런 것이 아니다. 박상민은 마지막 순간 위험을 거슬러 올라가 오래 전 히말라야에서 고독하게 죽어 얼어붙은 시체의 정체를 확인하고, 그의 죽음에 합당한 형식을 갖춘다. 그것은 단순한 죽음을 의미 있는 생으로 돌려놓는 제의다. 그에 힘입어 인간은 촐라체와 합일되고, 그 거대한 품에 안길 수 있는 정신적 품격을 얻는다. 그것이야말로 자연과 인간이 이어질 수 있는 영성(靈性)이다.

여기서 한 가지. 화자의 아들 현수의 출가 이유가 '그리움'이라는 것은 모호하면서도 상징적이다. 어쩌면 영원히 채워지지 않을 테지만, 그럼에도 우리를 부르는 그 '존재의 나팔소리'를 쫓지 않을 수 없기 때문이다. 저 먼곳에 대한 그리움, 동경(憧憬)이야말로 낭만주의라는 불꽃의 핵이다. 존재와 생의 가능성을 확인하기 위해서 우리는 떠나지 않을 수 없다.

3. 『고산자』, 먼곳에 대한 동경 혹은 혁명

괴테는 30대 후반의 젊은 나이에 바이마르 공국의 총리 자리를 버리고 이탈리아로 여행을 떠난다. 주변의 만류에도 불구하고 떠난 그 여행은 그때까지의 삶과 단절하고 새로운 존재로 태어나기 위한 것이었다. 서양문명의 근원을 알고자 하는 지적 욕구, 독일의 틀에 박힌 일상에서의 탈출, 그리고 무엇보다 새로운 가능성을 보고자 하는 예술가 정신의 표현인 이 여행은 그만큼 절실했다. 그것은 갑작스런 충동이 아니라, 오래 전부터 내면에서 익어가던 열망이었다. 물론 당시 유럽에서는 자신들의 정신과 문명의 기원으로서 이탈리아 로마를 성지 순례하듯 다녀오는 문화가 있었다. 주로 영국인과 독일인을 중심으로 이루어진 이 여행을 역사는 '그랜드 투어'라고 부른다. 선진 로마문명으로부터 멀리 떨어져 후진국이라는 자의식을 떨치기 어려웠던 영국과 독일에서 저 먼곳에 대한 그리움이 싹을 틔웠다는 점은 고개를 끄덕일 만하다. 괴테는 이 여행에서 돌아와 『이탈리아 여행』이라는 불후의 고전을 남기며 제2의 탄생과 함께 성숙한 작가로서의 새로운 출발을 한다.

그와 비슷한 시기 조선에는 박지원이 있었다. 그는 당시 선진문명이었던 중국을 보고자 열망했고, 노력 끝에 청나라 황제의 생신을 축하하는 사신 사절에 합류하여 당시 청나라 곳곳을 보고 돌아온 기록을 남긴다. 『열하일기』가 바로 그것이다. 그런데 괴테의 여행은 기록을 통해 온 유럽에 저 '먼곳에 대한 그리움'으로 고전주의와 낭만주의를 잇는 고리가 되지만, 박지원의 『열하일기』는 당대에 이미 정조로부터 비판을 받으며 지식층에 특별한 반응을 일으키지 못한다. 박지원의 지적 욕구와 낭만적 열정은 폐쇄적인 조선의 봉건사회에 새로운 문명의 젖줄이 될 수 없었던 것이다.

그로부터 수십 년이 흐른 19세기 조선은 더욱 폐쇄적인 국가가 되었다. 봉건적 신분제와 낙후된 문물로 백성들의 일상은 말할 수 없이 고통스러웠고, 제국주의의 해상 출현과 대외개방 요구 앞에서 조선은 더 움츠러들었다. 결국 근대의 흐름을 올라타지 못하고, 세기 말 '을미왜란' 이후 실질적인 주권을 상실한다.

박범신의 『고산자』는 바로 그런 19세기를 배경으로 한다. 사실 대동여지도는 미스터리다. 과학기술문명 차원에서 당시 세계에서 가장 낙후된 후진국 조선에 근대를 상징하는 대표적 문물인 정교한 지도가 탄생할 수 있었다는 점, 그런 작업을 거의 혼자서 초인적으로 해낸 김정호의 인물 정보가 거의 존재하지 않는다는 점 등이 그것이다.

일찍이 '정화의 대원정'을 통해 제국의 위용을 과시한 중국조차 해양을 버리고 폐쇄적 내륙국가로 움츠러들면서 아시아의 지도 제작 수준은 크게 발전하지 못했다. 오히려 후진 문명권이었던 유럽이 해양 진출을 통해 제국주의의 토대를 마련하면서 정확한 지도 제작에 엄청난 노력을 기울인 점은 역사의 아이러니다. 그들로부터 근대를 배운 일본이 지도 제작에 힘을 쓰던 그 시기에 김정호의 대동여지도는 뒤처진 조선의 지도 제작 수준을 단번에 세계적 차원으로 끌어올린 혁명적 사건이라 할 수 있다.

문제는 주인공인 김정호에 대한 정보가 너무 적어서 그 진행과정을 세세히 이어가기가 쉽지 않다는 점이다. 따라서 작가는 몇 가지 역사적 사실을 디딤돌로 삼아 마치 조각보를 만들 듯 고산자를 복원하고 있다. 이 지점이야말로 픽션으로서 소설의 득의의 영역이다. 그렇게 이어진 조각보는 실존하는 대동여지도와 함께 당대의 역사에 이어지며 풍성한 누비이불로 변모한다. 지도와의 엉성한 인연 탓에 목숨을 잃은 아비 때문에 시작된다는 점, 부정한 권력의 위협을 피해 달아난 아이가 죽음의 위기에서 실제로 죽어간 한 여인의 젖으로 살아남는 극적인 사건, 그 여인의 딸인 혜련 스님과의 인연, 왕의 총애를 받으며 개항기 외국과의 조약에 전권대신으로 나서는 신헌(申櫶), 혜강 등 실존했던 개화 지향적 인물들과의 교유, 그리고 마지막에 아비를 죽음으로 내몰았던 권력자 안동 김문의 영수를 마주하며 생과 사가 갈리는 반전…… 작가는 빈약한 역사적 사실에 풍성한 인문학적 상상력을 더해 슬프고 안타깝지만 매력적인 고산자 김정호를 엮어내는 데 성공하고 있다.

그런데 엄밀하게 말하자면, 이 작품이 김정호라는 인물을 복원하는 일만을 목표로 하고 있다고 말할 수는 없다. 오히려 중요한 것은 '조선의 유장한 강과 우뚝한 산'이며, 또 그 땅에서 살아가는 사람들의 삶이다. 고산자는 강토(疆土)에 대한 경외(敬畏)에 가까운 호기심, 그리고 그 속에 깃들여 살아야 하는 사람들의 생에 대한 연대와 애정으로 대동여지도를 완성했다. 저 신분제의 봉건사회 속에서 한미한 신분의 김정호는 그 한계를 천하를 주유(周遊)하는 일로 뛰어넘은 것이다.

물론 개인주의의 성숙과 구체제 신분제 사회를 부수면서 진행된 서양의 낭만주의를 봉건 조선에 직접 대입시킬 수는 없다. 하지만 신분의 한계에도, 오히려 그 신분의 제약을 뛰어넘기 위해 강토의 끝을 확인해 보고자 했으며, 더 나아가 그 지도를 강토에서 살아온 평범한 백성의 삶을 위해 만들던 고산자 김정호의 장인적 열망은 봉건체제를 뒤흔들 수 있는 뇌관으로서의 가능성을 갖는다. 현실이 아닌 '다른 곳'에 대한 호기심과 동경은 낭만적 자아의 몫이며, 그것이 체제 비판으로까지 이어질 때, 혁명이 된다. 김정호가 과연 거기까지 이르렀는지는 알 수 없으며, 회의적이기도 하다. 다만 그가 이룬 업적의 중요성에 비추어 아무런 인물 자료를 남기지 않은 이유는 그 자신이 작업이 갖는 함의를 의식하고 있었던 게 아닐까? 모든 혁명가는 낭만주의자다. 그는 적어도 강토와 백성과의 일체감을 잃지 않은, 그럼으로써 체제와 불화한 이단아였다.

4. 『은교』, 낭만적 사랑의 서사

　　　　　　　　괴테가 『젊은 베르테르의 슬픔』을 써 나가던 시대 조선에서 지은 고소설 『춘향전』은 여러 모로 흥미로운 작품이다. 무엇보다 기생의 딸 춘향이 전(前)남원고을 현감의 자제로 과거 급제하여 암행어사 신분이 된 양반 이몽룡과의 사랑에 절개를 지켜 우여곡절 끝에 신분 상승을 이룬다는 대목이다. 조선 숙종 치세를 배경으로 하고 있으니 적어도 18세기 이후의 작품이다. 엄격한 신분제 사회인 조선에서 기생의 딸이 고위직 양반과 정식 혼인은 둘째 치고 정실 '정렬부인'이 된다는 이야기는 상당히 체제 파괴적이다. 이 고소설이 유행한 것도 어쩌면 신분제에 대한 당시 평민들의 불만과 희화(戲畫)를 보여주는 증거라 할 수 있다.

　　어쨌거나 봉건적 신분제 사회에서는 감정의 주체가 되기 쉽지 않다.

귀족 혹은 양반들의 경우에는 신분을 유지하기 위한 정략결혼이 대세이 자 진리였기 때문이며, 나머지 신분들은 생존 자체가 압도적으로 절박해 서 사랑의 감정을 말하는 것 자체가 불가했기 때문이다. 실제로 오늘날 우리가 사랑이라고 부르는 것은 최고위 왕족과 귀족들이 모인 중세 궁 정문화 속에서나 가능한 일이었다. 그러던 사랑이 르네상스 이후 개인의 가치가 높아짐에 따라 아주 천천히 퍼져나가기 시작하여, 프랑스 대혁명 과 함께 신분제가 사라짐에 따라 근대의 자유인이자 감정의 주체로서의 지위를 획득한 뒤에야 사회적 정당성을 획득했다. 오늘날 우리가 알고 있는 감정이 흐르는 자유로운 사랑이란 그런 점에서 낭만주의의 대표적 유산이며, 근대의 상징으로 절대적 가치를 갖는다.

하지만 절대적 감정이 이끄는 낭만적 사랑이라고 해서 모두 허용되 는 것은 아니다. 사회마다 차이는 있지만 금기는 곳곳에 존재하며, 그에 따라 낭만적 사랑 또한 사회적 의미를 갖는다. 『은교』의 사랑도 마찬가 지다. 먼저 노인 이적요의 10대 여고생 은교에 대한 감정, 서지우와 은교 의 관계, 여고생 은교의 이른 첫경험, 이적요와 재혼 뒤에까지 이어진 중 년여인과의 관계 등등, 이 작품 속에서 남녀관계의 대부분은 사회적 보 편성과는 거리가 있다. 드문 넌센스이긴 하지만 그 때문에 소설 『은교』와 동명의 영화에 도덕성을 들먹이며 시비를 거는 경우도 없지 않다. 예술 작품이 가진 사회적 의미 탐구의 한 예일 것이지만, 사실 소설의 서사 구 성 요소로서 그 사랑의 사회적 적실성을 물을 이유는 없다. 파블로 피카 소가 말했다. "예술이란 정숙한 게 아니다."

우리가 작품에 물어야 할 것은 그 사랑을 구성하는 관계와 감정의 핍 진함이다. 그런 점에서 『은교』는 정교한 소설이다. 이 작품의 핵심인 시인 이적요의 은교에 대한 감정, 즉 머지않은 죽음을 선고받은 노인이 한 소녀의 풋풋한 생명의 기운 앞에서 "우주의 비밀을 본 것 같았다"고 느끼는 것은 충분히 납득할만한 개연성을 갖고 있으며, 섬세하게 변주되면서, 그것이 갖는 사회적 반향까지 예민하게 의식한 가운데 소녀의 "갸름한 목선을 타고 흘러내린 정맥이 푸르스름했다"고 생생하게 그려진다. 이처럼 노인 이적요의 내밀한 욕망을 자연스럽게 풀어놓는 서사의 개연성과 핍진함은 쉽게 얻을 수 있는 덕목이 아니다. 그것은 아주 정교해서 상식적 도덕이 들어설 자리를 허용하지 않을 정도다.

앞서 언급한 대로 낭만주의 이전 시대까지만 해도 감정은 변덕스런 것이어서 이성의 통제 아래 놓여야 하는 열등한 것으로 평가받았다. 그것은 그만큼 감정적 울림에 대한 두려움이 컸다는 뜻이기도 하다. 그래서 마침내 감정이야말로 내가 자유로운 근대적 주체일 수 있음을 깨달은 사람들에게 감정의 흐름이란 진실은 모든 상식과 도덕에 우선한다. '자유로운 나는 내 감정을 움직인 너를 사랑한다'는 말이야말로 근대의 헌장이기 때문이다.

물론 『은교』의 이적요는 자의식이 강한 시인으로, 자신의 사회적 페르소나를 의도적으로 만들어 왔다. 따라서 그는 자신의 감정을 순수하게 드러내는 대신 사회적 자아의 금고(金庫) 속에 감추고자 한다. 그의 감정적 진실은 죽음 뒤에 공개할 몰스킨에만 세밀하게 기록된다. 감정의 낭만적 자아와 현실의 사회적 자아는 서로 어긋나며 그 둘 사이의 거리는 일기장을 채운 말을 통해서만 메워질 수 있다.

사실 일기와 편지는 낭만주의 연애소설의 익숙한 장치다. 감정의 진실은 대부분 편지와 일기에 담겨 있는데, 그것이 사랑하는 나와 너 말고 다른 타인에게 노출되는 순간 복합적으로 플롯이 얽히며 극적 긴장을 끌어 올린다. 앞서 밝혔듯이 감정적 진실이 아무리 소중하다 하더라도 우리는 사회적 자아로서 당대의 도덕과 사회적 금기(禁忌)에서 자유롭지 않기 때문이다. 이와 같은 내면의 감정적 진실과 사회적 자아의 불일치라는 점에서 『은교』는 낭만주의 연애소설의 계보를 잇는다.

여기서 서지우는 일차적으로는 은교에게로 향하는 이적요의 감정적 진실, 즉 욕망의 방해자라 할 수 있다. 하지만 그 욕망은 질투로 매개되기도 한다는 점에서 다른 한편으로는 욕망의 조력자가 되기도 한다. 서지우와 이적요의 관계는 그래서 단선적이지 않다. 서지우의 이적요에 대한 인간적 헌신 이면에는 이적요의 문학적 성취에 대한 존경과 질투가 함께 들어 있기 때문이다. 이적요에게 서지우는 은교의 순수함을 훼손하는 용서 못할 자이자 문학적 순수함을 타락시킨 인물이다. 하지만 이적요의 감정적 진실 또한 대부분 서지우라는 매개를 통해야 더욱 또렷하게 자신의 정체를 드러낸다. 그 모순을 해결하기 위한 유일한 방법은 죽음이다. 서지우를 죽이고자 한 것도 그 때문이다. 이적요 자신에게는 이미 죽음이 예정되어 있지만, 서지우는 이적요의 진실을 부인하거나 훼손할 가능성 때문에라도 죽어줘야만 하는 것이다.

그런데 애초의 의도와는 달리 둘의 죽음 뒤에 이적요의 감정적 진실이 은교에게 전달된 순간, 간절한 욕망의 대상이었던 은교에 의해 모든 모순의 실타래는 불타 사라진다. 은교는 사랑했다는 진실을 마음에는 담지만 물질적으로는 폐기한다. 그럼으로써 이적요의 욕망의 진실은 부재의 형태로만 존재하게 된다. 욕망의 순수성은 사회적 의미를 갖기 직전에 감정적 진실로 봉인되는 것이다.

문학 그 높고 깊은

사실 한 사람의 독자로서 나는 읽는 내내 이적요의 감정과 욕망의 진실이 드러나 사회적 반향과 의미를 얻어나가길 바랐다. 하지만 그것은 시지프의 바위가 정상에 머물러 있기를 바라는 것일 수도 있다. 이 미완성의 부재(不在)하는 공간이야말로 결코 쉽게 끝낼 수 없는 우리 존재와 삶의 은유이며, 어쩌면 앞으로 작가가 채워야 할 글쓰기의 자리일 것이다. 그의 낭만적 자아는 바로 이런 부재, 채워지지 않는 갈망, 새로움에 대한 동경, 미지의 것에 대한 그리움을 껴안고 있기 때문이다.

5. 낭만과 현실의 균형감각

　　　　　　　　　　　　낭만주의는 '지금/여기'가 아닌 '다른 곳'을 꿈꾼다. 꿈은 때로 비현실적 도피로 이어지기도 하지만, 다른 한편 지금의 이 현실을 내가 꿈꾸는 그곳으로 만들려는 혁명으로서의 동력을 갖기도 한다. 박범신의 갈망의 삼부작은 다른 삶을 꿈꾸는 낭만적 자아의 서사이다. 흥미로운 점은 그의 서사가 도피로 흐르지 않으면서, 그렇다고 사회적 의미를 앞세운 혁명에 짓눌리지도 않는다는 사실이다. 이런 균형감각은 예를 들면 『촐라체』에서는 IMF 구제금융기의 냉혹한 현실과 그에 휩쓸린 가장의 죽음, 『고산자』에서는 신분제의 질곡과 함께 지배계급의 무지와 폭력, 그리고 『은교』에서는 원조교제와 같은 우리 시대의 성풍속을 의미소로 배치하여 서사의 현실성을 더한다.

　　사실 그의 낭만적 자아가 빚어내는 서사의 혁명성은 무엇보다 언어의 젊음에 있다. 그의 언어는 보수적 도덕주의나 지사적 엄숙주의와 쉽게 타협하지 않는다. 그에게는 올라야 하고, 가 닿아야 하며, 마침내 하나로 합일되어야 하는 부재하는 충만(充滿)의 꿈이 있다. 채워지지 않기에 더욱 갈망하는 그것은 초월적 영성으로, 그리운 바깥으로, 살의 생생한 감각으로 그를 부른다. 그리로 가기를 멈추지 않는 한 그의 문장은 여전히, 아니 더욱 날이 서 있다. 그것이야말로 결코 늙지 않는 문학의 낭만일 것이라고 나는 생각한다.

청년 작가의 문학적 자궁
혹은 상상력의 원천

초기 중편소설 『시진읍』을 중심으로

송준호(우석대학교 문예창작학과 교수)

1. 머리말

"목매달고 죽어도 좋은 나무", 문학에 대해 작가 박범신이 직접 밝힌 비유적 정의 중 하나다. 목숨까지 걸만한 영역이고 작업이 문학이라는 뜻이겠다. 지난 40여 년간 작가로서 그가 얼마나 치열한 자세로 소설을 써왔는지를 보여주는 대목이다.

문체는 군더더기 없이 정갈하다. 때로는 감각적이고 화려하다. 서사구성은 촘촘하고 단단하다. 부조리한 현실을 살아가는 현대인들의 원초적 욕망을 세밀화처럼 그려낸다. 인간의 쓸쓸한 내면을 천착하는 가운데 본연의 순수를 갈망한다. 박범신과 그의 소설들이 그렇다.

왕성한 창작활동으로 시대를 정면으로 응시하면서 관통해 온 그는 20세기 후반과 21세기 초반에 걸쳐 한국 현대소설사에 뚜렷한 족적을 새겨왔고, 그건 앞으로도 지속될 것이다. 그는 '영원한 청년 작가'이기 때문이다.

어느 작가든 무명 시절을 거친다. 박범신의 경우는 1973년 「여름의 잔해」부터 1978년 『죽음보다 깊은 잠』 직전까지가 그러했을 것이다. 그 5년간 20편 가까운 중단편소설을 발표했으니 지면이 부족했던 당시 상황을 감안하면 '무명작가'로서 그는 적지 않은 분량의 소설을 썼던 셈이다.

작가는 타인의 체험을 마치 자신이 겪은 것처럼, 자신이 직접 부딪쳤던 일이면서도 그게 다른 누군가의 체험인 양 글로써 천연덕스럽게 이야기를 들려주는 사람이다. 그런 변용을 가능하게 하는 것이 바로 소설적 상상력이다.

신예작가의 경우는 한동안 후자 쪽을 거치는 가운데 이야기의 지평을 점차 확대해간다. 성장기와 습작기를 거쳐 문단에 이름을 내놓기까지 작가 자신의 다양한 체험이 소설적 상상력의 기반을 이룬다는 것인데, 박범신도 거기에서 크게 다르지 않았던 것으로 보인다.

그 시기 박범신의 소설적 상상력의 토대는 크게 둘로 나누어진다. 서울 체험과 고향 체험이 그것이다. 그런데 서울 체험에 기반을 둔 여러 단편들(예컨대 단편 「청운의 꿈」 같은)도 사실은 고향 체험과 지속적으로 연계되어 있다. 고향이야말로 그의 초기 중단편에 나타난 소설적 상상력의 든든한 기반이라고 보는 까닭이다.

작가 스스로도 '문학적 자궁'이라고 고백했으니 성장기와 청소년기에 직접 보고 느꼈던 고향의 다양한 풍경과 사람들이야말로 그의 지속적

문학 그 높고 깊은

인 창작활동을 가능하게 했던, 어머니처럼 든든한 버팀목이 되어주었던 셈이다.

박범신의 초기 중단편소설에 그려진 고향은 어떤 모습인가. 고향에서 차용해 온 것이 분명해 보이는 몇 가지 공간 모티브와 다양한 인물들을 그는 어떤 식으로 소설 속에 재현했는가. 그걸 알아보기 위해 중편소설 『시진읍』(1978)을 중심에 놓고 「논산댁」(1974), 「겨울 아이」(1976), 「염소 목도리」(1977), 「역신의 축제」(1978), 「읍내 떡뻥이」(1979)를 차례로 읽었다.

2. 문학적 자궁, 강경읍

박범신은 해방 이듬해인 1946년에 전북 익산군 황화면 봉동리에서 태어났다. 그곳에서 초등학교를 다녔고, 중학교에 입학했다. 연무읍은 1963년에 논산군 구자곡면하고 익산 황화면을 합병해서 만들어졌고, 그건 그가 이미 거주지를 강경으로 옮긴 다음의 일이기 때문에 그의 출생지를 연무읍이라고 하는 것은 현재의 행정구역에 따른 것일 뿐이다.

읍내에서 포목점을 운영하는 부친이 계신 강경으로 거주지를 옮긴 것은 작가가 중2 때인 1960년의 일이다. 강경중학교를 졸업할 때까지 그는 오롯이 강경에 살았다. 1962년에 익산에 있는 남성고등학교로 진학했는데, 그 또한 다른 많은 학생들처럼 기차 통학생이었거나 익산 변두리의 가난한 자취생들 중 하나였을 것이다. 1965년에 고등학교를 졸업할 때까지 그는 여전히 강경 사람이었다고 보는 까닭이다.

전주교육대학교를 다니는 동안에도 그는 강경 사람이었다. 강경에 있는 집을 수시로 오갔을 것이므로. 작가가 강경 땅을 떠난 것은 1967년 전주교육대학교를 졸업하고 전북 무주로 초등학교 교사 발령을 받아서다. 2년간 벽지에서 교사로 지내는 동안 그는 시와 소설을 집중적으로 습작한다.

그는 1969년에 교사생활을 그만두고 상경한다. 가난한 청년의 상경이 '무작정'이었기 때문에 그는 짧은 기간 서울에서 소위 밑바닥 생활을 집중 체험한다. 연보에서는 그 시절을 "치열한 생존경쟁 속에서 착취와 가난, 불평등한 부의 분배 등 인간을 소외시키는 도시의 생태를 이때 절실히 체감"하는 기회가 되었다고 기록하고 있다.

1969년에 다시 강경으로 돌아와 원광대학교 국어국문학과에 편입학한 박범신은 2년 후인 1971년에 대학을 졸업한 다음 다시 상경해서 광고회사와 신문사에서 일한다. 그는 이듬해인 1972년에 강경여자중학교 교사로 부임한다. 그 무렵 결혼한 그는 1973년 벽두 중앙일보 신춘문예에 「여름의 잔해」가 당선된다.

그 일은 그의 세 번째 상경이자 본격적인 서울 생활의 직접적 계기가 된다. 2011년에 논산시민으로 돌아오기까지 그는 서울(혹은 수도권) 시민으로 살았다. 간략히(혹은 다소 장황하게) 재구성한 초기 연보에서 우리는 중요한 단서 하나를 발견할 수 있다.

그는 중학교 1학년까지 익산군 황화면에 살았지만 부친이 강경에서 포목점을 운영하고 있었기 때문에 강경읍을 자주 드나들었을 것이다. 그리고 중2때 강경으로 이사한 후 감수성이 풍부한 청소년기를 오롯이 강경에서 보냈다.

작가 스스로도, "내가 태어난 곳은 논산 연무이지만, 문학적 고향은 강경이라 할 수 있다. 금강과 함께 한때 번창했지만, 시간이 정체되어 버린 곳이 강경이기도 하다. 그래서 더 매력이 있다."라고 말했지만, 태어나서 본격적으로 상경한 1973년까지 13년간(길게는 30년 가까이) 강경은(논산은) 언제나 그의 몸과 마음의 공간적 중심이었다.

3. 『시진읍』과 강경읍

한 편의 소설을 쓰려면 인물, 사건과 더불어 공간 설정이 필수적이다. 그런데 특별시를 제외하면 실재하는 지명과 공간적 특성을 사실적으로 그려서 소설을 쓰는 작가는 그리 흔하지 않다. 그런 점에서 박범신은 좀 독특하다. 『시진읍』을 비롯해서 논산 지역(특히 강경읍)을 배경으로 쓴 몇 편의 초기 중단편소설을 두고 하는 말이다.

1978년에 발표된 『시진읍』은 『죽음보다 깊은 잠』 이전에 작가가 쓴 유일한 중편소설이다. 이 작품에서는 시진읍에 있는 법원 이전 문제를 둘러싸고 벌어지는 분쟁을 다루고 있다. 지도상에 없는 도시 '시진읍'은 굳이 '나루 진(津)'을 주목하지 않더라도 작가의 고향인 강경읍임을 한눈에 알 수 있다. 다음 같은 장면이 그걸 말해준다.

북쪽으로 옥녀봉이 있고 남쪽으론 채운산, 서쪽 편에 돌산이 자리 잡긴 했지만 그것들은 시진읍을 둘러싸고 있는 너른 벌판에 비하면 바람막이 정도도 못 되었다. 그래도 시진읍의 분위기가 아주 삭막하지만은 않은 것은 북쪽에서 급하게 빠져나와 완만하게 휘돌아나가는 금강이 읍의 허리를 싸고 돌기 때문이었다. 아직도 조석 간만의 차이가 일 미터나 되는 이 강은 시진읍엔 젖줄같은 구실을 했다. 많은 사람들이 강에 삶을 기대고 살았다.

본래 시진읍은 오랜 시장 도시요, 하항(河港) 도시였다. 구한말엔 중국 소금이 대량으로 유입돼 삼남지방은 물론 기호지방까지 팔려나갔고 서해를 오가는 경강선들이 빠짐없이 시진읍에 들러 짐을 풀었다. 일제 때까지만 해도 아랫장터엔 근대식 운하와 함께 갑문이 설치돼 있어 가게 앞에서 직접 짐을 하역하는 배를 볼 수 있었다. 파시(波市)가 열릴 때는 배가 십 리나 이어져 있었다고들 했다. 쌀만 해도 삼십만 석, 소금 팔만 가마가 소비됐을 정도였다. 불과 반세기 전의 일이다.

북쪽의 옥녀봉, 남쪽의 채운산, "읍의 허리를 싸고 도는 금강"이야말로 시진읍이 강경읍의 다른 이름이라는 확실한 증거다. 그런데 그보다 더 확실한 증거를 우리는 작가의 입을 통해 직접 확인할 수 있다.

『시진읍(市津邑)』은 내가 오래 살던 읍내의 한 단면을 그린 구상화이며 동시에 소외받은 땅의 황량한 조감도다. 나는 빼앗기고 사는 사람들이 어떻게 분열하고, 분노하고, 패배하는가를 가급적 정직하게 쓰고자 하였다. 또 삭막하지만 광활한 벌판, 황톳빛이지만 끝없이 흐르는 강, 그 강과 그 벌판을 사철 때 지어 지나다니는 바람, 그것들이 우리들을 어떻게 굴절시키고 있는지, 우리들이 그것들에게서 받을 수 있는 것이 무엇인지도 말하고자 하였다. 그리고 나는 할 수만 있다면, 도시도 농촌도 아닌 '읍'의 실상을 수식이 적은 묵화처럼 그려내고자 하였다. 이 『시진읍』에서 내가 만났던 세트는 아마 앞으로도 당분간 나를 사로잡고 있을 게 틀림없어 보인다. 무엇보다도 나는 『시진읍』의 사람들을 많이 알고 있고 그곳의 기후에 익숙하니까.

작가 자신이 "오래 살던 읍내"라면 그게 강경읍일 텐데 어째서 그는 '시진'이라는 지도상에도 없는 이름을 만들어 쓴 것일까. 이 또한 '작가의 말'에서 단서를 찾을 수 있다. 소설을 통해 작가가 말하고 싶었던 건 강경읍만의 '빼앗기고 사는 사람들'이 아니라, 중앙과 재벌처럼 가진 자들이 우선인 개발주의가 판치는 세상의 모든 '빼앗기고 사는 사람들' 이야기다. 그러니까 강경읍은 고유명사인 동시에 보통명사이고, '시진읍' 또한 고유명사이면서 보통명사인 것이다.

『시진읍』은 '법원 이전'이라는 큰 사건을 두고 작중인물들이 벌이는 갈등이 사건의 중심축을 이룬다. 그와 관련된 크고 작은 사건 또한 당시 강경읍을 배경으로 사실적으로 그려지고 있다. 여기서 말하는 '배경'은 공간뿐 아니라 작가가 "많이 알고 있던 『시진읍』의 사람들"까지 포괄한다. 이제 몇 가지 공간과 인물 모티브를 중심으로 작품에 그려진 강경의 모습을 따라가 볼 차례다.

4. 『시진읍』의 공간 모티브

소설 『시진읍』의 크고 작은 사건은 모
두 강경읍 안에서 벌어진다. 작중의 인물들은 읍 안에서 살고 움직인다.
그리고 인물들의 이동에 따라 당시 강경읍의 산과 강, 읍내 거리 등이 생
생하게 그려지고 있다. 당시 강경 읍내를 묘사한 대목 하나를 보자.

> 역전 사거리에서 강평 쪽으로 가다보면 노란 페인트칠을 한 은성
> 극장이 나오고, 은성극장을 지나가면 역의 화물창고로 빠지는 외진
> 길이 있었다. 빈 밭 가운데 농협이 관리하는 쌀 창고가 몇 동 서 있는
> 곳이었다. 밭의 한쪽은 읍내의 허리를 가르고 흐르는 개천과 닿아 있
> 었고, 농협 창고와 개천 사이 중간쯤에는 엉성하게 블록만 쌓아올린
> 건물 한 채가 썰렁하게 서 있었다.

이런 식으로 그 옛날 강경읍 거리 한쪽이 파노라마처럼 묘사된다.
『시진읍』 다음해에 발표된 중편소설 『읍내 떡뻥이』의 무대는 시진이 아
닌 '강경'이다. 외지에서 흘러온 작중인물 '굴 노인'이 "삼십 년 동안 떠
나지 않고 살아온 곳이 이곳 강경"이라고 서술되어 있는 대목이 그 확실
한 증거다. 『읍내 떡뻥이』의 도입 부분에도 당시 강경 읍내 거리의 모습
이 상세히 묘사되어 있다.

> 읍의 중앙을 곧게 가르고 지나는 큰길을 따라 서편 끝에 이르면 삼
> 거리를 만난다. 똑바로 가면 이리에 닿을 수 있고, 왼편으로 휘어지면

채운산을 빙 돌아 여산, 금마, 그리고 곧장 전주까지 뻗을 수가 있다. 읍
내에선 이곳을 빗득거리라고 부른다. 닷새마다 한 번씩 장이 서고 장
의사, 자전거포, 잡화점, 지물포 약국 따위가 삼거리를 중심으로 엉성
하게 몰려 있다.

『시진읍』과 『읍내 떡뻥이』를 읽다 보면 정겨운 이름들을 발견하게 된
다. 당시 강경 사람들이 즐겨 부르던 지명들도 그중 하나다. 인용문에 보
이는 채운산 아랫동네 이름은 '분토골'이다. '빗득거리'도 마찬가지다. 작
중인물 중 떡뻥이에게 몹쓸 짓을 일삼는 인물이 성구다. 그런데 그의 아
버지가 운영하는 자전거포가 그 빗득거리에 있다. 또 빗득거리에서 굴
노인네 토굴 앞을 지나쳐 샛길을 따라가면 나루터에 이른다. 나루터를
기점으로 돌산 주변에 떨어져 나앉은, 항상 강바람이 사는 '바위꼬쟁이'
에는 굴 노인을 친동기간처럼 보살펴주는 영숙이 어머니와 아버지의 거
주지다. 그들은 강경읍 황산리에 있는 "임리정 팔괘정을 지키고 죽림서
원을 돌보며 딴맘 한번 품어보지 않"고 살고 있다. 왕도의 수하인 넙치가
궐기대회를 의도적으로 훼방놓기 위해 찾아가 윽박지른 이도 "염천동
소금집 소금쟁이"다. (연보에도 나와 있는 바와 같이 2011년에 논산시민으로 돌
아온 작가가 맨 먼저 쓴 장편소설 『소금』의 공간 모티브도 '염천동 소금집'이다.)
　강경 "읍내의 허리를 가르고 흐르는 개천"에 놓인 '대흥교 다리' 또한
그의 중편소설에서 빼놓을 수 없는 공간 중 하나다. 1960년대와 1970년
대 이 땅의 어느 소읍을 가든 개천이 흐르고 있고, 그걸 가로지르는 크고
작은 다리 한두 개쯤은 다 있었다. 그리고 그 밑에는 으레 동네 거지들이
살았다. 그 시절 강경읍도 예외가 아니었다. 『시진읍』의 경우 작중인물

인 곰배팔이는 청년회관으로 잠자리를 옮기기 전까지 '대흥교 다리 밑'에 거적을 깔고 잠을 잤으며, 곰배팔이를 살뜰히 보살펴주는 곰보댁은 '다리 끝에 잇대어 있는 낡은 판잣집'에 살고 있다.『읍내 떡뻥이』의 거지 왕초 이쁜이가 예닐곱 명의 떼거지를 데리고 사는 곳 또한 '대흥교 다리 밑'이다.

읍내 거리와 더불어 강경읍의 허리를 싸고돌아 흐르는 '금강'은 그 시기 박범신 소설에서 빈번하게 나타나는 공간 모티브 중 하나다. 강경읍에서 금강에 이르는 강둑은 '빈 장터' 가까이 있다.『시진읍』에서 수하의 배신을 확인한 왕도가 법원 이전 반대운동에서 손을 빼겠다고 하자 백반 씨가 그를 데리고 간 곳이 금강 둑이다.『읍내 떡뻥이』에서도 강과 갯벌의 모습이 사진을 들여다보는 듯 생생하게 그려져 있다.

농업진흥공사의 뒷담과 초가집 몇 채를 지나가면 강둑이 있고, 둑에 올라서면 시야는 단번에 환히 열린다. 황산벌을 지나온 금강의 한 자락이 리을자 모양으로 완만하게 서해의 군산항을 겨냥하고 휘돌아 가고 있다. 여름에는 황톳빛으로 뒤집혀 흐르던 금강 물이지만 겨울엔 암회색으로 얼어붙는다. 강 너머는 갯벌이다. 마른 갈대들이 제멋대로 엎어진 채 동사하고, 칼날 같은 바람이 그 갯벌을 힘껏 차면서 이쪽 편의 높은 돌산에 목을 매단다. 강변에서부터 야금야금 먹어들어간 돌산은 깎아지른 절벽의 맵시를 하고 맨살을 드러내며 강바람을 받고 있다.

『읍내 떡뻉이』의 굴노인과 떡뻉이가 함께 사는 토굴은 그 강의 제방 아래에 있다. 그의 초기 소설을 꼼꼼하게 읽은 독자들은 알고 있을 것이다. 작중의 사건이 긴박하게 흐르는 순간에는 으레 철길을 달리는 기차의 기적 소리가 멀거나 가까운 데서 들려오거나, 작중인물이 "강 거너편의 허옇게 얼어붙은 갯벌"이나 "맨몸으로 떨고 있는 프플러"를 떠올리면 또 어김없이 개 짖는 소리가 들려오곤 한다는 사실. 단편소설 「겨울 아이」는 "고향으로 가는 강변"에서 가까운 '아이'의 집을 중심으로 전개된다.

> 나는 담배를 피워 물고 나목처럼 선 채 강심을 핥고 가는 바람 소리를 들었다. 고향에 올 때면 언제나 그랬던 것처럼, 가슴 한 자리가 차갑게 비어오는 느낌이 들었다. 흔들리는 수면, 어두운 개펄과 키 큰 미루나무, 수런거리는 갈대밭, 그리고 두런두런 사라지는 사람들의 발소리, 멀고 가까운 저녁 불빛…… 그 모든 침잠된 풍광과 직막한 불빛 때문에, 귀향할 때의 나는 매번 조금 서러워져서, 도시에서의 질기고 때묻은 껍질들을 바람 센 강변에 홀가분하게 벗어놓는 듯한 기분이 되곤 한다.

작가에게 있어 '강'이 어떤 의미였는지 엿볼 수 있는 대목이다. 『시진읍』의 백만이 왕도에게 들려준 미루나무에 얽힌 이야기나 어린 시절 강에서 얼음을 지치며 놀았던 추억은 작가 자신 혹은 그 시절 강경에서 자란 모든 이들의 것이 아닐 수 없다.

『시진읍』과 『읍내 떡뻉이』는 물론이고, 1970년대 후반에 강경(을 비롯한 논산)을 배경으로 한 소설에 묘사된 거리나 자연 풍경은 40년 세월이 흐르는 동안 많은 변모 과정을 거쳤을 것이다. 그걸 되살리는 방법은 빛 바랜 사진이나 그 시절을 기억하는 사람들의 입을 빌리는 것이다. 그런 데 박범신 소설의 작중인물의 기억이나 상념, 시선과 행동, 그리고 다양 한 사건을 통해 발견할 수 있는 그 시절 강경의 모습은 그보다 훨씬 생동 감 있다. 그의 초기 여러 중단편소설이 사료로서도 가치가 대단히 크다 고 보는 까닭이다.

5. 『시진읍』의 인물 모티브

작가는 아는 만큼 쓴다. 모르는 건 쓰 지 못하고, 쓸 수도 없다. 작중의 공간뿐 아니라 인물 설정도 예외가 아 니다. 고향을 배경으로 한 박범신의 초기 중단편소설에는 다양한 유형의 인물이 등장한다. 그 인물들은 작가가 강경에 살면서 자신의 눈으로 직 접 목격했거나, 함께 어울렸거나, 가족이나 친인척들 중 하나이거나, 아 니면 적어도 다른 사람의 입으로 전해들은 고향 사람들일 것이다.

『시진읍』과 『읍내 떡뻥이』의 읽는 맛을 더해주는 인물이 있다. 곰배 팔이와 떡뻥이다. 두 소녀는 정신과 육체 모두 불구자다. 작가는 일찍이 「여름의 잔해」에서 주인공 석진이나, 전쟁통에 남편을 잃고 실성한 사팔 뜨기 여인 같은 불구적 인물들에게 연민의 시선을 주기도 했는데, 두 소 녀를 대하는 태도도 크게 다르지 않다.

문학 그 높고 깊은

곰배팔이나 떡뻥이 같은 소녀는, 조금 과장해서 말하면, 1970년대까지만 해도 전국의 소읍 어디서나 한둘은 어렵지 않게 발견할 수 있는 유형의 인물이다. 『시진읍』을 읽는 독자는 이 둘을 만나는 과정에서 하나의 의구심을 갖게 된다. 불구의 양상이나 삶의 궤적은 달라도 강경읍(아니면 가까운 마을 어딘가)에 살았던 실재 인물에서 모티브를 얻은 게 아니었을까 하는 것이다. 그런 의구심은 다음과 같은 데서 확신에 가까워진다.

자주 감지도 빗질도 하지 않아서 머리칼이 언제나 철사줄처럼 뻣뻣하게 일어서 있다는 건 그런 유형의 인물들에게서 나타나는 전형적인 모습이라고 할 수 있다. 그런데 곰배팔이와 떡뻥이는 똑같은 습관을 한 가지 갖고 있다. 『시집읍』을 보면 곰배팔이는 곰보댁이 양말을 "일껏 마련해서 신겨주면 답답한지 하루이틀도 지나지 않아 벗어던지는 버릇"이 있다. 『읍내 떡뻥이』의 굴 노인이 양말을 "일껏 얻어다 신겨줘도 갑갑하다고 하루도 못 신고 벗어버리는 게 떡뻥이의 성미"다. 동네 아이들에게 노래와 돌팔매질로 놀림을 받는다는 것도 같다. 한데서 잠을 자고, 동네 건달패들 중 하나를 좋아한다. 과부댁들을 비롯한 동네 사람들과 일체감을 갖고 있다는 점도 다르지 않다.

곰배팔이와 떡뻥이는 모두 작품의 끝에 가서 희생제의적인 죽음을 맞이하는 순진무구한 인간형으로 그려져 있다. 그건 정도의 차이만 있을 뿐 사람은 누구나 불구자이며 광인이라는 작가의 신념에서 비롯된 것으로 보인다. 작가는 육체와 정신 모두 온전치 못한 두 소녀를 통해 그런 인물이 빚어내는 삶의 정직성과 건강성을 우회적으로 말하고 싶었을 것이다. 바꿔 말하면, 그들을 병신 취급하는 작중의 여러 인물들(뿐 아니라 우리들 누구를 막론하고)도 사실은 병들어 있음을 보여주기 위한 인물 설정으로 해석할 수도 있는 것이다.

『시진읍』과 『읍내 떡뻥이』에서 빼놓을 수 없는 것이 '악한'이나 '촌놈'에 해당되는 유형의 인물들이다. 시진읍과 강평읍의 갈등을 자신의 잇속을 채우는 계기로 삼는 허정술 회장, 읍에서 제일가는 부자로 성구와 공모해서 떡뻥이를 유린하는 『읍내 떡뻥이』의 극장 주인 맹꽁이배 만상 씨 같은 이들이 '악한'에 해당된다. 「논산댁」의 명수 씨도 짬밥을 미끼로 논산댁을 통해 욕정을 해소하려 하는 일종의 파렴치한이다.

'촌놈'들도 여럿 등장한다. 『시진읍』의 경우는 왕도, 성일, 달중, 넙치, 꺼벙이, 몽키 같은 인물들이다. 『읍내 떡뻥이』의 촌놈들은 성구, 이쁜이, 칠푼이 등이다. 그런데 작가는 이들을 아주 친숙한 존재로 여기고 있다는 점이 특이하다. 다음의 대화가 그걸 말해준다.

> "혹시 형, 강평하고 줄대고 있는 거 아냐?"
> "이 새끼, 강평하고 줄댔음 어때."
> "그렇지만 넙치 형이 알면……"
> "까고 자빠졌네. 넙치고 좆이고 다 소용 없는 거야. 그치는 허 회장
> 한테 붙어 백만이나 왕도는 배신해도 강평 쪽에 붙어 시진을 통째로
> 배반할 수는 없다 그런 생각인 모양인데 임마 따지고 보면 그게 그거
> 지 뭐냐 말야. 이왕이면 빳빳한 현찰 착착 건네주는 쪽이 젤이다. 그
> 말이야. 짜식 쩔쩔 매기는……."

작가는 또 이런 촌놈이나 건달들이 사용하는 은어나 비어와 속어 하

나에도 공을 들임으로써 리얼리티를 강화하고 있다.

박범신의 초기 중단편에서 두드러지는 인물 유형은 비록 가진 것은 없지만 삶의 건강성을 굳건히 지켜가는 촌부와 여러 '어머니'들이다. 자신의 유일한 거처를 포기하는 대가로 받은 돈 전부를 떡뻥이를 시집보내기 위해 이쁜이에게 아낌없이 주고 스스로 생을 마감하는 굴 노인, 친동기간인 누이와 매부로부터 온갖 천대와 멸시를 받으면서도 내일의 소박한 꿈을 꾸면서 고달픈 현실을 긍정적으로 수용할 줄 아는『염소 목도리』의 요란쇠와 용안댁 부부, 거지인 굴 노인과 떡뻥이를 가족처럼 보살펴주는『읍내 떡뻥이』의 영숙 아버지와 어머니, 곰배팔이를 살뜰히 챙겨주는 곰보댁, 떡뻥이를 큰딸처럼 귀하게 여기는 들창코 까치말댁, 돼지 몇 마리를 키우며 온갖 고난을 꿋꿋이 견뎌가는「논산댁」의 논산댁, 불의의 사고로 죽은 어린 딸의 주검을 옆에 두고도 자신의 가족을 죽음의 상황으로 내몬 '원수'의 아들인 '나'를 용서하는『겨울 아이』의 아버지는 청년시절 작가가 강경에서 직접 목격했거나 전해 들었던, 가난하지만 삶의 건강성을 잃지 않는 인물들일 것이다.

『시진읍』에서는 작가 자신의 고향의식을 엿볼 수 있는 대목도 도처에서 발견된다. 그건 주로 작중의 주요 인물인 백만과 왕도의 기억과 입을 통해 독자에게 전달된다.

악한이나 촌놈의 유형이 뒤섞인 청년봉사회 소속 인물들에 비하면 백만은 이지적이고 논리적인 인물이다. 의지도 굳고 신념도 강하다. 시진읍 사람들이나 왕도 입장에서 보면 그는 일종의 영웅적 속성을 띤 인물이다.

백만을 보면 한 가지 의혹이 생긴다. 그는 혹시 작가 자신을 투사시킨 인물이 아닐까 하는 것이다. 과거에 자신이 시진에서 고등학교에 다닐 때 강변에 심어놓은 미루나무가 소리 없이 그러나 꾸준히 자라는 것에서 삶의 보람 내지는 생의 희열까지 느끼는 백만의 모습을 보면 더욱 그렇다.

"남한테 천대받고 버림받는 땅이라고 그냥 내던져도 되겠니? 천대받는 아버지라고, 천대받는 자신이라고 그냥 팽개쳐도 괜찮겠어? 나는, 나는 절대로 그럴 수 없다! 개뼈다귀 같은 곳, 개뼈다귀 같은 나, 너, 우리. 그래그래. 시진읍은 말이야, 곧 무시받는 우리 자신이기 때문에 물러날 수 없다 그 말이다……."

백만의 웅변은 자기비하적 관념에서 좀처럼 벗어나지 못하는, 왕도를 비롯한 시진의 많은 이들에게 던지는 아픈 일침이다. 반면 왕도는 증조부의 행적이 남겨준 값진 교훈을 통해서, 또 그걸 소중하게 여기는 아버지의 모습을 보면서 시진읍민으로서의 자부심을 내면에 키운다. 하지만 그 역시 잠깐의 서울 생활에서 겪은 시골 출신 콤플렉스에서 자유롭지는 못하다.

한때 서울에서 지낼 때가 있었다.

고향이 어디시던가, 만나는 사람마다 그렇게 묻곤 하였다. 모호한 말투로 그러나 탐색하는 눈을 빛내며 그들이 물을 때마다 왕도는 자학하는 기분을 느끼곤 했다. 특정 지역이 권력의 대부분을 차지하고

문학 그 높고 깊은

있는 세상이었다. 그들에겐 강평이냐 시진이냐 하는 건 근본적으로 관심조차 없었다. 아무렇게나 편의대로 다루어도 될 땅이었다.

"시진입니다."

"아, 하와이 가까운 데."

상대편은 필요 이상으로 고개를 크게 끄덕거리며 껄껄대고 웃었다.

"씨팔, 그게 뭐, 어쨌다는 거요!"

왕도의 얼굴에서 칼자국이 꿈틀 움직이는 듯하면, 그제야 상대편은 언제나 비굴하게 웃으면서 서둘러 자리에서 일어서곤 했다. 진골도 있고 성골도 있고 노비도 있었다. 출신 성분도 있었다. 고향 이야기를 할 때마다 오래 묵은 상처를 일없이 헤집는 것 같아 늘 가슴이 아팠다. 쓰라린 소외감이었다.

이 대목에서 또 한 가지 의문의 떠오르는 것도 어쩔 수 없는 일이다. 왕도가 느꼈던 '쓰라린 소외감' 역시 작가 자신이 서울 생활을 통해서 직접 겪은 것은 아니었을까.

6. 맺는 말

논산(좁게는 강경읍)의 산과 강, 사람들을 그리고 있는 박범신의 소설은 초기 소설에서만 볼 수 있는 게 아니다. 어느 시인은 자신을 키운 건 8할이 바람이라고 했다. 적어도 청년기(혹은 오늘까지 일관되게) 작가 박범신을 가능하게 한 건 8할이 강경의 사람들,

강경의 산과 강이었으리라고 단정지을 수는 없을지도 모른다. 그렇지만 2011년 논산에 내려온 뒤 발간한 첫 장편소설 『소금』의 배경지 또한 논산이고 강경인 걸 보면 그런 것만도 아니다.

여산장도 보고, 익산장도 보고, 삼거리장, 연산장, 논산장, 그놈의 장날마다 어서 와서, 열 마리, 스무 마리, 멍멍이한테 칼질도 하고, 흑 염소에 망치질도 하고, 돼지 불알도 단칼에 발겨줬으면 싶었다.

얼씨구 절씨구 잘헌다
품바품바 잘헌다
껑충 뛰면 연산장
신발 없이 못 보고

갑자기 요란쇠가 목줄기를 빳빳이 세우며 한가락 척 뽑아 넘겼다. 돼지 먹따는 소리처럼 앙알앙알 갈라진 소리였으나, 어칠비칠 페달을 밟는 리듬에 맞춰 어깨춤까지 곁들였기 때문에 요란쇠의 가락 속엔 독특한 흥취가 절로 났다. 이어 기다렸다는 듯 용안댁이,

논산장을 보잤드니
새서방 많어 못 보고
황등장을 보잤드니
영감이 많어 못 보고

문학 그 높고 깊은

이번엔 다시 요란쇠가 더욱 잦은가락으로 엉덩이까지 들썩거리며
한바탕 어우러지는데,

연무대에 삼거리장 술집 색시 제일이요

익산왕궁 금마장은 처녀 장군 제일이요

서서보는 여산장은 마을 곶감 제일이요

코 풀었다 강경장은 새우젓이 제일이요

얼씨구절씨구 잘헌다

품바품바 잘헌다

절씨구 얼씨구 잘헌다

품바품바 잘헌다

단편소설 「염소 목도리」의 끝부분이다. 논산 지역 5일장을 돌아다니
면서 가축을 사고팔거나 직접 잡아주기도 하는 식업으로 생계를 이어가
면서도 내일의 소박한 희망을 잃지 않고 살아가는 요란쇠와 그의 처 용
안댁이 하루 일을 마친 뒤 자전거를 타고 연무에 있는 집으로 돌아가는
길에 주고받는 '잦은가락'이고 '품바'다.

"헤헤헤, 삭동방머리 쉬파리 좆만큼도 읇는 소리 그만허슈. 자기가
데리고 살면서 시집은 무신 놈의 시집유?" 이건 떡뻥이를 데리고 살아달
라는 굴 노인의 말에 이쁜이가 콧방귀를 뀌면서 내뱉은 말이다. '워뜻겄
어?', '나 여깄슈.' '워쩌자는 거유?' 등과 같이 그는 논산 지역(넓게는 충청
도)의 지리나 사람들뿐 아니라 토속어까지 생생하게 살려 쓴 작가이기도
하다.

작가 박범신은 한국문학의 소중한 자산이다. 논산 지역을 배경으로 그가 쓴 여러 소설들은 또 논산 지역의 소중한 자산이고, 문화 콘텐츠다. 작가에게 고향인 강경이(넓게는 논산이) 특별한 만큼 논산이(논산 사람들이) 박범신이라는 작가를 더욱 각별하게 해석해야 하는 까닭이다.

박범신 소설에 나타난 유토피아적 욕망과 실천의 의미 연구[1]

이평전(서원대학교 국어교육과 교수)

1. 유토피아/디스토피아적 사유

박범신은 1973년 『중앙일보』 신춘문예 단편 「여름의 잔해」로 등단한 이후, 1993년 약 3년간의 절필[2] 기간을 제외한 현재까지 창작활동을 지속하고 있다. 오랜 창작 기간과 그 문학적 성과에도 불구하고 작가와 작품에 관한 논의는 여전히 미진한 게 사실이다. 관련 연구의 이런 지체 현상은 동시대 이른바 70년대 대중문학

---

1 『인문학연구』 제30집, 2021, 수록원고.

2 박범신은 1993년 『문화일보』에 장편소설 『외등』을 연재하던 중 절필을 선언하고 1996년 중반까지 칩거한다. 이후 『흰소가 끄는 수레』를 발표한 후, 그때의 심경과 정황을 다음과 같이 진솔하게 드러낸다. "오랜 작가 생활을 했음에도 데뷔작의 세계에서 한 발자국도 나아가지 못했음을 깨닫지 않을 수 없었다."는 진술에서 확인할 수 있듯이 작가의식의 전환이 이루어졌음을 확인할 수 있다.

으로 규정되는 특성과는 다른 독특한 사유에서 비롯된다. 이는 그의 소
설이 역사의식을 강조하는 계몽의 수사로 무장된 70-80년대 비평 담론
의 외중에 조선작, 조해일, 최인호, 한수산 등과 결을 같이하는 대중욕망
의 재현[3]으로 손쉽게 결론 내릴 수 없는 그 무엇 때문이다.

앞서 논의는 초기 소설에 주목해 박범신의 대중소설적 면모[4]를 살펴
거나, 이른바 대중문학논쟁과 관련한 대중문학으로서의 위상에 대한 가
치평가[5], 그리고 1997년『흰소가 끄는 수레』이후의 변화된 작가의식에
초점을 맞춘 논의[6]가 그 대부분을 차지하고 있다. 흥미로운 것은 이른바
갈망의 삼부작으로 불리는『고산자』,『은교』,『촐라체』에서 보여준 '언어
와 이데올로기의 관습화된 질서'에 대한 작가의 거부 태도이다. 그 스스
로 언급한 실존의 현실 즉, "비로소 실존의 현실로 돌아와 존재의 내밀
한 욕망과 그 근원을 탐험하고 기록했다고" 밝힌 그 지점에서 많은 연구
자는 욕망의 삼각형을 떠올리고 영화화된『은교』[7]를 통해 분석적 심리학
의 적용대상을 찾는다.[8] 그러나 이 같은 논의는 '이적요'를 중심으로 하

3 최은영,「1970년대 대중소설의 '청년' 표상 연구」, 전북대 박사논문, 2016.
4 김은아,「남성적 "파토스(pathos)"로서의 대중소설과 청년들의 反 성장서사-박범신의 70년
   대 후반 소설을 중심으로」,『동양문화연구』, 동양문화연구원, 제15호, 2013.
5 신철하,「작품론Ⅱ: 권력의 재생산에 관하여」,『작가세계』19호, 1993, 84쪽.
6 구수경,「박범신 문학의 연원(淵源)과 자아 탐색의 서사」,『한국현대소설연구』, 제60호,
   2015, 57~82쪽.
7 『은교』를 영화의 원작으로만이 아니라 박범신 소설로서 조명하는 것은 또 다른 의미를 지
   닌다. 작가 스스로 명명한 "갈망의 삼부작"(『촐라체』,『고산자』,『은교』;『은교』의 '작가의 말')
   은 그의 소설이 지닌 낭만주의적 경향을 작가 스스로 언급하고 있는 부분이다. 관련한 논
   의는 다음과 같다. 김명석,「박범신 소설 은교의 욕망 구조와 서사전략」,『한국문예비평연
   구』, 제50호, 2016. ; 이미화,「박범신 은교에 나타난 노년의 섹슈얼리티 연구」,『우리文學硏
   究』, 제40호, 2013. ; 황영미,「박범신 소설『은교』의 영화화 연구」,『영상예술연구』22, 영상
   예술학회, 2013.
8 이명미,「융의 분석심리학적 관점에서 본 소설 은교에 나타난 자기실현」,『한국언어문학』

는 자극적인 성적 판타지나 살해 충동과 죽음 충동 같은 심리학적 분석의 가능성을 열어두긴 하지만 박범신의 인정과 욕망의 근원을 추적하는 데 오히려 장애가 된다.

이른바 사랑과 인정으로 표상되는 욕망의 본질을 추적하기 위해서는 초기 장편소설에 주목할 필요가 있다. 그것은 이른바 순수와 대중문학이라는 이분법 속에서 일정하게 훼손되거나 놓치고 있었던 그의 사유를 본격적으로 독해하는 데 경로를 제공해 준다. "신문사와 출판사의 교묘한 광고와 대중조작, 독자의 천박한 미를 자극하거나 불건전한 방식으로 독자를 맞춰시킴으로써 대중적 인기를"[9] 얻었다는 비판은 분명 대중소설에 대한 유의미한 독해이지만 이를 '대중사회의 도래로 인한 생산자와 수용자의 위치변화를 읽지 못한' 작가의 책임으로 전가하는 것에는 분명 문제가 있다. 그보다는 1970년대 후반 연재를 통해 발표한 『죽음보다 깊은 잠』과 『풀잎처럼 눕다』 같은 장편소설에서부터 최근작 『소금』에 이르기까지 소비 자본주의의 주체와 욕망의 구도에 가려진 작가의 실존적 욕망과 그것을 추동하는 의식의 흔적을 추적할 필요가 있는데, 이는 그의 일관된 사유체계를 보여주기 때문이다.[10]

여기서 한 가지 주목할 것은 이러한 사유의 일단을 낭만적으로 해석하는 부분이다. 반계몽주의와 무한한 힘에 대한 긍정이라는 낭만주의의 역사적 전개와 흐름에서 박범신의 낭만성을 읽어내는 것은 흥미롭다. 문제는 낭만이 곧바로 대중주의와 연결되는가 하는 점이다. 그보다는 이후

　　제100집, 한국언어문학회, 2017, 209~233쪽.

9　　김종철, 「상업주의 소설론」, 『한국문학의 현 단계 Ⅱ』, 창작과비평사, 1983, 171쪽.

10　　김외곤, 「박범신 문학에 대한 연구의 활성화를 위하여」, 『작가세계』 19호, 1993, 32쪽.

논의를 통해 분명해지겠지만 소설 속 주체의 유토피아적 전망에 대한 실패와 디스토피아적 세계의 발견이라는 그의 독특한 사유체계이다. 이러한 사유는 박범신의 문학이 대중으로 다가서게 하는 근본적인 힘이다. 이를 단지 70-80년대 연재 형식의 장편소설에서 거론되는 통속성이나 상업주의의 부산물로 평가하는 데에는 그의 문학적 성취에 대한 몰이해가 자리잡고 있다.

실제 박범신의 유토피아적 전망을 드러낸 일련의 소설들은 근대 자본주의 모순을 적나라하게 드러낸다. 물론 그것은 익숙한 자본주의 비판 담론처럼 읽힌다. 그러나 정작 주목해서 볼 것은 사회 참여적 의지나 비판의 문맥이 아니라 오히려 이른바 인정망각의 위기에 처한 주체의 정서적 공감과 모순 극복을 위한 대안으로의 유토피아적 세계에 대한 인식이다. 그의 소설에 대한 논의 가운데 빈번히 거론되는 사랑과 공감은 단순히 낭만적 수사가 아니라 어떤 적대적 관계를 극복할 구체적 방안으로 제시되고, 각각의 정서적 존재로서 타인을 유일무이한 존재로 인정하는 개성적 존재로서 타인을 공동체의 가치 있는 구성원으로 인정하는 '사회적 연대'의 문제[11]와 맞닿아 있다.

물론 대부분의 박범신 소설 속 주체는 사랑과 공동체 실현이 불가능한 디스토피아적 세계에 머물러 있다. 작가의 진술에서도 확인할 수 있듯이 이성과 이데올로기, 그리고 자본주의를 신성시하는 위선과 탐욕으

---

11 악셀 호네트, 문성훈 역, 『인정투쟁』, 동녘, 1986, 164~221쪽. '세계를 산출하는 활동보다는 상호작용의 특별한 형식'으로서의 실천을 부각하고 이러한 실천의 이상적인 모습을 "적극적 참여"와 "실존적 개입" 한마디로 "공감하는 실천"이라고 할 때 박범신 소설 속 사랑은 곧 인정투쟁의 중요한 실천이라고 할 수 있다.

로 가득한 현실에 대한 그의 냉소는 이 병든 사회를 벗어날 수 없는 디스토피아적 세계로 그려놓았다. 전망 제시의 관점에서 그를 80년대 리얼리즘적 평가의 틀로 가두어 논의할 수 없음은 분명하다.[12] 적어도 그의 소설이 자본주의적 근대의 양면성과 그것으로부터 파생된 주체와 소외 문제에서 벗어나 있지 않았음에 주목할 필요가 있다. 오히려 4.19와 5.16 그리고 산업화와 민주화 그리고 2000년대 신자유주의의 한복판에서 박범신 소설 속 주인공은 현실 권력에 기대거나 혹은 도피하고 저항하면서 당대의 새로운 인간형과 이데올로기에 적응해 왔다. 그의 소설은 한 장르뿐만 아니라 일정한 사고방식, 정신적 경향, 철학적 태도를 지향하는 문화적 현상으로서의 유토피아적 욕망과 디스토피아적 현실 속 주체를 여실히 보여준다.

예컨대 『더러운 책상』에서 인간의 숭고한 탄생을 "세상 속으로 내쫓기는", "피에 젖은 신문지에 싸여 버려지는" 것으로 간주한다거나 완고한 제도권 교육에 반항, 자살을 시도, 자학적이고 사기 파멸적인 태도를 드러내는 것은 사회화 과정과 대립해 주체를 형성하는 과정에서 만날 수 있는 개성적 인물들이다. 개인의식의 추구, 소시민, 사회모순에 대한 이데올로기 비판을 통해 드러나는 주체의 재현은 바로 당대의 유토피아적 사유와 디스토피아적 현실 그 자체라고 할 수 있다. 중요한 것은 당대 지배 담론의 수용과 저항이라는 이분법 속에서 그들을 지배 이데올로기에 수동적으로 반응하는 인물로 볼 것인가 저항적 주체로 읽을 것인가 하는 등의 해석에서도 유토피아 의식의 중층적인 요소를 이해하는 작업이 필

---

12 유성, 「최인호, 박범신 초기 장편소설 비교 연구」, 원광대 석사논문, 2018, 2쪽.

요하다는 사실이다.

　박범신 소설에 나타난 유토피아 의식에 관한 논의는 당대의 현실과 불화하면서 주체를 형성한 그의 작가의식에 대한 해명이라고 할 수 있다. 유토피아는 단순한 공상일 수도 있고, 바람직한 사회나 못마땅한 사회에 관한 묘사이기도 하며, 미래에 대한 예측, 경고, 현실에 대한 대안, 혹은 달성해야 할 모델이기도 하다. 그것은 단순히 특정한 사회, 즉 계획공동체의 구체적 모습만을 상정하지 않는다. 유토피아적 실천으로서 일곱째 기능, 즉 더 나은 삶이 지금 여기서 가능하다는 것을 증명해 보이는 역할[13]을 한다. 그런 점에서 "고독과의 허무주의적 대결에서 깊고 넓은 현실 통찰로 나아갈 것을 주문"[14]한다거나 "현실 응전력의 부족"을 지적하고, "세계와 이데올로기에 강한 환멸을 지닌 작가가 개인적 탐미의 세계로 함몰"[15]되었다는 식의 앞선 평가는 이른바 전 지구적 자본주의화가 진행되고 그 폐해가 여실히 드러난 오늘날의 관점에서 더 이상 유의미한 비평이 될 수 없다.

2. 개인과 대중의 욕망, 사랑의 실천

　　　　　　　박범신 소설 속 축소된 '개인'과 '대중'의 등장은 특히 주목할 만하다. 이 개성적인 인물은 사회성과 보편성

13　라이먼 타워 사전트, 이지원 역, 『유토피아즘』, 고유서가, 2010, 20쪽.
14　김외곤, 앞의 책, 18~31쪽.
15　김병덕, 「환멸의 세계와 탐미적 서사」, 『한국문예창작』 제8권, 2009, 81쪽.

을 획득한 현대 사회의 상징적 개인의 위상을 지닌 익명의 대중으로 존재한다. 이러한 인물들은 사회구조의 변동에 크게 영향을 받은 개인의 존재론적 양상이 우연적이고 특수한 상황에서 돌출한 일시적 사건이 아니라 그 시대와 사회의 구조에 의해서 정위된 전형적 존재 양상을 띤다.[16] "6, 70년대 사회의 중심 문제는 소외였으며 그것을 개념화하자면 사물화라고 할 수 있다. 이 사물화는 사회를 유지시키는 인간적 가치를 수량화된 계산 가능성의 합리성으로 제거해 버리는 자본주의 특유의 산물"이다.

박범신의 대중소설은 낭만성, 동화성, 순수성으로 가공된 사물화된 디스토피아적 도시공간을 구체적으로 드러낸다. 자본에 의해 팽창된 문화는 순수로 포장되지만, 그것은 순수한 연애 서사가 아닌 야만의 현실과 폭력적 현실을 도드라지게 만든다. 순수한 연애는 과대평가되고 순수하지 못한 사회는 과소평가된다. 사회는 자유로운 사회인 동시에 폭력적 사회[17]라고 할 수 있다. 『풀잎처럼 눕다』에 나타난 도엽의 폭력적 현실에 대한 직접적인 저항은 주목할 만하다. 그는 서자(庶子)라는 신분의 한계로 인해 고향에서 정상적인 삶을 살지 못하고 만준의 재산을 훔쳐 도시로 도망친다. 또한, 도시로 숨어든 후에도 조직에 귀의하지만 최장군과의 대결에서 좌절하고 만다. 주인공이 도시에서 겪은 사회구조의 구조적 불균형에 의한 일탈 행위는 세습된 신분으로 인한 억압과 불평등에서 비롯한 것이다. 최장군으로 표상된 기성의 폭력 앞에 희생자로 내몰리면서 현실 안에서의 도덕적 일탈을 넘어 자살이라는 극단적 선택을 하게

---

16 윤애경, 「한국 현대소설 작중인물의 익명화에 관한 연구」, 고려대 박사논문, 2003, 6쪽.

17 진선영, 「1970년대 대중소설의 '저지전략'과 자본주의적 젠더 시뮬라크르- 박범신의 『죽음보다 깊은 잠』(1979)을 중심으로」, 『이화어문논집』, 2018, 35~55쪽.

되는 과정은 당대의 구조적 불균형에서 배태된 부조리와 모순을 직접 보여준다.

문제는 이러한 현실 모순에 대한 박범신의 해결 방식이 대단히 낭만적으로 처리되었다는 지적이다. 그러나 박범신의 낭만성에 대한 비판은 에른스트 블로흐의 『희망의 원리』에 비춰보면 그 자체로 유토피아적 사유라는 점에서 오히려 박범신 문학의 가능성을 보여준다. '백일몽을 꾼다는 사실, 그 몽상 속에서 유독 우리에게 부족한 부분을 소망한다.' 그런 꿈은 대체로 우리 자신에게 집중돼 있고 우리의 필요와 부족을 채워주기 위한 도구로서만 타인을 결부시키므로, 딱히 유토피아적이라고 할 수는 없다. 블로흐에게 유토피아는 '미래 지향적인 꿈'이며, '아직-아님(not-yet)'은 그가 이해하는 유토피아의 골자다. 여기서 핵심어는 '아직'이다. 유토피아는 가능성의 표현이기 때문에 그의 표현에 따르자면 '추상적 유토피아'로부터 '구체적 유토피아'로, 즉 인간의 현실과 동떨어진 유토피아로부터 그것과 연결된 유토피아로 이행해야 한다. 블로흐는 '추상적 유토피아'를 발생시키는 충동을 배제하지 않는다. 그는 낙관이 비관보다 낫다고 생각하며, '추상적' 유토피아는 희망(가망성 없는 희망이라 하더라도)을 표현한다고 믿는다. 여기서 정작 중요한 것은 구체적 유토피아, 즉 당면한 현실에 대한 이해에 기반하고 실제적인 사회 개선 가능성과 연결된 유토피아이다.[18]

『더러운 책상』 속 낭만주의적 예술관과 그 내적 분열양상은 작가의 앞선 유토피아 의식의 단면을 보여준다. 박범신의 자전적 체험과 작가적

---

18 라이먼 타워 사전트, 앞의 책, 189~190쪽.

자의식을 소설화한 이 작품에는 시적, 종교적 직관, 예술적 천재성, (이와 결부된) 위악적 악마성, 영원성과 시간의 초월, 죽음 또는 자기 살해 충동, 세속성에 대한 혐오 등이 잘 드러난다. 『은교』에서도 반복적으로 나타나는 이러한 그의 유토피아 의식은 '섬광', '청년', '별' 등과 같은 낭만적 이미지로 표상된다. 이 작품의 서두 부분에는 이러한 모습이 잘 드러난다. 존 에프 케네디가 저격으로 암살당한 1963년의 어느 겨울날로부터 시작되는 『더러운 책상』은 "무엇이 그리운지 알지 못하면서, 그러나 무엇인지 지독하게 그리워서 나날이 흐릿하게 흘러가던" 새벽, 열여섯 살의 '그'로 표상된 축소된 개인이 대중으로 이행하는 과정을 낭만적으로 서술하고 있다.

개인의 대중으로의 이행과 추상성은 분명 자아가 배양되고 형성되고 또한 어떤 순간 그것들 뒤로 숨기도 하는, 그런 일종의 안전지대 역할을 한다. 하지만 추상성의 수준이 이미 적정한 수준의 도를 넘어 극단으로 치닫는 것으로 보이는 현대 사회에서는 결과적으로 현대인은 그의 외적 생활(제도 등을 포함해)과 모든 외적 질서에 대해 때로는 환멸을 느끼고, 때로는 사기를 당하고, 때로는 당황하고 혼란을 겪어가면서, 그 결과 점점 더 자신의 내면으로만 향하는 과정을 밟게 된다. 근대 이후 서서히 가속화되기 시작한 반 개인적인 삶의 양상 혹은 익명화된 대중이 되는 것이다. 그런 점에서 박범신의 일련의 작업은 현대 사회의 비인간적 상황의 현주소를 확인하고 문학의 궁극적인 지향점을 역설적으로 강조하는 의미가 있다.[19]

---

19 윤애경, 앞의 책, 7쪽.

박범신은 '대중'이 막강한 영향력을 행사하는 집단이라는 사실을 정확히 인식하고 있다. 계급이나 집단의 형태로 분명한 실체를 드러내는 속성을 갖는다는 것. 대중의 힘이 막강해지면 질수록 그 실체가 모호하고 또한 무엇으로 규정할 수 없는 익명의 존재로 간주 된다는 사실, 대중의 익명성과 추상성의 폭발(explosion of anonymity & abstraction)로 상징되는 부유하는 주체들에 대해 버거는 "근대화는 타인에 대한, 그리고 타인들과 개인 자신들의 관계에 대한 전형성을 갖게 한다."고 주장한 바 있다.[20]

2000년 이후 박범신은 『촐라체』와 『고산자』 등을 통해 '인간 의지'와 같은 관념적 주제를 넘어 『은교』[21]에서 사랑의 문제를 본격적인 사유의 장에 올려놓는다. 『은교』에서 독자의 흥미를 유발하는 기폭제가 된 이적요의 유서에 적힌 "아, 나는 한은교를 사랑했다."[22]라는 진술은 작가의 사랑 실천에 대한 유토피아적 욕망을 보여준다. 그것은 축소된 개인에서 폭발하는 대중으로의 전환 시점에서 온전한 주체로서의 개인을 지켜내기 위한 몸부림에 가깝다. 더불어 정서적으로 공감하는 태도를 통해 세

20 김광기, 「익명성, 추상성 그리고 근대성,-일생 생활 세계의 익명성과 현대 사회의 익명성-」, 『철학과 현상학 연구』, 2003, 262쪽. '정처 없이 떠도는 사람들 The Homeless Mind'이라는 논문에서 근대화 과정의 핵심 엔진으로 꼽고 있는 현대 기술생산과 관료제의 발달이 '현대 사회의 추상화(익명화)'와 관련돼 있음을 밝히면서, 기술생산의 경우 그것은 "사회적 관계의 영역에서 익명성을 가져온다."고 역설한다.

21 "지난 십여 년간 나를 사로잡고 있었던 낱말은 '갈망'이었다. 『촐라체』와 『고산자』, 그리고 이 소설 『은교』를 나는 혼잣말로 '갈망의 삼부작'이라고 부른다. 『촐라체』에서는 히말라야를 배경으로 인간 의지의 수직적 한계를, 『고산자』에서는 역사적 사건을 통한 꿈의 수평적인 정한을 그리고 『은교』에 이르러, 비로소 실존의 현실로 돌아와 존재의 내밀한 욕망과 그 근원을 감히 탐험하고 기록했다고 느끼기 때문이다.(박범신, 「작가의 말」, 『은교』, 문학동네, 2012, 406쪽.)

22 박범신, 앞의 책, 372쪽.

문학 그 높고 깊은

계를 객관화해 인식하려는 태도이기도 하다. 때문에 그의 사랑의 방식을 지식 권력과 정치 권력 양자에서 모두 소외당한, 우매하고 저급한 낭만적 취향으로 간주하는 것은 사랑의 실천이 갖는 의미를 지나치게 축소하는 일이다. 니콜라스 루만이 친밀하고 인격적인 가족생활에 대한 요구가 새로운 종류의 도덕적 감상주의[23]에 결부되어 있음을 간파했던 것처럼 통속적으로 읽히는 그의 소설 속 사랑은 구조적 종속을 강요하는 자본주의적 사랑의 방식에 대한 주체의 유토피아적 사유라고 할 수 있다.

3. 인정의 욕망과 윤리적 주체

열아홉 살의 그는 쉰일곱 살까지 살아 있는 나 같은 작가를 이해할 수 없을 것이다. 천수를 누린 쇼펜하우어를 이해할 수 없었듯이.

도대체.

도대체……라고 그는 부르짖는다.

도대체 작가가 어떻게 그처럼 오래 살 수 있는가.

그로서는 당연한 질문이다. 더구나 내가 그 동안 쓴 작품이 수십 편에 달하는 걸 알면 더욱더 그는 경멸할 터이다. 일찍 죽지 않는 것은 피 같은 단 한 편의 작품을 쓰지 않았기 때문이며, 단 한 편의 작품을 쓰지 않았으므로 살아 있는 사람은 이미 작가가 아닌 것이 된다.[24]

---

23 니콜라스 루만, 장춘익 역, 『사회의 사회』, 새물결, 2012, 15쪽.
24 박범신, 『더러운 책상』, 문학동네, 2003, 244쪽.

인용문은 박범신 스스로 예술적 창조성과 시적 "열정을 담보하는" "근원"으로서의 가치를 지닌 작가 정신에서 스스로 멀어져 가고 있음을 자각하는 부분이다. 그것은 치명적으로 훼손된 자기 파괴의 길로 들어선 예술가의 모습이다. "일찍 죽지 않은 것은 피 같은 단 한 편의 작품을 쓰지 않았기 때문"이라는 단정적인 논리 앞에서 긴 세월 동안 많은 작품을 써낸 작가는 '가짜'일 수밖에 없고, 여태 살아 있다는 이유만으로 "이미 작가가 아닌 것이 된다." 그렇기에 그는 "쉰일곱이라니, 너무나 오래 살았다고 느낀다. 나의 배신을 그러므로 그는 용서하지 않을 것이다"[25]라고 말한다.

흡사 헤겔의 『정신현상학』의 '자기의식'의 장을 떠올리게 하는 이 장면에서 작가 스스로 드러낸 인정의 욕망에 주목할 필요가 있다. 그는 타인으로부터 인정을 받기 위한 투쟁[26]은 불가피하다는 헤겔의 관점을 드러낸다. 나를 인정해 줄 타자가 존재하지 않으면 나의 존재 근거가 사라지기 때문에 인정을 받기 위해서라도 타자의 존재를 인정하는 것이다. 코제브가 인간이 살기 위해 행하는 모든 행위의 발생 근거를 인정(Anerkennung)에 대한 욕망(Begierde)으로 간주했듯이 인간은 모두 그 욕망을 위해 생명을 거는 행위, 즉 생사를 건 투쟁을 한다.

박범신의 인정에 대한 욕망은 『흰소가 끄는 수레』 연작에서 그 전형을 확인할 수 있다. 이 소설의 가장 큰 주제는 대중소설 작가로 인기를 누리던 인물 '정영호'가 작가로서 겪는 정신적 위기에 대한 탐색으로 작

---

25 황현산, 「책상의 기원」(『더러운 책상』 해설), 문학동네, 2003, 358쪽.
26 '인정투쟁' 개념은 '인정' 혹은 '인정투쟁'의 문제를 본격적으로 거론한 프랑크푸르트학파 3세대 대표 주자로 평가받아온 악셀 호네트의 사회비판이론에 그 근거를 두고 있다.

가 박범신의 사유를 그대로 재현한다. 거의 1인칭 시점으로 씌어진 6편의 단편들은 작가의 절필 선언이 무엇을 의미했는가를 짐작하게 해준다. 연작의 한 작품인 「그해 내린 눈 지금 어디에」서 주인공 정영호는 유신체제의 종언에서 1980년 광주의 참극이 이어지던 어려운 시절 자신의 집에 찾아온 여자를 내쫓는데, 이후 그 여자가 광주항쟁 당시 부상한 남편을 잃은 충격으로 정신 줄을 놓고 얼어죽었다는 사실을 알게 된다. 이는 단순히 당대의 부정적 현실에 적극적으로 참여하지 못했다는 작가의 부채의식만을 의미하지 않는다. 비판적 '시민'의 위치를 확보하지 못한 채 소극적인 방식으로 불화하고, 슬픔과 비애의 감정을 표출하며, 퇴행적 나르시즘과 죽음 충동을 일으키는 인물들은 모두 인정 투쟁의 현장에서 부유하는 주체들이다.[27]

이렇게 부유하는 주체는 『은교』의 분열된 자아의 긴장과 갈등, 상징적 통합에의 비전 등을 통해 자신의 정체성을 재정립하려는 모습으로 나아간다. 『은교』의 두 주인공 이적요와 서지우는 예술성과 대중성 사이에서 내적 분열을 일으키는 상징적 인물들이다. 이적요는 작가 박범신의 '페르소나'이자 '예술가'이기를 고집하는 그의 현재적 자아라면, 서지우는 그가 받아들이기를 거부한 자신의 '그림자'이자 '베스트셀러 작가'로서 그의 또 다른 자아라고 말할 수 있다. 이처럼 분열된 자아는 죽음 또는 자기 살해를 통해 상징적 통합에 이르는데 여기에는 내적 분열을 치유하고 빛과 어둠을 포괄하는 전일적 존재로 스스로 고양하고자 하는 작

---

27   김은하, 「남성적 '파토스(pathos)'로서의 대중소설과 청년들의 反 성장서사-박범신 70년대 후반 소설을 중심으로-」, 『동양문화연구』 제15집, 2013, 9쪽.

가의 욕망이 투영돼 있다. 물론 이런 욕망의 배후에는 인정에 대한 욕망
이 자리 잡고 있으며 그것은 박범신의 유토피아적 사유와 연결된다.

감히 말하거니와, 나의 이데올로기며 나의 재능이며 나의 예술인
것의 씨앗에 대해, 2002년 정월, 흐린 날의 잔설이 쌓인 북악을 내다
보며, 다른 누가 아니라, 인문학의 이중적 바리케이트를 친 자들, 외
국문학의 화려한 슈미즈를 엽기적으로 걸친 자들, 이데올로기의 때
늦은 갑옷에 제 눈물을 숨긴 자들, 세계화의 숨가쁜 질주를 쫓아 사
생결단 달려가라고 부추기는 자들이 아니라, 열일곱 살의 그에게 쫓
아가 나는 말하고 싶다. 눈물 같은 시(詩)가 지금은 실종된 시인이
1964년, 세계의 광기로 포위되어 있던 우주의 외딴방 그곳 부용미용
실에, 별처럼 반짝이며 흐르고 있었다는 것을.[28]

위의 진술은 박범신의 낭만주의적 예술관과 작가적 자의식이 어느
지점을 관통하는가를 보여주는 대목이다. 작가는 인간이 자신을 삶을 실
현할 수 있는 규범적·사회적 조건들을 직접적으로 제시하지 않는다. 이
는 계몽의 역설이다. 호르크하이머와 아도르노의 '계몽의 변증법'이 비
판하고 있듯이 인류의 문명화 과정이 자연과 자기 자신, 타인에 대한 지
배라는 왜곡된 관계를 정착시키는 것으로 전락했다면, 박범신은 삶의 실
현 조건이 인간과 자연, 자기 자신과 타인에 대한 관계를 '인간화'할 수
있다는 굳건한 믿음을 실천하기 위해 분열된 자아와 직접 대면한다. 물

---

28 박범신, 앞의 책, 186~187쪽.

문학 그 높고 깊은

론 박범신의 인간화가 호네트가 얘기하는 인간과 자연의 관계를 모두 설명할 수는 없지만 적어도 인간 자신과 타인에 대한 '지배모델'의 대안이 될 수 있음을 정확히 인식하고 있음을 볼 수 있다.

그런 점에서 소설『나마스테』에서 이른바 국가 경쟁력을 높이고 사회 통합을 유지한다는 이름으로 다문화 담론의 효용을 이야기하는 것에 작가는 흔쾌히 동의하지 않는다. 진정한 사회통합은 상호 존중의 기초 위에 공존의 조건이 전제되어야 한다. 소설 속 신우의 이타행이 이주노동자들에 대한 동정과 시혜적인 태도[29]로 보이는 것도 바로 이 때문이다. 잃어버린 윤리적 공동체를 향한 작가의 소망과 타자와의 연대 가능성에 대한 낭만적 서사는 그의 유토피아적 사유와 관련된 것이다. 타자로서 민중과 노동자가 관심사였던 지난날과 달리 세계화 시대에 외국인 노동자가 새로운 타자가 되면서 그들과의 연대가 필요해졌음은 자명하다. 이는 그의 리얼리즘 소설에서 총체성을 구현하기 위해 트랜스내셔널적인 접근이 필요하게 되었음을 의미하기도 한다. 제국과 제3세계 사이에 위치한 한국의 양가성을 보여주면서 한국의 하위제국적 모습을 폭로할 뿐만 아니라 복합적 인물들을 통해 세계화 시대의 윤리적 공동체의 실현 가능성[30]을 보여주는 것이다.

공동체적 사유는 박범신의 유토피아적 사유에서 중요한 요소로 간주할 수 있다. 작가는 어떤 특정한 기준과 가치를 공유하는 것을 목표로 삼지 않고 국가적, 정치적 이념적 집합체와 동일시되기를 거부하는 공동체

---

29   송현호,「다문화 사회의 유형과 서사 전략에 관한 연구」,『현대소설연구』44호, 한국현대소설학회, 2010, 183쪽.

30   김혜원,「박범신『나마스테』연구」, 한국교원대학교, 석사논문, 2016,

를 상상한다. 이는 그가 오로지 타인과의 소통에 따라, 인간들 사이의 '공동-내 존재(être-en-commune)와 함께-있음(être-avec)'을 지향[31]하는 것이다. 또한 이러한 공동체 인식은 자본주의의 비극적 현재에 대한 성찰에서 비롯되었다고 할 수 있다. 상실한 공동체에 대한 향수는 현재를 이끄는 원동력이자 환상이다. 그는 우리가 끊임없이 복구하려는 공동체가 가진 적 없는, 날조된 환상에 불과한 것이라고 말한다. 또한 어떤 공동체가 가시적 '무엇'(재산, 국적, 인종, 종교, 이데올로기)의 공유를 최고의 가치로 삼을 때, 그 공동체는 필연적으로 왜곡될 수밖에 없음을 지적한다. 그 '무엇'이 목적이 되는 공동체는 그것을 중심으로 단일화, 전체화되기 때문이다. 진정한 공동체는 나, 타자 즉 '우리'가 '함께-있음'으로서 형성되는 인정 투쟁의 과정을 거쳐 만들어진 공동체이다.

"내 평생을 관통한 건 '인간주의 이데올로기'였지. 사람을 떠나 살 수 없으니까. 사람이라는 것이 짐승이면서 곧 신이잖아."라는 진술을 통해 유토피아적 사유의 궤적을 확인할 수 있다. 그는 단순히 물질적 이익을 위한 투쟁하지 않는다. 인정 투쟁의 승리자가 되기 위해서 무엇보다도 부정당했던 주체를 회복하는 일이 급선무라고 말한다. 『소소한 풍경』속 상처에 대한 존중, '선인장 가시'가 육체를 온전히 보존하고자 잎이 스스로 진화하는 과정이라는 점을 설명하는 부분은 상징적이다. 가시로 진화하지 않으면 제 육체를 지켜내지 못하는 선인장의 운명을 인간의 운명으로 간주하는 것, 피할 수 없이 다가오는 운명의 잔혹함이나 아픈 기억들이 부식되거나 지워지지 않은 채 '가시'로 남는다는 점을 자각하는 일은

---

31 장 뤽 낭시, 박준상 역, 『무위의 공동체』, 인간사랑, 2010, 278쪽.

중요하다. 타인을 해치면서 자신의 이익을 지키기 위한 이기적 행동이 아닌 약화된 자기 존중에 반응하는 일종의 자기치유 과정으로 무시라는 폭력을 가하는 비극적 사회를 극복하기 위한 윤리적 주체의 탄생을 기원하는 일이다.

4. 공간의 부재, 낭만적 균열

박범신 소설에서 도시 공간에 대한 비판적 태도를 읽어내는 것은 그렇게 어렵지 않다. 자본주의 도시의 폭력적 질서를 살아내는, 그리고 그런 사회체계를 넘어선 진정한 무엇(?)에 대한 열망을 지닌 주체는 일상의 공간에 머물러 있다. 1970년대는 급격한 근대화, 도시화로 일상성이 삶 속에서 빠르게 정착되었던 시기이다. 또한 권위주의적 통치와 억압적인 감시체제가 내면화한 때이기도 하다. 이 시기 근대의 이분법적인 가치 체계는 보편성을 내세워 육체와 영혼, 객체와 주체, 물질과 정신을 구분했다. 도시의 질서는 빠른 속도로 발전에 발전을 거듭하면서 사회 집단을 둘러싼 경계를 만들어낸다. 이는 내부에 존재하는 개인을 내적으로 결합시키는 구심력이 되기도 하지만 한편으로는 경계에 있거나 발전을 저해하는 계층의 삶을 억압하는 형태로 전개된다. 도시화로의 진행을 위해 나머지 부분은 철저히 소외된다. 즉 경계 안에 입성하지 못한 개인 주체들은 주변부로 배제되고 소외되며 타자화된다.

『죽음보다 깊은 잠』에는 이러한 소외의 모습과 내부로의 편입을 위한 욕망이 잘 드러난다. 소설 속 주체는 소외된 삶을 '비일상적인 것'으로 간주하고 그것에서 벗어나 상류 계층의 일상성에 편입할 것을 욕망한다. 이들은 욕망을 실현하기 위해 자신의 본질을 숨기고 상대가 원하는 가상을 드러내고, 적대적인 타자를 제거하기 위해 온갖 편법을 동원하지만, 그 욕망의 질주는 얼마 못 가서 멈춘다. 그 과정에서 주체의 욕망은 개인의 신화로 전이되는데 그것은 앞서 호네트가 명명했던 '사물화' 그 자체라고 할 수 있다.

소설 속 '다희' 또한 도시로 상징되는 사물화된 공간으로의 이주를 열망하는 인물이다. 그러나 다희는 도시의 내부인이라기보다는 외부인에 가깝다. 가족을 이끌고 서울로 올라온 다희의 아버지는 신발가게를 내지만, 물건을 대주던 중간 상인에게 사기를 당한 후 알코올 중독에 빠져 폐인이 된다. 가게는 기울고 이들 가족은 단칸방으로 이사를 한다. 어머니는 가족의 생계를 위해 허름한 술집을 운영하기 시작했고, 소아마비를 앓은 탓에 장애를 가지고 있었던 막냇동생 수민은 점점 더 자신만의 세계로 빠져들게 된다. 이처럼 병약하고 무능한 가족들의 존재와 경제적 빈곤은 다희에게는 '죽음'보다 더한 고통이었으며, 현실에서 도피하고자 했던 원인이기도 했다.

이런 시각, 집으로 들어간다는 건 참말 싫다. 그 지저분한 가게 안의 목로사이를 통과해서, 취한들의 눈총을 받으며 종아리를 보이고 삐걱거리는 층계를 올라가는 건 정말 죽기보다도 싫다.[32]

---

32 박범신, 『죽음보다 깊은 잠』, 세계사, 2000, 20쪽.

문학 그 높고 깊은

『죽음보다 깊은 잠』에서 다희는 신분 상승을 위한 기회를 모색하던 중 젊고 유능한 사업가이자 대기업 총수의 차남 경민을 만나게 된다. 경민의 얼굴에서 자신과 주변인들에게는 없었던 환한 빛을 감지한 다희는 일종의 수치심을 느끼면서도 경민의 주위를 맴도는 여성들과 달리 성녀(聖女)처럼 행동하며 경민의 환심을 사는 데 성공한다. 자본에 의해 노골적으로 교환되는 상품을 넘어 상품교환이나 노동과정의 합리화뿐만 아니라, 주체와 타자의 이원적 분리를 전제로 한 내밀한 다희의 욕망 실현 과정은 당대 자본주의 사회의 모순을 직접적으로 재현하는 것이다. 즉, 상품교환 관계에서 교환 주체가 교환대상, 교환 상대자 그리고 내면세계마저도 객관적 손익계산을 위해 무감정하게 대하듯, 인식 주체가 자신의 세계를 자신과의 실존적 연관성 속에서 보지 않고, 이를 자신과 분리된 채 그저 존재하는 어떤 것으로 취급하고, 이를 객관적으로 관찰하고, 중립적으로 인식하면서 발생하는 사물화 과정의 극단을 제시한다.

아버지와 친구의 배신으로 말미암아 촉발된 경민의 파멸은 다희의 실패로 이어진다. 경민을 통해 이루고자 했던 다희의 욕망이 그 실현을 목전에 두고 무너지게 된 것이다. 그 과정에서 특히 주목되는 것은 다희에 대한 타자의 태도와 인식이다. 경민은 주위에 다희를 '친척 조카'라고 소개하거나, 아버지를 핑계로 결혼을 미룬 채 아파트에 그녀를 '은닉'한다. 이에 다희는 스스로를 경민의 '숨겨놓은 여자'라고 자조한다. 또한, 경민의 부하 직원이었던 김상길 등은 다희의 지위를 경민의 동거녀에 한정하고 급기야는 다희를 불순한 목적을 가진 순결하지 못한 여자 즉, 비윤리적 존재로 폄훼하기에 이른다. 나아가 이들은 다희가 영훈과 동거했던 사실을 경민에게 알리지 않았던 사실을 들어 경민을 배신한 자신들의 행위를 합리화 한다.

　이렇게 박범신 소설 속 무수히 등장하는 이른바 '속물', 더 구체적으로 '중산층 속물'은 바로 인정 망각의 재현이라고 할 수 있다. 일반적으로 인정 망각은 친한 친구와 테니스를 치다가 승부에 집착한 나머지 그 상대방이 바로 자신과 가장 친한 친구라는 사실을 망각하는 경우, 또는 어떤 활동을 할 때 특정한 고정관념이나 사고 틀에 영향을 받게 되어 이 활동 상황에 대한 선택적 해석에 치중할 수밖에 없고, 이 상황 속에 내포된 다른 요소들에 주의력을 읽게 된다.[33] 이러한 인정 망각은 개별 주체의 상호 무시와 적대적 관계를 만든다. 즉 사회적 존재로서 사회적 관계 속에서 살아갈 수밖에 없는 존재들이 서로 무관한 듯 무관심과 냉담함 속에서 살아가는 것이다. 이렇게 상호인정이 아니라 무시가 주체의 지배적인 태도가 된다.

　상류 사회에 진입하고자 했던 다희의 욕망 실패는 타자로부터 지위를 인정받지 못한 것에 대한 좌절을 의미한다. 박범신은 소설에서 이러한 실패가 자본주의 도시가 만들어내는 배타적인 인간관계에서 비롯되었음에 주목한다. 폴 리쾨르는 1975년에 강의에서 이데올로기와 유토피아 모두 긍정적인 특성과 부정적인 특성을 동시에 보인다고 말하고 이데올로기의 부정적 형태는 왜곡이고, 유토피아의 부정적 형태는 공상이라고 주장한다. 이데올로기의 두 가지 긍정적 측면은 '정당화'와 '통합 또는

33　물론 인정 망각이 곧 사물화 자체를 의미하지는 않는다. 사물화 현상은 객관적 인식을 고착화하는 어떤 제도화된 실천(예를 들면 개인에 대한 신상명세서 작성과 같이 개인의 정체성을 자료화하는 사회적 제도)이나, 선행하는 인정 관계를 부정하도록 강제하는 특정한 사고방식(예를 들면 이해타산적 사고방식과 같은 특정한 사고)이 사회적 영향력을 행사할 때 발생한다.

정체성'이며 그에 상응하는 유토피아의 긍정적 측면은 '대안적 권력 형태의 제시'와 '가능성의 탐험'이다. 이런 관점에 비춰보면, 박범신에게 도시 공간은 이데올로기적이며 유토피아적인 공간이라고 할 수 있다.

박범신은 우리가 가진 관념과 사고방식, 그리고 거기서 비롯되는 신념들이 모두 당대 사회의 영향을 받고 있었다는 사실에 민감하게 반응한다. 권력을 가진 자들의 신념을 이데올로기로, 체제 전복을 꾀하는 자들의 신념을 유토피아라고 전제할 때 어느 쪽이든, 사람들의 신념은 자신이 처한 상황의 실상을 은폐하거나 위장하며, 이데올로기는 권력자들이 제 입지의 약점을 인식하지 못하도록 방해하고, 유토피아는 약자들이 체제 변혁의 난관을 인식하지 못하도록 방해한다. 또한 두 신념은 상대방 입장의 강점을 보지 못하도록 막는다.[34] 『죽음보다 깊은 잠』에서의 이상의 경계를 혼동하고, 자신들의 정체성을 찾지 못한 파편화된 개인으로서 자본 축적과 계층 상승의 욕망을 일상적인 것으로 간주하는 주체의 무기력한 모습에서 박범신은 인정 망각의 위험성을 느낀다. 그는 사물화로 상징되는 자본주의적 상품교환이나 노동과정의 합리화가 필연적으로 주체와 객체의 이원적 분리를 전제로 주체의 객관적 인식 태도를 요구하는데 반발하며 이러한 견고한 질서에 폭력이나 성과 같은 낭만적 균열의 지점을 만들어내는 것이다. 일련의 그의 소설에 나타난 사물화된 주체의 적나라한 모습은 한국적 자본주의 체제의 지배뿐만 아니라 저항과 변화의 가능성을 함께 읽어내려는 작가의 유토피아적 사유와 맞닿아 있다.

---

34 라이먼 타워 사전트, 앞의 책, 203~207쪽.

5. 결론을 대신하여.

　어두운 차창에 아파트의 불빛이 둥둥 떠서 흘러갔다. 서울은, 괴물 같은 도시는, 강 건너에서 막 밤화장을 끝내고 있는 중이었다.

　그러나 도엽은 알고 있었다. 그 치장 뒤의 완강한 배타성을, 뭐든 지 먹어치우고도 표정 하나 달라지지 않는 탐욕스런 식욕과 피투성 이 되지 않으면 시멘트 콘크리트 숲에서 이끼처럼 말라 죽을 수밖에 없는 비리(非理), 그리고 사철 소음과 매연을 묻히며 도시의 구석구석 을 날아다니는 피 냄새를…… 자, 저 괴물 속에 난 뛰어들어야 한다. 아무것도 준비하지 못하고, 도엽은 지그시 어금니를 맞물었다.[35]

　독자는 도시와 대면하고 있는 청년의 모습에서 빛과 어둠, 겉과 속, 삶의 건강성과 병적 욕망을 읽어낼 수 있다. 주인공은 도시 공간으로부 터의 탈주를 꿈꾸며 그 공간이 만들어내는 폭력성과 직접적으로 대면 한다. 인간답게 살고 싶다는 욕망은 자본주의 도시를 향한 욕망의 은유 적 표현이다. 아파트, 차, 네온사인이 있는 곳, 현대 문물의 중심인 도시 는 자본을 축적할 수 있는 유일한 공간으로, 그것은 자연스레 경제적 성 공에 대한 욕망을 지닌 대중을 호명한다.『죽음보다 깊은 잠』에서 주인공 다희가 친구 현우의 도움으로 시골에서 경민의 아이를 낳고 살면서 도시 로 가는 기차 소리를 듣고 탈주를 꿈꾸는 장면은 추억과 환상의 공간으 로 존재하는 도시의 모습을 재현한 것이다.

35　박범신,『풀잎처럼 눕다』, 세계사, 2001, 52쪽.

그러나 박범신의 소설 속 주체는 고향과 도시 그 어디에도 정착하지 못한다. 이는 현실 유토피아적 공간 건설이 불가능함을 말해준다. 그의 소설에서 이른바 고향으로 명명된 태어난 사람들이 공유한 역사적인 시간과 지리적인 공간 그리고 언어에 의해 양성된 감정에 근거한 공동체적 공간은 존재하지 않는다. 당연히 고향을 통해 현재와 미래에 대한 위기감을 공유하는 것도 불가능하다. 그것은 도시와 마찬가지로 지극히 부자유한 공간일 뿐이다. 이들은 지속적인 삶의 터전이 되지 못하는, 단지 삶의 뿌리를 확인하거나 일시적으로 자기 동질성을 회복하고 존재를 확인하기 위해 잠시 머무르는 일시적 공간일 뿐이다.

박범신의 유토피아적 사유는 그것을 고향이나 도시 같은 구체적 공간으로 상정하고 또 축조하면서 그 세부사항까지 있는 그대로 구현해야 할 어떤 당위적인 사회상을 상상하지 않는다. 그것은 다만 대안을 예시하는 하나의 도구로서 그리고 현실을 그와 반대되는 모습으로 비춤으로써 그 결점을 드러내는 일종의 왜곡된 거울을 보여주는 것이다. 이는 어떤 식의 더 나은 삶이 가능한지를 보여주지만, 반드시 어떤 방식의 더 나은 삶이어야 한다고 단언하지 않는다.[36]

그래서 『나마스테』의 코리안 드림의 허상처럼 코리안 드림이 억압과 배제의 이데올로기로 작용하는 양상 즉, 외국인 노동자들에게 '코리아', '드높고 아름다운 그 말'은 '다른 세상, 샹그리라로 가는 입구'이자 '샹그리라는 아닐지라도 희망이 가득 찬 곳'이라는 꿈[37]이 자본주의적 질서 속

---

36 라이먼 타워 사전트, 이지원 역, 『유토피아즘』, 고유서가, 2010, 192쪽.
37 김혜원, 앞의 책, 14쪽.

에서 어떻게 억압되는지를 보여줄 뿐이다. 그래서 꿈꾸던 대로 돈도 벌지 못하며, '색깔대로 점수 매기고, 얼굴색으로 등급을 다르게 치는' 한국 사람들에 의해 부당한 대우와 차별을 받는 이들은 결국 안전과 인권에 대해 아무런 보장도 받지 못한 채 훼손된 신체와 생명을 위협받는 디스토피아적 공간에 머물게 된다. 이처럼 이주노동자의 이미지를 이국적 신비에 감 싸인 가련하고 선량한 타자로 고착화하는 방식을 비판적으로 검토하고, 이주노동자의 인권문제를 인종이나 국적 이외에도 계급의 층위에서 다루어야 할 필요성을 제기 한 점은 박범신의 유토피아적 사유 가능성을 보여주는 대목이다.

프레드릭 제임슨이 지적했던 것처럼 소설은 미래의 변화에 대한 가능성을 열어둔다는 점에서 그 자체로 유토피아적일 수 있다. 물론 '유토피아'는 어느 정도 실패와 관련되어 있으며, 완벽한 사회보다는 우리 자신의 한계와 약점에 대해 더 많은 것을 알려준다. 그런 점에서 유토피아를 상상하려는 시도는 대체로 유토피아의 불가능성을 드러내며 그것은 문화와 이데올로기가 현실을 가두고 무엇이든 급진적으로 다른 것을(심지어 더 나은 것이라고 해도) 상상하지 못하도록 방해하기도 한다. 이러한 관점에서 박범신 소설이 젠더 지배나 계급적 위계 구조가 사라진 세상을 상상하고자 노력한 페미니스트 유토피아나 사회주의 유토피아를 드러내지 않는다는 비판은 분명 지나친 기대와 비난일 수 있다.[38]

---

38 프레드릭 제임슨은 『마르크스주의와 형식Marxism and Form』(1971)에서부터 『미래의 고고학 Archaeologies of the Future』(2005)에 이르기까지 줄곧 유토피아를 자신의 사상에서 중요하게 다루어왔고, 유토피아니즘 일반과 다양한 유토피아 텍스트들을 두루 논의해 왔다.

문학 그 높고 깊은

낭만주의의 한 맥락

박범신 문학론

정은경(중앙대학교 문예창작전공 교수, 문학평론가)

1. 들어가며: 이중성

　　　　　　　　　　　'문학, 목매달아도 좋은 나무'라는 신
념과 평생에 걸친 작가적 실천은 '박범신'을 문학사에서 낭만주의 작가
의 한 전형으로, '문학 성자'로 자리매김하도록 한다. 또한 그의 문학관에
서 드러나는 '문학에 대한 절대적 헌신, 예술 절대성에 대한 믿음, 상상
력과 감수성의 강조, 죽음에 대한 동경, 초월에의 열망, 현실도피와 환멸,
불화의식' 등은 낭만주의의 가장 주요한 특징들로 그를 낭만주의자로 부
르는 데 주저함이 없게 만든다. 그러나 이러한 문학관과 태도를 기준으
로 그를 낭만주의의 작가로 규정하고 말기에는 석연치 않은 부분이 있
다. 왜냐하면 과거 대중 작가로서의 상업적 성공은 물론, 지금도 지속되
고 있는 대중적 인기는 '노발리스', '에드가 앨런 포'로 대표되는 낭만주

의 작가들의 비세속적, 대중혐오, 상징과 알레고리 기법, 심미주의, 은둔, 광기, 가난, 고독 등으로 이어지는 '저주받은 천재'의 이미지와는 상반되기 때문이다.

피에르 부르디외의 이론을 빌리자면, 박범신의 '문학주의'는 일종의 정치나 종교, 경제에의 종속에서 벗어나 문학의 절대적 자율성을 주장하는 순수예술가의 것이다. 근대에 형성된 이러한 '문학장'은 상대적인 자율성을 지니고 '상품'으로서의 문학을 거부, '의미'를 추구하고 동료 예술가의 신용 위에서 자신의 위상을 구축한다. 이러한 순수예술가는 문학장이라는 제한된 생산의 장에서 '예술적 규범'만을 추구하며 반경제 논리로 경제적 초연함을 과시하고 '거대한 생산의 장'에서의 세속적 영광과 단절한다.[1] 그런데 '문학주의'로 일관한 박범신의 문학적 생애는 이러한 구분법을 무화시키고 교란시키는 문제적 지점들을 품고 있다. 간략하게 정리해보자.

그는 73년 「여름의 잔해」로 등단, 당대 '문학장'에 공명하는 본격소설을 쓰다가 78년『죽음보다 깊은 잠』으로 시작해『풀잎처럼 눕다』로 일약 베스트셀러 작가로 대중적 인기를 누리고 93년 절필을 선언하기까지 성공한 대중 작가로 불렸다. 3년의 공백 이후 97년 글쓰기에 대한 고백을 담은『흰소가 끄는 수레』를 출간, 단절되었던 '문학장'에서 비평적 찬사를 받았고, 이후 통속작가라는 일편향적 비난에서 벗어나 '문학성'과 '대중성'을 동시에 충족시키는 국민작가로 거듭난 희귀한 경우에 해당된다. 『나마스테』,『고산자』,『은교』,『촐라체』등 2000년대 이후 출간한 그의

---

1   피에르 부르디외,『예술의 규칙』, 하태환 역, 동문선, 2002.

장편들은 대중적으로 많이 읽혔을 뿐 아니라 영화화되기도 했으며, 또한 문단에서 적극적인 평가를 받았다. 영화화되기도 한『은교』는 욕망과 삶의 유한성, 관능을 다룬 문제작으로 많은 이들에게 논란거리를 안겨주었고, 다문화시대의 이주노동자 문제를 다룬『나마스테』는 문단과 학계에서 적극적인 분석 대상이 된 작품이다. 이 글은 이러한 일련의 작가 생애를 추동하고 그 속에서 길항하고 있는 그의 '문학주의'와 '대중주의'의 바탕을 탐색하고, 그것이 그의 단편에 어떻게 드러나는지를 고찰하고자 한다.

2. 반계몽주의의 함의

작품을 설명하려는 개념적 범주는 논란이 있을 수 있겠으나, 편의상 박범신 문학을 규정하려는 시도 중에 가장 먼 문예사조는 아마도 계몽주의일 것이다. 계몽주의는 길지 않은 한국근대문학사에서 '작가 존재'를 가장 강력하게 긴박했던 이념이다. 1920년대 작가를 '문사(文士)'로 호명하며 창작 주체의 사회적 역할을 강조하는 담론은 이광수의 「문사와 수양」(『창조』, 1921)에 의해 확고해지면서, 작가에게 민족공동체를 대표할 수 있는 위상을 부여하고 지식과 덕목을 요구했다.[2] 더군다나 일제 식민지 치하 대중문화나 지식인 문화 형성에서의 실제적인 역할을 담당해야 했던 근대작가는 '지사적(志士的) 프라이드', '지

---

2   강용훈,『작가 관련 개념의 변용 양상과 작가론의 형성과정』,『한국문예비평연구』, 2013.

도자'로서의 태도가 불가피했다.[3] 식민지 조선에서 형성된 이러한 '근대 작가'의 위상은 해방 이후에도 '문학장'은 물론 사회 전체에서 통용되는 주류였다고 볼 수 있으며, 지도자와는 다른 대중문화 창작자로서의 '작가'는 1960년대 대중매체 발달과 도시인구 급증과 대중 형성 이후에 본격적으로 정착된 작가 존재론이라고 볼 수 있다.

박범신의 작가 태도는 앞서 언급했듯 해방 이후 '문사'의 계보에서 벗어나 본격적으로 형성되기 시작한 대중문화 창작자의 첫 번째 작가군에서 속한다고 할 수 있는데, 이 작가군의 가장 큰 특징은 반계몽주의이다. 인간의 이성을 통해 세계를 이해하고 더 나은 세상을 만들 수 있다고 믿는, 소박한 의미에서의 계몽주의는 문사, 지식인, 지사 등의 소설가 유형의 중요한 이념으로 한국근대문학 출발 이후 자율적 문학장 안에서도 가장 중요한 바탕이 되어 왔다. 박범신이 작품을 창작하기 시작했던 73년 무렵에도 문단은 '작가는 역사의식을 가져야 하며, 사회모순을 파헤치고 국민을 계몽하는 글을 써야 한다'는 계몽주의 담론이 강력하게 작용했던 시기이다.[4] 최인호의 「무서운 복수」(1972)에서 주인공 소설가가 학생으로부터 '도대체 역사의식 같은 것이 없다', '기회주의자'로 매도당하는 장면은 당시의 비평 이데올로기를 대변해주는 장면이다.

박범신은 이데올로기에 대한 혐오를 많은 곳에서 표출하고 있을 뿐 아니라, 본격문학과 대중문학의 구분, 거대담론의 비평 이데올로기, 나아가 사회적 규율과 관습에서도 벗어나고자 하는 태도를 일관되게 보여준

---

3   박헌호, 「식민지 조선에서 작가가 된다는 것-근대 미디어와 지식인, 문학의 관계를 중심으로」, 『작가의 탄생과 근대문학의 재생산 제도』, 소명출판, 2008, 34쪽.
4   박수현, 『망탈리테의 구속 혹은 1970년대 문학의 모태』, 소명출판, 2014, 51쪽.

다. 가령 다음과 같은 발언은 그 예라 할 수 있다.

"나를 둘러싸고 있는 문화계는 이데올로기의 편향과 충돌로 더 골이 깊어졌다. 이데올로기 편향주의자들은 '광주'의 주검조차 한사코 자기 식의 이념 체계 속으로만 끌고 들어가려 했으며, 거기 동조하지 않으면 누구든 적으로 삼았다. (……) 나는 물론 어느 편을 선택한 적이 없었다. 그때까지 내게 이데올로기가 있었다면, 그리고 그것을 굳이 정리해 말하자면 인간주의의 이데올로기가 있었을 뿐이었다. 그들은 단지 내게 베스트셀러 작가라는 것 하나로 나에게 적의를 드러내곤 했다. (……) 내가 나아가고 싶은 곳이 있었지만, 이데올로기의 칼을 든 사람들이 편가르기에 분주한 곳으로는 결코 가고 싶지 않았다. 체제의 억압에서도, 제복과 같은 고정관념에서도, 상투적인 보편성에서도, 편가르기식 이념에도 나는 아무런 신뢰감을 보내선 안 된다고 생각했다."(「그해 내린 눈 지금 어디에」, 『흰소가 끄는 수레』, 문학동네, 2015, 356쪽)

"물론 1980년대에 비해서 지금의 문학판은 훨씬 더 자유로워졌어. 그러나 정치권력 같은 외부 조건으로부터 자유로워졌을 뿐이야. 내부적인 어떤 서열주의, 어떤 사소한 집단주의, 자본주의 강화에 따른 권력주의 같은 것은 오히려 강화된 면도 없지 않아. 작가가 써서 되고 안 되고가 어디 있고, 좋은 스타일 나쁜 스타일이 어디 있어? 그런 것엔 정말 '엿 먹어라!' 해야지. 물론 무슨 얘기를 어떻게 쓰든지간에 문학적으로서의 미학적 가이드라인은 확보해야지. 그런 당연한 거야.

그러고 나면, 장르소설이든 본격문학이든 뭐 상관없잖아. 장르문학은 장르문학대로 그 구조 안에서 미학적 성취를 얻는다면 충분히 평가받을 수 있다는 게 나의 생각이야. 본격문학도 마찬가지고. 장르문학도 세련되어가면 최종적으로 본격문학과 같은 문학적 성취에 이를 수 있고, 장르문학이니 본격문학이니 이런 용어 자체도 쓰기 싫지만, 암튼 본격문학도 장르문학처럼 대중적으로 받아들여질 수 있어야 독자를 위로할 수 있어. 결국 장르니 본격이니 하는 말의 구분이 없어져야 해." (박상수 엮음, 『작가이름, 박범신』, 문학동네, 2015, 66쪽)

선각자와 계몽의 주체로서의 '작가의식'과는 거리가 먼 위의 문학관은 종종 그를 통속작가로, "관념에 대한 극도의 혐오에서 비롯된 묘사 중심의 작품이 우리가 살고 있는 사회에 대한 의식을 유기하지 않았나."[5], '대리충족, 마취적 재미나 쾌감' '감성적 언어로 표출할 수 있는 세계의 한계'[6] 등의 비판을 낳게 한 근원적 요인일 것이다. 또한 박범신은 작품에서 항상 당대 사회이슈들을 다루고 있지만, 그것을 소설화하는 방식은 '분석, 비판, 이해'라는 합리적인 방식보다는, 감성적으로 이해하고 파토스를 앞세우는 반지성적 태도를 보여주고 있다.

박범신은 일체의 사회 구속에서 벗어나 "회색빛 청춘의 고뇌와 자기분열을 모두 얹어서 무릎 꿇고 받고 싶었던 성찬"인 문학에서 구원을 갈구하는 낭만주의 문학관을 무장하고 있는데 이러한 절대적인 문학 숭배

---

5   이경철, 「작가를 찾아서」, 『작가세계 박범신 특집』, 세계사, 1993년 겨울호, 40쪽.
6   한혜경, 「감성주의 작가의 문학적 여정-박범신의 소설가 소설」, 『소설가 소설 연구』, 국학자료원, 1999.

는 그로 하여금 현실 개혁과 진보, 혁명, 전망, 공동체, 조화, 이상, 보편, 공리주의 등을 추구하는 계몽주의 담론으로부터 거리를 두게 한다. 그리고 그것은 "악한들의 한결같은 패배에도 불구하고 권선징악적 구조라고 볼 수 없었던 것"[7]이라는 데에서 알 수 있듯 교훈과는 먼 것이다. 요컨대 그의 문학관은 일체의 사회적인 규범을 부정하는 낭만주의에 기초하고 있을 뿐 아니라, 문학장의 이데올로기에서도 자유롭고자하는 '무한 자유 의지'를 보여준다는 것이다. 얼핏 보면 이러한 태도는 일종의 사회현실에 있어서 진보를 믿지 않고 과거의 퇴행적 세계에 안주하는 일종의 반동적 낭만주의[8]와 궤를 같이 하는 것일 수 있다. 80년대 문학장에서 표출된 박범신 문학의 통속성 비난도 같은 맥락에 있는 것이다.[9]

그러나 박범신의 70년대 문학의 반계몽주의는 당시 긴요했던 문학의 실천성과 이념성에 대한 부정만이 아닌, 또 다른 부정의 지점을 지니고 있다. 그것은 70년대 박정희 정부의 개발독재, 국가주의, 민족주의, 획일적 산업화와 생산주의에 대한 반동이기도 했다는 점이다. "우울, 유랑, 폭

---

7 한만수, 「악의 나라, 악인이 없는······」, 『작가세계 박범신 특집』, 세계사, 1993년 겨울호, 59쪽.

8 이사야 벌린에 의하면 낭만주의를 어떤 특정한 정치적 관점으로 규정하는 것은 불가능하다. 낭만주의자들은 진보적이거나 반동적일 수 있다. 프랑스 혁명에 수립된 급진적인 국가들에서 그들은 반동적이었으며, 이른바 중세의 암흑 같은 상태로 돌아갈 것을 요구했고, 1812년 이후의 프로이센 같은 반동적인 국가에서 그들은 진보적이 되었으니, 그 이유는 그들이 프로이센 왕의 국가를, 그 안에 구속된 인간 생명의 자연스러운 유기체적 충동을 억압하는 숨 막히는 인위적 기구로 여겼기 때문이다. -이사야 벌린, 『낭만주의의 뿌리』, 강유원 · 나현영 옮김, EjB, 2005, 206쪽.

9 '문학의 실천성'과 '민족문학론' '리얼리즘론' 등은 70~80년대 문학장을 이끌었던 가장 강력한 기율로, 박범신 소설은 김종철의 「상업주의소설론」(『한국문학의 현단계 II』, 창작과 비평사, 1983) 등에서 독자의 이성을 마비시키는 환각제로 비판되었다. -고봉준 「80년대 문학의 전사(前史), 포스트-유신체제 문학의 의미」, 『한민족 문화연구』 제50집, 2015.8, 427쪽 참조.

력, 섹스, 패배로 점철된 퇴폐적 멜로드라마가 지닌 이러한 소극적 저항은 물론 한계가 있을 수 있으나 그것이 발전과 진보로 지칭되던 근대화에 대한 미적 대응"[10]으로서 갖는 '불온성'의 의미는 더 많이 논의되어야 한다. 이는 일제 치하의 이효석의 탐미성이 아이러니하게도 친일에서 거리두기를 가능하게 했던 것과 유사하다는 점에서 일정 정도 문제적이다.

3. 환멸적 낭만주의

이사야 벌린에 따르면 계몽주의의 세 가지 중요한 특징은 첫째, 모든 진정한 질문에는 대답이 존재하며, 대답할 수 없는 질문은 질문이 아니다. 둘째, 모든 답은 알 수 있고, 타인에게 가르치고 배울 수 있는 수단을 통해 발견된다. 셋째, 모든 대답들은 서로 모순되지 않아야 한다. 이러한 특징들이 의미하는 것은 이런 것이다. "인간은 어떻게 살아야 하는가? 공화제는 군주제보다 바람직한가? 쾌락을 추구하는 것이 옳은가, 자신의 의무를 다하는 것이 옳은가, 아니면 이 두 가지는 양립할 수 있는 것인가? 금욕적인 것이 옳은가, 아니면 육욕에 탐닉하는 것이 옳은가?" 등에 대한 답을 구할 수 있다. 답이 있다는 것은 이상적 상태와 진리, 보편적 가치가 있다는 것이다. 계몽주의 사상가들이 공유하고 있는 관점은 덕은 궁극적으로 앎에 있으며, 그 앎은 우리를 이

---

10 김은하, 「남성적 '파토스(pathos)'로서의 대중소설과 청년들의 反성장서사」, 『동양문화연구』 제15집, 2013.10.

상적인 미와 고상함, 조화, 분별, 객관적 진리로, 더 나은 세계와 삶으로 나아갈 수 있게 한다는 것이다.[11]

박범신은 이러한 계몽주의 철학에 대해 불신한다. 그는 필연성과 논리적 관계로 설명되는 객관 세계 파악에 동의하지 않으며, 최선의 삶과 고결한 세계의 가능성에 대해 신뢰하지 않는다. 70년대 박범신의 초기 단편들은 대체로 당대 문학의 사회비판적 기능을 강조하는 문학장의 기율에 비교적 충실한 작품들이나, 그 배면에서 항상 비관주의와 패배주의, 허무주의의 흔적을 볼 수 있는 것도 이러한 이유이다.[12]

78년 출간된 첫 소설집 『토끼와 잠수함』(홍성사)에 실린 단편들은 대체로 궁벽한 농촌의 가난의 참상이나 소읍의 권력 다툼을 다루고 있는 사실주의적 작품들이다. 이러한 초기 작품 경향은 73년 등단한 이후, 박범신의 작가의 길이 당대의 '문학장'의 이념을 푯대삼은 데에서 비롯된 것이다. 그리고 그것은 우리가 익숙히 알고 있는 한국근대문학의 전통에서 크게 벗어나지 않은 것이었다. 가령, 연무읍을 배경으로 하고 있는 「논산댁」(1974)은 김동인의 「감자」와 유사한 모티브를 지니고 있는데, 유탄에 남편을 잃고 두 아이, 시어머니를 부양해야하는 한 여인이 돼지짬밥을 얻기 위해 몸을 파는 내용을 이룬다. 생계를 위해 운전면허증을 따기 위해 갓난아기를 영아원에 버리고(「식구」), 장례비가 없어 몰래 장사를 치르고(「우리들의 장례식」), 돈이 없어 아버지 유해 수습을 가짜로 해치워

---

11 이사야 벌린, 같은 책, 45쪽.

12 박범신의 패배주의, 비관주의는 상업주의와 함께 자주 거론되는 비평적 수사이며, 이것은 때로 탐미주의, 감성주의, 환멸 등으로 변주되어 그의 소설을 규정하는 중요한 범주였다. - 김외곤, 한만수, 채명식, 한혜경, 김병덕 등의 글 참조.

버리고(「아버지의 평화」) 하는 등의 이야기는 익숙한 소설 문법(문학사의 본격소설 내의)과 당대 문학장의 기율에 충실한 작품이다. 그러나 이러한 작품들에도 박범신의 반계몽주의적 특징이 드러나는바, 그것은 의식적이든 무의식적이든 '자연주의' 방식으로 사물과 세계의 사실 세계를 그리고 있다는 점에서 그렇다.

돼지 짬밥을 얻기 위해 어쩔 수 없이 권력자에게 몸을 내준다는 「논산댁」이 「감자」의 자연주의를 참고하고 있다는 것은 물론이고, 지방법원 이전을 둘러싸고 조직 간의 다툼을 그린 「시진읍」, 강진사와 전도사를 구세력과 신흥세력의 투쟁으로 그리고 있는 「역신의 축제」, 대학생과 시민들의 저항에도 불구하고 결국 비참하게 짓밟히는 민중 군상을 그린 「토끼와 잠수함」, 그리고 두 번째 작품집의 '폭력'을 다루고 있는 단편들에서도 패배와 불합리로 이어지는 자연주의적 세계인식이 표출되고 있는 것이다. 박범신의 소설에서는 좀처럼 이상적이고 긍정적인 인물을 찾아볼 수 없다는 것도 이러한 특징과 관련 된다.[13]

「역신의 축제」는 마을의 권력자인 토호세력 강진사와 신흥세력인 전도사의 싸움을 그리고 있는 소설이다. 마을 사람들에게 절대 권력자로 군림하면서 마을 사람들의 부도덕을 단죄하고 마을을 통치하는 강진사는 민중을 억압하는 지배세력이다. 여기에 강진사에 대항하여 해방과 희망을 전파하는 저항의 주체로서의 '전도사'가 새롭게 등장한다. 그러나 전도사 또한 결국 자신이 저지른 화자의 '누나'의 임신을 교묘하게 강진

---

13 범죄와 폭력을 긍정하는 박범신의 장편소설들에 '악인'을 찾아볼 수 없다는 한만수의 논의도 이와 같은 맥락이다.

사의 아들의 짓으로 꾸밈으로써 강진사에게 승리를 거두고 '누나'를 자살로 몰아넣는데, 이러한 전도사의 계략과 악행은 결국 저항 주체와 더 나은 세계에 대한 독자의 기대를 무너뜨리고 마는 것이다. 그리하여 이 작품이 비평적 독자에게 숙명론, 패배주의의 절정으로 읽히기도 하는 것이다.[14] 또한 지방법원을 강평읍에 지키려고 무고한 '곰배팔이'를 죽이는 일까지 서슴지 않는 인물을 프로타고니스트로 내세운 「시진읍」 또한 폭력적 세계와 악무한을 그대로 보여주는 자연주의 세계관 위에 세워졌다고 할 수 있다.[15]

박범신이 파악한 현실 세계는 급속한 산업화와 근대화에도 불구하고 진보하고 발전하는 것이 아니고, 또 다른 혼돈과 무질서의 세계일뿐이다. 폭력은 또 다른 폭력으로 대체되고, 그 속에서 약자는 영원히 희생될 수밖에 없다는 숙명론적 세계관은 70년대의 폭력적 유신독재와 불우한 유년체험에서 비롯된 것이라고 할 수 있다. 곳곳에서 밝히고 있는 강경의 유년시절에 겪은 불화의식, 고독, 소외감, 그리고 70년대 정치적 억압으로 누적된 절망감은 그에게 인간이 이성과 자유의지를 통해 더 나은 세계를 건설할 수 있다는 비전과 희망을 앗아버리고 대신 어떤 인간의 이상이나 이념, 행동도 세계 이면에 있는 '비합리적이고 무시무시한 힘'에 의해 좌절될 수밖에 없다는 환멸과 허무를 안겨주었을 것이다. 이러한 환멸과 허무주의에서 비롯된 냉혹한 비관주의는 '흉기'(1981)[16] 연작에서

---

14 한만수, 같은 글,
15 조급한 승리가 아닌, 지속적인 실천과 고행을 통해 목표를 향해 나아가는 백만이라는 인물이 등장하지만, 주인물이 아니라는 점에서 이 작품에서 크게 부각되지 않고 있다.
16 '흉기' 연작은 두 번째 소설집 『덫』(은애출판사, 1981)에 실려 있다.

더욱 극적으로 표출되고 있다.

「흉기 1」(1979)은 죄 없는 국어교사 심형섭 부부가 '기관'에 납치되어 갖은 고문을 당하다 결국 잘못 연행한 걸 알고 풀려난다. 그러나 밤새 방치된 어린 딸은 사망하고, 경찰에 신고하지만 오히려 그의 말이 허위가 되어버렸다는 비정한 이야기이다. 「흉기 2」 또한 인권 유린을 고발하기 위해 취재에 나섰던 사진기자가 권력자에게 필름을 빼앗기고 폭행을 당한 뒤, 다시 현장에 달려가지만 감쪽같이 흔적이 없어졌다는 끔찍한 폭력의 세계를 다루고 있다. 「흉기 3-그들은 그렇게 잊었다」에는 작가의 냉혹한 비관주의가 더욱 도드라져 표출된다.

「흉기 3」의 주인공 '나'는 20년 근무하던 우체국에서 퇴직한 실업자이다. 일자리를 구하려고 동분서주 뛰어다니지만, '초전박살'을 외치는 강팍한 현실에서 한쪽 다리가 불편한 '나'에게 선뜻 일을 내주는 곳은 없다. 주인공은 4.19 혁명 당시 무릎에 총알을 맞아 불구가 된 장애인으로, 구직에 실패한 그는 4.19 당시 고교 학생회장이었던 임지운 선배를 찾아간다. 그러나 시골 고향에서 목장을 운영하는 것으로 알았던 선배는 군부대 근처에서 보신탕용 개를 키우고 있었고, 개 짖는 소리를 없애기 위해 쇠꼬챙이로 강아지의 고막을 터뜨리는 비정한 사람으로 변해버렸음을 알게 된다. 게다가 그런 선배에게 저항하다가 자신의 고막을 터뜨려 농아가 된 아들이 '시술'을 하는 수의사의 고막을 터뜨리는 장면을 목격하게 된다. 4.19 혁명의 뜨거운 열정이 어떻게 생존본능 앞에서 변질되고 추락하는지를 환멸적으로 보여주는 작품인데, 그것이 사실의 병든 세계이고 폭력에 짓눌린 우리의 현실일지라도 혁명의 이념과 인간 존엄을 바닥으로 끌어내리는 이러한 서사적 형상화에는 다소 위악적인 데가 있다.

(1) 나는 결국 직장에서 쫓겨났다. 실업자가 되고 만나본 많은 우리들 세대 가운데 1960년에 그들이 가졌던 빛나는 이상을 기억하고 있는 사람은 하나도 없었다. 그들의 가슴과 눈과 뇌는 놀랍게도 거의 금속화되어 있었다. 그래서 그들은 햇빛 따위에는 아무도 감동하지 않았다. 그들 중에는 저명한 대학교수도, 언론인도 있었다. 그들은 지금이 어느 때인데, 하고 모든 말들을 시작했다. 어느 때냐, 불경기라고 했다. 최악의 불경기를 맞아서 그걸 이겨내는 데 젊은 학생들도 협력할 필요가 있다는 것이었다. (「흉기 3」, 『흉기』, 354쪽)

(2) 정의가 도대체 뭐란 말인가. 4.19가 뭐란 말인가. 그런 생각들을 하기 시작했어. 이 사람아, 나도 남들처럼 비리와 권모술수를 나 스스로 용서하고 받아들일 수 있었다면, 진즉, 서울에서 떵떵거리며 살게 되었을 거야. (……) 정의, 자유, 순수가 어떻게 우리들 각자의 삶을 부수어버리는지 자넨 모를 거야. 그것들은 내 삶에선 일종의 독소로 작용했네. 정의로운 빵이 아니면 먹지 않겠다는 내 의식이 얼마나 우스운가 하는 걸 나는 어느 날 깨달았지. 나도 변모했던 거야. 요사스러운 긴 세월이었어. 세월엔 못 당하겠더군. 정의로운 빵이 따로 없다는 걸 나는 세월에서 배웠네. (「흉기 3」, 『흉기』, 372쪽)

위의 두 개의 인용문은 빛나던 혁명 전사 '나'와 선배가 어떻게 경제 제일주의와 생존경쟁의 현실에서 이념과 존엄을 잃고 진창 속으로 떨어졌는지, 심지어 비정한 짐승 같은 존재가 되었는지를 '고발'하고 있는 장면이다. 「흉기 3」에는 이러한 전락에 대한 작가의 비탄과 분노, 무력감이

들어있으나, 한편 이러한 파토스에는 그것을 승인하는 작가의 또 다른 환멸적 세계관과 허무, 위악이 깃들어 있다. 물론, 이 작품은 4.19 혁명 전사의 타락상에 대한 직접적 형상화 이외에 70년대 말 사회현실의 억압적 현실을 비유적으로 보여주고 있다. 즉, 짖지 않는 개와 자멸적 폭력의 세계 등은 당대 현실에 짓눌려 패악한 세상에 떨어진 시민의 모습에 대한 함축일 수 있다는 것이다.

가령, "아아, 개들이 보였다. 어떻게 그때의 내 충격을 설명할 것인가. 개들은 일부 누워 있고 일부 서 있었다. 아주 살찐 개들이었다. 그것들은 전혀 짖지 않았다. 짖지 않을 뿐 아니라 그것들은 또 경계의 눈빛조차 보내지 않았다."(365쪽)나 "공포와도 같은 침묵 속에서" "살아 있고말고. 단지 짖지 못할 뿐이야. 내가 이 녀석들을 수술했지." "새끼 때 고막을 터뜨리고 항생제나 주사하면 되는 거지 뭐."라며 빙글빙글 웃는 사내의 모습은 군사정권 하에 '자유의지'를 말살당한 인간군상과 공포의 침묵, 그리고 시민들을 통제하는 권력자의 잔혹함에 대한 간접적 형상화이다. 그러나 이와 같은 현실비판적 시각에도 불구하고, 작가의 사실주의적 세계 묘사에는 좀더 극단적인 데가 있다고 보이는데, 이는 작가의 세계 파악이 이성적 분석보다 감성적 반응이 더 앞선 데에서 발생한다. 그것은 우선적으로 거대한 폭력에 압살당한 자의 끔찍한 '단말마'일 수 있겠으나 사실 세계를 합리적이고 논리적으로 재구성하여 원리나 구조를 파악하기보다는 감성과 상상력에 기반하여 표상하는 작가의 기질과 의지에서 비롯된 것일 수 있다는 것이다. 많은 논자들이 지적했듯 작가 특유의 '빛나는 감성의 문체'는 이 작품에서도 발휘되는데, 가령 다음과 문장들이다.

(1) 황무지나 다름없는 자갈길을 지나오면서 내가 줄곧 생각한 것은 햇빛과 강물이었다. 햇빛이 모든 걸, 대지까지를 허옇게 죽어 자빠지도록 할지라도 강만은 어쩌지 못하리라고 나는 생각하고 있었다. 강은 시퍼렇게 살아서 흐를 것이었다. 그러나 잘못된 상상이었다. 강이 죽어 있었다. 나는 처음엔 강의 표피에도 땅콩밭처럼, 내 구두처럼, 초가지붕들처럼, 부연 먼지가 쌓여 있는 줄 알았다. 먼지는 그렇지만 쌓여 있는 게 아니었다. 어떻게 된 건지 강물은 그 속까지 온통 희끄무레하게 탈색되어 있었다. 바람은 조금도 불지 않았다. 그래서 강은 아주 잔잔하였다. (「흉기 3-그들은 그렇게 잊었다」, 『흉기』, 338쪽)

(2) 자네, 햇빛을 기억하겠지? 그날의 햇빛도 이랬었어. 눈부시다고, 저 친구가 소리쳤었어. 눈부셔, 라고 말이야. 피를 쏟으면서 다 죽어가던 친구가 기껏 눈부셔, 라니 뭐가 그토록 눈부셨을까. 정말 햇빛 때문이었을까. 수수께끼야. 서민영, 저 친구가 살아남은 우리에게 마지막으로 남긴 수수께끼. (……) 눈부시다는 게 민영의 유언이었다. 아무것도 눈부신 게 없는데도. 종로 입구였다. 자식은 어느 빌딩 옆구리에 쓰러져 있었다. 비정한 총소리가 빌딩 너머에서 들리고, 개미떼처럼 흩어진 사람들이 쓰러진 민영을 뛰어넘어가고 있었다. (「흉기 3-그들은 그렇게 잊었다」, 『흉기』, 350쪽)

첫 번째 인용문은 선배를 찾아가는 길에서 주인공이 맞닥뜨린 강을 묘사하는 부분이다. 함축적인 시처럼 박범신의 문장은 군더더기 없이 간결하여 단박에 비정한 역사의 흐름과 허무를 탁월하게 그려 보이고 있다. 그러나 이러한 감성적 문체에 들어 있는 서정적 태도[17]는 두 번째 인용문에서처럼 4.19 혁명을 피상적 이미지로 그리는 것에 그치게 만들 수 있다. '햇빛'이라는 이미지 이외에 더 넓은 지평의 사유를 허용하지 않는 감각적 문장은 4.19 혁명의 주체들을 쉽게 파국으로 끌어내리게 만드는 요인일 수 있다는 것이다. 이러한 작가의 세계 이해는 개별적 현실과 사건을 맥락 속에서 심도있게 사유하고 분석하기보다는 손쉽게 하나로 뭉그뜨려 동일한 부정적 결론을 도출하는 '환멸적 낭만주의'로 귀결하기 쉽다. 이러한 환멸적 낭만주의자가 서 있는 부정적 유토피아에 대해서는 루카치가 다음과 같이 날카롭게 지적한 바 있다.

사건에 대해 주관적인 입장을 취하는 서정적 태도(이 서정적 태도가 미리 정해진 운명을 긍정하든 부정하든 간에, 아니면 이를 슬퍼하거나 경멸하거나 간에)가 갖는 위험성은, 내면적으로 싸움의 경과가 처음부터 분명하게 정해지지 않은 경우보다 훨씬 크다. 이러한 서정성을 담고 있고 또 이에 자양분을 제공하는 분위기는 환멸적 낭만주의가 갖는 분위기이다. 이러한 분위기는 현재의 삶에 대립되는, 이상적인 삶을 향한 상승되고 고조된 욕망이자, 이러한 동경이 무위로 끝나 버릴 것이라는 사실에 대한 절망적 통찰이다. 그리고 그것은 처음부터 나쁜 양심과 패배의 확실성에 바탕하고 있는 하나의 유토피아이다. (루카치 『소설의 이론』, 반성완 역, 심설당, 1995, 153쪽)

---

17 박범신의 감성적 문체는 많은 논자들에 의해 거론되어왔다. 한혜경 또한 박범신의 작품 세계가 구체적인 현실 세계가 아니라 비현실적 감성의 세계라고 분석한 바 있다.-한혜경, 같은 글.

박범신의 도저한 비관주의, 환멸적 낭만주의는 '병든 현실과 부정적 세계'[18]의 누적된 체험에서 비롯된 세계 표상일 수 있으나, 그것은 또한 연역적으로 세상을 보는 하나의 도식일 수 있다.

이쯤에서 문학이 작가 개인의 의지와 어떠한 관련이 있는지 간단하게 언급하고 넘어가도록 하자. 문학을 규정하고 구분하는 데에는 다양한 논의가 있을 수 있겠으나 개인적으로는 두 가지가 있을 수 있다고 본다. 하나는 현실에서는 불가능한 소망을 충족시키는 '백일몽'이다.[19] 기본적으로 판타지의 무대라는 점에서 낭만주의 문학관과 가깝지만 무의식의 기제는 어두운 기억까지를 처리하고 있다는 점에서(예를 들면 강박) 그것은 반드시 행복한 꿈의 세계는 아니다. 또 하나는 각성시키고 고문하는 문학이다.[20] 이는 사실주의와 계몽주의의 측면을 포함하고 있는데, 알지 못했던 혹은 외면했던 진실을 직시하고 성찰하게 함으로써 새로운 인식세계로 이끄는 문학이다. 그러나 앞서 언급했듯 낭만주의 문학이 반드시 행복한 환상과 꿈의 세계를 의미하는 것도 아니고, 사실주의 문학이 절망적 현실을 보여주는 것만은 아니다. 이는 문학의 기능에 대한 편의

---

18   오장환에 드러난 '병든 현실'과 환멸적 낭만주의에 대해서는 장만호의 「부정의 아이러니와 환멸의 낭만주의-오장환 초기시의 시의식」(『비평문학』, 2009) 참조.

19   프로이트에 의하면 문학은 일종의 백일몽이다. 한낮에 꾸는 꿈, '백일몽'이라는 이 언급에는 꿈은 근원적으로 '소망충족'이라는 프로이트의 원칙과 백일몽은 '헛된 공상'이지만 꿈보다는 훨씬 의식적인 작업이라는 의미가 들어 있다. 프로이트에 의하면 꿈이 그러나 항상 행복한 판타지는 아니다. 꿈 또한 다양한 검열 기제를 거쳐서 표출되는, 우리도 모르는 어떤 무의식적 욕망이기 때문이다. 그러니, 소망충족의 무대인 꿈은 때로 악몽일 수 있으며, 마찬가지로 작가의 의식적인 몽상인 '문학 작품' 또한 행복한 판타지일 수만은 없다. -프로이트

20   김현, 「문학은 무엇을 할 수 있는가」, 『한국문학의 위상/문학사회학』 김현문학전집1, 문학과 지성사, 1995.

적 분류일 뿐, 근본적으로 문학 작품도 세계 표상이라는 점(쇼펜하우어)에서 작가의 개별의지와 세계인식이 적극적으로 작동하는 창작공간이다. 그런 의미에서 박범신의 자연주의적 작품은 그의 환멸적 낭만주의와 염세주의에 의해 만들어진 세계일 수 있다.

이는 다른 작가와 작품에 모두 해당될 수 있는 것으로 궁극적으로 환상의 세계이든 핍진한 사실의 세계이든 작품은 궁극적으로 작가의 개별의지의 결과물이라는 것이다. 이는 마르트 로베르가 말한, 거짓말로서의 소설과도 상통한다. 마르트 로베르는 신경증 환자에게서 나타나는 두 가지 거짓 가족소설이 소설의 기원이라고 보는데, 하나는 전면적 현실 부정에서 비롯된 업둥이의 가족소설이고 또 하나는 일면적 현실 부정에 바탕한 사생아의 가족소설이다. 부모 모두를 부정하는 업둥이 가족소설은 낭만주의 경향으로 나아가고, 친부만을 부정하는 사생아 소설은 사실주의로 나아간다는 것이다. 그러나 두 가지 경우 모두 불만스러운 진짜 현실을 왜곡하고 꾸민다는 점에서 소설은 거짓말이다. 마찬가지로, 우리는 사실주의 경향의 소설에서도 '정말로 있는 그대로'가 아닌, 있어야 할 현실을 선취하여 그려야 한다는 사회적 사실주의 등의 기율이 훨씬 더 강고하게 작동하고 있음을 알고 있다. 그렇다면, 박범신이 창조하는 세계는 어떤 의지와 표상이 작동하고 있는 것일까.

4. 불화―악에 대한 인식

박범신은 자신의 문학의 기원이 '불

화'라는 것을 예술가 소설인 '흰소가 끄는 수레' 연작, 『더러운 책상』을 비롯하여 에세이 등에서 자주 밝혀왔다. "불화는 내가 만난 최초의 세계 였다"라는 말로 요약되는 '불화의식'[21]은 등굣길에서 친구들과 발을 맞 추지 못하는 일화에서부터, 가족과의 불화, 무리와의 불화, 교권을 둘러 싼 불화, 문단과의 불화, 이념과의 불화, 권력과의 불화, 시대와의 불화, 심지어 지난 시절 썼던 문장과의 불화에 이르기까지 작가 자신이 소설가 의 운명의 기원으로 강조하고 있는 것이다.

'나는 왜 문학을 하는가'에 대한 답으로 제출된 에세이 「부러진 가위」 에서 그는 이를 좀더 의식적으로 표현하고 있다. 내리 네 명의 딸을 낳은 어머니가 또 딸이면 엎어 놓아 질식시켜려 했던 살의 속에서 태어났다는 작가는, 자신의 탯줄을 끊은 '부러진 가위'처럼 결핍, 공포, 허기가 자신 의 글쓰기를 추동했다고 밝힌다.

> 살기 가득 찬 세상 속으로 나와야 되는 나는 아마도 영원히 지워지
> 지 않을 정도의 공포감을 느꼈음직하다. 실존적 공포감이었을 것이
> 다. (……) 내 최초의 세계인식은 말하자면, 세계의 중심엔 언제나 불
> 화가 가득 차 있다는 것이었다. 따뜻한 소통이나 화해는 일종의 신기
> 루 같은 것에 불과했다. (「부러진 가위」, 『난 왜 문학을 하는가』, 열화당, 2004,
> 102쪽)

---

21 박범신 문학의 기원으로서 '불화'에 대해 논의하고 있는 글로는 김병덕, 한혜경의 논문이 있다.

또한 아버지의 부재, 예민한 어머니와 누나들의 악다구니 속에서 작가의 무의식에는 공포, 두려움이 자라고 한편 멀리 떠나는 '부랑'에 대한 열망이 커갔다는 것이다. 이러한 불화, 부랑 의식은 생애 내내 작가를 괴롭혔고, 그것은 곧 강렬한 죽음에의 충동으로 귀결되기도 한다. 베스트셀러 작가가 되어 얻은 부와 명성에도 불구하고 작가의 내면에는 고독, 소외, 사멸, 살의, 일탈, 동경이 들끓어 올라 그를 세속적 삶과 상관없이 부침케 했다는 것을 작가는 곳곳에서 밝히고 있다.

> "열다섯 되던 그해 봄에 이미 내 삶이, 어디에서 무엇으로 살든 끝없는 부랑의 연속선상에 놓이게 되리라는 걸 거의 동물적으로 인지하고 있었다. 가난하거나 외로운 처지 때문이 아니었다. (……) 폭력적 불길이 내 안에서 화냥기처럼 솟구치고 있었다. 심지어 나는 살인도 할 수 있을 것 같았다. 십대 때는 두 번이나 수면제 다량 복용으로 위세척을 했고 대학 때는 도루코 면도날로 대동맥을 내리쳤다. 젊은 날의 나는 언제나 살의 때문에 전신이 풍뎅이처럼 부풀어 올라 있었다. (……) 1980년 봄에는 더러운 안양천변에서 동맥을 자르고 자살을 기도한 일이 있었다. 세 아이의 아빠였으며, '인기 작가'라고 불리던 시절이었다. 내 책은 출간할 때마다 날개 돋친 듯 팔렸지만 나는 조금도 행복해지지 않았다. 무엇보다 내가 사는 시대에 강력한 적개심을 품고 있었고, 나의 본체와 상관없이 세상에 떠도는 내 이름과 너무도 먼 거리를 나날이 느꼈으며, 급기야 내 문장들과도 불화했다. 살의는 그 후로도 결코 나를 떠나지 않았다." (「골방」, 『흰소가 끄는 수레』, 169~170쪽)

박범신이 글쓰기의 기원으로서 언급하고 있는 '불화'란 김현의 말을 따르자면 곧 시인의 출발점으로서의 '악'에 대한 인식이다. 김현은 나르시스의 자살은 명랑하고 아름다운 상상의 얼굴과 우물에서 발견한 고뇌에 찬 현실의 얼굴 사이의 간극에서 비롯된 것이라고 말한다. 그리고 이 '간극'과 '분열' 의식이 열망과 동경을 낳고 그것이 곧 시인을 탄생시킨다는 것이다.

> "존재는 악에 헌신하지 않는다. 다만 존재의 초석을 악은 이루고 있으며 그 존재를 개시해주는 역할을 하는 것이다. 이 악을 통한 존재와의 응답이 곧 시인 것이다."[22]

시인은 존재의 초석을 이루고 있는 '악'을 감지하고, 실감하고, 혼란을 느끼는 존재이고, 악이 이끄는 '죽음'을 보는 자이다. 존재를 분쇄시키는 '악'은 시인을 고통스럽게도 하지만, 한편 역설적으로 악에 대한 열망으로 이끈다. 왜냐하면 죽음과 닿아 있는 '악'은 곧 욕망, 쾌락, 희열, 비상과 추락 등 그 모든 에너지의 방출이기 때문이다. 보들레르는 이를 두고 "그리하여 남녀를 불문하고 사람은 태어나면서부터 알고 있는 것이다-모든 일락(逸樂)은 악에 있다는 것을."[23]

존재는 단정하게 완성된 석고상에 갇히기를 거부한다. 그것이 아무리 안락한 곳이고 합리적이며 올바른 것이라고 해도. 이것이 『지하생활

---

22   김현, 「나르시스 시론」, 『존재와 언어/현대 프랑스 문학을 찾아서』 김현문학전집 12, 문학과 지성사, 1993, 18쪽.
23   김현, 같은 글, 16쪽.

자의 수기』에서 '2×2=4'가 아닐 수 있다고 외쳤던 도스토예프스키의 '고통주의'이고 무한한 자유의지를 표출시키고자 했던 낭만주의 사상이다. 악의 실체는 두려움의 대상인 동시에 동경의 대상이 된다. '섬뜩함(unheimlich)'이 친숙한 것이자 두려운 낯선 것인 것처럼.

박범신의 데뷔작 「여름의 잔해」(1973)에는 이러한 '악'에 대한 인식과 양가적 태도가 잘 드러나 있다. 「여름의 잔해」는 쌍둥이 오빠와 언니에 대한 이야기이다. 소아마비 석진 오빠는 화가, 언니는 작가 지망생이다. 오빠는 벌레들을 유리병에 가둬 죽이거나 꽃뱀을 찍어 죽이고, 땅바닥에서 파닥이는 금붕어를 보며 잔인한 쾌감을 느끼는 악마적 인물이고, 언니는 그런 오빠에게 대항하는 선량한 존재이다. 그러나 언니가 바닥에서 파닥이는 금붕어를 보며 황홀한 쾌감을 느끼는 오빠를 '왈칵 떼밀면서' 금붕어를 미친 듯이 짓밟아버릴 때, 오빠가 '미친 여자'에게 수면제를 먹이고 발가벗겨 그림을 그리자 이에 대항하여 미친 여자를 구하는 듯하지만, 자살할 수 있도록 면도칼을 제공한 인물로 암시될 때, 언니는 악마에 저항하는 천사가 아니라 '신기할 정도로 닮은 표정'을 하고 있는 동일인이다.

"처음엔 파들거리는 금붕어가 너무 황홀해 보였다고 언니는 말했다. 그다음은 연민이었다. 아주 순간적으로 금붕어의 몸에서 참혹한 고통의…… (……) 죽어가는 금붕어에 대한, 그 고통에 대한 연민이었다. 그런데 불쌍하다는 생각이 말이야, 하고 언니는 말을 이었다. 처음엔 불쌍했는데, 갑자기, 어떤 순간부터 그것이 무서워졌어. 나도 잘 모르겠어. 불쌍해서, 무서워졌던 거 같아. 등골이 오싹해질 정도로.

문학 그 높고 깊은

(……) 연민과 공포 사이에 과연 무엇이 있는지 알 수 없었다."(「여름의

잔해」, 『토끼와 잠수함』, 127쪽)

위 인용문에는 연민과 공포 사이에서 갈등하는 언니의 모습에 대해 이야기하고 있다. 금붕어를 짓밟고 미친 여자의 자살을 돕는 일이 곧 연민에 바탕한 '악마적인 것'의 제거라고 볼 수 있다. 그러나 사실, 언니의 무의식에는 오빠와 동일한 욕망, 잔혹에의 쾌감이 잠재되어 있으며 그것이 억압을 거쳐 더 극적으로 분출되는 것이 저러한 광기로 드러나는 것이다. 세속적 선이 아닌 악마적 일락에 대한 매혹과 두려움은 「덫」이라는 작품에도 드러난다. 이 작품의 시공간적 배경은 6.25때 총살당한 남편, 미친 아내가 등장하는 「여름의 잔해」와 마찬가지로 비극의 역사적 공간이다. 며느리가 화자로 등장하는 이 작품에는 인민군의 죽창에 찔려 죽은 시아버지, 그리고 인민군에게 생고기를 먹도록 훈련 받은 '누렁이'가 등장한다. 시아버지가 거둔 '누렁이'가 시아버지의 시체를 파먹는 것을 본 이들 가족은, 누렁이를 시아버지의 혼이 건너간 존재(시어머니)로, 다른 한편 시아버지를 파먹은 악마적 짐승(남편-아들)으로 양분된다. 그리고 이야기는 누렁이를 죽이려는 아들이 놓은 덫에 결국 시어머니가 희생되고 마는 파국으로 끝나는데, 주목할 것은 비극을 결과한 이념의 갈등이나 가족의 갈등보다는 '생고기를 먹는 누렁이'라는 잔혹한 모티브가 부각된다는 점이다.

남편은 진저리를 쳤다. 시아버지가 부채바위 뒤에서 죽창에 찔려

죽었다. 인민군이 마지막으로 퇴각할 때였다. 다음날 시어머니가 알

고 부채바위로 갔을 때, 놀라운 광경을 어머니는 보았다. 누렁이가 시아버지의 시체를 왈칵 파먹고 있더라는 것이다. 며칠이나 굶었는지 살기 띤 눈빛으로 시체를 파먹고 있는 누렁이는 이미 개가 아니었다. 악귀였다. 시아버지의 넓적다리는 이미 거덜이 난 상태였다. (……) 바로 떨어져나간 대문에서 누렁이가 똑바로 이편을 바라보며 서 있었던 것이다. 벌써 어두워져 누렁이의 얼굴까진 또렷이 보이지 않았으나, 두 눈에서만은 푸른 인광이 뚝뚝 떨어지고 있었다. (「덫」, 『흉기』, 27~31쪽)

시체 파먹는 누렁이에 대한 작가의 집착은 위악적이기까지 하다. 그리고 그것은 앞서 언급했듯, '악'과 '폭력', 혹은 무의식의 강고한 힘에 대한 두려움이자 매혹의 결과라고 보인다. 두려움과 열망은 낭만주의에서 중요한 감정이다. "우리의 바깥에 거대하고 파악하기 힘들며 손에 넣을 수 없는 무언가가 있다는 생각"은 피히테가 말한 "열망과 두려움 중 하나의 감정을 느끼게 하고"[24] 두려움은 '근거 없는 불안'과 공포, 광기 등으로 이어지는 것이다. 박범신의 소설의 냉혹한 비관주의, 환멸, 허무, 위악 등은 이러한 두려움과 열망의 표출이다.

---

24 이사야 벌린, 위의 책, 175쪽.

문학 그 높고 깊은

5. 문학이라는 성소: 사멸과 불멸, 행동으로서의 글쓰기 공간

'흰소가 끄는 수레' 연작은 '글쓰기의 진정성'에 대해 묻는 '자기성찰의 서사'[25]이자 박범신 문학의 전환을 알리는 문제작이다. 그러나 문학주의와 대중주의 사이의 간극에서 괴로워하는 분열적 작가, 통속작가가 아닌, 진정한 '작가'로서의 부활과 탄생은 절필 직전 발표한 「그해 내린 눈 지금 어디에」에서 시작된다. 그것은 그가 '문학'이 무엇인지, 자신의 문학은 무엇이었는지에 대해 근본적인 질문을 던지고, 그 질문을 통해 스스로를 고문하고 사망 선고와 유사한 자기절멸을 감행하고 있기 때문이다. 자전적 이야기를 담고 있는 이 소설에서 마흔아홉 살의 작가는 '나비떼처럼 날아오르던 상상력'의 고갈로 인한 무력감, 혼성모방의 포스트모더니즘으로 시끄러운 문학장에 대한 환멸감으로 괴로워한다. 그러나 무엇보다 그를 고문하는 것은 "쓰는 것만이 모든 것의 종결이다"라는 릴케의 말을 성배처럼 안고 살았던 자신의 글쓰기에 대한 근본적인 회의이다. 그것은 곧 80년 광주항쟁 당시 허위로 가득 찬 신문에 연재를 하고 있었다는 사실에 대한 쓰라린 회한으로 표출된다. 그 회한은 그가 80년 크리스마스 무렵, 작가의 집을 찾아온 한 여인을 쫓아냈다는 사실에 대한 기억으로 가시화된다. 인기 작가라는 화려함과 폭압적 현실이라는 낙차 속에 피 흘리고 있던 그는 한밤 중 자신의 집을 찾아온 낯선 타인에게 '당장 내 집에서 나가시오'라고 분노한다.

---

25 구수경, 「박범신 문학의 연원(淵源)과 자아탐색의 서사-연작소설 『흰소가 끄는 수레』론」, 『현대소설연구』, 2015.12, 김병덕, 위의 글.

13년이라는 시간이 지났지만 통속작가라는 평단의 비난이나 평가보다 더 오랫동안 작가를 두렵고 아프게 한 것은, 그가 위로하고자 했던 대중이 정작 현실의 고통에 짓눌려 있을 때 외면했었다는 사실이다. 작가는 "나는 다만 고독해서 쓰고 쓸 뿐이라고 생각했다. 쓰는 것만이 나를 지탱하고 일으켜 세우는 유일한 버팀목이었고, 아, 그 시절, 문학만이 나의 유일한 사랑이었다"라는 순교자적 글쓰기가 사실은 대중과 유리된, 창문 안쪽의, 자폐적 공간에서의 자기충족은 아니었는지를, 과거 자신의 소설이 "베갯머리에 빠진 죽은 머리칼이나 허위의 세상이 빚어내는 허망한 거품"은 아니었는지를 심문한다. 그 자기 고문과 회한은 창 너머 들길을 걸어가는 사람들의 거듭된 환영으로 비유된다.

> "혼자 남아 서성이는 거실 창 너머, 그 들길로 죽은 사람들의 뒷모습이 환영으로 처음 뵌 게 바로 그날이었다. 자살해 죽은 누이가 보였고, 고문 후유증으로 죽은 시인 친구가 보였고, 총 맞은 낯선 소년의 뒷모습도 보였다. 들 끝으로 그들은 생시인 듯 걸어갔다.
>
> 나는 더 이상 소설을 쓸 수 없었다."(「그해 내린 지금 어디에」, 『흰소가 끄는 수레』, 354쪽)

작가는 그가 버렸던 그녀, 곧 '타인'을 찾아 경찰서와 거리를 헤맨다. 80년 겨울의 변사체의 기록을 찾고, 그중 한 여자의 집을 찾아간다. 그가 찾아낸 그녀는 1980년 5월에 남편을 잃었으며, 그녀 또한 결국 차디찬 거리에서 객사한 것으로 밝혀진다. 그녀가 실제 작가의 집을 방문했던 그 여자인지 아닌지는 중요하지 않다. '광주항쟁'에서 희생된 '타인'을 상징하는 한 실존인물의 행적을 좇고 생각하고, 그녀에 대한 이야기를 듣고, 그녀의 아들을 바라보는 것만으로 작가에겐 충분하다. 그 '노력'과 '행동'이 곧 지난 일에 대한 고해성사이고 참회일 수 있기 때문이다.

> "나 정영호는 그 여자를 죽음의 어둠으로 내쫓은 장본인이다. 인중에 점이 있느냐 없느냐는 상관없다. 인중에 점이 있는 여자도 내쫓았고, 인중에 점이 없는 여자도 내쫓았던 나는 죄인이다. 내 죄가 지금도 이렇게 무겁다. 죄의 칼날이 시시때때 가슴을 찢어놓는다. 하지만 보아라. 내가 고통스러운 성찰로 죗값을 짐 져갈 오십대, 육십대라는 전인미답의 시간들이 내 앞에 있다. 나는 그 여자가 내 몸 안에 계속 똬리 틀고 있게 할 것이고, 그것의 고통 때문에 결코 죽지도 않을 것이다. 그리고 무엇보다 아아, 나는 작가이다. 언제나 무릎 꿇어 받고 싶었던 성찬으로 작가라는 이름이 아직도 내 앞에 놓여 있음을 나는 본다.
>
> 그건 위험한 길이다. 나는 어떤 길을 걸어왔던가. 나 홀로 혁명하는 길은 어디 없을까." (「그해 내린 지금 어디에」, 『흰소가 끄는 수레』, 366쪽)

「그해 내린 눈은 지금 어디에」에 이어지는 절필과 임종사, 그리고 「흰소가 끄는 수레」에서의 회생도 이와 유사한 맥락에서 이해할 수 있다. 작가는 글쓰기를 통해 고독과 소외감, 그리고 끊임없는 죽음에의 충동을 '승화'시키고 생을 전진시켜 왔다. 문학을 통해 구원받았던 이 문학성자는 그러나 자신의 문학의 '불멸'에 대해 묻고, 절망하고, 또다시 사멸을 열망하게 된다. 임종사와 같은 돌연한 절필선언 뒤에 작가는 '면도날'을 품고 최초의 출발이었던 '무주 적상산'으로 향한다. 그리고 그곳에서 한 사내를 만난다. 그 사내는 작가가 오시마 나기사의 「청춘은 참혹하다」를 읽고 울었던 일을 알고 있고, 작가처럼 사만여 매나 썼다는 인물로 곧 작가의 분신을 의미한다. 그와의 대화와 성찰을 통해 작가는 자신의 불멸과 사멸에의 열망이 허위적 관념에 불과하다는 것, 불멸이 있다면 '흰소가 끄는 수레'에 실려 있다는 것을 깨닫고, 전혀 비참하지 않은 고사목의 사멸의 몸짓과 '천천히 어둠 속으로 사라지는 사내의 걸음걸이'를 열망한다.

이는 곧 '글쓰기'에 대한 새로운 각성이자 전진을 의미하는 것으로 박범신의 '낭만주의' 문학관의 한 절정을 보여주는 국면이다. 다시 이사야 벌린의 말을 빌면, 낭만주의의 본질은 "의지와 행동으로서의 인간, 끊임없이 창조하고 있기에 묘사할 수 없는 무엇, 그것이 자기 자신을 창조하고 있다고 말해서도 안 되는, 주체도 없고 오직 운동만 존재할 뿐인 그 무엇이다." 그것이 비록 오류에 대한 헌신일지라도 기꺼이 목숨을 내놓은 열정과 신실함이 뒷받침된다면 무엇이든 상관없다.[26]

이러한 글쓰기 의미에 당도하기 전에, 작가는 '쓰는 것만이 종결'인 그것의 의미, 그것의 궁극을 묻고 그 답없음에 절망한다.

"소설이란 게…… 예술도 아닌 학문도 아닌, 예술이고 학문인, 스토리도 아닌 스토리 아닌 것도 아닌, 스토리고 또 스토리인, 객관도 아니고 주관도 아닌, 객관이고 주관인, 사실도 아니고 추상도 아닌,

---

26 이사야 벌린, 위의 책, 222쪽.

사실이고 추상인, 그 모든 것이고 그 모든 것의 너머인"(「흰소가 끄는
수레」,『흰소가 끄는 수레』, 38쪽)

'문학에 대한 절체절명의 회의'에 부딪친 작가는 또다시 '카미카제
식의 극단'을 열망하나, 사멸도, 불멸도 없다는 깨달음에 이르게 된다.
즉 글쓰기는 그 내용의 의미가 아니라, 행위라는 것, 글쓰기 행위 자체
가 불멸과 사멸의 충동이 성취되는 순간이고, 그 창조적 의지의 실천만
이 끔찍한 현실의 '자기존재(stasis)'를 지우는 황홀한 엑스터시(ecstasy, ex-
state)[27], 곧 타나토스와 에로스의 경이로운 합일임을 알게 되는 것이다.
　모리스 블랑쇼는 카프카의 "내가 쓴 것 중 최상의 글은, 만족하게 죽
을 수 있는 능력에 기초를 두고 있다는 것이다"의 구절을 통해 글쓰기 공
간이 곧 죽음의 공간(자기소멸)이자 죽음의 힘이 닿지 않는 곳으로의 초
월임을 언급하고 있다.[28] 이에 비춰본다면 작가 박범신에게 있어 '글쓰
기'란 곧 그의 사멸의 충동이, 불멸의 충동이 충족되는 곳이고, 자유의지
를 실현시킬 수 있는 유일한 장소인 것이다.
　실러는 인간의 세 단계 끝에 예술을 세워둔다. 그것은 본성의 필연성
에 얽매여 피동적으로 사는 미개한 첫 번째 단계, 엄격한 원칙과 원리를
만들어 그것을 물신으로 섬기는 야만의 두 번째 단계 위에 있는 것으로,
유희충동이 행복하게 자기 자신을 해방시키는 단계이다.[29] 스스로 규칙
과 계율을 만들고 창조하여 복종하고 행위하는 공간, 그것이 예술의 공

27　밀란 쿤데라,『사유하는 존재의 아름다움』, 김병욱 역, 청년사, 1994.
28　모리스 블랑쇼,『문학의 공간』, 박혜영 역, 책세상, 2008, 122~130쪽.
29　이사야 벌린, 위의 책, 139쪽.

간이고 낭만주의의 자유의지가 최대로 실현되는 장소라는 것이다.

> "어느 날 불이 나서 집 전체가 불길에 싸였는데요. 그 장자의 자녀
> 들 여럿이 불타고 있는 집안에서 철없이 놀고 있는 거예요. 얘들아,
> 집이 타고 있어. 안 나오면 모두 타죽는다아. 장자가 밖에서 소리쳤지
> 만 철없는, 불이 뭔지도 모르는 애들이라 놀이에 빠져서 나올 생각을
> 안 했대요. 큰일났지요. 장자는 그제서야 다른 수를 생각해 내고 애
> 들에게 이렇게 외쳤다고 그래요. 얘들아, 여기 재미있는 것이 있단다.
> 소가 끄는 수레, 양이 끄는 수레, 사슴이 끄는 수레도 있으니, 너희들
> 모두 태워주마. 그제서야 애들이 불난 집에서 나왔고, 장자는 애들에
> 게 진짜 흰소가 끄는 수레를 선물했다는 얘기예요. 비유컨대, 불멸이
> 있다면 그건 흰소가 끄는 수레에 실려 있을 거요."(「흰소가 끄는 수레」,
> 『흰소가 끄는 수레』, 83쪽)

법화경의 '삼계화택'에 대한 저와 같은 성찰은 곧 실러가 동경하는
예술에 대한 사유와 유사하다. 즉, 불타는 집처럼 괴로움 속에 허우적거
리는 중생을 구제하는 것은 끔찍한 '사실'의 세계도, 계도적 강제도 아닌,
문학이라는 '가상의 세계'일 수 있다. 끊임없는 생성과 창조, 운동의 지속
인 글쓰기와 가상을 통해 중생은 구원 받을 수 있고, 작가 자신 또한 구
원받을 수 있다는 깨달음이 작가 박범신이 도달한 더 높은 단계의 문학
의 성소의 의미일 것이다. 박범신의 낭만주의는 우선적으로 그가 어떤
제도나 이념과 상관없이 문학이라는 '신'과 직접적으로 교통하고 섬기겠
다는, 기꺼이 목숨을 내놓겠다는 경건주의에 바탕하고 있다. 그리고 그

문학 그 높고 깊은

신실함과 진정성이 다시 한 번 그를 '천천히 어둠 속으로 사라지는 사내의 걸음걸이'로, 글쓰기의 지속적인 수행으로 이끌었던 것이다.

6. 나오며

'낭만'이라는 말은 본래 프랑스어 '로망'에서 나온 말로, '대중적인 말로 쓰여진 설화', 소설이라는 뜻을 지니고 지금도 독일에서는 '장편소설'을 가리키는 용어로 쓰인다. 오늘날과 같이 비현실이고 공상적, 감상적인 영역을 의미하게 된 것은 소설이 갖는 '비현실성'에 대한 인식이 확산되고, 낭만주의의 역사 전개에 따라 안착되면서이다.

이 글은 박범신 단편소설을 중심으로 박범신 문학이 지닌 낭만주의 측면에 대해 살펴보았다. 첫째 박범신 문학은 반계몽주의에 바탕하고 있으며 그것은 한국근대문학 탄생 이후 작가를 '문사'로 호명하던 지사적 주체에서 벗어난 것으로 해방 이후 대중문화 창작자로서의 작가 존재론의 한 양태를 보여준다. 둘째 70년대 박범신 단편들은 사회현실에 주목한다는 점에서 리얼리즘적이지만 비관주의, 패배주의적 성격이 짙고, 때론 자연주의적 세계관으로 환멸적 세계를 강조하고 있으며, 이성보다는 감성적 태도가 강하다는 측면에서 환멸적 낭만주의로 규정할 수 있다. 셋째, 박범신의 환멸적 낭만주의는 숱한 유년시절부터 형성된 불화의식, 즉 현실과 이상의 간극, 악에 대한 인식으로부터 비롯된 것이고 이는 '악과 죽음' 등에 대한 두려움과 열망이라는 양가적 태도로 드러난다. 넷째 박범신의 죽음충동과 대중 외면에 대한 죄책감은 그를 절필이라는 극단적 선택으로 이끌지만, 사멸해가는 몸짓으로라도 지속되는 글쓰기, 그 지속적인 운동만이 그에게 구원이고, 또한 독자들에게 삼계화택의 가상세계를 열어주는 소중한 작업임을 깨닫고 다시 집필을 하게 된다.

이러한 결론을 도출해 내기 전, 본고는 박범신의 대중성과 '낭만성'(미학적 자율성을 지향한다는 측면에서 고립의 성격이 강한)이 어떻게 공존할 수 있는가에 대해 물었다. 그러나 이제껏 정리한 '낭만주의'의 여러 특질들은 서구 근대 낭만주의 운동의 역사적 전개를 통해 형성된 것들이다. 그중에 반계몽주의와 무한한 '힘'에 대한 긍정이라는 측면에서 박범신 소설을 낭만주의로 보고 있으나 기이하고 공상적인 세계를 탐닉하는 낭만적 세계와는 구별된다. 로망이라는 말이 통속적 설화, 대중들의 이야기에서 출발했다는 것에서 알 수 있듯, 세상과 통하고 대중의 욕망을 반영하는 낭만주의는 박범신 소설이 지닌 대중성을 입증하는 중요한 지점이기도 할 것이다.

지도의 길

박범신의 『고산자』에 대하여

허병식(문학평론가)

1. 고산자를 기억한다는 것

고산자 김정호에 대해 쓴다는 것은
어떤 의미를 지닌 것일까. 우리가 잘 알고 있다고 생각하는 역사적 인
물인 김정호의 삶에 대해서는 생각보다 알려진 사실이 별로 없는 듯하
다. 소설 『고산자』에 해설을 덧붙인 지리학자 양보경에 따르면 김정호는
1804년에 태어나 1866년경에 사망한 것으로 추정되고 있을 뿐, 정확한
생존 시기나 신분이 밝혀지지 않은 신비의 인물이라고 한다. 다만 그가
남긴 방대한 지도와 지리지만이 그의 위대함을 입증하고 있다는 것이다.[1]
역사적으로 실존했던 인물이나 그에 대해 알려진 바가 거의 없는 인물

---

1 양보경,「한국 지도의 고전, '대동여지도'」, 박범신,『고산자』, 문학동네, 2009, 해설 참조.

의 형상을 그려내야 하는 역사학자라면 부족한 사료들을 긁어모아 최대한 그것을 의미 있게 구성해 보려 시도하다가 때로는 좌절하기도 하였을 것이다. 그러나 작가라면 어떠할 것인가. 작가는 역사의 사소한 파편들과 흔적들 사이에서 하나의 이야기를 창안해 내는 지난한 작업을 자신의 존재 근거로 삼을 수 있을 것이다. 진지부르그는 톨스토이의 『전쟁과 평화』에 대해 말하며 이렇게 썼다.

> 톨스토이는 어떤 사건(이를테면 전투와 같은)의 파편적이고 왜곡된 흔적들과 사건 그 자체 사이에 어쩔 수 없이 생겨나는 틈새를 뛰어넘고 있다. 그러나 이러한 도약, 실재와의 직접적인 접촉은 단지 창안의 영역에서만 일어날 수 있을 따름이다. 그것은 오직 사물과 사료의 단편만을 손에 쥐고 있을 뿐인 역사가에게는 아예 처음부터 가당치도 않은 일이다. 하지만 그저 평범한 방법을 통해 사라진 실재에 대한 사상을 독자에게 전달코자 애쓰는, 마치 프레스코화와 같은 역사서술은 역사학에 내재된 이러한 한계를 암묵적으로 무시해 버린다. 미시사는 정반대의 접근방식을 택한다. 미시사는 오히려 한계를 받아들이되, 그것이 지닌 인지론적 함의를 탐색하고 나아가서는 그것을 이야기의 한 요소로 변환시키는 것이다.[2]

작가가 수행하는 작업이란 역사 속에 잊혀진 흔적들의 끈을 연결하

---

2   C. 진즈부르크, 「미시사에 대하여 내가 알고 있는 두세 가지 것들」, 곽차섭 편, 『미시사란 무엇인가』, 푸른역사, 2000, 118~119쪽.

여 이야기를 만들고, 독자로 하여금 등장인물과의 특별히 친밀한 관계를 맺도록 함으로써 등장인물의 삶에 직접 참여한다는 느낌을 불어넣는 일이다. 그것은 한 번도 만나본 적 없는 인물을 대신 기억해 주기로서의 소설쓰기이다. 따라서 역사에 대한 기억은 언제나 기술(記述)을 요구한다. 지나간 과거를 이야기로 만들고자 하는 자는 어떤 한 순간에 섬광처럼 스쳐 지나가는 어떤 기억을 붙잡아 그것을 자신의 것으로 만들지 않으면 안 된다. 과거의 사건들의 진정한 의미는 기록되고 서술됨으로써 비로소 경험을 구성할 수 있는 가치를 획득한다. 소설은 삶의 육체적이고 정서적인 경험의 영역을 탐사함으로써 현실의 참다운 모습을 알게 만드는 기억의 양식이다. 객관적 사실에 대한 기록이라고 믿어지는 역사쓰기와 허구적 구성에 의한 재현이라고 여겨지는 소설쓰기를 포함해서 역사에 대한 이야기는 근본적으로 과거의 기억에 대해 기술적이고 재현적인 성격을 지니고 있다. 그것은 과거를 지속적으로 현재화시키는 방식으로 기억에 관여한다.

그러나 기억의 기술주체는 어떠한 위치에서, 무엇을 생산하는가. 그리고 기억을 형성하는 조건들, 구조들은 어떠한 것인가. 역사에 대한 인식에 나타나는 최근의 주목할 만한 변화는 역사서술의 재현적 성격에 대해 의문이 제기되고 있다는 점이다. 역사기록을 과거에 대한 객관적인 재현으로 파악하려는 시각은 이제 설득력을 갖기 어렵다. 역사를 이야기하는 서사의 형식과 기능, 그리고 그것에 내재한 권력의 효과에 대한 최근의 연구들은 역사기록이 더 이상 순수한 재현으로 그치지 않음을 설득력 있게 보여주고 있다. 서술은 실제이든 상상이든, 특정한 사건을 재현하는 형식이라기보다는, 사건에 대해서 이야기하는 하나의 방식으로 간주

된다. 역사서술은 현실을 재현하는 것이 아니라 그것을 의미화한다. 그것은 재현하고자 하는 현상들과 밀접한 관련을 맺으면서 그 현실에 관여하고 심지어는 새로이 현실을 구성한다. 그러므로 역사의 기억은 또한 기술(技術)이기도 하다. 역사쓰기든 소설쓰기든, 기억술로서의 역사에 대한 이야기란, 글쓰기의 대상인 과거와 쓰기의 시점인 현재 간에 특별한 관계를 만들어내는 것을 목표로 삼는다. 그것은 역사를 해석하고 그것에 의미를 부여함으로써 사건을 특별한 이야기로 만들어내는 기억의 기술이다.

고산자 김정호를 기억하는 일 또한 아마도 이러한 맥락의 어디쯤에 놓여 있을 것이다. 사료가 거의 존재하지 않는 실존의 인물을 구성하는 작업은 부족한 사료들 사이에 존재하는 공백을 채울 수 있는 최선의 가정인 '가능성'을 찾는다는 점에서 '가능성의 역사'를 지향한다.[3] 대상이 된 당대 사회와 인물들에 대한 풍부한 조명과 면밀한 관찰에 기반해서 알려진 사실 이면에 존재하는 다양한 진실의 면모를 합리적으로 추론해가는 과정이 소설의 창작과 독서에서 동시에 발생하고 있는 것이다. 특히 역사적 인물의 일상과 사유를 구체적으로 묘사하는 서사를 통해서 외관상으로 중요해 보이지 않는 세부들을 동원하여 자료들로부터 직접 경험할 수 없는 복잡한 리얼리티를 구성하는 데서 우리는 작가적인 능력을 엿볼 수 있다. 그것은 오직 흔적과 징후와 실마리를 통해서만 재구성될 수 있는 특수 사례들의 분석을 지향하는 태도이며 이렇듯 과거, 현재, 혹은 미래를 지향하는 '추론적 패러다임'에 기반한 징후학[4]이 역사소설 창

---

3   곽차섭, 「미시사란 무엇인가」, 곽차섭 편, 위의 책, 27쪽.
4   C. 진즈부르크, 「징후들:실마리 찾기의 뿌리」, 위의 책, 150~153쪽.

작의 핵심에 놓여 있다는 점을 이해할 수 있다. 박범신의『고산자』가 위치하고 있는 것은 이러한 역사이야기의 한 지점이다.

2. 길의 지도

고산자 김정호의 삶에 대해 이야기하자면, 우선적으로 우리는 그가 왜 자신의 평생을 바쳐서 지도를 제작하는 일에 몰두하였는가라는 의문에 답할 수 있어야 할 것이다. 중인 신분으로 추정되며, 재산이 많지도 않았을 것이 틀림없는 그가 왜 삶의 방편으로서의 기술을 익히는 것이 아니라 지도를 만드는 일에 헌신한 것일까. 우리의 빈곤한 상상력을 대신해 주는 작가의 기억술은 이런 것이다.

아, 아버님……

그는 입을 쩍 벌리고 소리없이 부른다.

아버지의 비명소리인가 하면 수돌 형의 신음소리이고, 수돌형 신음소리인가 하면 바우 애비의 비명소리고, 바우 애비의 비명소리인가 하면 또 아버지의 신음소리다. 한꺼번에 얼어 죽고 굶어 죽은 원혼들의 단말마 때문에 그는 자신도 모르게 벽채까지 쭉 물러앉는다. 삼천 여 년 전의 저들이, 이미 지도를 보아 험한 곳 조악한 곳으 피해 살았는데, 상학과 공학이 나오고, 직관으로 실물의 가치를 좇는 실사구시實事求是와 이용후생利用厚生이 앞서는 대명천지 밝은 세상에서, 관아가 내준 지도를 믿고 따라 산길로 들었다가 끝끝내 길을 찾아나

오지 못하고 떼죽음을 당한 이들의 울부짖음 앞에 어찌 본연을 지킬
수 있으랴.[5]

"돌이켜보면 모든 것이 아버지의 죽음으로부터 비롯된 셈이다."(16
쪽) 고산자는 조선 후기, 폭정과 거듭되는 민란으로 백성들의 삶이 몹시
도 피폐했던 와중에 아버지를 잃었다. 그러나 그 죽음은 어쩔 수 없는 것
이 아니라, 한 장의 지도만 있었다면 피할 수도 있었던 죽음이라는 점에
서, 남겨진 자의 가슴에 더욱 큰 상처를 남긴다. 민란을 진압하기 위해 관
아에서 모집한 파견대의 일원이 되어 산을 넘던 고산자의 아버지는, 관
에서 내어준 잘못된 지도로 인해 겨울 산중에서 동료들과 함께 목숨을
잃는다. 이 사건은 어린 김정호에게 올바른 지도의 필요에 대한 최초의
갈망을 불러일으키기에 충분했다. 그것은 최초의 화인과도 같이 그의 가
슴 속에 깊이 박힌 상처여서, 그 상처를 부정하는 목소리는 그것이 누구
의 것이든 그에게 깊은 충격과 반감을 가져다준다. 이를테면, 그의 평생
의 지기인 혜강 최한기와의 다음과 같은 일화가 그것을 증명한다.

이제 겨우 사시, 의관을 갖추고 나오겠다는 것은 함께 한성부로 가
보자는 뜻일 것이다. 쉽지 않은 배려요 우정이라 할 만하다. 그러나
그이가 마지막 한 말이 남긴 아픔의 끝은 아직 명치에 그대로 남아
있다. 여지껏 그때 그 일의 뿌리를 심중에서 다 뽑지 못했단 말인가.

---

5   박범신, 『고산자』, 문학동네, 2009, 15쪽. 앞으로 이 책에서의 인용은 본문에 페이지 수만
     표시.

다른 사람이라면 몰라도, 그 일의 선후를 누구보다도 잘 알고 깊이

이해한다고 믿었던 그이가 그리 말할 줄은 몰랐다. 『고산자』, 39쪽.

자신의 일을 돕던 바우가 산의 나무를 함부로 베었다는 이유로 의금부로 끌려갔을 때, 김정호는 최한기를 찾아가 도움을 청한다. 최한기는 기꺼이 김정호의 요청을 수락해 그를 돕지만, 그의 아버지와 함께 산중에서 목숨을 잃은 바우를 연민하는 김정호의 태도에 대해 보이는 최한기의 태도에 충격을 받는다. 그에게는 자신의 삶의 경로를 지시해 준 가장 중대한 사건이 양반인 최한기에게는 쉽게 떨쳐버려야 할 일 정도로 치부되고 있었던 것이다. "하기야 풍파 한번 겪지 않고 평생 서책에 묻혀 산 그이가 세상살이 저 엄혹한 세월이 박아준 옹이의 깊이와 넓이를 어찌 본원적으로 헤아리겠는가."(41쪽)는 표현은, 최한기의 태도에 대한 서운함의 표시이면서, 동시에 양반과 중인이라는 두 사람의 신분의 차이가 짐작 이상으로 큰 것임을 암시하는 대목이기도 하다. 김정호는 자신의 아버지의 죽음의 이유를 잘못된 군현도 때문이 아니라 아버지의 실수로 인한 것일지도 모른다고 최한기가 생각할지도 모른다는 의심을 품기도 한다. "사소한 의심으로 그런 그이와 감정에서 멀어지는 것은 오로지 그 자신 마음자리가 협소한 탓일 게다"라고 자신의 마음자세를 책망하는 대목이 『고산자』의 서두 부분에 배치되어 있는 것은, 이후 최한기와 신헌 같은 지배계급과의 교류와 우정이 전개되어 갈 행로에 대한 작은 암시라고 볼 수 있을 것이다.

최한기와 같은 평생의 지기에게도 온전히 이해될 수 없었던 고산자 김정호의 지도 그리기에 대한 '갈망'은 『고산자』의 이야기를 시종하면서

독자들의 가슴 깊은 곳에 전달된다. 그리하여 독자들은 어느새 김정호의 이야기를 가장 내밀한 동료의 이야기인 것처럼 자신의 마음속에서 깊이 이해할 수 있게 된다. 이는 역사가 아니라 소설만이 우리에게 전달할 수 있는 깊은 공감의 힘이다.

3. 민중 속으로 가는 길

『고산자』가 보여주는 올바른 지도를 향한 김정호의 갈망은 분명한 이정표를 보여준다. 그것은 지배계급과 관을 통해 이루어지는 지도의 길이 아니라, 민중들의 힘으로 만들어져 민중들 속으로 나아가는 지도의 여정이다. 소설은 역사적 고증에 기초하여 김정호의 지도 제작에 최한기나 신헌 같은 지배 계층의 지원이 중요하게 작용하였음을 잊지 않고 있다. 그러나 앞 장에서 살펴본 것처럼, 그들의 도움은 어디까지나 올바른 지도의 필요라는 구체적인 목표를 배경에 둔 것이어서, 김정호가 가고자 한 지도의 길을 완전히 이해하고 있던 후원은 아니다. 김정호가 자신의 '지도의 기원'에 대한 최한기의 가벼운 인식에 실망을 느꼈던 대목에서 암시했던 것처럼, 김정호가 만든 바른 지도의 진정한 후원자는 양반계급이 아니었다. 그는 자신의 지도가 완성될 수 있었던 배경을 분명히 인식하고 있다.

이런 식이다. 주막에 들러 막걸리라도 한 잔씩 나누다보면 골골마다 다르게 지난 사람들의 꿈도 환히 짚이고, 여한도 짚이고, 무엇보다도 그들이 밟고 지나온 땅의 형승은 물론 잡초에 묻힌 고읍과 고성, 봉수대, 역참, 누정, 토산, 사원 등이 한달음에 달려나온다. 먹고살기 위해 길을 따라 흐르는 사람들의 머릿속에 간직된 지도는 그 길흉과 고저, 완급은 기본이고, 역사, 풍속, 산물에 이르기까지 관아가 갖고 있을 군현도와는 비교가 안 될 만큼 섬세하고 정확하다.

그들에겐 지도가 곧 목숨줄이기 때문이다.(178쪽)

그의 아버지에게 그러했듯이, 민중들에게 지도란 곧 목숨줄과도 같다. 나라에서 군사적 필요에 의해 제작한 지도를 관의 곳간에 숨겨 두고 있다면, 민중들은 그들 삶의 이력이 증명하는 각자의 지도를 다른 사람과 나누기를 주저하지 않는다. 그들의 삶과 육체 안에 깊숙이 각인된 그 지도 속의 역사와 풍속과 지지들은, 그대로 옮겨와 김정호의 지도 속에 기입된다. 김정호의 지도 그리기가 따라서 민중의 지도를 옮겨 놓은 작업과 다르지 않다면, 『고산자』가 수행하는 일은 김정호라는 민중의 대표자 이면에 존재하는 다양한 민중들의 삶을 소설 속에 옮겨 놓은 일이다. 그것은 거대한 역사가 아니라 민중들의 작은 이야기를 다시 쓰는 것이다. 이 소설이 민중의 역사를 다시 쓰려는 전략을 담고 있다면 그 전략의 계몽적 주체인 김정호가 어떠한 정치적 역할을 수행하고 있는가를 살피는 작업은 이 소설을 이해하는 데 중요한 의미를 지닌다. 서사의 화자는 김정호라는 인물이 자신의 지도의 길 속으로 민중들을 편입시키고 있는 과정을 설명하는데 공을 들인다. 민중을 지도의 길 속으로 동원하는 이러한 과정을 통해 민중들 개인의 역사는 민족의 역사를 대표하는 것으로 변화하게 된다. 그것은 역사이야기로서의 『고산자』가 창안해낸 민중의

상이라고 할 수 있을 것이다.

물론 김정호가 지도 제작의 뜻깊은 후원자였던 최한기나 신헌 같은 지배계급의 도움을 가볍게 여기고 있는 것은 아니다. 신헌의 인품을 이야기하며 "너른 세상의 산과 물, 산의 이어짐과 물의 이어짐, 그리고 사람살이의 온갖 터전과 그 통로와 그 역사와 그 요해(要害)를 어찌 혼자 더듬어 살펴 다 그려낼 수 있겠는가. 대동여지도를 그린 것은 혼자 발품을 들여 그린 것이라기보다, 수많은 사람들의 발품을 더 많이 활용하여 완성해낸 것이다."(186쪽)라고 말하고 있는 대목에서 잘 드러나듯이, 김정호는 평생의 후원자였던 사람들에게 깊은 감사를 드러내고 있다. 그러나 김성일과 의금부 도사와 부제조 영감에 의해 고초를 당하는 이야기의 후반부에서 잘 드러나듯이, 김정호가 평생을 걸쳐 걸어온 지도의 길은 결국 지배계급에게 온전히 이해되지 않는다. 그리고 그러한 고초의 와중에서 평생의 지기였던 신헌과 최한기가 자신으로부터 멀어지고 있다는 쓸쓸함을 느끼는 것은 필연적인 결론일 것이다. 이는 자신의 작업인 지도를 민중들에게 돌려보내려 한 김정호의 도정이 미리부터 예비하고 있었던 결론일 것이다. 그리고 민중들의 것으로 지도를 돌려주는 일, 그것은 자신의 신분을 밝히는 일에 완강하게 침묵한 김정호의 생을 재구성한 작가가 도달한 결론이기도 하다.

이러한 민중의 길에 대한 재구성 이외에도 『고산자』에는 작가가 공들여 서술했을 흥미로운 대목들이 산재한다. '대동여지도'에 독도가 왜 빠졌는가에 대한 의문에 답하는 대목도 그중 하나이다. 김정호는 신헌이 삼도수군통제사로 내려가 있던 통영에서 최한기, 김병연 등과 만나서 이야기하던 중에 조선의 경계에 대한 논의를 이어간다. 그는 먼저 대마도를 지도에 그리지 않은 이유에 대해 다음과 같이 답한다.

> 지도란 사람살이의 흥망은 물론이고 목숨줄이 달려 있는 겁니다. 대마도가 역사적으로 우리 강토냐 아니냐를 말하는 것이 아닙니다. 심정적으로는 나도 대마도, 우리 땅이라 하고 싶습니다. 그러나 인문학적 이상이나 정치적인 목적, 판단은 제 소임이 아닙니다. 그런 것은, 다시 말해 대마도를 우리 강토로 그려내도록 하는 일은, 여기 계신 대감 같은 분의 소임이지요.(196쪽)

지도를 그리는 일이란 어디까지나 사실을 기반으로 삼아야 하는 것이며, 민족주의와 같은 감정이나 정치적 판단으로 좌우할 문제는 아니라는 것이 김정호의 분명한 입장이다. 독도에 대한 신헌의 물음에 대한 대답도 비슷한 맥락에서 이해될 만한 것이다. 그는 근대적 지도 제작의 원리인 축척의 문제를 들어 독도를 지도에 그리지 않은 이유를 밝히고 있는데, 여기서 우리는 당대의 실사구시라는 이념에 누구보다도 투철했던 고산자 김정호의 한 면모를 확인할 수 있다.

그의 삶에 있어서 또 하나의 중요한 갈망의 대상일 수도 있을 혜련 스님에 대한 서술도 의미 깊다.

> 회자정리(會者定離)라 일렀으니, 만유무상(萬有無常)이다.
> 혜련 스님이 남해 어느 곳에서 살아 있다는 것을 확인한 것만해도 큰 은덕이 아닐 수 없다. 더구나 살아서 부처님 품 안으로 다시 돌아갔다 할진대, 어디 있든지 간에 혜련 스님에겐 당신 머리 둔 곳이 곧

불국토(佛國土)일 터이다.(176쪽)

　김정호는 혜련 스님이 거주하는 암자를 기어코 찾아가서 그를 만나지만, 짧은 만남 후에 그를 떠나보내는 그의 감정은 너무나 건조하게 드러나고 있다. 그가 혜련 스님과의 사이에서 딸 순실이를 얻었고, 혜련 스님의 어머니가 자신의 목숨을 다시 태어나게 해준 모성과도 같은 존재라는 것을 떠올려 보면, 혜련 스님을 향한 갈망은 이 소설에서 완강하게 절제되어 서술되고 있다는 점을 알 수 있다. 이는 독도와 간도와 같은 국토의 경계를 지도 속에 그려 넣은 일에서 철저하게 과학적이고자 했던 김정호의 자세와 상통하는 대목이라고 이해할 수 있다. 국가의 경계를 넓히고 싶어 하는 갈망과, 오랜 갈망의 대상이었던 마음 속의 연인에 대한 갈망의 길을 차단하는 것, 이 정념의 통제는 민중 속으로 가는 지도의 길이라는 더 큰 갈망을 완수하기 위해 김정호와 함께 작가 박범신이 선택한 길일 것이다.

문학 그 높고 깊은

제2부

작가가 읽은 박범신

그, 삶이 소설이 되는

백가흠(계명대학교 문예창작과 교수, 소설가)

                그는 내 스승님이시다. 대학 들어가던 해에 처음 봤으니 본 지 햇수로 26년이 되었다. 가족을 빼고 이렇게 오랫동안 꾸준하게 연을 이은 사람은 선생님밖에 없다. 이제는 대학 동창도 만나는 이가 없고, 선배나 친구도 문학한답시고 다 잃어버렸다. 스물에서 지금까지 꾸준히 문학으로 밥 먹고 술 마시고 소설로 연애하고 울고 화내고 삐치고 잘못을 빌고 용서를 하고, 간혹 여행을 같이 한 사람이 선생님 한 분밖에 없다. 쓸쓸한 일인가, 아닌가. 뭐, 상관없이 그 이십 년 간의 그를 떠올려보니 마음이 축축하게 내려앉는 것은 어쩔 수 없는 일이다. 그렇다, 쓸 말이 없는 것도, 할 말이 없는 것도 아니다. 하지만 아무 것도 쓰지 못해 끙끙댔다.

             뭔가를 쓰려한 그 때부터 마음은 울기 시작했다. 감정과 기억이라는 것은 온전하지 못하여 자꾸 어떤 한곳으로만 향하곤 했다. 그렇게 많은 사람들이 기억 저편으로 사라진 것처럼 내 스승도 마음속에서 점점 희미해져가고 있었다. 마음이 쓰리고, 시리었다.

어제 초저녁에 잠깐 잠들었을 적엔 꿈에 소설 쓰는 여자 선배 둘이 나왔었다. 우리 셋은 어떤 시장 같은 곳을 헤매다 각자 택시를 타고 헤어졌는데, 선생을 만난 후였든가, 만나러 가는 길이었든가 그랬다. 그녀들은 잘 지내는지 갑자기 궁금해졌다. 선생과의 기억은 언제나 다른 사람과의 기억을 불러오곤 한다.

글을 쓰고 있는 이렇게 이른 아침은 내게 드물다. 꿈 때문인지 홍은동에 살 무렵, 한 새벽이 떠올랐다. 나는 며칠 밤을 뜬 눈으로 헤매다가 그저 그런 소설 하나를 마감하고 상실감과 절망감에 터덜터덜 아무렇게나 걷고 있었다. 진이 다 빠진 몸은 자주 가곤하던 어느 설렁탕집으로 향하고 있었다. 마감 후엔 뭐라도 좀 먹어야 한다는 강박증이 일곤 했다. 막 설렁탕집 앞에 들어서려는데 익숙한 차가 한 대 서더니, 선생이 내렸다. "새벽부터 여기서, 뭐하나?" 그는 물었고, 나는 상황이 현실적이지 않아서 멀뚱히 그를 바라보았다. "너도 소설 썼구나? 같이 아침 먹자." 몰골이 그랬나, 쥐어뜯은 머리를 들켰나, 그는 내 상황을 훤히 본 사람 같았다. 선생도 밤새 소설을 쓰고 학교로 향하던 중이라고 했다. 밤새 쓴 원고를 프린트해서 퇴고를 보러 가는 중이라고 했다. 수업해야 할 학생들 소설이 연구실에 있어 읽으러 가는 중이라고 했다. 별 말 없이 선생과 나는 설렁탕을 빠르게 비웠다. "나만 글 쓰며 날을 샌 게 아니어서 위안이 된다, 야. 어서, 가서 좀 자라." 선생은 학교 쪽으로 사라졌다. 나는 홍제천을 조금 더 걸었다.

선생을 만난 다른 새벽, 네팔의 안나푸르나를 오르는 한 마을에서였다. 같이 산에 올랐으나 우리는 헤어졌다가 다시 만났다. 보름째 함께 산행을 하던 중, 한 마을에서 선생이 사라졌다. 일행은 산에 온 지 보름이었지만, 이미 선생은 에베레스트를 석 달째 걷던 중이었다. 선생은 표정과 눈빛도 뭔가 좀 달랐는데, 내가 한국에서 알던 사람이 아닌 것처럼 느껴졌다. 그는 자주 먼 곳을 바라보거나 전속력을 다해 따라갈 수 없을 정도로 산길을 올랐다. "선생님 발에도 당나귀처럼 굽이 달렸나 봐요." 꽁무니를 쫓아다니기도 버거운 내가 볼멘소리를 뱉었다. 선생은 어디에 홀린 듯, 먼 허공과 허무를 걷고 있는 듯 그의 눈빛이 낯설기만 했다.

그가 우리를 버리고 길을 떠나는 것을 본 사람이 없었다. 선생이 사라졌다는 것을 밤이 되어서야 일행은 알아차렸다. 얼마나 멀어진 것인지 알 길이 없었다. 길은 하나뿐이라, 올라가거나 내려가거나 둘 중 하나였다. 산을 내려가려고 혼자 길을 떠난 것은 아닐 것이었다.

마을을 벗어나 삼십 분쯤 걸었을까, 좁은 산길 한가운데 편지가 놓여 있었다. 비에 젖을까 비닐로 싸고, 날아갈까 돌로 눌러놓은 편지 몇 장이 놓여있었다. 그가 잠시 가방을 내려놓고 편지를 쓰는 모습이 보였다. "어차피 문학은 혼자 가는 거야. 동반자도 없고, 앞서 걷는 사람도 없어. 고독의 길을 그저 멈추지 않고 걷는 거지. 이렇게 걷고 헤매다가 갈팡질팡하다가 죽는 거야." 그가 수업 시간이면 젖은 눈으로 말하던 모습이 길 가운데 놓여 있었다. 겁이 났는데, 편지에 적은 글이 꼭 어떤 마지막 말처럼 비장하게 읽혔기 때문이었다. 그는 강인한 사람이지만, 한없이 여린 감성을 가진 사람이라는 것을 잘 알고 있었기 때문에 무서웠다. 내게 적은 말은 추신 하나뿐이었는데, 사모님에게 전해달라는 몇 마디가 적혀있었다. 그것은 도저히 전할 수 없는 말들이었다.

다음 날 이른 아침, 반나절 거리 떨어진 마을에서 우린 조우했다. 선생은 일행을 보자마자 미안해서 눈물을 글썽였다. "왜 그러세요, 선생님." 묻지 말아야할 말이었지만 내 경솔함은 항상 생각보다 앞선다. "도대체 내가 왜 이런지 모르겠다." 선생이 나지막하게 말했다.

선생은 적막하고, 깜깜하고, 고독한 또 다른 산길을 걷고 있었다. 동행도 없고, 동반도 없고, 앞서는 이도 없는 길. 굽은 등의 뒷모습이 보였다. 하얀 운동화 뒤축을 꺾어 신고, 뒷짐을 지고 묵묵하게 어떤 산을 오르는 그의 뒷모습을 나는 좇았다.

그는 타고난 선생이다. 강의는 언제나 감동적이었다. 문학처럼 모호하고 애매한 학문이 있을까만 그는 성격 탓인지 그런 법이 없었다. 문학에 대한 질문에는 항상 답이 있고 확신이 있었다. "문학은 가르치고 배우는 것이 아니고, 선생과 제자로 만났지만 그저 문학으로 대화하고, 노는 것이야. 우리는 서로 소설로 맞장 뜨는 사이야, 그저. 소설 동료이고 친구고, 질투하는 연적인 거지. 그러니 소설은 니들이 알아서 써라. 핥핥핥." 그는 권위 없는 선생이었다. 소설 선생은 소설을 쓰는 것으로 모든 권위가 선다는 것을 보여주었다. 문학수업은 강의실보다 술자리에서가 더 좋았으며, 밤새 싸우고 화해하는 우리를 그저 놔두고 바라보는 배려가 사랑이 없으면 불가능하다는 것을 겨우 깨닫는 나이가 나는 되었다.

요즘 같은 때, 꽃잎이 바람에 날려 눈처럼 내리면 그는 이토록 환하고 눈부신 햇살을 참을 수 없어, 줄곧 눈물을 보이곤 했던가. 오래 전 이맘때, 같이 삼천포에 간 적이 있다. 섬진강을 따라 전라도로 넘어오는 길, 그가 창밖으로 고개를 내밀고 바람을 맞으며 흩날리는 꽃잎을 향해 외쳤다. "진짜, 행복하고, x같이 아름답다."

문학 그 높고 깊은

박범신의『은교』에 나타난 예술가 의식과 에로티즘

윤은경(시인, 문학박사)

1. 서론

　　　　　　　소설『은교』는 작가가 2010년 1월, 네이버 블로그에 연재했던 인터넷 소설「살인 당나귀」를 2010년 4월 제목을『은교』로 바꾸어 〈문학동네〉에서 종이책으로 출간한 작품이다. 2012년 정지우 감독에 의해 영화로 만들어지면서 대중적으로도 큰 관심을 집중한 바 있는 이 작품은 하나의 '원천 소스'가 다양한 방식으로 변용되었다는 점에서 OSMU(One Source Multi Use)의 대표적인 사례로 거론되기도 했다. 이런 맥락에서 박범신의『은교』는 21세기 '디지털 시대'라는 새로운 문학 환경에서 소설 문학이 문학 공간의 확장뿐만 아니라 문화산업의 콘텐츠로서, 그 존재 방식의 새로운 가능성을 보여준 텍스트라는 점에서 복합적이고 역동적인 텍스트성을 지닌다고 할 수 있다.

박범신은 1973년 중앙일보 신춘문예를 통해 등단한 이래, 매해 장편 1권 이상을 출간할 정도로 왕성한 활동을 보여 왔으며, "끊임없는 '자기변혁'을 통해 지속적으로 작품 세계의 변화를 추구"[1]해 온 작가다. 이런 왕성한 활동의 결과 '베스트셀러 작가', '대중적인 인기 작가'라는 세평을 얻었지만, 이후, 그는 3년여의 절필을 거치면서 작가로서의 고뇌와 자기성찰의 진정성 있는 복원을 치열하게 천착했다. 구수경은 작가의 절필 이후 첫 연작소설집인 『흰소가 끄는 수레』를 분석하면서 작품들의 시간적 배경이 절필 기간을 중심으로 하고 있으며, 가족서사의 고백과 성찰, 의문과 깨달음, 자기반영적 메타서사 등 자아탐색의 서사 전략과 상징적인 모티프를 활용한 서사기법을 통해 글쓰기의 숙명과 각성을 드러내며 세계와의 화해를 모색하고 있다고 분석[2]했다. 특히 이 글에서 논의하고자 하는 『은교』는 작가 스스로 이전의 작품 『촐라체』, 『고산자』와 함께 갈망의 3부작으로 언급한 바 있을 뿐만 아니라, '근원적인 것의 탐구'라는 창작 의도를 명시한 바 있는 까닭에, 큰 틀에서 보면 작가가 『흰소가 끄는 수레』 이후 지속적으로 천착해 온 내면 탐색 서사의 연장선에 있다고 할 수 있다.

그간 소설 『은교』는 다양한 각도에서 논구되었지만, 새로운 해석의 여지를 폭넓게 남겨두고 있는 작품이다. 이 작품은 그간 심리학적 관점, 페미니즘 비평 및 서발턴의 관점뿐만 아니라 외국 문학과의 비교문학적 측면, OSMU 서사의 특성 및 상호텍스트성 등 다양한 각도에서 조명되어 왔다. 그럼에도 상술한 바와 같이 영화의 흥행에 상응하여 대중적 관심

---

1   구수경, 「박범신 문학의 연원(淵源)과 자아탐색의 서사-연작소설 『흰소가 끄는 수레』론」, 『현대소설연구』, 현대소설학회, 2015, 61쪽.

2   구수경, 앞의 논문, 참조

이 집중되면서 소설보다는 영화와의 비교 연구에 치중되어 소설만을 다룬 논문의 양은 상대적으로 적은 편이다. 이를 구체적으로 살펴보면, 소설로서의 『은교』에 대한 논의들은 구체적으로는 노년의 섹슈얼리티를 다룬 이미화[3]의 논의, 노인의 소외 문제를 '노년'과 '젠더'의 문화정치학의 관점에서 논의한 정미숙[4], 르네 지라르의 욕망의 삼각형 이론으로 욕망의 구조를 분석한 김명석[5], 라깡의 욕망이론으로 분석한 김태형[6] 등의 논의가 있다. 가장 최근에 발표된 논의에서 이명미[7]는 융의 분석심리학적 관점에서 주요 인물인 이적요의 자기실현 과정을 탐색했으며, 노병춘[8]은 이적요의 은교를 향한 욕망이 유년기에 고착된 '오이디푸스 콤플렉스'에서 기인한 것이며 결국 파멸을 초래한 원인으로 보았다. 이와 같은 일련의 연구들에서는 대체적으로 노시인 이적요와 젊은 제자 서지우의 '갈등'에 주목하여 노년의 욕망과 행복의 문제, 젊음과 늙음의 대립 및 상징성, 욕망과 사회적 윤리 및 도덕성과의 갈등 등이 논의되었다. 이 외에 비교문학적 관점의 논의[9]도 활발히 진행된 편이나 대체적으로 '젊음의 상징

3   이미화, 「박범신 『은교』에 나타난 노년의 섹슈얼리티 연구」, 『우리문학연구』 제40집, 우리문학회, 2013.

4   정미숙, 「노년과 젠더의 문화정치학-박범신 노년소설 『은교』의 경우」, 『한국문학논총』 제27집, 한국문학회, 2014.

5   김명석, 「박범신 소설 『은교』의 욕망구조와 서사 전략」, 『한국문예비평연구』 제50집, 한국문예비평학회, 2016.

6   김태형, 「박범신의 『은교』에 나타난 욕망구조 연구」, 부산대학교 석사학위 논문, 2018.

7   이명미, 「융의 심리학적 관점에서 본 소설 『은교』에 나타난 자기실현」, 『한국언어문학』, 한국언어문학회, 2017.

8   노병춘, 「오이디푸스 콤플렉스의 문학적 재현-소설 『은교』를 중심으로」, 『어문연구』 제95집, 어문연구학회, 2018.

9   비교문학적 연구로는 다음의 연구들이 있다. 서은경, 「시간과 육체에 매인 인간 존재의 배타적 사랑과 탈주에의 욕망-박범신의 근작 『은교』와 「소소한 풍경을 중심으로」, 『대중서

성과 자아 분열의 양상' 혹은 예술가적 글쓰기 및 욕망과 금기의 균열 등에 초점이 맞추어져 비교함으로써 원작의 내용을 충실히 다루었다고 보기 어렵다.

이와 같은 선행연구들은 대체적으로 잘 알려진 욕망이론의 틀을 적용하여 노년의 섹슈얼리티와 욕망의 구조 등을 다각적으로 분석하는 성과를 거두었다. 그러나 작가의 '존재의 근원에 대한 탐구'가 창작 동인으로서의 고뇌와 어떻게 연결될 수 있는가와 관련해서는 논의의 여지가 남아 있다고 생각된다. 문학 작품은 언제나 새로운 시각과 새로운 지평 위에서 재탐구되면서 그 문학적 의미와 가치의 영역을 확장해 나간다. 작가는 '작품 창조'라는 활동을 통해 현실이라는 세계와 교섭하고 맞대결하면서 자신의 예술혼을 드러낸다. 작품을 통해 현실과 이상, 내면과 외면, 현상과 본질의 괴리를 자기 내면의 탐색과 예술성의 구현을 통해 넘어서려 한다. 시인과 소설가가 주인공으로 등장하는 『은교』 역시 예술과 관련한 근본적인 고뇌와 탐구를 잘 드러내고 있다. 이런 맥락에서 이 글은 예술가 소설로서 『은교』에 드러난 예술가 의식과 그 성장 과정 및 창조적 본질로서의 '에로티즘'을 살펴보고자 한다.

사연구』 제30권 3호, 대중서사학회, 2014; 박진, 「박범신 소설 『은교』에 나타난 '젊음'의 상징성과 자아분열의 양상 - 『더러운 책상』과의 연관성을 중심으로」, 『현대문학이론연구』 제60집, 현대문학이론학회, 2015; 이채원, 「비교문학의 관점에서 본 『베니스에서의 죽음(Der Tod in Venedig)』과 『은교』」, 『비교한국학』 제23권, 국제비교한국학회, 2015; 박성희 외, 「욕망과 금기의 균열-사쿠라바 가즈키의 『내 남자』와 박범신의 『은교』」, 『일본근대학연구』 50, 한국일본근대학회, 2015; 김 엘레나, 「욕망의 글쓰기:나보코프의 『롤리타』와 박범신의 『은교』」, 학술대회발표집」 10, 한국노어노문학회, 2015; 원윤희, 「노년의 욕망과 행복-마르틴 발저의 『사랑에 빠진 남자』와 박범신의 『은교』의 경우」, 『독일언어문학』 77, 한국독일언어문학회, 2017.

소설 속에서 예술가가 성장 주체로 등장하는 '예술가 소설[10]'은 예술가 주인공에 초점을 두는 소설 양식으로 "예술가의 삶, 예술가로서의 성숙 과정 및 예술관, 예술 행위 중의 갈등, 그리고 예술가의 현실 사회에서의 갈등과 사회적 위상 등"에 대한 문제를 주제로 다룬다. 마르쿠제는 예술가 소설을 사실적 객관적 예술가 소설과 낭만적 예술가 소설로 나누었다. 마르쿠제는 "이상과 현실, 예술과 생활, 주관과 객관이 험악하게 분리되어 있는" 환경 속에 예술가가 들어설 때, "고독하게 현실과 맞"[11]서며 그 분열을 극복하고자 예술적 노력을 기울이게 된다고 말한다. 특히 현실보다 이상 쪽을 선택하는 '낭만적 예술가 소설'에 등장하는 예술가는 "현실 원리와는 결코 화해할 수 없지만, 하나의 문화적 이미지로서 차츰 용납되는, 때로는 교훈적이고 유용하게까지 되는 이미지들을 창조"[12] 해냄으로써 예술적 승화를 이루어낸다. 이런 까닭에 예술가 소설에는 예술의 본질에 대한 작가의 사유 및 예술에 대한 내밀한 자의식이 가장 예민한 형태로 남아 있는 경우가 많다고 할 수 있다.

작가가 절필 이후 처음 발표한 연작소설집 『흰소가 끄는 수레』에서 그랬듯이, 『은교』 역시 '문학은 본질적으로 무엇인가', '작가는 어떤 존재여야 하는가'라는 근원적인 의문과 답을 얻기 위한 자기 탐색, 즉 예술 혹은 예술가의 본원으로서의 "영혼의 리얼리티"에 대한 탐색의 서사라

---

10 마르쿠제는 '예술가 소설'을 '예술과 삶의 분열을 다시 결합시키는 시도 속에서 '시대의 총체성'을 실현하고자 하는 양식'이라 규정하고, '사실적-객관적 예술가 소설'과 '낭만적 예술가 소설'로 분류하였다. H. 마르쿠제, 김문환 역, 「독일 예술가 소설의 의의」, 『마르쿠제 미학사상』, 문예출판사, 1989, 17면.

11 H.마르쿠제, 김문환 역, 위의 책, 15~16쪽.

12 H.마르쿠제, 최연.이근화 옮김, 『미학과 문화』, 범우사, 1999. 162쪽.

할 수 있다. 환언하면, 예술가 소설이자 자기 탐색의 서사로서 『은교』는 삶과 예술의 이원성에서 연원하는 미학의 문제에 방점이 찍힌다고도 할 수 있다. 이는 대략적으로 세 측면에서 검토해 볼 수 있을 것인데, 첫째, 자기 내면의 상처에 함몰된 예술가의 현실적 자아가 예술적 노력으로 상처를 극복하고 이상적인 예술성을 성취하려는 것. 둘째, 미적 이미지의 추구 욕망과 사회적 금기 사이의 갈등과 극복. 셋째, 예술가로서의 사회적 위치를 위협하는 현실적인 문제와 참된 예술가로서의 길로 정리할 수 있다. 본 논문에서는 이 세 가지 문제를 창조적 근원으로서의 내밀한 욕망으로서 바타유의 에로티즘 개념을 중심으로 들여다보고자 한다. 그간 『은교』에 대한 다양한 논구가 있었지만, 이러한 작업이 소설 『은교』의 아직 논의되지 않은 부분에 새로운 의미를 보태어 작품의 문학적 의미를 더하는 한편 작가의 작품 세계의 변화를 들여다보는 유의미한 작업이 될 수 있기를 기대한다.

2. '진실 추적'의 서사 전략과 『은교』의 은교들

1) '진실 추적'의 서사 전략과 외화의 예술가 '은교'

『은교』는 1인의 외화의 서술자가 2개의 내화를 교차 독서 하면서 사건을 재구성하며 진실을 탐색해가는 액자소설의 구조를 갖고 있다. 주지하듯, 액자소설 형식은 작가의 의도에 의해 철저히 계획된 양식이다. 액자소설의 각 층위는 다른 층위에 대한 상호 간섭과 교차 서사 기호로서의 역할을 수행하게 된다. 두 개의 내화 모두 '고백'적 성격을 갖는 기록으로서 내화자들은 스스로를 초점화하면서 자신의 경험을 바탕으로 자신의 내면세계와 자의식, 심리적 갈등, 의식의 흐름, 꿈이나 환상, 예술적 고뇌 등을 솔직하게 드러내는 특징을 보여준다. '내적 초점화'로 자기 자신의 내면을 응시하는 개인화된 시점을 갖고 각자 자신만의 내밀한 비밀을 감추고 있는 까닭에 작품 내화자가 각각 진실의 조각만을 갖고 있는 셈이며, 외화의 서술자가 이를 종합하고 재구성하면서 진실을 탐문해 간다.

한편, '소통의 구조'라는 측면에서 볼 때, 중개자인 Q변호사는 '일인칭 서술자'로서 초점 주체의 역할을 충실히 수행하면서도 '사건'의 진실을 밝히는 데 일정 부분 관여하는 서술자-행위자로 존재한다. 1인칭 서술자는 '보는 주체'이자 '말하는 주체'이다. '보는 주체'는 대상에 대해 주체의 내면을 통해 재표상하는 주체이다. 따라서 주체의 시선에 따라 왜곡되거나 전유될 가능성을 배제할 수 없다. T.토도로프는 서술자야말로 텍스트 구성의 진정한 작인(agent)라고 본다. 소설에서 서술자는 이야기될 내용과 그것이 감상될 방식을 통제한다. 독자는 이야기를 전하는 서술자에 스스로를 동화시켜 허구적 이야기를 이해한다. 독자는 서술자의 서술에 따라 서사적 세계를 이해하며 서술자가 내리는 가치판단에 따르지 않을 수 없다. 즉 누구의 눈과 목소리를 빌려 이해하는가의 문제인데, '누가 이야기하는가'의 문제는 '서술자와 작중인물 사이'의 관계, '누가 보는가'의 문제는 '서술자와 초점 주체 사이'의 관계와 관련된다. Q변호사는 두 개의 기록 속의 은교와 현재 자신이 직접 만난 현재의 은교를 함께 보여줌으로써 독자로 하여금 은교의 의미를 추측할 수 있도록 서사를 이끈다.

원천 소스인 「살인 당나귀」에서 '오영훈'이라는 다소 평이한 이름이었던 서술자는 『은교』에서 영문 이니셜인 'Q'로 바뀌었다. 구체적인 인물 이름이 익명의 영문 이니셜로 바뀐 것이다. 그는 텍스트 내에서 일종의 '진술서'라 할 수 있는 두 개의 중요한 자료와 '증인'이라 할 수 있는 '은교'를 만나 이야기를 듣고 관찰도 할 수 있는 위치에 있다. 채트먼은 '인물'을 "'특성들의 패러다임'으로 규정하고, 인물의 특성이란 인물의 개인적 기질에 대한 특유의 지시로부터 나온 서사적 형용사"라고 정의한다. 이런 맥락에서 익명의 이 이니셜이 Question 혹은 Quest 혹은 Questioner의 약자로서 어떤 의미를 함의한다면, 말 그대로 탐문자, 탐색자, 질문자라고 할 수 있을 것이다. 가치중립적이고 무미한 느낌을 주며, 어떤 사안의 판단에 있어서 냉정하고 객관적일 것이라는 추측을 하게 된다. 또 그의 직업이 '변호사'라는 데서 그가 매우 이성적이고 논리적이며 치밀하고 합리적일 것이라는 추측도 가능하다. 〈이야기〉와 〈독자〉 사이의 중개자로서 일종의 '권위'가 부여됨으로써 '신빙도'가 매우 높은 서술자이며, 단순한 이야기 전달자가 아니라 Question을 던지고 Quest를 수행하는 적극적 '인물'로 변모한 것이다. 즉 독자는 서술자의 관점과 인식, 담론을 믿고 따라가면서 '소설적 진실'을 탐구하도록 유도된다. '진실 추적'의 전략으로서 '객관성'과 '권위'를 강화한 '신뢰할 수 있는 서술자'이자 담론의 주체를 설정하고자 하는 의도가 엿보인다.

이처럼 외화자 – 서술자의 개명, 즉 중개자의 이름을 바꾼 작가의 의도는 두 가지 측면에서 유의미하다. 하나는 상술했듯이, '능동적 탐색자' 이미지로써 그를 통한 독해를 독자가 신뢰하도록 객관성과 신뢰성이 강화된다는 점이며, 다른 하나는 그가 같은 이유로 도달한 소설적 진실만을 독자에게 제시하는 한계를 갖는다. 즉 1인칭 화자 – 서술자인 까닭에

서술자 자신만의 개인화된 시점만을 가질 수밖에 없는데, 그의 신분, 직업 등은 매우 이성적이고 논리적인 성향에 가깝다. 따라서 시인이자 예술가인 주인공의 내밀한 내면의 이해에 정서적 공감이나 직관에서 온전한 이해에 도달했는가를 의심하게 한다. 서술자의 개명으로 서술자에게 권위를 강화해줌과 동시에 그의 한계까지도 명시하려는 작가의 의도는 『은교』에서 「살인 당나귀」에서의 목차의 소제목이 바뀌었다는 점에서 잘 드러난다. 상세히 살펴보면, 프롤로그에서 '사랑'과 '살인'의 고백으로 작품을 여는 주인공 이적요는 2회부터는 새로운 일인칭 화자이자 서술자인 Q변호사의 시점으로 관찰되면서 '그'가 된다. 「살인 당나귀」의 경우, 첫 장 〈프롤로그〉는 따로 제목이 붙지 않은 그저 '프롤로그'이다. 즉 책의 앞부분에서 앞으로 전개될 내용을 소개하는 서문 역할을 하는 자의(字意) 그대로의 기능에 그치는 것이다. 또 마지막 장 〈에필로그〉 역시 마찬가지로 그저 '에필로그'일 따름이다. 그러나 소설 『은교』에서는 〈프롤로그〉에 '시인이 마지막 남긴 노트 – 이적요 시인'이라는 소제목이 붙어 있으며, 마지막 장 〈에필로그〉에는 '시인이 마지막 남긴 노트 – Q변호사'로 되어 있다. 『은교』는 Q변호사가 자료를 읽은 순서로 배열한 것이 아니라 작가가 의도적으로 재구성한 것임이 드러난다. Q변호사는 갈등의 두 당사자의 '고백' 혹은 '진술서'와 '증인'이라 할 수 있는 '은교'의 증언을 통해 은폐된 진실의 조각들을 탐문하고 재구성하여 통합된 관점으로 온전한 '소설적 진실'에 이르는 '능동적 탐색자'로 극화된 것이다. 이로써 서술자 Q변호사와 작가와의 사이에 '거리(距離)'가 발생한다. 작가는 이 '거리'를 통해 드러내고자 하는 '소설적 진실'을 넌지시 보여준다.

웨인 부스에 의하면, 가장 빈번한 독서의 오류 중의 하나는 서술자와 그 서술자를 창조해낸 작가를 동일시하는 데서 연유한다. '극화되지 않은 서술자'는 작가가 자신의 이야기를 투과시키는 3인칭의 의식의 중심이다. 그러나 『은교』의 서술자는 사건의 진행에 어느 정도의 영향을 끼치는 극화된 서술자 - 행위자로서, 서사가 진행되면서 '죽은 자(이적요와 서지우)의 기록'과 '산 자(살아 있는 '은교'와 변호사 자신)의 회상과 대화'를 종합하여 은폐되었던 사건의 진실을 능동적으로 탐색하고 사건을 해결하는 인물임이 드러난다. 과거의 기록들(이적요와 서지우의 기록들)이 시간의 순서 없이 섞여 있는 데 비해, 현재 시제의 'Q변호사'의 장은 일련번호가 매겨져 있기에 더욱 그렇다.

캐릭터로서 'Q변호사'의 역할과 기능에서 중요한 것은 작품 속 인물인 '은교'를 새롭게 독해되어야 할 인물로 만든다는 것이다. 'Q변호사'는 진실 탐색의 도정에서 죽은 자의 기억과 살아 있는 '은교'라는 텍스트를 교차 독해하면서 시인(예술가)으로서 다시 태어나는 '은교'를 유의미화한다. Q변호사는 프롤로그와 에필로그를 통해 죽은 시인의 노트를 열고, '은교'에 의해 불태워짐으로써 영원히 닫히는 노트의 마지막 행방을 알리는 것으로 이야기꾼의 역할을 완수한다. 흥미로운 것은 소설의 초반부에서 Q변호사는 각각 〈이적요의 노트〉와 은교는 〈서지우의 일기〉만을 갖고 있다. 중반 이후에는 은교로부터 〈서지우의 일기〉를 건네받음으로써 변호사가 자료를 온전히 확보한다. 변호사와 은교는 함께 서지우의 사인을 조사하고, 이후 은교는 변호사로부터 〈이적요 노트〉를 받음으로써 자료의 교환은 완료된다. 그러나 Q변호사는 두 개의 자료로서도 이적요와 서지우의 비극적 관계에 대한 진실을 파악하는 데 실패한다. 그에게는 진실에 가까이 가기 위한 근거가 더 필요했다. 그 근거가 '은교와의 대화'였다.

① 당신이 죽고 나서 일주기에 밀봉돼 있는 이 기록을 풀어보라는 이적요 시인의 유언에 따라 참고인으로 오늘 그녀를 부른 것인데, 그녀는 자신이 왜 여기에 왔는지도 잊은 눈치였다. 죽은 이적요 시인은 죽은 '시인의 사회'에 속해 있고, 젊은 그녀는 세상의 더 높은 앞날을 바라보고 있었다. 그녀에게 이적요 시인은 이미 잊혀진 존재에 불과했다. (Q변호사 1)

② 은교는 그냥, 밉지 않은, 좀 귀엽고 청결한 이미지의, 그 또래 보통 여자애에 불과했다. 이적요 시인이 본 경이로운 아름다움이란 은교로부터 나오는 특별한 아름다움이 아니라, 단지 젊음이 내쏘는 '광채'였던 것이다. 소녀는 '빛'이고, 시인은 늙었으니 '그림자'였다. 단지 그게 전부였다. (Q변호사 4)

③ 볼 때마다 느끼는 것이지만 은교는 눈빛이 좋다. 그것은 해맑은 재기로 반짝이면서도 어딘지 모르게 다른 세상을 보는 것처럼 아득하다. 단순히 젊다고만 할 수 없는, 나이가 느껴지지 않는 '신비한' 눈빛이다. (Q변호사 5)

④ "시?" 내가 놀라서 그녀를 돌아다보았다. 왜 그녀의 표정이 하루가 다르게 깊어지는지 비로소 알 것 같았다. 그녀는 대학 건물 너머 아득히 먼 곳을 보고 있었다. 단단히 닫힌 입술 안쪽에 아주 웅숭

깊은 어떤 알이라도 품고 있는 것 같았다.

Q변호사가 읽은 내화의 은교와 사건을 해결해가는 과정에서 그가 발견한 은교의 변화하는 모습은 미묘한 결의 차이가 있다. 인용문들은 Q변호사가 은교를 만난 이후, 은교에게서 받은 인상과 평가들이다. 처음에는 그 나이답게 거대도시의 전경과 물질적 풍요에 대해 감탄하고, 한때의 스캔들 따위는 쉽게 잊어버리기도 하는 경박한 젊은이의 인상이었다. 그러나 이어지는 인용문들에서 보듯이 변호사는 이적요가 발견한 은교의 아름다움은 무엇이었는가를 세세히 관찰해 간다. 처음에는 그 나이 또래의 젊은이였다가, 다음에는 '젊다고만 할 수 없는 신비한 눈빛'의 소유자로, 하루가 다르게 표정이 깊어지는, 그래서 웅숭깊은 어떤 알을 품고 있는 미래의 시인으로 성장하는 것을 발견한다.

정리하면, 아르바이트로 이적요의 집 청소를 맡고, "원고의 워드 작업"을 하며 이적요의 시를 읽고, 현실에서 이적요라는 개인을 읽던 독자 은교는 '읽기'에서 '쓰기'로 나아가면서 "자신도 모르던 꿈을 발견"[13]하면서 성장하는 인물이다. 이적요의 노트에서 영원이나 절대적 미와 같은 관념의 등가물로 존재하던 은교는 Q변호사와의 대화와 객관적인 '응시'를 통해 '사물'로서의 이미지를 벗고 살아 생동하는 '시인이자 예술가'로서의 탄생이라는 의미를 획득하게 된 것이다,

---

13 김명석, 「박범신 소설 『은교』의 욕망 구조와 서사 전략」, 한국문예비평연구 제50집, 2016, 272쪽.

2) 에로티즘의 '관념'으로서의 내화의 은교

예술가 소설로서의 『은교』에서 내화의 '은교'는 상징적 모티프이자 구체이다. '은교'는 이적요-은교, 서지우-은교, 이적요-서지우, 사이의 '隱交(은교)'이자 '隱橋(은교)'로 해석될 수 있다. 환언하면 '은밀한 교섭' 혹은 '은밀한 다리'의 의미이다. 이적요나 서지우 모두에게 '갈망의 대상'이라는 측면에서 '예술가와 예술혼', '예술가와 세계', '예술가와 미학적 대상' 사이의 '隱交(은교)'이자 '隱橋(은교)'이다. 이런 맥락에서 '은교'는 예술가의 창조적 동인으로서 '관념성'과 '구체성', '이성과 감성' '에로스'와 '에로티즘'을 모두 포괄하며 그런 의미에서 이데아 혹은 관념인 동시에 열일곱 은교처럼 풋풋하고 순수하고 뜨겁고 관능적이며 달콤하고도 쓰디쓴 구체화된 삶이기도 하다.

'은교'의 이러한 상징성을 〈이적요-은교〉에 적용해본다면, 갈망의 대상인 은교는 이적요의 삶과 예술에 있어서 "실체 없는 관념"의 뼈다귀에 우주적 숨을 불어넣는 '예술혼'으로서, 시의 '등롱'이자 '심장'이다. 적막하고 무미건조한 이적요의 삶과 예술에 뜨겁고 생생한 피의 숨결을 순환시키는 심장이자, 어둡고 고요한 이적요의 집에 빛을 밝히는 등롱이다. 이적요의 집이 그의 문학 혹은 내면을 상징하는 공간이라면, 은교는 그 집의 '유리창을 맑게 닦아' 세상의 풍경을 들여 이적요의 내면을 밝히는 뮤즈이며 구원의 여신과도 같은 존재이다.

> 너로 인해, 내가 일찍이 알지 못했던 것을 나는 짧은 기간에 너무나 많이 알게 되었다. 그것의 대부분은 생생하고 환한 것이었다. 내 몸 안에도 얼마나 생생한 더운 피가 흐르고 있었는지를 알았고, 네가

일깨워준 감각의 예민한 촉수들이야말로 내가 썼던 수많은 시편들보다 훨씬 더 신성에 가깝다는 것을 알았고, 내가 세상이라고, 역사라고 불렀던 것들이 사실은 직관의 감옥에 불과했다는 것을, 시의 감옥이라는 것을 알았다. (……) 너를 통해 만나 경험한 본능의 해방이야말로, 나의 유일한 인생, 나의 싱싱한 행복이었다. (……) 아, 한은교, 불멸의 내 '젊은 신부이고 내 영원한 처녀이며, 생애의 마지막에 홀연히 나타나 애처롭게 발밑을 밝혀주었던, 나의 등롱 같은 누이여.

이적요에게 '은교'는 감각으로 와서 욕망을 거쳐 에로티즘의 '내적 체험'으로 승화되어 간다. 그것은 '등롱'에서 '헌화가'를 거쳐 '호텔, 캘리포니아'에서 욕망의 절정에 도달한다. "머리칼만 만졌을 뿐인 순간의 충만감", "아름다움에 대한 충만한 경배가 놀라운 관능일 수 있으며, 존재 자체에 대한 뜨거운 연민"의 '황홀한 오르가슴'이야말로 이적요가 '은교'와의 은교(隱交)를 통해 다다른 진정한 주이상스이자 에로티즘이라 할 수 있다. 주목할 것은 이적요가 죽음을 맞은 '밀레르파의 암굴'에서 진묘수처럼 이적요의 주검 곁에 놓은 것은 은교가 선물한 토끼 인형이었다는 점이다. 이적요는 죽기 전 은교에게 남긴 마지막 편지에서 '은교'의 아름다움의 참모습을 발견하고, 죽음 안에서 삶과 죽음의 대긍정에 이르게 된다. 이런 맥락에서 은교는 이적요의 '예술의 근원이자 혼이요, 완성의 동력' 그 자체이다. 이적요와 '은교'의 은교(隱交)는 죽음 너머까지를 잇는 은교(隱橋)인 까닭이다.

이에 비해, 서지우와 은교의 은교(隱交)는 '물질적'이다. 서지우가 은교에게 다가가는 과정은 '의미 없는 관계에서 욕구가 생겨나고, 욕구로

문학 그 높고 깊은

부터 욕망을 통해 육체성의 에로티즘'으로 나아간다. 서지우에게 '은교'
는 가벼운 연민의 대상으로 만났다가 '불온하게' 원조교제를 하고, 별 감
흥 없이 섹스도 나누는 존재였다. 마음이 불안하고 초조할 때, "오래 앉
아본 듯한, 편안한 의자"와도 같은 은교는 스승과의 경쟁과 대립의 과정
에서 질투와 소유욕과 그리움의 대상이 되기도 하지만, 개인적 에고이즘
을 넘어서지 않는다.

> 그 애만은 모든 진실을 알아야 한다. 내가 그 애를 지금 얼마나 열
> 렬히 원하고 있는지도. 나 자신, 적어도 여름이 되기까지, 그 애에 대
> 한 나의 마음이 이렇게 깊어질 줄 몰랐다. 시작은 이런 사랑이 아니
> 었다. 나는 미지근했고 미지근한 그것이 나에게 잘 맞는 내 사랑법이
> 라고 믿었다. 하지만 지금은 아니다. 나의 사랑은 뜨겁고 무겁다.

주목할 것은 서지우에게 은교는 한 번도 '뮤즈'로서 존재한 적이 없
다는 것이다. 서지우의 육체성의 에로티즘은 진정한 감정의 에로티즘으
로 나아가지도 못했다. 서지우의 에로티즘에 금기가 있다면, 생산성을 위
한 보편적 사회적 금기인 까닭에 관계를 조금 유보하며 기다리면 되는
일이었다. 그러므로 불가능한 융합과 일치에 혼신으로 절망하지도 끊임
없이 요구하지도 않는다. 그는 이름으로만 존재하는 '유령 예술가'가 아
닌 진정한 작가로 존재하고자 고투하지만, 작품 『심장』과 관련한 인터뷰
에서도 그랬듯이, 그는 에로티즘에 대해 거의 몰이해의 수준이다. 대중적
성공과 함께 평론가의 주목을 받은 『심장』조차도 고뇌나 고통에 대한 이
해 없이 피상적인 독해에 머물러 있다. 서지우의 예술적 감수성 앞에서

은교와의 관계는 육체성의 에로티즘을 결코 넘어서지 못하는 은교(隱交)
이다.

> "그깟, 손거울, 내가 사줄게." "엄마가 생일선물로 사준 거예요!"
> 그애의 눈가에 눈물이 핑 도는 듯하다. "사준다니까. 똑같은 걸로 사
> 주면 되잖아!" "똑같은 거 사도, 똑같지 않아요!" 그애가 표독스럽게
> 말했고, "무슨 말을 하는 거야, 얘가!" 내 목소리에도 짜증이 서렸다.
> 똑같은 거 사도 똑같지 않다? 말장난으로 나를 공박하자는 수작이라
> 고 생각했다.

은교의 '세상에서 유일한' 안나 수이 거울의 고유한 가치를 인지하지
못하고, 외양이 같은 다른 것으로 대체할 수 있다고 생각하는 한, 그는 인
간의 비생산적 소비행위에 대해 끝내 이해하지 못할 것이며, 이것이 그
와 은교 사이에 예술적 '은교(隱交)'가 존재하지 않는 이유이다. 그가 "뜨
겁고도 무겁다"고 생각한 사랑은 전망(展望) 없는 세대의 육체적 쾌락에
대한 탐닉과 가벼움이지 '죽음까지 파고드는 삶'으로서의 에로티즘은 아
니다. 그러므로 서지우는 '은교'를 자신의 예술 세계 안으로 끌어온 적이
없다. 문학이 아닌 개인적 에고이즘으로서 자신만의 '감각의 충일함'을
위해 소비한 에로티즘으로 예술적 구현으로서의 은교(隱橋)는 존재할 수
없는 것이다.

문학 그 높고 깊은

3. 창조적 근원의 두 축, '에로스'와 '에로티즘'[14]

1) 창조적 지향으로서의 에로스

자기 탐색의 서사로서 『은교』의 주된 관심사는 삶과 예술의 이원성에서 연원하는 미학의 문제 및 예술 주체와 현실 세계와의 갈등과 그 극복의 문제에 방점이 찍힌다. 풀어 이야기하면, '문학 창작의 본질은 무엇인가', '작가는 어떤 존재여야 하는가'라는 근원적인 질문과 이 질문을 관통하는 예술 창조의 근원으로서 "영혼의 리얼리티"에 대한 질문이다. '영혼의 리얼리티'란 바꿔 말하면 '인간의 존재론적 욕망'에 대한 고뇌라 할 수 있을 것이며, 예술가 소설에서 이 문제를 다룬다는 것은 예술과 삶을 열린 지평 속에서 이해하려는 노력일 것이다. 갈등하는 두 주인공 이적요와 서지우의 예술을 관통하는, 깊이 숨겨두었던 존재론적 욕망은 에로티즘이다. 사랑이 성의 감정적 측면이라고 한다면, 에로티즘은 성의 감각적 측면이라고 할 수 있다.

이적요는 자신의 예술적 창조의 근원을 에로스(Eros)에 두었다. 그러나 그의 에로스는 감정이나 감각과는 철저히 거리를 둔 에로스로서 플라톤적 필리아에 가까운 것이었다. 그리스 신화 속의 사랑의 신 에로스

---

14 프랑스어 에로티즘(erotisme)은 영어 에로티시즘(eroticism)을 가리킨다. 에로티즘은 조르쥬 바타유의 저서 『erotisme』이 에로티즘으로 번역된 이래 불문학계를 중심으로 사용되어 왔다. 우리나라에서는 에로티즘과 에로티시즘이 혼재되어 사용되고 있다. 본 글에서는 '에로티즘'으로 계속 사용한다. 바타유는 "에로티즘, 그것은 죽음까지 파고드는 삶"이라 정의했는데, 이는 필멸하는 개체를 '불연속적 존재'로 보고, 모든 불연속적 존재는 이와 반대되는 불멸, 영원, 전체의 의미에서의 '연속성'을 염원한다고 본다. 모든 존재의 '강한 연속성'에의 열망은 강렬한 생의 의지의 표현이라 할 수 있다. 바타유의 에로티즘은 죽음마저 초월해버리는 무서운 광적 상태, 죽음까지 떠맡게 하는 파괴적인 것으로서의 에로티즘을 의미한다.조르쥬 바타유, 조한경 옮김, 『에로티즘』, 민음사, 1989, 9쪽. 참조

에서 유래한 에로스는 플라톤에 의해 처음 사용되기 시작했으며 "감각적 인식으로부터 개념적 이데아의 인식으로 상승할 수 있는 힘"[15], 즉 철학적 인식의 사랑으로서 필리아에 해당한다. 플라톤에 있어 에로스는 쾌락을 위한 욕망이 아니라 "철학적 인식에의 사랑 또는 열망"으로서 진리를 위한 도구이다. 창조적 근원으로서의 플라톤적 에로스는 이적요가 평생을 추구한 예술적 창조의 근원과 사유의 변천 과정을 설명할 근거처럼 보인다. 이적요의 삶과 문학에 대한 대중과 문단의 비평적 수사는 "곧은 정신, 높은 품격, 고요한 카리스마"였으며, 그 스스로 전략적이라 말하고는 있지만 '적요'라는 필명을 지어 쓸 만큼 그 자신이 짙은 그늘을 드리운 '소나무'처럼 청청하고 고고하기를 원했다. 이는 그의 예술관이 매우 추상적인, 현실에서는 도달할 수 없는 관념적인 미적 이상을 추구하고 이에 경도되어 있음을 예증한다.

Q변호사가 티벳의 성산 카일라스 트래킹을 회상하며 "시적 천재성이란 신성"이라고 말했던 이적요를 떠올린 데서 드러나듯이, 이적요가 그의 예술에서 궁극적으로 추구했던 것은 에로스의 사다리의 가장 꼭대기의 에로스'[16]였다.

---

15 한국철학사상연구회, 『철학대사전』, 동녘, 1994, 848~849쪽.
16 플라톤, 『향연』, 강철웅 옮김, 이제이북스, 2010, 211~212쪽. "플라톤에 따르면, 에로스에 관한 일에 올바르게 스스로 임하거나, 다른 이에 의해 올바르게 인도되는 자는 "사닥다리를 이용해 올라가듯이 여섯 단계를 올라야 한다. 이 여섯 단계는 ① 하나의 아름다운 육체를 사랑해야 함. ② 모든 육체에 있는 아름다움은 하나이며 동일하다고 생각해야 함. ③ 육체에 있는 아름다움보다 영혼들에 있는 아름다움이 더 귀하다고 생각해야 함. ④ 관례들과 법률들에 있는 아름다움을 보아야 함. ⑤ 지식들의 아름다움을 보아야 함. ⑥ 아름다움 자체를 보아야 함"이다. 정리하면, 특정한 몸을 사랑하는 개별적인 것에서 시작하여 보편적인 것으로, 감각적인 것에서 비감각적인 것으로의 상승적인 과정을 보여준다.

문학 그 높고 깊은

일행이 간신히 고갯마루에 도착했을 때, 우리보다 앞장서 보이지 않았던 이적요 시인이 카일라스 북면의 빙하를 향해 저만큼 혼자 가고 있었다. (……) 고갯마루와 카일라스 북면 사이는 푹 꺼진 골짜기로 길이 없었다. 고갯길에도 무릎까지 빠질 만큼 눈이 쌓였으니 꺼진 골짜기에 쌓인 눈은 한 길이 넘을 터였다.(……) 이적요 시인은 바로 그 골짜기를 향해 길 없는 경사면을 비틀비틀 걸었다. (……) 그냥…… 무조건, 카일라스 정상으로 가고 싶었어. 그것은 신성으로서 완벽했어. 시적 천재성이란 그런, 신성 아닌가. 시인의 충혈된 눈 속에 불길이 확 지나갔다.

이적요에게 '신성'이란 죽음과 과감히 맞서 그 신성의 아름다움에 감염되는 것이다. 감각적인 세계와 영원한 세계, 그 이데아를 연결하는 고리 역할을 하는 신성한 에로스로서 창조와 산출의 신비에 도달하는 것이었다. 비록 찰나에 불과할지라도 기필코 '우주의 중심'인 숭고한 성산의 정상으로 올라가야만 하는 '행위'였다. 이런 맥락에서 이적요에게 예술이란 성산 카일라스 등정이 의미하듯 그러한 치열함과 고투의 결과로서 '신성'을 가진 것이라야 했다. 죽음조차 넘어서는 숭고한 가치를 지닌 '천상의 에로스'와 만나는 것이며, 아름답고 신비로운 영원성을 통해 늘 새롭게 예술성을 고양시켜 나아가야 하는 것이라 할 수 있다.

예술을 대하는 이적요의 자의식은 거의 종교적이라 할 수 있다. 그가 지향하는 예술의 궁극은 플라톤적 천상의 에로스에 비견될 수 있을 것인데, 천상의 에로스란 영혼이 고귀하고 뛰어난 사람을 가장 귀하게 여기며, 가능한 한 육체적인 저속한 사랑에서 떠난 순수하고 정신적인 사랑이다. 이처럼 차가운 정열을 내부에 지닌 이적요인 까닭에 그는 "평생 동안 주인이 주입해준 생각, 가리키는 방향에 따라 짐을 지고 걸어갈 뿐"인, '낙타의 시기'에서 한 발짝도 나아가지 못한 서지우를 용서할 수 없었다. '멍청한 놈'으로 치부하고 경멸했으며, 심지어 증오하기까지 했다. 그가 보기에 서지우에게는 시적 천재성에 이르기 위해 꼭 필요한 강한 의지와 자유의 용기를 가진 '사자의 시기'가 죽을 때까지도 오지 않았다. 그것이 작가 아닌 작가로 산 서지우의 '죄의 심지'였으며 그 순종과 순응의 상징이 바로 서지우의 '쌍꺼풀'이다. 낙타인 서지우는 결코 '신성' 즉 '예술적 창조'를 위해 죽음과 맞설 용기를 낼 수 없을 것이기 때문이다.

수업이 끝날 때쯤 늦게 들어왔던 그가 난데없이 한꺼번에 두 가지를 물었다. 한 가지는 '럼주가 어떤 술'인지, 그 술은 정말 '달콤한'지를 물었고, 다른 또 한 가지는 도대체 '별과 같은 아름다운 것'을 가지고 '거위 새끼'의 사료나 '감옥'의 회벽으로 비유하는 걸, 요컨대 시적 감수성이라고 할 수 있느냐는 것이었다. (……) "시는 달콤한 럼주라고 쓰고 있어서요. 달콤하다는 것과 향이 많다는 건 좀 다른 뜻이 아닌가요?" 그는 반문했고, 나는 조금씩 불쾌해지기 시작했다.

서지우는 이적요의 현대시 강의에서 시와 시의 언어에 대해 무지하달 정도로 이해하지 못했다. 서지우는 시를 읽으면서 시의 언어를 일상어를 읽듯 논리적으로 읽는 무지를 드러낸다. 그는 전후 독일 시인인 크롤로우의 시에서 시적 주체가 왜 쓰디쓴 럼주를 "달콤한 럼주"로 "쉴 새 없이" 씹는지, 현대시를 강독하면서 이적요가 왜 크롤로우의 시를 선택해 강의하는지 결코 이해할 수 없고 이해하려고도 하지 않는 인물이다. 시적 감수성의 결여로 '별은 아름다운 것'이라는 상투적인 고정관념에 경도되어 시적 진실을 직관하지도, 공감하지도 못한다. 즉 이적요가 추구하는 '신성'에 다다를 재능이란 아예 없는 인물이다.

이적요는 서지우가 그를 다시 찾아왔을 때, 그가 오디베르띠의 '별'의 의미를 진정으로 깨달았다는 데 의구심을 가졌으며, 그의 예술적 자아가 스물한 살 그 시절에서 성장이 멈춰 있었던 걸 알아채는데도 그리 오래 걸리지 않았다. 서지우가 이혼한 부인의 말을 '순종적인 낙타'처럼 단 한 번도 거역하지 않았다는 말에 그는 "단 한 번도 말인가?"라고 되묻는다. 서지우를 향한 이적요의 실망과 적의는 세계를 직관하는 작가로서의 재능, 자기 반역을 통해 세계를 이해하는 독자적인 용기의 부재, 즉 세계를 섬세하게 감각할 수 있는 은교(隱交)의 능력 없음이 가장 큰 이유였다.

이적요는 죽을 때까지 작가로서 집요하고 엄격하며, 투철한 자의식을 견지하고자 했다. 그가 그의 마지막을 '밀레르파의 암굴'에서 맞았고, 곁에 '우단 토끼'를 두었다는 데서 암시되듯이, 에로티즘의 예술적 승화란 종국에는 '필리아적 에로스'로 귀결되어야 한다고 생각한 데 있다. 이적요가 서지우를 처벌한 죄목이 서지우가 "생의 마지막까지 자신이 누구인지 몰랐다"는 점을 든 것이 이를 시사한다, 엄밀히 말해, '예술'을 이해하지 못했다거나 '자신을 몰랐다'는 사실이 '죽음'이라는 처벌을 내릴 정도의 중차대한 범죄는 아니다. 서지우의 죄의 심지는 '낙타'가 얼척없이 '사자'의 흉내를 내고 예술과 예술가를 모욕했다는 데 있다. 그러므로 이적요의 예술적 자아로서는 결단코 자신이나 서지우의 범죄를 용서할 수 없었던 것이다.

2) 존재론적 근원으로서의 에로티즘

이적요가 Q변호사와 함께 한 카일라스 트래킹은 '은교'를 만나기 훨씬 전의 일이다. 은교라는 존재의 등장 이후 이적요의 '삶'과 '예술'은 엄청난 혼란과 지각변동을 겪게 된다. 은교의 등장 이후, 이적요는 그때까지 자신의 삶과 예술을 지탱하고 이끌어 오던 '에로스'에 대해 근본부터 성찰하게 된다. 그의 삶에서 그다지 의미를 두지 않았거나, 짐짓 눌러두었거나, 애써 외면했던 모든 욕망과 문학의 외피를 두른 세계에 대한 조소와 회의, 정의 등 가치 지향적 감정들과 역사적 이념태 등이 새삼스레 혼란스럽고 낯선 것이 된 것이다. "은교를 만나기 전까지 참된 연애란 남녀불문하고 영혼으로부터 시작된다고 믿었"던 이적요였기에, 그가 견지하고 추구해오던 '플라톤적 에로스'로는 존재의 가장 내밀한 곳부터 흔들고 있는 '은교'에 대한 강렬하고도 포악한 욕망에 대해 납득할 만한 설명을 스스로에게 주지 못하는 까닭이다.

프로이트는 인간의 무의식 속에는 '에로스'와 '타나토스'라는 상반된 두 가지 힘이 존재하며, 이 두 힘이 인간 존재의 기본 에너지임을 주장했다. 무의식 속에서 이 두 힘이 충돌하거나 대립하며 한 인간의 자아를 구성하는 까닭에 인간은 늘 변화하며 갈등하는 존재이기도 하다. 프로이트적 '죽음본능'과 비견되는 바타유의 '죽음'에 대한 사유의 결과인 '에로티즘'은 죽음마저 초월해 버리는 영구한 생존을 향한 삶의 본능[17]이다.

---

17 프로이트의 타나토스, 즉 죽음 충동은 "유기물인 인간이 '이전의 상태를 회복하려는 경향'으로서 '무생물 상태로 돌아가려는 죽음본능인 반면, 바타유의 죽음을 향하는 에로티즘은 영구한 생존을 위한 삶의 본능"으로 그려진다. 바타유의 에로티즘은 다음과 같이 설명된다. "바타유는 필멸하는 개체를 '불연속적 존재'로 보고, 모든 불연속적 존재는 그와 반대되는 불멸, 영원, 전체의 의미에서의 '연속성'에 대한 염원한다고 본다. 연속성에의 염원은 곧

문학 그 높고 깊은

바타유에 의하면, "자연의 본래 목적과는 다른 차원의 성의 탐닉[18]이 에로티즘의 시작"이며 "죽음까지 파고드는 삶"[19]이다. 에로티즘은 "불연속적인 존재인 고독한 인간에게 자아의 인식과 내적 체험"을 가능하게 하며, 존재의 가장 내밀한 곳, 기력이 미치지 못하는 곳까지 건드린다.[20]

이제 은교라는 존재, 은교를 향한 욕망은 이적요의 삶과 예술, 미학적 입장, 예술적 가치 등의 근간을 흔드는 사태요 사건이 되었다. 즉 이적요는 '육체성'을 동반한 '영혼의 리얼리티'의 새로운 의미를 발견하고 당혹스러워하는 것이다. 은교의 등장으로 말미암아 이적요의 내면 깊숙한 곳에 잠복되어 있던 에로티즘이 각성된다. 이적요는 은교에게 격렬하게 반응한다. 은교를 매개로 각성된 에로티즘은 이적요가 "평생 처음 겪는 강도, 빛깔"이었으며 "포악스럽고 장렬"했다.

불연속적인 개체가 한낱 유한자로서 소멸될 것을 거부하고, 영구한 연속성에 참여하려는 강한 생의 의지의 표현인 셈이다." 정리하면, 바타유의 에로티즘은 불연속적 개체가 연속성에 도달하기 위한 강한 열망으로서, 죽음마저 초월해 버리는 광적 상태를 뜻한다. 바타유는 에로티즘을 죽음의 내적 체험으로 강조한다. 김효영, 「바타유의 '에로티즘' 개념에서 '죽음'의 의미」, 『프랑스문화연구』 제45집, 프랑스문화학회, 2020. 33쪽; 본 논문 각주19) 참조

18 바타유는 "인간의 에로티즘이 동물의 성행위와 다르다면, 그것은 인간은 동물과는 달리 내적 삶을 문제삼는다는 점에서 그렇다."고 말한다. 즉 성행위는 인간을 포함한 모든 동물의 본능이지만, 근본적인 차이가 있다면 동물은 성행위 자체에 목적을 두지 않는다는 것이다. 또한 인간의 성행위를 종족 유지 및 삶의 안정을 도모하는 생산적 행위와 쾌락만을 목적으로 하는 비생산적 행위로 나누고, 비생산적 행위만을 에로티즘이라 정의한다. 바타유, 조한경 옮김, 앞의 책, 참조

19 조르쥬 바타유, 조한경 역, 『에로티즘』, 민음사, 1989, 9쪽. 에로티즘 정의할 것.

20 바타유에 의하면, 인간은 "불연속적 존재"다. 한 존재와 다른 존재 사이에는 뛰어넘을 수 없는 심연이 가로놓여 있으며, 거기에는 단절이 있다. "불연속적인 존재인 인간은 불연속적 존재로 남기를 간절히 원함에도 잃어버린 연속성에 대한 향수가 남아 있"다. 존재의 연속에 대한 향수는 모든 사람에게서 육체의 에로티즘, 심정의 에로티즘, 신성의 에로티즘의 세 가지 형태로 나타난다고 말한다. 바타유, 위의 책, 15쪽.

우연히 그곳에 놓여져 있었다. 소나무 잔가지 흰 그늘이 정물 같은, 너의 손등 위에서 고요히 그네를 타고 있었지. 상앗빛 손가락들은 아주 가늘었고 손등엔 수맥처럼 연푸른 핏줄이 가로질러 흘렀다. 너의 팔목은 겨우 손가락보다 조금 굵은 것 같았어. 나는 한참이나 그것을 세세히 내려다보고 있었다. (······) 마치 어린 새싹처럼 살짝 솟아오른 부분, 내 가슴이 갑자기 두근거리기 시작한 것은 핏줄의 그 매듭이 뛰고 있다고 알아차렸을 때였다. 나는 환호했다. 그 손등 위의 맥박은 울근불근 아주 고요하면서도 힘차게 뛰고 있었다. (······) 나는 보고 느꼈다. 내가 평생 갈망했으나 이루지 못했던 로망이 거기 있었고, 머물러 있으나 우주를 드나드는 숨결의 영원성이 거기 있었다. 네가 '소녀'의 이미지에서 '처녀'의 이미지로 둔갑하는 순간이었다.

어두침침하기 이를 데 없는 이적요의 집은 이적요의 내면을 상징한다. 싱싱한 젊음의 생기를 가진 은교는 암울하기 이를 데 없는 이적요의 내면으로 "어린 새처럼 쫑.쫑.쫑" 날아와 호호 입김을 불어 유리창을 닦고 반짝 "등롱"을 켠 존재다. 은교는 이적요의 내면의 창을 맑게 닦아냄으로써 살아 숨쉬는 세계로 이적요의 영혼을 인도하는 '어린 새'인 것이다. 강력한 촉매로서 이적요의 '생' 그 자체에 충격을 가했을 뿐만 아니라 이적요가 평생 추구해왔던 문학에 대해서도 근본부터 성찰하는 계기가 된다. 불온한 시대를 횡단하면서 그가 '럼주를 씹듯' 평생 높이 치켜들고 왔던 깃발, '혁명', '시', '신성', '불멸' 등의 명분들은 쌔근쌔근 "우주를 드나드는 숨결의 영원성" 앞에서 힘없이 꺾여버린 것이다.

'헤나 문신 사건'으로 인간 삶의 근원적 힘으로서의 포악한 힘에 놀란 이적요는 도망치듯 지리산으로 훌쩍 떠나고, 마침내 자신의 심장에 가두어두었던 늙은 '에로스'와 마주하기 시작한다. '에로스의 사닥다리'의 가장 높은 곳을 향해 치달았던 그의 신성한 에로스는 위선이었고, 불구의 에로티즘을 그림자로 거느리고 있었다. 자학에 가까울 정도로 자신을 내몰아가며 그는 통렬한 반성을 거듭한다. 이적요는 자신의 삶과 문학의 근본에 대해 성찰을 시작한다.

마르쿠제는 "예술이 더 이상 생활에 내재적이지도 않고 전체의 완성된 생활에 대한 필연적인 표현도 아니게 될 때, 예술가 소설은 비로소 가능해진다."[21]고 보았다. 노시인 이적요가 자신의 문학 세계에 대해 통렬하게 고뇌하던 그의 지리산행에서의 성찰에서도 잘 나타난다. "감옥에서의 시는 폭동이 되고 병원 창가에서의 시는 불타는 희망이 된다"는 명분 아래 "시인의 이름으로 걸어온 수많은 오류의 길들"은 지리산의 밤길보다도 험악했으며 그를 고통스럽게 했다. 그의 젊은 날을 횡단했던 역사성을 간직한 '문장'들은 '정의'도 '절제'도 '용기'도 '지혜'도 아니었던 것이다. 이적요는 그의 앞에 '숨결 그 자체'로 홀연히 다가와 있는 '은교'라는 생생한 감각적 문법과 과거를 기록하는 '늙은 에로스'의 무미건조한 역사의 문장 사이에는 커다란 단절이 있음을 깨닫는다. "주린 배를 움켜잡고 소련제 AK소총"을 들고 가치 없는 죽음을 생산하게 했던 그 날의 사건, "이런 식의 폭력은 안 돼."를 외치는 흰 옥양목 저고리에 안겨 피를 흘리던 그의 열일곱과 "푸르고 '섹쉬'한 밤을 수초처럼 유영하면서, 해바

---

21 H. 마르쿠제, 김문환 역, 「독일 예술가 소설의 의의」, 『마르쿠제 미학사상』, 문예출판사, 1989, 8쪽.

라기 아니면 오렌지, 남극의 과실처럼 익어가는" 열일곱 사이에는 깊은 결절이 있는 것이다. 그리고 이 결절의 가장 깊은 중심에는 뜨거운 욕망이 고독하게 잠복되어 있었음도 깨닫게 된다.

애초 네게 쓰고 싶었던 편지는 이런 게 아니었다. 예컨대, '지금 혹시 별이 하는 말을 듣고 있니'라거나, 아니면 '너는 꽃다운 열일곱, 네가 가진 광채를 알고 있는지 모르지만'이라는 식으로 편지를 쓰고 싶었다. (……) 그러나 다 헛된 상상이다. 나이 차이 때문이 아니다. 친구가 되고 애인이 되는 데 나이는 본원적으로 아무 장애가 되지 않는다. 문제는 나의 열일곱과 너의 열일곱이 너무나 다르다는 것이다. 우리에게 넘을 수 없는 벽이 있다면 그것이겠지.

이적요는 평생을 자신만만하게 섹스의 욕망을 다스려왔으며, 회한도 그다지 남아 있지 않았다. 그에게 욕망은 마치 세탁할 때가 된 더럽혀진 옷 같은 것이다. 그의 생애에는 D누나(옥양목 저고리), 아들 '얼'의 어머니, M 등의 여인들이 있었지만, 시국이라는 현실과 마주하면서 잠깐 만났던 여인들이었고, 그중에서 조금 오래 지속되었던 M과의 관계에서도 만족도는 높았으나 사랑하지는 않았다. '육체의 에로티즘'이 '심정의 에로티즘'으로 전화되지 못하고 사그러든 경우에 해당된다. M과의 마지막 섹스 이후에도 전혀 욕망이 사라진 건 아니었지만, 자연의 사이클에 자연스럽게 맡긴 뒤에는 "환상을 현실로" 만들 일은 일어나지 않았다.

그러나 은교로 인해 깨어난, 그의 내면에 잠복 되어 있던 에로티즘은 "생피보다 더 뜨겁고 생생"했으며 '환상을 현실로' 만들고 싶은 욕망을 추동했다. 그러나 그것은 억눌려 있다는 것조차 감지하지 못할 정도로 한 번도 깨어난 적이 없었고, 그의 삶이나 그가 생산한 작품에서도 결코 찾을 수 없는 어둡고 뜨거운 구멍이었다.

참담한 심정으로 지리산을 나와 섬진강을 따라 땅끝으로 갈 때, 이적요는 늙고 지친 당나귀에 몸을 싣고 가는 길에서 홀연 너무도 '아름다운 길'을 발견하고 생생하게 감각한다.

> (……) 땅끝으로 내려갈 때, 너무도 아름다운 그 길 위에서 불현 듯 내 마음에 새로운 여명이 비쳐들었다. 나는 내 안에 아직 불꽃같은 에너지가 남아 있다고, 어떤 순간 홀연히 느꼈다. (……) 남해 쪽빛 바다로 섞여들고 있는 섬진강도 가을빛이 황홀했다. 섬진강에 비친 늙은 매화나무 단풍잎은 찬란한 단심이었다. 나는 강가에 앉아 오래오래 그것을 뚫어져라 바라보았다. 소진되지 않은 어떤 에너지가 서서히 확장되어 내 온몸에 가득 차는 걸 바라보는 기분이었다.

지친 이적요의 앞에 펼쳐진 풍경은 멈춤도 없이 흘러 바다로 섞여드는 강물, 강물에 비친 늙은 매화나무 단풍, 연방 강물로 투신하는 붉은 잎이다. 다시 말해 '강물로 투신하는 붉은 잎'은 '은교'를 향한 이적요의 '단심'이다. 늙은 매화나무는 부끄럼 없이 '단심'을 연방 강에 떨어뜨리고, 붉은 잎은 강물에 녹아 강을 붉게 물들인다. 붉은 강물은 쪽빛 바다에 섞여들어 마침내는 원융한 하나의 우주가 될 것이었다. 황홀한 환상이며, 숭고한 아름다움이다. 오래오래 뚫어져라 강을 바라본 이적요의 눈에 파노라마처럼 흘러간 지극히 서정적인 풍경은 이적요에게 죽음 앞에서 더욱 '찬란한' 단풍잎의 지극한 아름다움의 진수를 보여준 것이다.

바타유는 선사시대 라스코 동굴 벽화에서도 볼 수 있듯 인간의 창조
욕구, 특히 예술에 대한 욕구는 생명의 유한성과 삶의 불연속성에 대한
깨달음에서 자연스럽게 생겨났다고 말한다.[22] "연방 강물로 투신하는 늙
은 매화 붉은 잎"은 숨 막히는 아름다움은 죽음과 관능이 서로 껴안고
빚어내는 아름다움이었다. 이 황홀한 아름다움은 죽음을 목전에 둔 이적
요의 예술가적 자의식을 거세게 두드렸다. 뼈아픈 고뇌의 끝에서 이적
요는 '카일라스'를 등정하던 '사자'의 용기를 재충전한다. 이적요는 세상
쪽에서 "빨리 오셔서 시 쓰세요"라는 고즈넉한 목소리를 반복해서 들으
며, 이적요는 다시금 자신의 예술과 삶을 맞대면하고자 한다. "봄꽃보다
아름다운" 매화나무 단풍을 떠올리며 늙은 당나귀를 몰고 귀환하기 때
문이다.

이상에서 살펴본 것처럼 이적요의 지리산행은 시인으로서의 자신과
문학과 삶을 근원에서부터 들여다볼 수 있는 '거리(距離)'를 제공했다. 이
거리를 통해 이적요는 '우주적 고요'라는 세평에 가려진 자신의 예술이
허위와 이데올로기를 오히려 왕관처럼 쓰고 있었음을 깊게 성찰한다. 삶
의 생생한 숨결 없이 메마르고 건조한 예술의 관념성과 그만큼 메마르고
거친 자신의 삶을 통렬하게 각성한다. 동시에 이적요는 '은교'라는 갈망
의 대상에 대해, 또 그 갈망과 자신 사이에 존재하는 '단절의 깊이'까지
도 그만큼 뼈아프게 자각한다. 이적요는 고통 속에서 발견한 '단심'의 아
름다움 속에서 희망과 절망을 동시에 자각한다. "널 영원히 갖기 위한"이

---

22 조르쥬 바타유, 조한경 역, 『에로티즘』, 민음사, 1989, 81쪽 참조.

라는 말도, 그의 온몸에서 비명처럼 터져나오는 이 말의 외피인 '죽음'에 대해서도 끝내 쓰지 못했기 때문이다.

4. 금기와 위반의 변증법

1) 금기와 위반

문학 작품이 갈등과 대립을 통해 귀결하는 것이 일종의 '승화'라면 예술가 소설로서 『은교』에서 갈등하는 두 인물 이적요와 서지우의 처절한 파국은 '어떤 의미로서 승화인가'라는 물음에 직면하게 된다. 『은교』에서 이적요와 서지우는 결은 다르지만, 예술가로서 '동질'의 고뇌를 안고 있다. 첫째, 자기 내면의 상처에 함몰된 예술가의 현실적 자아가 예술적 노력으로 상처를 극복하고 예술성을 성취하려는 욕망, 둘째, 미적 이미지의 추구 욕망과 사회적 금기 사이의 갈등, 셋째, 예술가로서의 사회적 위치를 위협하는 현실적인 문제와 참된 예술가로서의 길의 모색이 그것이다. 이 고뇌와 고통의 핵심은 예술에 대한 진실과 진정성의 문제이다. 대중과 영합한 건조한 관념투성이의 삶과 문학에 생동하는 존재의 삶의 구체성을 입히려는 이적요나, 허위의 글쓰기로 인한 실존론적 고통으로 절망하는 서지우가 결국 '죽음'이라는 파국으로 귀결해버린 것에서 '승화'의 의미를 읽어낼 수 있는가라는 문제이다. 과연 삶과 예술의 이원성으로부터 비롯된 그들의 고뇌는 '바람직한 승화'에 도달했는가?

이적요에게는 스스로 정한 두 개의 금기가 존재한다. 죽음이라는 공포 앞에 선 이적요에게 '노쇠함'과 '지병은 생명을 갉아 자신을 죽음으로 이끄는 공포의 근원'이다. 표면적으로는 그렇다. 그러나 단순히 육체적 죽음이 환기하는 두려움과 공포, 그로 인한 반동으로서 '젊은' 은교를 욕망하고 애착하는 것으로 해석한다면 매우 피상적인 독해이다. 이적요를 죽음으로 이끄는 '늙음'과 '지병'은 비유적으로 읽어야 한다. 예술가로서 이적요의 금기는 자기 문학의 '노쇠함'과 '지병'의 폭로이다. 먼저, 그의 '늙음'은 그가 지금껏 쌓아 온 문학적 성과와 그의 작품이 지닌 '고결함과 역사성'의 노화를 의미한다. '헤나 사건' 직후 지리산으로 떠난 이적요가 통렬하게 성찰했던 것은 "시인의 이름으로 걸어온 수많은 오류의 길"들이었다. 그는 "이십대 때 사회주의 운동에 투신, 폭풍 같은 혁명의 전사가 되길 꿈꾸었고, 삼십대 때는 감옥에 있었으며, 사십대에서 일흔일곱 살로 죽을 때까지 시인으로 살았"던 인물이다. 그의 시에 담긴 '말'은 언제나 "시대를 앞질러 견인하는" 경이로운 힘을 발휘했으며, "세상 속으로 날아가선 늘 시대의 낯선 담론이 되었"던 문학이었다. 그러나 "과거를 기록하는 역사의 문장"인 그의 문학은 설령 당시에는 현실을 반영할 어떤 이유가 있었을지라도 이제는 그 힘을 다한 '늙은 문학'이었다. 더욱이 그것들은 '대의'라는 명분으로 고결했으나, 생명의 숨소리가 담기지 않은 '미라'였다.

다른 하나는 '지병'이다. 그의 문학에서 지병이란 "곧은 정신, 높은 품격, 고요한 카리스마" 등의 외피를 둘러쓴, '허위'와 '위선'이라는 지병이다. 한 사람의 시인이자 예술가로서 이적요는 이 '병'을 오래전부터 키워 온 것이나 진배없다. 그가 세상으로부터 받은 상찬은 온전한 자신의 예술이 아니라 세상이 요구하고 원하는 것이었으며, 그는 교활하고 영민하게 전략적으로 추구했다. 그는 세상이 어떻게 나팔수를 생산하는지 잘 알고 있다. 그의 '문명(文名)'은 '자기 판결의 확고한 명분도 없이 눈치나 보는 지식인 사회'의 생리를 재빨리 파악하고 그에 걸맞는 글을 써오며 쌓아올린 것이다. 따라서 그의 문학은 허위와 위선이라는 병을 오래 앓아온 것이다. 그가 배설하듯 써놓은 산문에는 그가 그토록 통렬히 거부하고 배척해온 사회적 관습들, 세속적 욕망, 잡문, 포르노그래피 등 온갖 천박한 것들이 담겼다. '카일라스' 트래킹에서 드러났듯이 그가 추구해온 가장 고결한 '신성'과는 반대되는, 밑바닥의 천박함이 고스란히 담긴 것이다. '적요'라는 필명에는 뜨거운 예술혼도, 격정의 에로티즘의 미학도 결코 담겨서는 안 되었다.

이러한 갈등과 모순을 해결하기 위해 이적요가 택한 '치유'의 몸부림은 '쓰되 발표하지 않는' 은밀한 글쓰기 행위였다. 마르쿠제는 "예술이 더 이상 생활에 내재적이지도 않고 전체의 완성된 생활에 대한 필연적인 표현도 아니게 될 때 예술가 소설은 비로소 가능해진다."라고 말한 바 있다. 삶과 예술의 불일치, 만일 이적요가 허위의 문학일지라도 '결핍'에 대해 치열하게 모색하지 않았더라면 군이 발표하지도 않을 글을 써서 반닫이에 은폐해 두지는 않았을 것이다. 물론 이적요는 '은밀'하게 쓴 그것들을 자물쇠가 달린 반닫이에 넣어 '단단히' 잠가두었다. 이것은 자신과 자신의 문학에 대한 강력한 억압이자 은폐며 거대한 폭발물의 잠복이라 설명할 수 있을 것이다. '이적요'라는 이름으로는 문학 세계에서 용납되지 않는, 그러므로 절대 써서는 안 되는 자기 정체성에 반하는 금기의 글쓰기인 까닭이다. 만일 공개가 된다면 그야말로 그간 쌓아 온 문학계에서의 명성은 땅에 떨어질 것이고, 어쩌면 시인으로서의 죽음도 각오해야 하는 일이다. 쓰지도 말아야 하며, 설령 쓴다 해도 절대 발표해서는 안 되는 것. 이것이 자신이 스스로에게 가한 금기였다. 이 문학적 '늙음'과 '지병'은 그가 지금껏 쌓아올린 문학적 성공을 부정하고 무너뜨리는 것이므로 이적요에게는 '문학적 죽음'을 의미하는 것이다.

이 지점이 이적요의 1차 금기와 위반이 발생하는 지점이다. 차가움/뜨거움, 고결함/천박함, 건조함/질척거림 등 이적요의 문학에 담긴 양극단의 이중성은 극단적으로 배척하면서도 갈망하는 금기와 위반의 길항관계에 있다. 이적요의 지병은 이 길항관계를 오래 유지하며 살아온 결과이다. "금기와 위반은 서로 외재적이거나 배타적이지 않고 오히려 서로를 내포하며 전제"한다. 세속적 질서를 위해서는 배척의 규칙을 지켜야하나 '병'이 오래 묵을수록 그만큼 갈망의 강도도 커진다. 이적요의 1차 금기에 대한 '위반'은 매우 은밀했고 교묘하게 실행되었다.

서지우라고 처음부터 간도 쓸개도 없었겠는가. 내가 쓴 것을 그의 이름으로 응모하게 하려면 최소한 그에게 알리바이가 될 만한 것을 제공해야 했다. "마침 아들놈에게 돈도 필요한데 잘 됐네, 내가 다시 쓰면 자네 이름으로 응모하게나. 당선되면 상금은 내 것일세." 나는 흐흐, 웃으면서 말했다. (……) "자네는 양반을 사고 난 필요한 돈을 얻으면 되지."

물론 두 사람의 범죄 행위, 즉 '은밀한 계약'은 그들 사이의 비밀의 규칙이자 2차 금기가 되었다. 또한 이 금기는 공동정범인 서지우도 반드시 지켜야 할 금기였다. 영혼의 힘으로 날아야 할 서지우의 '성공한 작가'라는 날개는 남(스승)의 영혼의 힘을 빌려 날았을 뿐, 다시 날기 위해서는 금단의 사과인 '반닫이'에 봉해둔 스승의 영혼을 훔쳐야만 했다. 남의 글, 더군다나 스승의 글을 훔쳐 임의로 고치고 자신의 이름으로 발표하는 것은 예술가로서 '사회적 금기'이며 거짓 삶이다. 서지우도 이적요와 마찬가지로 허위와 부정의 '폭로 금지'의 금기를 나눠 갖고 있는 셈이다.

① 나는 시간이 지나면서 차츰 더 깊이 잠재한 나의 심리적 배경을 들여다보게 되었다. 그리고 결국은, 시인으로 성역화해온 나의 '빛나는 성취'를 스스로 시궁창에 버리고 싶은 자학의 한 수단으로 서지우를 대리인 삼아 내가 '당신들 문법'에 맞춰 포르노그래피 소설을 썼다는 결론에 도달했다.

② 우리가 여러모로 이상적인 파트너가 되리라는 예상은 애당초 잘못된 것이었다. (……) 우리가 공유하고 있는 심리는 모든 것이 까발겨져서 함께 파멸에 이르는 순간을 원하면서도, 동시에 그것을 끔찍이 두려워했다는 점이었고, 그리고 그 이중성은 우리 사이에 치명적인 요소가 됐다. (……) 나조차 심지어 '저러다가 저놈, 언젠가는 자폭하고 말거야. 차라리 내가 먼저 선수를 쳐 고백하는 게 낫지 않겠나' 하고 생각했고, 서지우는 역시 내가 주위에 불쑥 말해버리지 않을까 내 속마음을 은근슬쩍 떠보곤 했다.

③ 심장은 내가 쓴 작품이다, 라고 나는 가끔 무심코 중얼거렸다. (……)『심장』에 대해 직접 쓴 선생님보다 많이 생각했다고 여겼으며, 더 많이 읽었다고 여겼다. 모든 인물, 모든 사건이 이미 내 속에 내 것으

로 자리잡고 있었다. 사람들도 누구나 나를 가리켜 말했다. "『심장』의 작가 서지우 선생님이야!" 아니, 착각이 아니다. 『심장』은 내가 썼다.

④ 인터뷰에서 끝나는 게 아니다. 작가와의 대화니, 사인 판매니, 출판사는 끝없이 나를 불러내어 대중 앞에 세웠다. 어떤 때는 스타작가로서 대중 앞에 서는 것이 즐겁기도 했다. 마음속으로 언제나 원했던 삶이었다. 그러나 시간이 지날수록 쾌감보다 끔찍한 느낌이 훨씬 몸을 불렀다. 나와 선생님 사이에서 헷갈리기도 했다. (……) 요즘의 나는 전보다 오히려 행복하지 않다. 행복하기는커녕 들쥐나 바퀴벌레 같은 것들이 나의 내부로 들어와 밥통, 폐, 간, 심장, 큰창자, 작은 창자, 콩팥을 조금씩 갉아먹는 것 같다.

이적요와 서지우는 각자가 각자의 존재 조건[23]이다. 각자는 이항대립적으로 존재하며, 서로를 배척하면서도 서로를 존재의 조건으로 삼고 있다. 서로 양립 불가능하며 결코 융합할 수 없는 것으로 보이는 두 사람의 관계는 동전의 앞뒷면 혹은 야누스의 얼굴이라 할 수 있다. "나는 누구인

---

23 이적요와 서지우는 인문학/공학, 감성적(비합리적) 사유/이성적(합리적) 사유, 유기물질/무기물질, 2차적 변화의 가능/불가능 등 모든 면에서 상대적인 위상을 갖는다. 가령 이렇게 설명해 볼 수도 있겠다. 이적요가 예술을 통해 삶이라는 유기체적 사유를 생의 근저에 두었다면, 서지우는 무기재료학이라는 실용 학문을 공부하는 공대생이다. 대부분의 생명체들이 유기물로부터 에너지를 얻어 생명을 유지해 나간다면, 무기물은 유기물 이외의 원소들로서 주로 자연 상태의 광물질에서 얻어진다. 주목할 점은, 생명을 영위하는 유기물일지라도 그 구성 물질은 무기물이라는 점이다. 특히 유기물은 인간 생명 그 자체로서 꼭 필요한 물질이지만 2차적 변화로 쉽게 유해물질로 변할 가능성이 크지만, 무기물질은 고온이나 고압 등 특수한 상황이 가해지지 않는 한 변화하지 않으며 안정적인 상태를 유지한다는 점이다.

가. 이적요인가. 서지우인가."라는 서지우의 일기의 첫 문장은 이적요에게도 해당되는 것이었다. 그들 각자의 페르소나(persona)는 서로의 섀도우[shadow]이며, 벗어날 수 없는 감옥이 되었음을 단적으로 드러내는 절규이다. 이적요의 작품을 서지우라는 이름으로 발표함으로써 두 사람은 서로의 그림자이자 감옥이 되어버렸다. 이적요의 작품은 서지우라는 이름 없이 존재할 수 없고, 소설가 서지우의 이름은 이적요의 작품 없이 존재할 수 없다. 어느 한 편이 다른 한 편을 공격한다면, 스스로를 공격하는 것이나 진배없는 까닭에, 두 사람은 서로의 그림자를 지울 수도 없다. 그림자가 지워진 존재자는 존재할 수 없는 것이다. 이런 맥락에서 서로의 결여를 나누어 가진 두 사람은 미완의 존재이자 서로를 완성시켜 줄 수 있는 존재이기도 하다.

'완성'을 위해서는 파괴를 통한 합일이 숙명적으로 필요하다. 어느 방향을 향하든 서로를 향한 그들의 '공격'은 곧 '금기의 위반'이 된다. 바타유에 의하면, 금기와 위반은 에로티즘의 근본 원리[24]이다. "'금기'와 '위반'은 항상 기대된 짝으로서 이 '이중성'이 에로티즘의 본질이자 핵심"이다. 금기를 설정하고 위반하는 것은 인간만이 하는 행위이며, 금기와 위반의 변증법적 운동이다. 즉 "죄의식과 고뇌를 함께 느끼며, 전복의 초월"을 경험[25]한다. 인간은 이 과정을 통해 사회생활을 구성하고 합리적인 세계를 유지[26]시킨다.

---

24 일상의 금기는 후에 있을 위반을 위해 유지되며, 위반과 금기는 서로를 내포하며 전제한다. 금기를 유지시키고 완성하는 것이 위반이다. 바타유, 위의 책. 참조

25 바타유, 위의 책, 68~70쪽 참조

26 인간이 금기로 삼는 것은 죽음, 성, 쾌락, 폭력, 배설 등으로 이것들은 서로 연결되어 있으며, 이것들은 인간의 사회적 측면과 대립되는 것이기도 하다. 금기로부터 비롯되는 욕망,

금기의 위반은 서지우로부터 표면화된다. 『심장』의 성공 이후 서지우는 끊임없이 원고청탁을 받지만, 자신의 필력에 절망하고, 범죄인 줄 알면서도 이적요의 작품 3편을 훔쳐 그 가운데 한 편을 발표한다. 문제는 훔친 것도 모자라 변형시키고 왜곡했다는 점이다. 글쓰기에 대한 욕망에 비해 턱없이 부족한 문학적 재능은 언제나 절망의 진원지였다.

문제의 단편은 에밀레종에 대한 설화에서 모티브를 얻은 것으로서 장인적인 종지기 남자의 보다 완전한 종에 대한 갈망을 다룬 짧은 소설이다. 일종의 탐미적인 예술가 소설이라 할 수 있었다. 서지우는 그것을 가져다가 일부분을 고쳐 자기 이름으로 발표했다. 달라진 곳은 (……) 마지막 대목이었다. (……) 마지막을 뒤집어 놓았다는 것은 그가 작품을 제대로 이해하지도 못했다는 뜻이 된다. (……) 서지우는 내 작품의 내적 개연성을 읽어내지도 못했을 뿐만 아니라 감히 거기에 손을 댐으로써 작품을 오히려 망치는 죄를 저질렀다. "썩은 관 같다"고 한 치명적인 모멸과 뭐가 다르겠는가. (……) 일종의 '**처녀**'같은 **나의 영혼**에게 아주 철면피한 폭력을 행사한 셈이었다.

서지우의 '작품 절도'는 두 개의 위반, 즉 금기를 범했다. 하나는 서지우가 이적요의 '1차 금기'를 위반한 것이다. 이적요는 쓰지도 말아야 하며, 설령 쓴다 해도 절대 발표해서는 안 되는 것을 자물쇠가 달린 반달이

원죄의식, 두려움, 쾌감, 성취감 등은 에로티즘의 중요한 요소이다. 이러한 금기에 대한 위반의 통로로서 종교, 결혼, 전쟁, 소비 등이 존재한다.

문학 그 높고 깊은

에 넣어 '단단히' 잠금으로써 스스로에게 금기를 규정했다. 서지우는 그것을 훔침으로써 활짝 반닫이의 자물쇠를 폭력적으로 '개봉'한 것이다. 게다가 절도도 모자라 작품을 왜곡함으로써 문학에 대한 이적요의 예술적 자의식을 왜곡하고 훼손하며 더럽힌 것이다.

이적요가 서지우의 '1차 금기 위반'에서 '절도'보다 더욱 분노한 것은 작품을 이해조차 하지 못하고 행한 서지우의 작품 왜곡이었다. 소설 속의 장인의 죽음은 "완전한 종"에 대한 열망과 좌절이 부른 내적 분열로 인한 것이었고, 그만큼 극심한 고뇌와 고통을 동반하는 것이다. 그러나 서지우는 예술에 있어서의 '고뇌'와 '고통'의 가치를 인지조차 하지 못한 채 오히려 예술을 망쳐버린 것이다. 문제는 이 '더럽힘'이 "은교도, 내 집도, 내 모든 미발표작들도" 앞으로 계속 왜곡하고 훼손하며, 더럽힐 가능성이 매우 높다는 데 있다. 이적요에게 아직 발표하지 않은 작품은 "순결한 '처녀' 같은 나의 영혼"이었다. 주목할 것은 예술가 이적요의 의식 속에 자리한 "은교=내 집 =나의 영혼"의 등식이다. 작품 속 예술 창조의 내적 동력으로서의 에로티즘은 그 표현의 '리얼리티'로 인해 예술적 감수성이 없는 서지우에게 속절없이 순수성을 왜곡당한 채 '더럽혀지고', 그 결과는 한낱 '외설'로 전락될 위험에 직면한 것이다. 이런 맥락에서 서지우의 이 '위반'은 이적요의 예술혼과 예술적 자의식에 대한 모욕이요 부정인 동시에, 이적요의 '두려움'의 핵심을 찌른 것이라 할 수 있다.

서지우가 범한 또 하나의 '위반'은 서지우가 '공동의 금기'인 '은밀한 계약'을 위반한 것이다. 원래 작품의 발표는 이적요와 서지우가 함께 진행한 일이었다. 그것을 서지우는 폭력적으로 이적요를 배척한 것이다. "자네는 양반을 사고 난 필요한 돈을 얻으면 되지"의 계약은 이미 서지우가 출판사 사장과의 또 별도 계약으로 이적요 모르게 돈을 받았고, 자의적으로 '새경'으로 합리화했다. 문제는 이 '위반'에 내포된 의미이다.

> "세상은요, 결국, 세상은 변해야지요. 주인이 머슴 되고 머슴이 주인 되는 결국, 그, 그런 세상 아닙니까?"

서지우는 폭력적으로 '반닫이'의 문을 열었으며, 허락 없이 제 이름으로 작품의 주인 행세를 했다. 그것은 이적요의 '동의'가 전제된 규칙을 넘어선 것이었다. 서지우가 파국을 맞이한 것은 이처럼 금기에 대한 위반의 선을 넘었기 때문이다. 위반은 무제한적으로 허용될 수는 없다. 위반에는 규칙이 따르며, 그 순간에는 그것을 더욱 견고하게 지킬 필요가 제기된다. 어떤 의미에서는 "어떤 때, 거기까지, 그것이 가능하다"27가 위반의 의미이다. "위반이란 금기를 제거하는 것이 아니라, 그것을 한번 들쑤시는 행위"28이다. 위반의 규칙, 위반의 한계는 금기의 세계에 위반을 끌어들임으로써 위반의 두려움을 몸소 체험하게 하고 "금기를 강화하는 역설적 기능"29에 있다. 그러나 제한의 선을 넘은 위반은 동물적 폭력과 다를 바 없으며, 한계를 넘어선 폭력은 혐오와 공포를 야기할 뿐 금기의 부재 상태가 되어 버린다. 이미 훔친 작품의 주인 노릇을 하고 있는 마당에 임계점을 한 번 더 넘어선 방종은 위반의 실패이자 금기의 실패

---

27 바타유, 앞의 책, 71쪽.

28 위의 책, 38쪽.

29 김겸섭, 「바타유의 에로티즘과 위반의 시학」, 『인문과학연구』 제36집, 대구대학교 인문과학연구소, 2011, 96쪽.

인 까닭에 파국으로 치달을 수밖에 없게 된 것이다.

2) '에로티즘'의 체험과 '희생제의'

이적요와 서지우의 파국은 두 사람의 에로티즘이 예술과 어떤 관계를 맺고 있는가, 그들의 죽음은 어떤 의미를 가지는가에 대해 심도 깊은 사유를 요구한다. Q변호사와 은교에 의해 밝혀진 사건의 진실은 두 사람 모두 '자살'에 가까운 죽음을 맞이했다는 것이다. 어쩌면 그들의 죽음은 자발적으로 '선택'한 실제 자살일 수도 있다.

먼저 두 사람의 에로티즘은 예술과 어떤 관계를 맺고 있는가를 살펴보자. 이적요에게 은교는 낯선 침입자로서 가슴에 창을 품은 채 생생한 숨소리로 온 생의 감각이었다. 은교라는 감각이 그를 매혹시킨 까닭은 어둡고 암울한 이적요의 집, 즉 이적요의 내면을 구석구석 닦아내고, 유리창을 닦아 환하고 밝은 자연을 들여놓았으며, 작은 새처럼 날아들어 그가 평생 그리워한 '숨결'과 공명했기 때문이었다. 이적요는 '소녀'라는 자신의 표현 뒤에 숨은 '육체의 에로티즘'의 강렬한 욕망을 이미 감지하고 있었다. 그 욕망은 "대상을 범하는(?) 죽음에 가까운(?) 살해에 가까운(?)"[30] 폭력성을 띨 만큼 생명 그 자체의 근원적인 욕망이자 죽음의 매혹을 불러올 만큼 강렬한 것이었다. 이 '숨결'은 가공되지 않은 자연으로서 이적요가 평생 들었던 깃발 위의 혁명, 시, 신성, 불멸 같은 인위적인 관념의 허위성을 바로 보게 한다. 그의 또 다른 삶과 예술은 허위의 위력에 눌려 '반닫이'에 갇힐 수밖에 없었고, 서지우라는 대리인을 내세워 '가면'

---

30 바타유, 앞의 책,16~17쪽.

을 쓴 채 세상에 나올 수밖에 없다.

은교를 사이에 둔 서지우와의 대립과 갈등은 서지우에 의한 금기의 위반으로 이어지고, 고뇌와 고통 속에 자신의 문학을 맞대면하면서 자신의 가면조차 통제 불능의 위험에 빠지게 되자 이적요는 모든 것을 끝내기로 결심한다. 이적요는 "죽음보다 황홀하고 인생보다 고통스러운 꿈"을 통해 정신의 에로티즘을 경험하지만, 언제든 체크아웃 할 수는 있으나 결코 떠날 수 없는 죽음의 숙명과 벗어날 수 없는 인간의 근원적 욕망을 절감한다. 서지우의 위반이 환기한 존재론적 욕망과 에로티즘의 체험은 서지우와 은교의 정사장면을 목격하면서 이적요로 하여금 예술 창조의 근원으로서의 에로티즘의 예술적 구현에 대해 고뇌하게 한다.

은교의 '안나수이 거울' 사건은 이적요와 서지우의 예술과 에로티즘의 대상에 대한 '갈망의 본질'에서 분명한 차이를 보여준다. 견우노옹처럼 목숨 걸고 절벽 아래로 내려가 거울을 주워 헌화하듯 건네주는 이적요와 똑같은 외양을 가진 다른 것으로 얼마든지 대체가 가능하다고 타박하는 서지우와는 질적 차이가 있는 것이다. 이적요의 기록은 〈헌화가〉 뒤에 〈꿈, 캘리포니아〉를, 그 뒤에 〈집행〉을 배치함으로써 서지우를 속죄양으로서 처벌할 수밖에 없었던 이유를 합리화한다. 비록 고통스러운 꿈에서이지만, 에로티즘의 내적 체험을 통해 그가 깨달은 것은 창조적 동인으로서의 '영혼의 리얼리티' 즉 에로티즘은 너무도 지극한 아름다운 것이어서 그 고유한 가치를 인식하지 못하는 자들에 의해 너무도 쉽게 왜곡되거나 더럽혀질 수 있다는 것이다. 따라서 서지우와 은교의 동물적인 정사장면을 묘사한 이적요의 진술은 "사랑이 아니라 모든 사랑에 대한 흉포한 폭력"으로 묘사된다. 단지 육체성으로만 구현되는 에로티즘이란 한낱 외설과 폭력으로서 진정한 내적 체험에 이르지 못하기 때문이다. 그것은 에로티즘의 체험 이전에 쓰여져 '반닫이' 안에 잠가 둔 자신의 문학에 대해서도 마찬가지였다. "성애의 장면들을 너무도 상세하고 리얼하게 재현한"『심장』역시 "본능에 대한 심리적 진술이 뛰어나다"는 다소 중립적인 평가라 해도 포에지의 형상화가 아니라 들끓는 욕망의 하소연이자 장황한 외설의 기록일 뿐이었다. 따라서 이적요는 모든 금기를 파괴함으로서 진정한 예술가의 탄생을 예비하게 된다.

이적요와 서지우의 죽음은 일종의 '제의'라 할 수 있다. 그들 자신이 스스로를 속죄양으로 바치는 자발적 '희생제의'였고, 금기의 위반에 대한 '처벌'의 의미를 담은 행위였다. 서지우가 끊임없이 이적요로부터 '살해 의지'를 예감하고 공포와 강박으로 초조했던 것은 그 스스로 '금기 위반'의 '죄과'를 알고 있었으며, 자의식 속에서 어떤 식으로든 속죄의 강박에 시달리고 있었다는 의미이다. 서지우는 자신이 죽던 당일, 정비소를 방문했다가 스승의 의도를 깨닫고 울음을 터뜨린다. 그것은 이적요로부터 "완전히 버림받았다는 증거"이자 "관계를 절대로 회복할 수 없다는 명백한 신호"였기 때문이다. 그가 교통사고를 위장한 자발적 죽음으로 스스로를 처벌했음은 이적요가 행한 '사고를 위장하기 위한 두 가지의 조작을 알면서도 나머지 한 가지를 수리하지 않았다는 것, 트럭과의 교통사고에서 의도적으로 핸들을 꺾어 트럭과 충돌했다는 것에서 알 수 있다.

이적요가 서지우에게 죽음의 처벌을 내린 것은 서지우를 '희생양'으로 '진정한 예술'에 봉헌한 것이라 할 수 있다.

본질적으로, 그리고 실제로 예술은 종교적 위반의 시간을 표현한다는 점이 우리에게 중요하다. (……) 예술의 형태들은 언제나 축제에 기원을 두고 있었으며, 종교적인 축제는 모든 종류의 예술의 전개에 연계되어 있다. (……) 즉 예술과 놀이, 위반은 노동의 규칙을 지배하는 원칙들에 대한 부정의 움직임 속에서 뗄 수 없이 연결되어 있다.[31]

라스꼬 동굴 벽화로부터 예술의 탄생이 금기의 위반에서 비롯되었다는 심도 깊은 논의를 전개한 바타유에 의하면, 원시인들의 제의에서는 '동물 살해'와 '속죄'가 동시에 행해졌으며, 금기로부터의 해방감뿐만 아니라 죄의식이 함께 수반되는 것이다. 바타유에게 예술은 그 탄생에서부터 위반을 수행하는 도구였다. 이는 두려움과 공포의 체험으로 '금기'를 더욱 강화하는 기능을 가진다. 그리고 예술은 이런 종교적 위반의 시간을 표현하는 것이다. 여기에 더하여, 르네 지라르는 '희생제의'는 일종의 "대체 폭력"으로서 "위기에 빠진 집단을 내적 폭력으로부터 정화"[32]하는 것이다. 이런 맥락에서 작품의 절도와 왜곡된 변형으로 훼손한 것, 무엇보다도 자신이 죽고 난 후 '반닫이' 안의 "순결한 처녀" 같은 자신의 "영혼"인 미발표작품들이 한낱 외설로 전락할 위험이 농후하다는 것, 결정적으로 서지우와 은교의 정사가 은교에 대한 흉포한 폭력이며 동시에 "모든 사랑에 대한 흉포한 폭력"이며 이것은 자신의 작품에도 동일하게

31 *Georges Bataille, La peinture prehistorique Lascaux ou la naissance de l'art*, 38쪽. 박평종, 「위반의 언어-조르주 바타유의 예술론」, 『프랑스학연구』 제39집, 프랑스학회, 2007, 164쪽. 재인용.

32 르네 지라르, 김모세, 『욕망, 폭력, 구원의 인류학』, 살림, 2008, 181쪽.

적용될 것이기 때문이었다. 더 나아가 에로티즘의 진정한 '내적 체험'의 황홀보다는 한갓 쾌락의 탐닉과 외설로 횡행하는 예술 밖의 예술, 즉 '마니에리즘'과 에로티즘의 왜곡과 훼손으로 작품을 모독하는 모든 창작자와 독자의 죄를 대신하는 것이라 할 수 있다. 따라서 서지우에게 내려진 선고와 집행은 당연한 것이었다.

　물론 서지우의 '처벌'을 집행한 후, 이적요는 자신도 역시 '제물'로 봉헌한다. 이적요를 다시 찾아온 서지우에게 몇 살이냐고 물었을 때, "예수님께서 십자가에 못 박히신 나이입니다."라는 서지우의 대답은 앞날을 예감한 듯 매우 의미심장하기 이를 데 없다. 서지우가 죽은 뒤, 이적요는 약물은 물론 받아야 할 모든 치료를 거부하고 서지우가 사온 '소주'로 고통을 마비시키며 자살에 가까운 죽음을 맞이한다. Q변호사는 "자학적인 방법으로 당신 자신을 처형"하기로 결심한 것은 큰 폭발음으로 서지우의 죽음을 확신한 순간부터였을 것이라고 추측한다. 그러나 이적요의 '처벌' 행위는 단순히 어떤 죄에 대한 처형을 넘어선 '제물'로서의 봉헌이라는 종교적 의식에 가깝다. 서로의 페르소나이자 섀도우로 존재했던 두 사람이었기에 상대방을 버린다는 것은 자기 자신도 버리겠다는 각오가 전제되는 것이다. 한 사람이 버려지면 상대방 역시 버려진다는 것을 누구보다도 잘 알고 있다. 이적요는 서로의 존재 조건이었던 두 사람이 모두에게 스스로 '속죄양'이 되어 제사 행위를 수행할 것을 선고한 것이다. 서지우는 '저주받아 버려진' '희생양'으로서 그들 공동정범의 죄를 대신 쓰는 것이며, 금기 위반의 죄과에 대한 처벌이다. 그의 속죄로 스승의 죄는 면제되는 것이다. 물론 서지우가 스승의 그러한 의도를 깨닫고 스스로 '속죄양'의 역할을 받아들였는지, 이적요에게 찾아올 무렵 이미 "출구 없는 미로에 갇힌" 상태였기에 죽음을 택한 것인지, Q변호사의 추측처럼 "세상에서 가장 사랑하고 존경하는 스승"이었기에 순종적 죽음을 택했는지 알 수는 없다. 이에 비해 이적요의 '속죄'는 공동 정범에게 가하는 처벌뿐만 아니라 바타유적 '희생제의'[33]로서 예술이라는 신성성에 대한 '속죄' 행위에 가까워 보인다. 예술이라는 신성한 대상을 모독한(금기의 위반) 것에 대하여 자신을 '제물'로 봉헌한 뒤, 이적요는 그동안 자물쇠로 잠가 지키려 했던 모든 시와 산문들을 꺼내 태운다. 가짜와 허위들의 다비식과도 같은 것. 바타유에 의하면 인간의 '에로티즘'은 '존재의 불연속성을 넘어서려는 무한한 위반에의 욕망'이다. '죽음'은 불연속적 개체가 '연속성에의 향수'를 충족할 수 있는 유일한 통로이다. 그러나 "에로티즘에 의한 연속성은 원칙적으로 연속적 개체가 죽음에 의한 결정적인 연속성에 이르지 않는 한에서 가능하다."[34] 즉 실제의 죽음이 아니라 '순간적인 죽음' '죽음의 환상' 속에서 얻는 '내적 체험'으로서의 황홀한 일체감이자 비인격적 죽음이다. 인간은 '성적 황홀'이라는 작은 죽음을 통해 죽음만이 줄 수 있는 개체와 개체의 경계의 열림을 통해 최고의 주이상스를 체험하는 것이다.

그러나 이적요는 '고통스런 꿈' 속에서만 이를 체험한다. 이적요는 자

---

33 바타유는 라스꼬 동굴 벽화로부터 원시 인류의 성과 속 개념을 주목해서 본다. 동물이 지닌 강인한 힘과 민첩함, 뛰어난 청각과 후각 등은 원시인류가 동물에 대해 경외감을 갖게 만든 조건들이었으며, 동물은 신성과 접촉하며 인간보다 자연의 힘에 훨씬 근접해 있는 것으로 여겼다. 바타유는 라스꼬의 인류에게 동물은 신성한 대상이었을 것이라고 말한다. 라스꼬 동굴 벽화의 가장 깊은 〈우물〉이라고 불리는 동굴에 그려진 그림은 유일하게 사람의 형상을 보여주고 있는 그림이다. 새의 얼굴을 하고 성기를 곧추 세운 채 누워 있는 남자 앞에 상처 입은 들소가 내장을 쏟아내고 있다. 누워 있는 남자의 아래쪽으로는 가늘고 긴 막대기 위에 새 한 마리가 그려져 있다.

34 바타유, 앞의 책, 18쪽.

신의 죽음 안에서 삶의 긍정과 죽음의 긍정이 하나를 이루는 죽음의 변용을 고집스럽게 관찰하고 사색하며 기록한다. 점점 죽음의 민낯에 가까워지는 육체의 소진되는 과정과 시베리아에 전해지는 '영혼'이 겪는 3단계 과정을 통해 죽음의 변용 과정을 사색한다. 그리고 마침내 그가 깨달은 것은 죽음이 일깨우는 '삶의 아름다움'이었다. 은교가 전해주는 삶의 생생한 이야기들이 자신의 귀에 "공명되면서 시시각각 세상에서 가장 아름다운 노래"로 바뀌는 것, 은교가 이사하는 것을 멀리서 지켜보며 "의젓한 어미 닭같이 동생들을 품"는 은교의 모습, 동생들을 안은 두 팔을 통해 그가 느꼈던 생명으로 고동치던 은교의 핏속으로 짙푸르게 고여드는 동생들의 숨결이 있었음을 발견하고는 "일찍이 상상하지 못한" 은교의 아름다움의 정체를 깨닫는다. "일상적 삶에 깃든" 은교의 모습이야말로 진정한 아름다움이었으며, 그가 그토록 감탄하고 갈망했던 은교의 아름다움은 그 절반도 안 되는 것이었음을 깨달았던 것이다. 이것이 이적요가 스스로의 죽음 안에서 발견한 죽음의 대긍정이라 할 수 있을 것이다.

5. 결론

예술가 소설로서 『은교』는 예술과 예술가의 창조적 동인으로서 존재론적 근원인 "영혼의 리얼리티"의 예술적 구현에 대한 탐색의 서사라 할 수 있다. 문학이 진실 탐구의 과정이라면, 작가는 탐구의 과정으로서 주인공인 예술가의 예술 활동의 흔적과 변화 과정을 담게 되는데, 예술성에 대한 본질적 질문에서부터 예술 창조의 근원과 지향의 문제, 예술적 도정에 대한 성찰과 사회에 대한 작가적 사명의 문제 등 예술적 탐색의 과정이 담기게 된다. 이 글은 주인공 예술가가 존재의 내밀한 욕망이자 예술 창조의 근원인 '에로티즘'이 자신의 삶과 예술에서 어떤 의미로서 어떻게 구현되는가를 들여다본 것이다. 이런 맥락에서 소설의 제목 『은교』는 '隱交(은교)'이자 '隱橋(은교)', 즉 '은밀한 교섭' 혹은 '은밀한 다리'로서 작가와 작품, 작가와 세계, 작가와 독자 사이의 포에지의 은밀한 교섭으로 해석할 수 있는, 매우 시적인 표현이면서 상징적 의미를 띤다.

소설 『은교』는 굳건한 관념과 허위의 철창에 갇힌 채 엄숙하고 건조한 삶을 살아온 이적요라는 시인 혹은 시가 '은교'라는 약동하는 생명력을 담지한 생생하고 구체적인 시인 혹은 시로 태어나는 과정을 그린 예술가 소설이다. 자신의 것이 아닌 허위의 문학에 절망하고 진정한 자기만의 문학을 이루기 위해 고뇌하는 주인공의 죽음을 바탕으로, 예술적 잠재태이던 '은교'는 『은교』로 태어난다. 오랜 상처를 가진 시인이 내적 분열을 극복하고 창조적 주체로서 자기 합일과 세상과의 화해를 모색하는 과정을 담고 있는 『은교』는 대략 다음의 세 측면에서 검토해 볼 수 있다. 첫째, 자기 내면의 상처에 함몰된 예술가의 자아가 어떤 예술적 노력으로 상처를 극복하고 이상적인 예술성을 성취하는가, 둘째, 미적 이미지의 추구 욕망과 사회적 금기 사이의 갈등은 어떻게 극복하는가, 셋째, 참된 예술가로서의 길은 무엇인가가 그것이다.

소설에서 서술자 Q변호사는 원천소스에서 다소 평범하고 구체적인 이름인 오영훈 변호사로 등장하나 『은교』에서는 익명의 영문 이니셜인 'Q'로 바뀌며 Question 혹은 Quest 혹은 Questioner의 이미지를 내포함으로써 신뢰성이 강화된 화자-서술자가 된다. Q변호사는 탐문의 수행자로서 내화에 등장하는 인물인 은교를 만나서 함께 대화하며 소설적 진실을 탐색해 가면서 외화의 인물인 '은교'를 새롭게 독해되어야 할 인물로 만든다. 내화의 죽은 자의 기록 속에서 '절대적 미', '에로티즘의 대상', '순수의 상징' 등 관념의 등가물로서 예술가의 갈망의 대상이던 은교는 외화의 화자-서술자인 Q변호사와 함께 진실을 밝혀내면서 사물로서의 이미지를 벗고 살아 생동하는 미래의 시인으로 태어난다.

소설 속 주인공인 시인과 소설가인 이적요와 서지우는 각자가 각자의 존재 조건이다. 각자는 감성/이성, 비합리적/합리적, 유기체적 사유/무기체적 사유, 시/산문, 인문학/ 공학 등 모든 면에서 이항대립적으로 존재하나, 야누스의 얼굴처럼 하나이며 둘이다. 이들은 이적요의 작품을 서지우의 이름으로 발표하면서 각자의 페르소나(persona)는 서로의 섀도우[shadow]로 묶이게 되며, '금기'를 공유하며 '갈망'의 상징이자 대상인 은교를 사이에 두고 대립 갈등한다. 존재의 근원이자 내밀한 욕망으로서의 에로티즘은 그 자연의 본래 목적과는 다른 차원의 '성의 탐닉'이며, '죽음까지 파고드는 삶'이다. 인간과 동물의 차이의 표지로서 '금기'와 '위반'의 이중성을 갖는 에로티즘은 신성과 야만성을 동시에 갖는 것이기도 한 까닭에 그 '리얼리티'로서 예술적 창조의 동인이자 표현의 수단이 될 수 있지만, 모든 예술이 그렇듯이 그 고유한 가치를 인식하지 못하는 자에 의해 한낱 외설로 전락할 위험이 다분하다.

이적요와 서지우의 대립과 갈등은 서지우가 그들 사이의 금기에 대한 위반의 제한을 넘음으로써 금기와 위반의 변증법적 운동은 실패하게 되며, 이적요는 예술에 대한 '대속물'로서 서지우와 자신을 '죽음'으로 처벌한다. 프롤로그에서 은교를 사랑했고 서지우를 죽였다는 이적요의 고백은 Q변호사와 은교의 탐색에 의해 두 사람이 자살에 가까운 죽음을 맞이했다는 것이 암시되며 오해를 벗지만, 은교는 세간의 번거로운 오해를 우려해 노트를 태워버리고 비밀은 세상에서 영원히 사라지게 된다. 두 사람이 죽기 전부터 이적요의 영향으로 시를 쓰기 시작했던 은교는 두 사람의 죽음에 대한 진실이 밝혀진 후, 두 개의 노트를 통해 두 예술가의 고뇌와 고통을 진실로 이해하고 느끼는 시인으로서 태어난다. '은교'는 반쪽짜리 결여태로서의 이적요와 서지우라는 기성(가짜)의 시(시인)의 죽음을 딛고 새로운 시(시인)로서 '온전한 예술'로 태어나는 것이다. Q변호사는 무용가가 되고 싶었던 소녀가 "어느 날 보니까 제가 미친 듯이 시를 쓰고 있는 거예요"라며 시를 쓰고 있다고 뜻밖의 말을 던졌을 때, 누가 가르쳐주지 않아도 스스로 배우고 시를 쓰면서 미래의 시인으로 성장하고 있는 '은교'를 읽는다.

Q변호사의 질문과 탐색의 결과는 소설 『은교』의 완성이다. 그가 죽은 두 사람의 기록과 살아 있는 은교라는 텍스트를 독해하는 탐문의 과정은 소설 『은교』가 쓰여지는 과정이자 작가 박범신의 문학론을 비유적으로 보여주는 자기반영적 텍스트이자 예술가 소설이기도 하다. Q변호사는 이적요가 마지막에 가서야 깨닫게 되는 '은교'의 진정한 아름다움이란 삶의 생생함이며 그 속에 우주적 숨결이 들어있다는 것, 서지우가 갖고 있지 못한 예민한 시적 감수성과 재능을 가졌음을 읽어낸다. 소설 『은교』는 예술가 주인공을 통해 죽음까지도 껴안는 통절한 예술가적 자의식과 예술에 대한 염결성을 보여주며, 이 시대의 바람직한 문학의 가치를 환기시킨다.

청년 작가 박범신 문학의 현재성

이재훈(건양대학교 교수, 시인)

　　박범신은 지금까지 80여권 이상의 소설책을 발간한 한국을 대표하는 작가이다. 현재에도 가장 왕성하게 활동하는 소설가로서 아직도 현재형의 작가이다. 박범신 작가는 충남 논산이 고향이며, 이곳에서 집필실을 마련하고 노년의 작품 세계를 일구고 있다. 나또한 논산시 연무읍에서 오랫동안 거주했고, 현재에도 이곳에서 터를 잡고 있는 인연이 있어서 논산 출신의 작가나 시인에게 문학적 감정을 투사하는 경우가 많다. 그만큼 심정적 거리가 매우 가깝다. 박범신은 작품성과 대중성을 동시에 선취한 몇 안 되는 작가인데 문학사에서 독특한 지점에 위치해 있지 않을까 생각한다.

　　내가 처음으로 박범신 문학에 대해 깊은 관심을 가진 것은 『토끼와 잠수함』을 읽기 시작할 때부터였다. 70, 80년대를 주름잡던 대중 작가로서의 면모와는 달리 『토끼와 잠수함』은 내게 단편작품의 의미 있는 성과로 다가왔다. 그때는 내가 손창섭의 극한적 비애나 운명적 절망을 탐독할 때였다. 작품의 기저에 깔린 운명적 조건이 작품을 결정할지도 모른다는 생각이 지배했다. 그렇기에 전쟁 이후의 작품들은 좀 맹숭한 듯 보였다. 그러다 김승옥을 만났다. 김승옥은 이전 세대 작가들에 대한 부채감이 전혀 없었다. 처음엔 퇴폐적으로 느껴지기도 했으며, 지식인 특유의 멜랑꼴리가 느끼하기도 했다. 하지만 이내 김승옥의 문체에 빠져들었다. 그의 세련된 문장은 작품의 윤리의식과 미시적 세계를 모두 잠식할 정도로 매력적이었다. 당시 문학사를 따라가며 작품을 읽던 때라 당연히 70년대 작가들에게 눈을 돌렸다. 송영, 조세희, 윤흥길 등의 문체와 사회성에 큰 감명을 받았으며 최인호는 또 다른 측면에서 대가라고 스스로 조악한 목록을 만들었다.

『토끼와 잠수함』의 작가라는 나름의 이미지 때문인지, 그 이후의 작품목록을 따라가지 못하다가 90년대 후반 만난 작품이 내게 너무 크게 다가왔다. 박범신의 『흰소가 끄는 수레』는 여러 가지 측면에서 큰 울림을 주는 작품이었다. 그는 마치 청년 시인들에게서나 느낄 수 있는 문학적 광기를 내재하고 있었다. 자전적 연작이라는 형식을 띄고 있지만 그 내용은 한 작가의 개별적 세계라기보다는 보편적 세계로 확장되는 영역을 구축하고 있었다. 무엇보다 절필의 고통을 딛고 쓴 작품이며, 문학의 본질과 정면으로 응시한 처절한 문장들이 내게 각인되었다. 박범신에게 왜 '청년 작가'라는 레테르가 그림자처럼 따라붙는지 알 수 있을 것 같았다. 불가의 깨달음을 은유한 '흰소가 끄는 수레'의 의미를 오래도록 생각했다. 무엇보다 글을 쓰는 작가의 형벌에 가까운 운명적 고통을 진솔하게 내뱉는 절규는 당시 문학청년이었던 내게 큰 울림을 주었다.

형벌은 삶 자체였다. 살아 있는 모든 것은 살아 있는 무게만큼의 형벌을 지고 산다는 걸 나는 작가 노릇을 그만둔 뒤에 더 선연히 깨달았다. 작가이기 때문에 여기 있는 것이 아니라 살아있으므로, 그 형벌의 연원을 물 맑은 눈빛으로 보고자 나는 여기 있었다. 그것은 고통이 아니라 오히려 쓸쓸한 삶의 본원에 다가가 이윽고 참된 아트만의 정체를 꿰뚫고 싶은, 그리움을 따라가는 쓸쓸한 희열 속 깊은 도정이었다. 내가 작가 노릇을 그만두지 않았다면, 그리하여 궁벽진 굴암산 산자락 흘러와, 저기 저 캄차카에서 날아온 쑥새, 콩새들과 아침저녁 마주치지 않았다면, 나는 아마 지금껏 내가 끝없이 분열하며 피흘리는 것이 작가라는 이름 때문이라고 생각하고 있었을 것이었다. 화택의 세상에서 작가는 불타는 어린애들을 구하는 '흰소가 끄는 수레'의 그 장자인가, 아니면 불구덩이 속에서 이리 뛰고 저리 뛰는 몽매한 어린아이인가.

작가를 천형으로 여기며 그 자리를 올곧게 걸어가는 고투가 여기저기 핏자국처럼 맺혀 있다. 본질을 찾아 헤매는 예술가의 정열이 문장을 통하여 가슴과 머리에 꽂히는 느낌이었다. 작가의 천형에 가까운 삶을 이토록 처절하고 치열하게 고민한 적이 있었던가. 글 쓰는 자의 존재론적 고민이 이성적 사유에서만 머물다 가는 것이 아니라 온몸을 투과하여 나온 몸의 언어가 바로 박범신의 작품이었다. 나는 지금껏 이런 몸서리쳐지는 고민을 해본 적이 있었던가. 문학에 대해 이런 오체투지를 해본 적이 있었던가. 이러한 자성과 부러움과 시기가 서로 얽힌 복잡한 심사가 오래도록 가슴에 남았던 작품이었다.

절필의 시간을 지나고 발표한 『흰소가 끄는 수레』는 박범신 문학이 새롭게 갱신되는 변곡점이다. 『흰소가 끄는 수레』가 삶의 변화와 함께 발표된 작품이었기 때문에 그 의미가 남다르다. 많은 평자들 또한 이 작품을 분기점으로 삼고 있다.

2000년대 발표한 장편소설 『주름』은 박범신 문학의 현재성을 잘 살펴볼 수 있는 작품이다. 박범신은 많은 양의 작품을 생산해 내었고, 그 작품들마다 어떤 의미 있는 전개과정을 거쳤다고 해석할 수 있다. 『주름』은 이전 작품을 두 번이나 수정한 개정판 작품이다. 개정판의 '작가의 말'에는 이런 고백이 등장한다.

신세기의 시간은 가파르게 다가와 횡포하게 흘렀다. 눈을 감으면 자주 천지 사방에서 꽃들이 지는 것이었고, 바늘귀 같은 협곡 사이로 어깨를 한껏 구부린 내가 걷는 꿈을 매일같이 꾸고 살았다. 맹목적인 분노와 비판과 자학이 나를 괴롭혔다. 나는 훈련받은 사회적 자아를 앞세워 그 폭력적인 감정의 단층들과 피어리게 투쟁했다. 견딜 수 없으면 지체 없이 히말라야로 떠났으며 유랑의 길 끝에서 '텅 빈 중심'과 만나 혼자 울기도 했다. 산협을 혼자 헤매다가 남루한 찬 방에 몸을 뉘었을 때, 술에 취해 변기 속으로 코를 박고서 토하고 났을 때, 이승인지 저승인지 모를 가파른 벼랑길을 비몽사몽 걸을 때, 뒷머리털이 쭈뼛 곤두설 만큼 등 뒤로부터 나를 날카롭게 잡아채는 것이 언제나 있었다. 주술적인 느낌이었다. 아무것도 없는 듯하지만 분명히 거기에 존재함으로써 나의 50대를 잔인하게 가두고 있던 것.

작가의 예민한 정서적 감각이 얼마나 투쟁적으로 내면과 싸워왔는지를 알 수 있는 대목이다. 그는 청년에게서나 휘몰아칠 수 있는 문학적 정열이 끊임없이 자신을 뒤흔들어 놓는다는 것을 서슴없이 고백한다. 그것은 세기말이라는 시대적 상황과 작품에 대한 자의식이 함께 어우러진 문학적 태도였다. 분노와 비탄과 자학을 잠재우지 않고(어쩌면 잠재우지 못하고) 그대로 내버려두어 자신의 내면에서 고통스럽게 발광하도록 내버려두는 방식, 히말라야는 그러한 상황 속에서 맞닥뜨린 공간이었다. 그 공간과의 만남 속에서 『촐라체』가 탄생되었으며, 이러한 고투의 시간을 견딘 후에 여전히 살아있는 순정과 탐미적 태도가 『은교』를 만나게 했다. 박범신은 전작을 배반하고 늘 새로운 세계로의 입성을 주저하지 않는 작가이다. 새로운 세계에 대한 호기심과 탐구적 열정은 작가에게 큰 미덕이다. 위와 같은 고통의 시간이 지난 후에 『침묵의 집』을 『주름』으로 개작하는 심회를 다음과 같이 말을 한다.

예순 살이나 된 내 주인공의 치명적인 유랑과 반역적 모럴리티, 그리고 피고름을 기꺼이 먹는 끔찍한 성적 자멸의 상세 묘사에 대해 불화살의 비난을 아끼지 않더라도, 그것은 당신의 고유한 권리이다. 소리쳐 욕을 해도 상관없다. 그것은 내 것이 아니고 내 주인공의 것도 아니기 때문이다. 다만 충고하거니와 이 소설 『주름』을 단순한 부도덕한 러브 스토리로만 읽지 않기를 바란다. 나는 시간의 주름살이 우리의 실존을 어떻게 감금하는지 진술했고, 그것에 속절없이 훼손당하면서도 결코 무릎 꿇지 않고 끝까지 반역하다 처형된 한 존재의 역동적인 내면 풍경을 가차 없이 기록했다고 여긴다. 시간은 우리 모두에게 언제나 단두대를 준비해두고 있다.

　『주름』이 가지고 있는 치명적인 유랑과 반역적 모럴리티를 금기된 사랑과 인간이 가진 본질적인 욕망에 대한 탐구로 읽어도 될까. 박범신에게 반역은 나이와는 상관없는 영역이다. 청년 작가들도 손대기 힘든 반역적 모럴을 서슴없이 작품으로 치환한다. 사랑의 다른 이름인『은교』는 그러한 연장선상에 가장 감각적으로 형상화한 작품이다. 은교는 사랑의 정념, 혹은 욕망의 대상이 아니라 사랑이라는 관념과 본질에 대한 사유이다. 작가는 개인의 실존과만 싸우지 않는다.『은교』의 반대편에는『소금』과 같은 작품이 있다.『소금』은 아버지를 전면에 내세운 고해성사에 가까운 작품이다.

　박범신 작가는 지금도 여전히 청년 작가로 불리워진다. 박범신의 이름에 청년 작가라는 레테르가 끊임없이 덧씌워지는 것은 작가가 가진 문학적 지향점 때문이다. 그 지향점은 다름 아닌 금기된 사랑에 대한 열정을 오랫동안 작품의 테마로 삼았다는 점과 그 금기의 사랑 내지는 열정을 통해 인간의 본성을 탐구하고 은유할 수 있다는 작가의 관점이 그를 청년의 이미지로 투사하지 않았을까 한다.

　사실 우리는 나이가 들면 들수록 금기된 욕망이나 인간의 본성에 대한 탐구를 회피한다. 사회적 자아로 오래도록 세상과 휘둘리다보면 그것의 본질과 맞서기가 어렵기도 하고, 그러한 대결양상이 자신의 문학적 토대에 크게 도움이 되지 않기 때문이다. 지금까지 쌓아 온 문학적 토대 위에서 윤리적으로 무장된 훈육의 말이나 세파를 이겨내는 인고의 테마를 아포리즘적 방식으로 풀어내야 더욱 든든한 문학적 품위를 얻을 수 있는 게 현실이다.

　박범신 작가는 이러한 점에서 아주 용기 있는 작가이다. 사랑과 죽음에 대한, 무한성에 대한 욕망이나 집착을 작품 속에서 가감 없이 보여준다. 자칫 위험하다고 생각할 수 있는 테마에 대해서도 회피하거나 에둘러가지 않는다. 이러한 대표적인 작품으로 『은교』 같은 작품을 들 수 있다. 또 하나 박범신 작가는 늘 본질적인 화두와 싸우는 세계관을 지향한다. 언젠가 작가의 에세이에서 이런 말을 읽은 적이 있다.

　　물새들은 멀리서도 내 발소릴 듣고 재재걸음으로 잽싸게 앉은 자리를 옮긴다. 새 한 마리 한 마리가 지어내는 물살이, 그들의 길이다. 새들은 스스로 길을 내고 스스로 길을 지운다. 나뭇가지에 앉았다가도 그 흔적이 남지 않듯이. 톨스토이는 말년에 자신의 작품을 다 불태우고 싶다면서 먼 변방의 간이역에서 죽었는데, 이제 그 마음 알 것 같다. 삶의 족적을 깊이 남기고 싶은 것도 욕망이고 그 흔적을 물새처럼, 아무것도 없이 다 지우고 싶은 것도 욕망이다. 이 저녁, 혼자 앉아서, 내 몸은 왜 새처럼 가볍지 않을까를 생각한다. 나는 무슨 꿈을 좇아 여기 왔을까.

　　　　　　　　　　　　　　　　　─『나의 사랑은 끝나지 않았다』 중에서

　이러한 시적 아포리즘은 이야기꾼으로서 서사를 어떤 방향으로 이끌어갈지를 넌지시 질문하게 한다. 즉 모든 서사의 인물들은 그 인물이 가장 본질적으로 문제적 인간으로서 역할을 해야 한다고 즉설한다. 이 말은 어떤 면에서 가장 전형적인 말이 될 수도 있다.

그렇기 때문에 박범신 작가는 스스로를 자학하고 스스로를 고통의 연단에 올려놓는 것 같다. 일반적으로 작가는 생물학적인 자신의 삶을 자주 내비치지 않는다. 작가는 작품으로 말한다는 고전적인 태도를 무시하기라도 하듯 박범신은 삶 자체도 마치 소설처럼 서사화한다.

젊은 시절의 자살미수로부터 시작하여 삶의 곡절마다 겪는 정신적 착란과 방랑, 그리고 절필 선언과 그 이후 찾아오는 회의를 견디기 위해 감행하는 히말라야의 고행에 이르기까지. 작가는 자신의 삶 자체를 작품과 함께 금기된 격랑의 파도 속으로 몰아넣는다.

이제 작가는 대중들에게 가장 사랑받는 작가로, 후학을 양성하는 교수로, 문화를 책임지는 행정수반으로서의 여러 가지 역할을 감당하다가 다시 고향으로 되돌아왔다. 그가 끊임없이 단 한 번도 놓치지 않았던 끈은 그는 여전히 작가라는 사실이다. 게다가 청년 작가이다. 아마도 절필 중에도 박범신은 자신이 작가라는 사실 때문에 가장 고통스러웠을 것이다. 작가는 써야 하는 운명이니까.

당신이 요즘 소설을 읽어도 읽어도 갈증을 느낀다면

임승훈(소설가)

박범신에 대해 말하려고 한다. 하지만 그 전에 며칠 전에 있었던 얘기를 먼저 해야 할 것 같다.

나는 며칠 전 어느 술자리에서 시인 A와 논쟁을 벌인 적이 있다. 논쟁이었는지도 잘 모르겠다. 그저 말다툼 같기도 했다.

그날 그는 문득 요즘 한국 소설이 끝났다고 생각한다고 했다. 끝났다니? 나는 물었다. 죽었다고. 그는 대답했다.

그날 그는 취했고, 밤은 깊었다. 우린 몇 년간 봐온 사이였다. A는 무척 예의바르고 사려 깊은 사람이었다. 하지만 그는 종종 그런 되도 않는 말을 솔직함이라는 표현을 빌어 하곤 했다. 대부분 나는 잘 참았는데, 그날은 그러지 못했다.

한국 소설이 끝났다는 말은 무엇인가? 죽었다는 말은 무엇인가? 그 안에서 인정 투쟁을 벌이고 있는 소설가인 나 역시 아무 것도 못하고 있

다는 말 아닌가? 이 죽음에 일정 부분 책임이 있다는 말 아닌가? 잘 모르
겠다. A는 그날 너무 많이 취했다. 그의 진의가 무엇인지 알 도리가 없다.
그날이 지나고 나서도 우린 그 일이 없었던 것처럼 굴었기 때문이다. 하
지만 적어도 그날의 나는 그 말이 무척 불쾌했다. 직접 말도 했다. 그건
무례한 말이라고 했다.

물론 그렇게 생각할 순 있다. 그가 평소에 정말 그렇게 판단했을 수도
있다. 그러니까 사실 그렇게 생각하는 건 무례한 것도 아니고, 자기 친구
에게 그렇게 말하는 것도 무례한 건 아니다. 다만 '무엇무엇이 끝났다'라
는 표현의 범주에 자기 친구가 포함될 수도 있다면, 그리고 그 친구가 눈
앞에 있다면, 그건 무례한 것이다. 우린 손쉽게 무언가를 보편화시켜서
얘기하지만, 교양이란 건 이런 보편성이 폭력적인 단정이 될 수 있다는
걸 깨닫는 것이다.

사실 이런 광경은 이 문단이란 바닥에선 아주 흔한 풍경이다. 문단 외
부의 상식들은 종종 이곳에선 상식이 아닌 경우가 있다. 과연 일반적인
사람들 중 누가 회식 자리에서 불현듯 자기 동료의 커리어나 업무 결과
를 평가질 하는가?

"어이, 인사과 이 대리. 솔직히 요즘 우리 회사에서 인사과가 제일 쓸
데없는 부서인 건 알지? 그게 팩트잖아."

혹은

"얼마 전에 심심해서 작년 겨울에 자네가 끝낸 프로젝트 기록 좀 봤
지. 어땠냐고? 별로던데? 그게 팩트잖아"

이런 말을 누가 하느냐 말이다. 보편적인 성인의 세계에선 함부로 말
하지 않아야 할 것들이 많다. 상대방의 기분을 상하게 하는 말을 마구 내

뱉으면서 그걸 '솔직함'이라고 포장하는 치기가 통하는 건, 이곳이 그런 치기어림을 예술적 자아라고 착각하는 곳이기 때문일 것이다.

A도 그런 게 있었다. 예술가는 본질을 보는 사람이고, 본질을 드러내는 사람이며, 본질은 유희가 아니고, 본질은 가벼운 감각의 나열이 아니라고 믿는. 그래서 그날 나는 물었다. 대체 그 빌어먹을 본질이 뭐냐고. 그 추상적인 어휘에 담긴 게 자의식 과잉이나 예술 정치적 포즈가 아니라면 설명할 수 있을 게 아닌가.

물론 당연히 그는 설명하지 못했다. 왜냐하면 그날 그는 막걸리를 너무 많이 마셔서 지나치게 취했기 때문이기도 하지만, 무엇보다 애초에 내 신경질적인 반발이 예상 외여서 너무 놀란 나머지 '본질'이니 '깊이'니 하는 단어로 적당히 이 논쟁을 제압하고 싶었기 때문이다. 문제는 그의 눈앞에 있는 사람이 그가 강의하는 수업의 학생이 아닌 그의 동료였고, 소설가였다는 것이다. 그런 관념적인 어휘를 전략적으로 죽 나열하면 주눅이 들긴 커녕 더 반발하는 울화가 목구멍까지 쌓인 소설가 말이다.

물론 나는 단순히 내가 하는 일이 무시당하는 것 같아서 화가 났던 게 아니다.(아니 전혀 그렇지 않다고 할 수는 없긴 하다.) 그가 하는 말을 애초에 납득할 수 없었기 때문에 더더욱 그의 발언이 정치적이라 판단했던 것이다. 말하자면 술자리에서 흔히 벌어지는 작은 권력 투쟁 같은 것 말이다. 사실 문단 술자리에서 일어나는 대부분의 꼰대짓들은 그런 종류의 것이다.

아무튼 그는 현재 한국 소설의 흐름을 판단하기에 정보도 안목도 부족했다. 제대로 알고 있다면 그런 말을 할 수나 있을까? 내가 볼 때 현재 한국 순문학계는 소설이든 시든, 작품의 완성도가 상향평준화 됐다.

가장 큰 이유는 이거다. 90년대 중반 이후 대학을 중심으로 많은 창작 커리큘럼이 생겼는데, 그 커리큘럼들이 20년 정도 굴러가면서 굉장히 정교화 됐다는 점이다. 말하자면 21세기 다른 산업들이 겪은 큰 변화처럼 이곳도 정보의 비대칭화가 상당히 완화되면서 평균 수준이 올라간 것이다. 요즘 작가들의 기술은 어릴 적부터 가다듬어진다. 그 덕분에 가장 민감하고 머리가 팽팽 돌아갈 때 그것을 구체화 시킬 능력이 생겼다. 이런 얘기들을 그날 했던 거 같다.

하지만 집에 돌아와 잠을 자려고 누운 순간 나는 과연 A의 말이 정말 그렇게 얼토당토않은 것일까, 하는 생각을 했다. 과연 정말 그가 한국 소설의 흐름을 실시간으로 파악하고 있지 못하다는 것만으로, 그의 의견을 묵살 할 수 있는 것일까? 아니다. 그렇지 않다. 사실 나도 어쩌면 어렴풋이 알고 있었는지도 모른다. 그가 말한 '죽었다'니, '끝났다'니 같은 극단적 표현을 제외하고 보면, 그의 아쉬움이 뭔지 알 것만 같다.

그렇다. 나는 박범신에 대해 말하고자 한다. 하지만 그 전에 할 말이 또 있다. 사실 시인 A처럼 말하는 사람들을 종종 만나게 된다. 그들은 아무렇지 않게 눈앞에 앉은 소설가(나 말이다)에게 말한다.

"저는 한국 소설은 원래 잘 안 읽어요. 한국 소설은 뭔가 지루하고 패기가 없거든요."

그러면 나는 일단 물어본다.

"최근 읽은 한국 소설이 뭐예요?"

"최근이라면?"

"대략 5년 정도 이내."

"뭘까…… 박민규의 '카스테라'?"

뭐 이런 식이다. 참고로 '카스테라'는 2005년에 출간됐다. 혹은 이런 경우도 있다. 어떤 이들은 내가 작가인 걸 알면 책 얘기를 하고 싶어하는데, 그렇게 억지로 화제를 끄집어내다가 문득 말한다. 최근 알게 된 젊은 작가의 소설을 좋아한다고. 요즘 젊은 사람들은 이렇게 감각적으로 소설을 잘 쓰는 걸 보고 감탄했다고. 그 젊은 작가가 더 숙성됐을 때가 기대된다고 했다. 그럴 때 그들이 말하는 젊은 작가란 대개 김애란이다. 김애란이 17년 전에 등단했고, 첫 번째 책은 14년 전에 나온 거라고 말하면 대부분은 깜짝 놀란다. 일반적으로 직업 세계에서의 17년차면 베테랑 중 베테랑이다.

하지만 이들이 요즘 소설을 잘 모른다고, 최근 몇 년간 갑자기 폭발하듯 작가들의 작법 수준이 상향평준화 됐다는 걸 파악하지 못하고 있다고, 그들의 어렴풋한 감각, 그 직관을 무시할 순 없다. 그들의 어휘가 아니라, 그들의 문장이 아니라, 그들이 그 발화를 하게 된 동력에 분명한 무엇인가가 있을 지도 모른다. 마치 며칠 전 강북 어느 술집에서의 A처럼.

사실 나도 그게 무엇인지 일찌감치 알고 있었다.

재작년이었다. 홍대의 어느 술자리에서 미술작가 Y가 했던 표현이 떠오른다. 40대의 그녀는 어릴 적부터 독서를 좋아했고, 지금도 여전히 좋아하는, 어쩌면 시인 A보다 한국 소설계의 흐름을 더 잘 파악하고 있는 사람이었다. 문예지를 읽어 본 적은 없지만(당연하게도) 주요 출판사에서 출간되는 주요 작품집들을 부지런히 사 모았으며, 종종 심심하면 인터넷으로 관심 있는 작가들에 대한 자투리 글들을 찾아보곤 했다. 그녀는 말했다.

"지금 한국 문단은 뭔가 중성화 수술한 수캐 같다고나 할까?"

난 그때도 굉장히 불쾌했었던 기억이 난다. 불쾌함을 억누르고 그녀에게 말했다.

그건 당신의 오해다. 당신이 아는 것처럼 이곳은(그러니까 내가 있는 이곳, 문단 말이다) 그렇게 애처롭고 기가 쇠한 상태가 아니다. 아니 오히려 문단은 아주 역동적이고 쉬지 않고 새로운 것을 모색하고 있다. 그러고 나서 당시 문단에서 벌어지고 있던 운동들에 대해 말해줬었다. 그렇지만 그때도 나는 그녀가 하고자 하는 말이 뭔지는 알고 있었다.

그건 무엇일까? 그건 아마 아주 단순한 무엇이다. 그러니까 한국 문학계엔 하이 테크니션들이 속속 등장하고, 이제 그런 문장력과 마감력을 갖춘 작가들이 등단하는 것이 전혀 새롭지 않을 정도인데도 무언가, 갈증을 느끼게 하는 것이 있다. 아마 시인 A가 말하고자 하는 것도 그런 것이 아닐까 생각한다.

나는 박범신에 대해 말하고자 한다. 박범신에 대해 말하기 위해 그의 장편 소설 '더러운 책상'을 말하고자 한다.

더러운 책상에는 두 사람이 나온다. '나'와 '그'.

나는 그를 생각하고 그를 떠올리고, 그를 그려본다. 그에겐 병약하고 골골대는 아버지와 억척스러운 어머니가 있다. 그리고 줄줄이 태어난 누나들이 있다. 그는 그런 집안에서 어렵게 맞이하게 된 귀한 늦둥이 아들이다.

그의 어머니는 억척스러움을 넘어 기괴하게 보일 정도로 섬뜩한 인물이다. 그도 제대로 된 사람은 아니다. 책을 너무 많이 읽어서 그렇다고 서술되긴 하지만 대체 책을 많이 읽는다고 그런 인간이 된다는 게 말이 되는가. 쇼펜하우어를 줄줄 읊다가 돌연 수면제를 먹고 자살 시도를 하다니…… 그때까지의 이 소설은 마치 낭만주의적 이미지와 문장을 과잉 서술한 것처럼 보인다.

사실 이 장면 이후로도 별 다를 바 없다. 이 소년은 왠지 우울하고, 왠지 처절해서 우스꽝스럽기까지 한데, 더 나아가 자신의 처절함에 무슨 한이 맺혔는지 심지어 악의적이다.(그는 그의 친구들을 타락시키는 데 골몰한다. 그의 노력은 너무 집요해서 도저히 실패할 수 없을 지경이다. 결국 그의 친구들은 성병에 걸리고 실연을 당하고 성적이 떨어진다. 이런 몰락들이 이어지다가 한 명은 자살까지 한다.)

소설은 일관적으로 문장이나 수사의 톤이 너무 급박하다. 과잉된 비장은 연극적이거나 번역투처럼 보이기도 한다.

하지만 어느 순간부터 '그'의 광포한, 그만큼의 황량한 마음이 홍수 때 강물이 불어나듯 독자의 내부에서 소용돌이치기 시작한다. 당황스러울 정도로 힘 있게 독자를 빨아들이기 시작한다. 빨아들인다는 게 옳은 표현인지 모르겠다. 이 소설은 마치 빨아들이는 듯 느껴지다가도 다 함께 활활 타오르는 것처럼도 느껴지기 때문이다. 그리고 독자가 그 조짐을 느끼는 바로 그 순간부터 소설 속의 '나'는 더욱 적극적인 육성으로 고백을 한다. 그렇다. '나'는 '그'다. '나'는 그러니까 '그'의 미래이다. 게다가 그 '나'는 늙고 성공한 작가이다.

말하자면 이 소설은 자전 소설이라고 할 수도 있을 것이다. 실제로 소설 속 지명이나 연도 등은 작가 박범신의 생애와 겹쳐진다. 그렇기 때문에 이렇게 엄청난 기세로 쓸 수 있었을까? 잘 알고 있는 이야기라서?

아니다. 그렇지 않은 것 같다. 사실 그렇게 이해하기엔 소설 속의 '그'도 '나'도 추상적이다. 더 이해할 수 있는 정보가 부족하다. 그들은 애초에 광적인 상태였고 그 정도가 보통 이상이기 때문에 어떤 이유로도 설명이 되지 않는다.

어떻게 보면 이적요가 더 구체적인 인물이다. '은교'도 이런 단순한 단어로 형언하기 힘든 기괴한 에너지가 있었다. 정념이 가득한 그 이상한 정원 장면을 떠올려 보라. 은교와 늙은 소설가와 그의 제자와의 선정적인 사랑으로만 치부하기엔 '은교'는 굉장한 기세로 힘을 발산하는 작품이다. 오히려 영화화 되면서 소설의 풍부한 자장이 잘려나가 너무 쉽게, 너무 단순하게 이해되는 것도 같다.

이쯤에서 생각해 본다. 확실히 이런 격렬한 작품은 최근 한국 문단에 별로 없다. 대체적으로 에너지를 수렴하거나 일정한 톤 이하로 정제한다. 간혹 조금 더 높은 톤으로 힘있게 전진하는 작품이 있지만, 그 작가가 그걸 조금 더 의미심장하게, 어떤 유쾌함으로 포장하지 못한다면, 손쉽게 외면당하고는 한다. 한국 문단에는 기괴함도 있고, 섬뜩함도 있고, 재치도, 슬픔도, 우울도, 다정함도 있지만, 몸에 불을 붙인 채 뛰어다니는 류의 소설은 보기 힘들다. 지금만 그럴까? 아니 과거에도 그랬던 것 같다.

박범신은 많은 문학상을 받았다. 그는 이미 작품성으로 인정받은 작가지만, 대중들의 사랑에 비하면 그가 받은 문학상들은 지나치게 적다는 느낌이다. 나도 대학 시절 박범신의 소설을 읽기 전까진 그가 얼마나 대단한지 잘 몰랐다. 왜냐하면 박범신의 소설은 직접 읽은 자만이 느낄 수 있는 무엇이 있기 때문이다. 그건 아마 그의 소설이 정념, 파토스를 기반으로 독자와 힘을 겨루는 소설이기 때문일 수도 있다.(그리고 대부분의 경우 그가 이긴다.) 어떤 문장, 어떤 이미지, 어떤 시점을 뚝 떼다가 그의 소설을 소개하면 왠지 박범신은 여러 작가 중 하나처럼 느껴진다. 하지만 직접 읽으면 다르다. 적어도 독서하는 순간만큼은 그는 유일한 작가처럼 느껴진다. 독자인 나를 지배하는 광폭한 지배자처럼 느껴진다. 그러므로 그가 그의 작품이나 그의 내공에 비해 더 많은 문학적 수혜를 입지 못한 것은 한국 문학계가 이제까지 그의 작품을 이해할 수 있는 토양이 부족했기 때문이다.

대체로 이런 류의 예술은 작품의 내적 흐름이 중요하다. 이 말은 무엇이냐 하면 정합적인 어휘로 이 감각을 전달하거나 평가하기 힘들다는 말이다. 이런 발산형의 소설은 예술을 목적 지향적인 도구가 아니라 코드와 조건의 조합에 의해 드러난 현상으로 만든다. 쉽게 말해 해당 소설을 소비할 때 전달되는 무엇을 위해 소설 속에 동원된 인물이나, 장소나 사건들이 휘발적으로 소비된다는 말이다. 따라서 기존의 소설을 평가하는 기준, 그 기준에 의해 생성된 범주에서 이런 소설은 늘 사각에 놓일 수밖에 없다.

그렇다. 나는 박범신에 대해 얘기하고 있다. 하지만 어쩌면 나는 매일 슬픈 인정 투쟁에 시달리는 젊은 작가로서 박범신을 바라보고 있다. 화려한 작가 생활을 영위하는 이들이라면 잘 모르겠지만, 대부분의 젊은 작가들의 관심사는 내가 속한 이 판이 어떻게 흘러갈 것이며, 나는 어떤 작품을 써야 하는지다. 그리고 이 안에 있다 보면 이곳이 생각보다 완고하며 보수적이고 조리있는 곳이 아니라는 생각이 든다. 말하자면 한국의 다른 사회 집단과 별 다를 바 없는 곳이라는 말이다. 왜 한국 문단은 발산형 예술의 명맥이 잘 이어지지 않을까? 왜 박범신 류 작가가 더 많이 나오지 못하는 걸까? 나는 한국 문단을 한국 문단으로만 바라 볼 때 이 의문에 대답하기 힘들 거라고 생각한다. 답을 해도 별 개똥같은 말을 할 것이다.

어쩌면 이 모든 건 그냥 간단한 문제다. 무엇이냐면 한국 작가들이 그 저 글을 잘 쓰는 한국인들이니까 그런 거다.

한국인들은 근현대사를 거치면서 집단에 종속해서 살아가는 법을 처 절하도록 배웠다. 그게 어느새 생활양식뿐 아니라 우리 생각과 감정마 저 주조해 버렸다. 집단의 원리란 개인을 지우는 것, 개인을 지운다는 건 내 감정과 생각을 일정 톤으로 늘 정제하는 것. 말하자면 한국인에게 발 산이란 죄이다. 미성숙이고 비사회화이고, 어쩌면 반사회적이다. 그건 문 단이라고 다를 바는 없다. 지나친 발산, 혹은 발산만이 목적인 것 같은 폭 발적인 에너지의 작품은 쉽게 폄하되곤 한다. 그런 식의 형태가 가지는 지극히 개인적인 질주를 비지성적이고, 비예술적인 태도라고 보기 때문 이다. 이렇게 생각해 보면 과거부터 지금까지 끈질기게 박범신류 작가가 성장하기 힘든 환경이라는 게 납득이 된다. 그런 측면에서 생각했다. 이 런 환경에서 박범신은 어떻게 투쟁을 계속해 온 것인가? 그래서 나는 감 탄했다. 작가 이전에 인간으로.

2000년대 이후 한국은 감각, 폭발적 순간, 뉘앙스 등도 예술적 주제가 될 수 있음을 깨달았다. 무슨 말인지 이해가 되지 않아도 무언가 침전물 이 남으면 된다는 것이다. 그걸 잘 수행하는 구조의 완성품이라면 훌륭 한 작품이 될 수 있다는 것이다. 따라서 많은 노작가들 틈에서 박범신이 '과거의 히트 작가'로서 추억과 관성화된 팬심에 의지해 활동하는 것이 아니라 여전히 압도적인 작품을 생산해 내는 건 이런 환경 변화와 무관 하지 않을 수도 있다. 그럼에도 불구하고, 확실히 아직도 이런 과잉된 힘 을 옹골차게 밀어붙이는 작가와 작품은 허여멀건 얼굴의 문단 종사자들에겐 이질적인 반항처럼 느껴지는 듯하다. 이상한 일이지만 그렇다. 과거보다 한국 사회는 이런 작품을 더 잘 소비할 수 있는 환경이 됐는데도 어떤 사회 집단의 내부 구조는 아직 준비가 안 됐다. 그래서 이런 에너지로 승부를 보는 작가들은 늘 자신의 성과에 비례하지 못하는 보상을 받아야만 한다. 이를테면 백가흠도 그렇다고 볼 수 있다. 백가흠이 박범신의 제자라는 사실은 그래서 아이러니로도, 어쩌면 운명으로도, 어쩌면 희랍비극처럼도 느껴진다.

이제야 알 수 있겠는가? '더러운 책상'이 굉장한 작품임에도 문창과를 졸업한 나에게조차 잘 안 알려진 이유를. 앞서 너무 간단히 얘기한 것 같다. 이 작품은 확실히 말해 책을 다 덮고 나면 머리를 복잡하게 만든다. 대단하다는 말이다. 예술가적 치기, 구시대적 낭만주의도 멋이 될 수 있구나라는 걸 깨닫게 한다. 어쩌면 A에게 필요한 소설이었는지도 모른다. 우린 우아하고 지적인 인간, 혹은 우아하고 지적인 인간이 바라보는 조리없는 세계를 감상하는 걸 좋아한다. 하지만 그 다른 한 편에선 이런 광포함을 보고싶어 한다. 그것이 내 안에 있는 것이라면 더더욱. A는 술에 취해 비슷한 단어를 반복해서 말했다. 본질이니, 진실이니, 진짜니, 가짜니, 상상력이니 뭐니. 하지만 그가 얘기하고 싶었던 건 소설에 삽입된 구체적 질료가 아닐 수 있다. 그는 시인이지만 대학원에서 지나치게 오래 공부한 탓에 평론가나 학자 같은 태도를 취할 때가 있다. 그래서 어쩌면 그는 자신이 진짜 원하는 예술을 설명할 문장들이 부족했는지도 모른다. 그는 그저 자기 자신처럼 치기어린 누군가가 자의식 과잉을 뻔뻔스럽게 밀고 나가 종국에는 미학으로 승화시켜 놓은 무엇, 그 압도적인 자신감, 타오를 것 같은 기세를 읽고 싶은 건지도 모른다. 아니 정확하게는 번역

소설이 아닌 한국 소설에서 그런 감각을 체험하길 원할 지도 모른다. 그래서 그에게 박범신을 권해줬어야 했었다. '더러운 책상'을 꼭 읽으라고. 니가 원하는 것이 그 안에 있다고. 그랬어야 했다. 그날 집에 오면서 몇 번이나 문자로 이 말을 하려다가 관뒀다. 왜냐하면 그 말다툼을 우리 사이에 다시 연상시키고 싶지 않았으니까. 택시 안에서 박범신이 유럽에서 태어났다면 더 행복하지 않았을까? 그런 생각을 했다. 물론 작가로서의 나는 이런 생각을 하곤 곧 자괴감에 빠진다. 적어도 그는 데뷔 이후로 늘 승승장구 했으며 대체로 사랑받고 인정받는 삶을 살고 있다. 하지만 나는 지금 어떤가? 박범신이 유럽에서 태어났다면 더 행복했을 거라고? 사실 그건 나야말로 그럴 지도 몰라. 그런 생각도 했다.

문학 그 높고 깊은

『은교』, 낯설면서 낯익은 욕망의 세계

정유정(소설가)

1. 『은교』와 나

　　　　　　　　　『Story』의 저자 로버트 맥키는 '대가'
라 불리는 작가들의 공통점을 세 가지로 정리했습니다.

　첫째, 우리가 모르는 세계를 발견하게 한다.
　작품의 내용이 얼마나 내밀하든, 서사적이든, 당대적이든, 역사적이
든, 구체적이든, 환상적이든 간에 그들이 보여주는 세계는 예외 없이 낯
선 면모를 가지고 우리에게 충격을 안겨준다는 것입니다.

　둘째, 낯선 세계 안에서 우리 자신을 발견하게 한다.
　일단 그 세계로 발을 들여놓으면, 우리는 주인공을 통해 낯익은 누군

가를 만나게 됩니다. 바로 우리 자신입니다. 등장인물이 겪고 있는 갈등의 가장 깊은 곳에서 우리 자신과 비슷한 인간성을 발견하게 된다는 것이지요. 처음엔 나와 너무 달라 보이지만, 이야기를 따라가면서 강력한 감정이입과 동일시를 통해 삶의 어떤 진실을 직시하게 됩니다.

셋째, 어떤 작품이든, 유전자처럼 그 자신과 일치한다.

작가를 확인하지 않고 책을 읽다가 문득 '응? 이거 누구 작품 같은데……'라고 생각한 경험이 누구나 있을 겁니다. 확인해보면 거의 맞아떨어져서 신기해한 경험도요. 바로 거기에 대한 이야기입니다. 서사의 표면을 한 꺼풀 벗겨내고 나면, 작가의 우주관, 사건들의 심층구조와 동인을 간파해내는 작가의 안목이 드러난다는 것입니다. 맥키가 말하는 안목이란, 인생의 숨겨진 질서를 읽어내는 작가의 지도이자 통찰력입니다. 작가의 시각 자체가 작품이고 작품 자체가 작가의 세계이자 특유의 '인장'인 셈입니다.

제가 『은교』를 읽은 것은 2010년 봄입니다. 등단한 다음해니까 말 그대로 애송이 시절이었지요. 『7년의 밤』 초고를 막 끝낸 때이기도 했습니다. 그토록 쓰고 싶어 했고, 잘 쓸 수 있다고 자신했던 장르의 소설을 썼으나 마음 한구석에서 저를 괴롭히는 문젯거리가 하나 있었습니다. 바로 세상의 평가였습니다. 상업적인 작가로 낙인찍히면 어떡하나, 막장소설이라고 손가락질 당하면 어떡하나, 장르가 잘 먹히지 않는 우리나라 시장에서 흔하고 빤한 스릴러 중 하나로 묻혀버리면 어떡하나. 아등바등 별짓을 다 한 끝에 가까스로 등단해 이제 갓 설 자리 하나 마련했

문학 그 높고 깊은

는데…… 말하자면 이제 막 거푸집에 가까운 조잡한 구조물을 세워놓고, 아직 오지도 않은 미래를 상상하며 심란하고 복잡하고 두려운 감정에 휩싸여 있었던 셈입니다. 그날 『은교』를 읽었습니다. '밤에만 읽으라' 하셨기에 밤에 읽었습니다.

새벽녘, 저는 마지막 장을 덮은 후, 동이 트는 창가에 『은교』를 세워놓았습니다. 갓 등단한 애송이가 대가를 향해 바치는 경배였습니다. 『은교』는 제게 '대가의 인장'을 보여준 작품이었습니다. 『은교』가 제게 가르친 것은, 작가는 자기 이름을 걸고 글을 쓰는 한 두려움과 타협하지 않아야 한다는 것이었습니다. 저는 머리 한구석을 압박하던 두려움을 한 방에 날려버렸습니다. 그리고 『은교』는 제 인생에서 아주 특별한 책이 되었습니다. 『은교』는 제 책장 한복판에 자리 잡고 앉아, 세간의 날 선 눈에 상처받고 흔들리거나, 저의 겁쟁이 자아가 고개를 들 때마다 단호한 목소리로 말해줍니다.

"너는 작가야."

2. 『은교』 털기

『은교』는 출간되자마자 베스트셀러에 올랐고, 수많은 세평을 불러 모은 화제작이었습니다. 후엔 정지우 감독에 의해 영화화되기도 했고요. 당연한 얘기지만, 인터넷만 열면, 리뷰나 평론이 차고 넘칩니다. 표면서사와 심연서사, 삶과 죽음, 인간본성과 욕망에 대한 통찰, 묵직한 주제의식과 철학적 메시지 등을 깊이 있게 분석한 글도 많고요. 그렇기에 이 글을 쓰기에 앞서 고민의 시간이 길었습니다. 할 수 있는 해석이 이미 나올 만큼 나온 『은교』를 놓고 제가 할 수 있는 이야기가 과연 무엇일까.

그래서 이런 생각을 해봤습니다. 문단 말학으로서, 혹은 동종업계에 종사하는 후배로서 '나는 『은교』를 어떻게 해치웠나'에 대해 얘기하면 어떨까. 좀 더 품위 있게 설명하자면 작품에 대한 감상자의 감상이 아닌, 예술의 도정을 배우는 '도제'로서의 독해방식 쯤이 될까요. 저 개인적으로는 이 방식을 '털기 신공'이라고 부릅니다. 『은교』처럼 특별한 작품을 만나면 예외 없이 해보는 일입니다. 그야말로 신나는 작업이죠. 당연한 얘기지만 작가에 대한 미안함 같은 건 터럭만큼도 느끼지 않습니다. 제가 생각하기에, 본시 인간은 다른 누군가를 털어먹고 성장하는 존재기 때문에. 이런 이야기가 반가울 분이 계시리란 기대감으로 용기를 내었고요. 좀 색다른 방식의 독서를 해보고 싶은 분이라든가, 읽기보다 쓰기가 궁금한 분이라든가…….

그럼 시작하겠습니다.

1) 한 줄 요약

앞으로 자주 호출할 맥키 오빠의 지론에 의하면, 쓰고자 하는 이야기가 얼마나 크고 복잡하든, 얼마나 내밀하고 깊든, 서사는 한 줄로 요약될 수 있어야 합니다. 당연히 요약문은 이야기 전체를 직선으로 꿰뚫고 있어야겠죠. 그래서 『은교』의 표면 서사를, 두루뭉술하게나마, 한 줄로 요약해 봤습니다. .

"은교라는 어린 처녀를 사이에 두고 노시인과 젊은 제자가 벌이는
욕망과 파멸의 여정"

요약문에서 느껴지는 것은 긴장과 관능의 에너지입니다. 불온한 기
대감과 파괴적인 광기가 감지되기도 합니다. 이는 소설의 톤을 결정짓는
요소 중 하나입니다. 독자가 품게 될 기대의 방향을 지시하는 신호등이
기도 하고요. 어쨌거나 소설을 싣고 달리는 구조물은 '표면 서사'라는 기
차이니까요. 그렇다면 『은교』의 숨겨진 층위, 즉 심층 서사는 기차를 목
적지까지 달리게 하는 레일이 되겠죠. 여기에 대해선 차차 이야기해 가
도록 하겠습니다.

2) 공간

이야기 속 공간은 반드시 이야기가 이야기되는 곳이라야 합니다. 이
역시, 맥키 대인이 한 말입니다. 소설 속 공간은 허구의 세계입니다. 등장
인물들은 그곳에서 숨을 쉬고, 밥을 먹고, 일하고, 사랑하고, 싸우고, 잠이
듭니다. 그들의 실제 삶과 그들만의 규칙이 작동되는 그들의 세계인 거
죠. 소설은 반드시 '그곳'을 근거지로 삼아야 합니다. 바꾸어 말해, 그곳
이 아니면 안 되는 이유가 있어야 한다는 것입니다. 소설 속 세계는 곧장
내적 개연성과 결부되기 때문입니다.

둘째, '그곳'은 보이지 않지만 감지 가능한 심연의 세계를 상징할 수
있어야 합니다. 표면상의 공간이 그들이 사는 물리적 세계라면, 심층 공
간은 그들의 내면을 은유합니다. 물리적인 세계에서 이야기의 중심사건

이 일어난다면, 은유적 세계는 인물들의 내적 이야기가 소용돌이치는 차원입니다. 소설에 필요한 세계는 최소 두 개이고 두 차원의 조합은 정교하게 계산되어야 하는 거죠. 둘 중 하나가 결여되거나 설계에 결함이 있으면, 공간은 이야기에 대해 아무것도 말해주지 못합니다.

『은교』의 주 무대인 이적요의 집은 두 차원이 교과서적으로 구축된 공간입니다. 그의 집을 에워싸고 있는 것은 '한겨울에도 깊은 그늘을 만드는 소나무 숲'입니다. 그리고 마을이 내다보이는 산자락에 위치해 있죠. 자신을 드러내지 않으면서도 세상을 조망하듯 내려다보던 시인 적요의 삶과 교묘하게 닮아 있습니다. 영원히 살 것처럼 시들지 않는 소나무 숲은 적요라는 인물 그 자체로 보입니다. 깊고 차갑고 변함없는 그늘, 그 밑에서 새파랗게 타고 있는 욕망과 광기. 그는 프롤로그에서, 뿌리로 집 전체를 동여매고 있을 소나무 숲에 대해 이렇게 씁니다.

"저것들이 좋아 이 집으로 들어왔지만 이젠 시들 줄도 모르는 저
것들의 그늘이 지긋지긋하다."

적요가 삶의 대부분을 보낸 2층 서재는 넓은 창이 마을을 향해 뚫려 있습니다. 지대가 높아 은교의 집과 버스정류장은 물론, 건너편 골짜기까지 내려다보이죠. 그는 여름 숲에서 악을 쓰고 뻗어나가는 존재들의 욕망이 무섭다고 말합니다. 마치 자신의 욕망, 생명의 원천을 향한 악착같은 근성을 보는 듯했을 겁니다. 서재 서쪽에도 창이 하나 있는데 개방이 불가능한 창입니다. 기어코 적요와 서지우의 파국을 부른 창이기도 합니다.

문학 그 높고 깊은

집 앞마당은 이 파국적인 욕망이 점화된 장소입니다. 은교를 처음으로 보게 된 데크가 그곳에 있죠. 잠든 은교의 가슴에 새겨진 창은 적요를 정통으로 꿰뚫어버립니다. 모든 것이 끝난 후, 적요가 죽음을 맞은 암굴은 뒤뜰 축대 한쪽에 위치합니다. 필멸과 정적의 공간이죠. 무덤 속처럼요.

『은교』는 적요의 집에서 시작되고 끝나는 소설입니다. 물론 변환되는 시점과 사건에 따라 다른 장소들이 등장하긴 하지만, 주요 사건들이 일어나는 무대는 대부분 나이든 소나무 숲에 둘러싸인 적요의 2층집입니다. 『은교』가 은교의 이야기가 아닌 적요의 이야기인 이유일 것입니다.

3) 시점, 구조

『은교』에는 은교의 시점이 없습니다. 앞서 말씀 드렸다시피 은교가 아닌 적요의 이야기이기 때문일 겁니다. 이는 『은교』를 다른 이름으로 바꾸는 게 가능하다는 이야기기도 합니다. 젊음, 시간, 생명, 욕망, 불멸……그런데 적요의 이야기면서 화자가 셋이나 등장합니다. 적요와 서지우, 적요의 변호사 Q. 그것도 모두 일인칭 시점이죠. 이중 Q변호사만이 현재 시점에서 말하는 화자입니다. 적요는 유작노트, 서지우는 일기를 통해 말하는 과거 시점의 화자들입니다. 왜 이런 복합시점을 택했을까요.

작가의 의중을 모두 헤아리지는 못하지만, 몇 가지 필연성은 눈에 뜨입니다.

첫 번째는 은교입니다. 여기서 잠깐, 맥키를 다시 소환해보겠습니다.

"예술이란, 세계로부터 떼어낸 조그마한 조각을 품고 있되 그 작은
조각이 그 순간 세계에서 가장 중요하고 매력적인 것으로 보이도록
품고 있는 것이다."

은교는 세 화자에 의해 제각각 색이 다른 옷을 입습니다. 적요에겐 서늘한 창을 가진 '불멸의 처녀'로, 서지우에겐 영악한 10대이자 적요로부터 사수해야할 '자기 여자'로, Q변호사에겐 일견 평범해 보이면서도, 당돌하고, 속을 알 길이 없는 '요새 아이'로 묘사됩니다. 이 입체적 조명은 이야기라는 틀이 은교를 '적요의 세계'에서 가장 중요하고 매력적인 존재로 품고 있도록 만듭니다. 이로써 은교는 단순한 대상이 아닌 '은교'라는 이야기예술의 핵심주제로 격상됩니다.

둘째, Q변호사의 필요성입니다. 그는 사생활이나 내면이 거의 언급되지 않는 순전한 관찰자입니다. 그의 생각이나 고민도 사실상, 그리 중요한 것은 아닙니다. 그의 존재가 이야기에 영향을 미치는 것도 아니고, 그가 실제로 사건을 목격한 것도 아닙니다. 그가 맡은 유일한 임무는 적요의 노트와 서지우의 일기를 적절한 시점에 적절하게 교차시키고 배열해서 완성된 그림을 보여주는 것입니다. 이야기 위로 드러낸 '장치'라고 해도 무리가 없을 것 같습니다.

셋째, 서지우에게도 말할 입이 필요하다는 것입니다.

일인칭 시점은 일견 쉽게 느껴지지만 알고 보면 꽤 까다로운 시점입니다. 시야가 주인공에게 제한돼 있기 때문에 서술적 제한이 따르기 때문이죠. 주인공의 시선이 닿지 않는 사각지대가 생기고 타인의 마음이나, 감정도 직접적으로 표현할 수 없습니다. "그는 화가 났다"로 서술할 수

없다는 것이죠. "화가 난 것처럼 보였다"가 돼야 합니다. 이것이 좀더 생동감 있으려면, 화났을 때 나타나는 특유의 신체표상을 묘사해주어야 합니다. 주인공이 없는 곳에서 벌어지는 일도 보여줄 수 없습니다. 주인공은 모르는 정보를 독자에게 직접 전달할 수도 없죠. 따라서 그러한 일을 수행할, 혹은 시야를 확장시켜 줄 극적 장치를 만들어야 합니다.

서지우의 일기는 여기에 해당됩니다. 적요가 그릴 수 없는 부분을 그가 그려내야 한다는 것이죠. 서지우 역시 일인칭이어야 했던 이유는 그가 적요보다 먼저 죽었기 때문이겠습니다. 물론 서지우가 남긴 '소설'이라는 형식이 불가능한 건 아니지만 적요가 누누이 그의 '불임'을 경멸한 점으로 미루어 일기가 가장 적절한 형식일 것입니다.

4) 주인공

여러 화자가 등장하는 소설에서 바로 주인공을 알아보는 방법이 있습니다. 바꾸어 말하면, 주인공만이 가지는 명징한 특성이 있다는 거죠. 인물의 설계자인 작가의 입장에서는, 주인공에게 부여해야 할 자격과 임무가 있다는 얘기가 됩니다.

첫째, 이야기의 시작점이 되는 '도발적 사건'이 그 인물로 인해 촉발되거나 그의 삶에서 일어나야 합니다. 맥키에 따르면, 도발적 사건은 인물의 삶을 급격하게 뒤흔들어 놓는 사건을 말합니다. 앞서 말씀드렸다시피, 이적요는 의심할 바 없는 주인공입니다. 그는 소설의 서두에서 데크 의자에 잠든 은교를 만납니다. 은교의 가슴에 도사린 창이 눈을 찔러오는 순간, 그의 내면에 잠들어 있던 욕망이 눈을 뜨고 일어납니다. 이것은 적요의 삶뿐만 아니라 서지우의 운명까지 뒤바꾸어버리는 강력하고도 파괴력 있는 '도발적 사건'입니다.

둘째, 이야기의 분기점과 절정에는 반드시 그가 있어야 합니다. 나아가 '행동'을 해야 합니다. 소설 속에서, 행동과 활동에는 분명한 차이가 있는데요, 활동은 특별한 의지나 의도 없이 행하는 움직임을 의미합니다. 먹거나, 자거나, 자전거를 타거나…… 활동은 의미 있는 변화를 가져오지 않습니다. 반면 행동이란, 인물이 어떤 목적을 가지고, 자유의지로 선택해서 행하는 움직임을 뜻합니다. 이 움직임은 다이내믹한 동역학을 필요로 하는 건 아닙니다. 그저 가만히 앉아 눈 한번 깜박이는 것으로도 강력한 행동이 될 수 있습니다. 의미 있는 변화가 일어나고 그것이 이야기를 추동하는 동력이 된다면요.

적요는 텔레비전 방송을 통해 늙은 적요를 조롱하는 서지우를 봅니다. 그날 서지우의 차에서 내리는 은교도 봅니다. 얼마 후, 자신의 차에서 은교에게 키스하고 가슴을 유린하는 서지우도 봅니다. 이어 서지우가 문예지에 발표한 단편이 자신의 것이라는 걸 알아차립니다. 은교와 소설, 서지우는 적요의 모든 것을 훔쳐간 셈입니다. 이때 적요가 한 '행동'은 간단합니다. 소설이 발표된 문예지를 그저 잘 보이는 곳에 툭 던져두는 거죠. 다음날, 서지우는 스승이 모든 사실을 알고 있음을 알아차리게 되고, 전세는 역전됩니다. 그 전까지 수세에 몰리던 이적요는 무섭도록 힘을 받습니다. 물리적인 힘뿐 아니라 용기에서도 서지우를 압도해 버리는 괴력을 발휘하죠. 이야기는 탄력을 받고 파국을 향해 거침없이 나아가게 되고요. 소설의 후반부, 그는 서쪽 창을 통해 서지우와 은교의 정사를 훔

처보게 됩니다. 이로 인해 '돌이킬 수 없는 사건'이 일어납니다. 서지우의 죽음이죠. 물론 그 일을 계획한 사람은 적요입니다. 그렇게 하기로 결정한 사람도, 행동으로 옮긴 사람도 그입니다.

정리하면, "주인공은 이야기를 시작하고, 이야기의 분기점마다 자신의 행동으로 방향을 통제하고, 이야기의 절정을 주도해 주제를 구현하는 자"입니다.

5) 리듬

작가는 소설의 서두에 독자를 홀릴 강력한 미끼를 걸어둡니다. 흔히들 '훅(Hook)'이라고 하죠. 이적요는 프롤로그에서 훅의 정석을 보여줍니다. 일흔 살 노시인인 그는 자신이 죽었다고 말합니다. 이어 열일곱 살 처녀, '은교를 사랑했다'고 선언합니다. 제자인 서지우를 죽였다고 고백합니다. '관능적이다'라는 독백으로 마무리합니다. 솜털이 바짝 서는 기분이 되면서, 뒷이야기가 궁금해집니다. 왜? 어떻게? 그래서? 독자는 답을 찾기 위해 책장을 넘기게 됩니다.

다음 장은 Q변호사가 맡습니다. 잠깐, 기다려. 그러면 차근차근 이야기를 들려줄게, 하듯. 그리고 다음 장에서 곧바로 '도발적 사건'인 은교와의 첫 만남이 이뤄집니다. 잠든 은교에 대한 관능적이면서도 정제된 묘사와 적요의 강렬한 감정이 뒤섞이고, 그와 함께 은교를 만난 것 같은 느낌이 듭니다. 이어 서지우와의 만남을 회상하는 장이 등장하면서 은교와 어찌될지에 대한 궁금증은 잠깐 미뤄두게 만듭니다. 그리고 다음 Q변호사의 장에선 서지우의 일기도 있다는 걸 슬쩍 알려줍니다. 은교가 만만치 않은 아이일지도 모른다는 의심도 뿌려 두고요.

본격적인 이야기가 시작되는 부분은 서지우가 한은교를 적요의 집에 데려오면서부터입니다. 은교가 가사도우미 아르바이트를 시작하면서 쓸쓸했던 적요의 집엔 등롱이 켜집니다. 쫑쫑쫑 발소리, 앙영하세요, 할아부지, 하는 혀 짧은 소리, 박자가 엉망인 노랫소리, 뽀드득뽀드득 유리 닦는 소리가 적요의 삶을 환하게 만들죠. 그러나 이 순정한 평화는 오래가지 않습니다. 다음 장에서 서지우는 적요를 도발하고, 적요의 분노가 점화됩니다.

이런 식으로 이야기는 긴장과 이완, 강과 약, 때론 강과 극강의 리듬을 되풀이하면서 서지우의 죽음이라는 파국에 도달할 때까지 가파르게 상승합니다. 때로 명상처럼 고요하게, 때로 춤을 추듯 격렬하게, 때로는 광기에 가까운 휘모리장단으로 정신을 홀리고 눈을 떼지 못하게 만듭니다. 작가로서 『은교』를 통해 가장 배우고 싶었던 것이 이 리듬감입니다.

6) 묘사

"선명하지 않은 이야기도 선명하게 선명하지 않아야 한다."

어느 문학상 심사에서 박범신 선생님이 하신 말씀입니다. 그리고 그 모범이 『은교』에는 숱하게 있습니다.

"내가 앉은 데크에서 보면 층계를 올라오는 데 따라, 머리가 먼저 보이고 어깨가 보이고, 소나무 숲 그늘을 튕겨내며 곧 오동통한 가슴이 뒤쫓아 솟아오른다. 질근 묶은 그 애의 머릿단도 쫑쫑쫑. 경쾌하게 내게로 다가든다. 머리칼이 가을볕과 희롱하듯, 반짝반짝한다."

은교가 청소를 하러 적요의 집으로 들어오는 장면을 묘사한 문단입니다. 제가 가장 좋아하는 문단이기도 합니다. 우리 뇌는 추상적으로 생각하지 않습니다. 구체적인 이미지로 생각합니다. 관념적이고 추상적인 것들까지 구체적으로 형상화돼야 받아들일 수 있습니다. 독자가 상상하도록 여지를 두는 것은 '게으른 묘사'라는 것을 저는 『은교』를 통해 다시 한 번 배웠습니다.

7) 호텔 캘리포니아

'호텔 캘리포니아'는 적요의 꿈이 묘사되는 장입니다. '따따블'로 나이든 은교와 어려진 적요가 사랑을 나누는 환상의 장이기도 하고요. 시간과 존재의 필멸성에 대한 은유가 독한 술처럼 강렬합니다. 슬프고, 아름답습니다. 저는 이 장이 사실상, 『은교』의 절정부라고 생각합니다.

『은교』는 완벽한 서사구조를 가진 작품입니다. 창작자에게는 교본과도 같은 작품이고요. 하지만 저 같은 말학이 평가할 수 있는 작품은 아닙니다. 그래서 글쓰기가 굉장히 조심스러웠습니다. 그래도 선생님께 꼭 드리고 싶은 말씀이 있습니다.

극작가 장 콕토는 창조의 정신을 이렇게 정의했습니다.

"보이는 것을 뚫고 들어가 감춰져 있는 진실을 드러내 보이는 대결의 정신이다."

문학 그 높고 깊은

박범신의 삶과 주요작품

1946년

8월 24일 충남 논산군 연무읍(당시 전북 익산군) 봉동4리 242번지에서 아버지 박원용과 어머니 임부귀의 1남 4녀 중 막내(외아들)로 태어남. 어머니는 41세에 외아들인 그를 출산하고 크게 동네잔치를 했으나 어렸을 때 병치레가 잦아 동네 무당을 수양어머니로 삼게 했음.

1959년

황북초등학교 졸업. 아버지는 강경 읍내에서 포목점을 했음. 남편 없이 자식들을 키워야 했던 어머니와 네 누님들의 불화를 지켜보며 성장. 원초적 고독과 비극적 세계관이 이때 형성됨.

1960년

강경읍 채산동으로 이사.

1962년

강경중학교 졸업. 중학교 2학년 때 학교도서관이 문을 열었고, 처음 빌려 읽은 책이 김내성 작가의 '쌍무지개 뜨는 언덕'이었는데, 이 책으로 곧 독서에 열광적으로 빠짐.

1965년

남성고등학교 졸업. 수학여행비로 『사상계』를 정기 구독할 만큼 열성적 독서광으로 지냄. 까뮈, 사르트르 등의 실존주의 작가들과 키에르케고르, 쇼펜하우어 등 염세주의 철학자들에게 크게 영향 받아 수면제를 다량복용, 고등학교 때 두 번이나 자살을 시도함. 정병호 작문 선생에게 '천부적인 재능'을 가졌다는 말을 듣고 콩트 수준의 짧은 소설들을 습작함. 고교 1학년 때 처음 쓴 콩트는 변산반도 어느 절벽의 동굴에 유폐되어 존재론적인 번뇌에 눌려 스스로 굶어 죽어가는 남자의 이야기였고, 곧이어 쓴 작품은 공자, 석가모니, 예수가 황혼의 산 위에 마주 앉아 산상 토론하는 걸 묘사한 이야기. 가정형편상 전주교육대학 진학. 교내 문학동아리 '지하수'에서 활동. '남천교'라는 필명으로 대학신문에 처음 콩트 게재.

1967년

전주교육대학 졸업. 무주군 괴목초등학교 교사로 부임. 데뷔작 「여름의 잔해 (殘骸)」 초고인 「이 음산한 빛의 잔해」를 이곳에서 처음 씀.

1968년

무주 내도초등학교로 전임. 시와 소설 습작. 『새교육』, 『교육논단』 등에 시 발표.

1969년

3월 교사직 사임하고 무작정 상경. 모래내 판자촌 큰누나 집, 신교동 친구네 다락방, 왕십리, 마장동 판자촌 등을 전전함. 버스 계수원, 중국집 주방 보조를 거쳐 월간 『청춘』, 『민주여론』 등에서 잡지기자 일을 함. 생계를 위해 『청춘』, 『로맨스』 등 당시의 대중잡지에 '박해원', '박지원' 등의 필명으로 단편 소설을 게재함. 약육강식의 생존경쟁과 노동력 착취, 부의 불평등한 분배구조 등 부조리한 도시생활의 경험을 통해 현실비판적인 문학에 치열하게 눈

뜬 시기임.

1970년

원광대학교 국문학과로 편입. 당시 국문과 1학년 후배였던 부인 황정원 여사를 여기서 처음 만남.

1971년

염세적 세계관과 부조리한 세상에 대한 반항심으로 익산시내의 여관에서 동맥을 끊고 자살 시도. 원광대학교 국문학과 졸업.

1972년

강경여자중학교 국어과 전임강사로 부임함. 황정원 여사와 10월에 결혼하고 강경 채산동 집에서 신혼생활 시작.

1973년

중앙일보 신춘문예에 단편 「여름의 잔해」가 당선되어 등단. 원래 제목은 「이음산한 빛의 잔해」였음. 부여군 세도중학교에 정식 교사로 발령 받았으나, 한 달만에 사직하고 아내와 함께 정릉동 천변의 방 한 칸짜리로 이사함. 서울 문영여자중학교 국어 교사로 근무 시작. 단편 「호우주의보」, 「토끼와 잠수함」 발표.

1974년

고려대학교 교육대학원 석사 과정 입학. 단편 「아버지의 평화」, 「논산댁」 등 발표. 장남 병수 출생.

1975년
단편 「우리들의 장례식」, 「청운의 꿈」 발표.

1976년
단편 「안개 속 보행」, 「우화작법」, 「겨울 아이」, 「식구」, 「취중경기」 등 발표.
장녀 아름 출생.

1977년
단편 「겨울 환상」, 「염소 목도리」, 「열아홉 살의 겨울」 등 발표.

1978년
소설집 『토끼와 잠수함』(홍성사 출간), 중편 『시진읍』, 단편 「역신(疫神)의 축
제」, 「말뚝쇠와 굴렁쇠」, 「정직한 변신」 등 발표. 여성지 『엘레강스』에 첫 장
편 『죽음보다 깊은 잠』 연재. 당시 큰 인기를 얻어 연재 중에 여타의 원고 청
탁이 밀려들기 시작함. 문영여자중학교 교사직 사임.

1979년
『죽음보다 깊은 잠』(문학예술사 출간)이 30여만 권 이상 팔리는 그해 최대의 베
스트셀러가 됨. 중편 『읍내 떡뻥이』, 단편 「흉기 1」, 「단검-흉기 2」, 「밤열차」
등 발표. 여성잡지 『진주』에 『밤이면 내리는 비』, 중앙일보에 장편 『풀잎처럼
눕다』 연재. 차남 병일 출생.

1980년

장편 『풀잎처럼 눕다』(금화출판사. 1986년 고려원에서 재출간) 출간. 고려대학교 교육대학원 졸업(석사학위 논문 『이익상 소설 연구』). 안양 비산동으로 이사함.

1981년

소설집 『덫』(은애출판사), 장편 『돌아눕는 혼』(주부생활사), 『겨울江 하늬바람』(중앙일보사. 1989년 도서출판 東亞와 1995년 문학동네에서 재출간), 산문집 『무엇이 죽어 새가 되는가』(행림출판사) 출간. 장편 『겨울江 하늬바람』으로 대한민국문학상 신인 부문 수상. '5.18광주민주화운동' 등의 영향과 시대와의 내적 갈등이 불러온 우울증으로, 안양천변에서 스스로 동맥을 끊고 다시 자살 시도, 입원 치료 후 깨어남.

1982년

콩트집 『아내의 남자친구』(행림출판사. 1988년 평민사에서 재출간), 중편선집 『그들은 그렇게 잊었다』(오상출판사), 장편 『형장의 신』(행림출판사) 출간.

1983년

『깨소금과 옥떨메』(여학생사), 『미지의 흰새』(동평사), 콩트집 『쪼다 파티』(풀빛출판사) 출간. 장편 『태양제』 발표 (조선일보 연재, 행림출판사 간행. 1991년 서울문화사에서 『태양의 房』으로 제목을 바꿔 재출간), 『불꽃놀이』(청한문화사), 『밀월』(소설문학사)

1984년

『촛불의 집』(학원출판사), 단편선집 『식구(食口)』(나남출판사) 출간.

1985년

장편『숲은 잠들지 않는다』(중앙일보사. 1992년 고려원에서 재출간),『꿈길밖에 길이
없어』(여학생사) 출간.

1986년

장편『꿈과 쇠못』(주부생활사, 2000년 세계사에서『죽음보다 깊은 잠 2』로 재출간),『우리
들 뜨거운 노래』(청한문화사), 산문집『나의 사랑 나의 결별』(청한문화사) 출간,
오리지널 희곡『그래도 우리는 볍씨를 뿌린다』공연(극단 광장-문예회관 대극장).
KBS작사대상 수상

1987년

장편『불의 나라』(평민사. 1988년 행림출판사에서 재출간),『수요일의 도적』(중앙일보
사. 1991년 행림출판사에서『수요일은 모차르트를 듣는다』로 제목을 바꿔 재출간), 중편소설
『시진읍』(고려원 소설문고) 출간.

1988년

장편『물의 나라』(행림출판사) 출간.

1989년

장편『잠들면 타인』(청한문화사) 출간. 장편『틀』을 가도가와출판사(角川書店)에
서 일어판으로 한국판보다 먼저 출간.

1990년

연작소설집 『홍기』(현대문학사. 장편 『틀』의 일어판 출간 직후 월간 『현대문학』에 발표된 한국어판 원고를 함께 수록), 장편 『황야』1 · 2 · 3권(청한출판사) 출간.

1991년

콩트집 『있잖아, 난 슬픈 이야길 좋아해』(푸른숲) 출간, 명지대학교 문예창작학과 객원교수, 문화일보 객원논설위원.

1992년

장편 『마지막 연인』(자유문학사), 『잃은 꿈 남은 시간』(중앙일보사. 1997년 해냄에서 『킬리만자로의 눈꽃』으로 제목을 바꿔 재출간) 출간. 자랑스런 강중인상 수상.

1993년

장편 『틀』(세계사)의 한국어판 출간. 명지대학교 문예창작학과 전임교수로 부임. 문화일보에 장편 『외등』을 연재 중 소설에 대한 깊은 고민으로 절필 선언. 이후 3년 동안 용인 외딴집에 은거하며 어떤 글도 쓰지 않고 침묵.

1994년

장편 『개뿔』(세계사), 산문집 『적게 소유하는 자가 자유롭다』(자유문학사) 출간.

1996년

산문집 『숙에게 보내는 서른여섯 통의 편지』(자유문학사) 출간. 『문학동네』가

을호에 중편 「흰소가 끄는 수레」를 발표하면서 작품 활동 재개. 충남개도100
주년 기념 '자랑스런 충남인상' 수상.

1997년

3년의 침묵 기간 동안의 경험을 토대로 한 자전적 연작 소설집 『흰소가 끄는
수레』(창작과 비평사) 출간.

1998년

문화일보에 장편 『신생의 폭설』 연재 시작. 단편 「가라앉는 불빛」('작가세계' 여
름호), 「내 기타는 죄가 많아요, 어머니」('창작과비평') 발표.

1999년

계간 『시와 함께』 봄호에 「놀」 외 19편의 시를 발표. 이후 『작가세계』, 『문학
동네』, 『문학과 의식』 등에 연달아 시를 발표함. 문화일보 연재소설 『신생의
폭설』을 『침묵의 집』으로 제목을 바꿔 문학동네에서 출간. 단편 「별똥별」(『문
학과 의식』 봄호), 「세상과 바깥」(『현대문학』 8월호), 「그해 가장 길었던 하루— 들
길 1」(『창작과비평』 가을호) 발표. 원광문학상 수상.

2000년

단편 「소음」(『문학동네』 봄호) 발표. 소설집 『토끼와 잠수함』을 제1권, 장편 『죽
음보다 깊은 잠』1·2(장편 『죽음보다 깊은 잠』을 『죽음보다 깊은 잠』1로, 장편 『꿈과 쇠못』
을 『죽음보다 깊은 잠』2로 제목을 바꿈)를 제2·3권으로 〈박범신 문학전집〉(세계사)
출간 시작. 단편 「향기로운 우물 이야기」(『현대문학』 8월호), 「손님 — 들길 2」

(『작가세계』 가을호) 발표. 소설집『향기로운 우물 이야기』(창작과비평사) 출간.

2001년

오디오북 육성낭송소설『바이칼 그 높고 깊은』(소리공화국)을 2장의 CD와 테이프에 담아 출간. 장편『외등』(이룸) 출간. 단편「빈방」(『문학사상』 7월호) 발표. 박범신 문학전집 제4·5권 장편『풀잎처럼 눕다』1·2(세계사) 출간.『작가세계』 가을호에 장편『내 책상 네 개의 영혼』연재. 소설집『향기로운 우물 이야기』로 제4회 김동리 문학상 수상.

2002년

산문집『젊은 사슴에 관한 은유』(깊은강) 출간. 박범신 문학전집 제6권 장편『겨울강 하늬바람』출간. 방송문화개혁위원회 위원(대통령 임명)

2003년

박범신 문학전집 제7권 소설집『덫』, 제8·9권 장편『숲은 잠들지 않는다』1·2(세계사) 출간. 단편「괜찮아, 정말 괜찮아」(『실천문학』, 겨울호),「항아리야 항아리야」(『창작과비평』, 가을호) 발표. 문화일보에 연재한 산문을 중심으로 엮은 산문집『사람으로 아름답게 사는 일』(이룸)을 딸 아름의 그림 작업을 곁들여 출간. 첫 시집『산이 움직이고 물은 머문다』(문학동네) 출간.『작가세계』에 연재한 장편『내 책상 네 개의 영혼』을『더러운 책상』으로 제목을 바꿔 문학동네에서 출간. 이 작품으로 제18회 만해문학상 수상. 민족문학작가회의 이사, 한국소설가협회 운영위원, KBS 이사 등으로 활동.

2004년

소설에 전념하겠다며 명지대 교수 사직. 히말라야 3개월 순례. 소설집 『빈방』
(이룸) 출간.

2005년

한겨레신문에 연재한 장편 『나마스테』(한겨레신문사) 출간. 박범신 문학전집
제10·11·12권 장편 『불의 나라』1·2·3, 제13·14권 장편 『물의 나라』1·2(세
계사) 출간. 산문집 『남자들, 쓸쓸하다』(푸른숲) 출간. 소설선집 『제비나비의
꿈』(민음사) 출간. 자랑스런 원광인상 수상.

2006년

산문집 『비우니 향기롭다』(랜덤하우스중앙) 출간. 장편 『침묵의 집』(문학동네)을
개작하여 『주름』(랜덤하우스중앙) 출간. 『수요일은 모차르트를 듣는다』(세계사,
박범신 문학전집 제15권) 출간. 명지대 문예창작학과 교수로 복귀. 매헌 윤봉길의
사기념사업회 이사. 제11회 한무숙문학상 수상(수상작-『나마스테』).

2007년

『킬리만자로의 눈꽃』(세계사, 박범신 문학전집 제16권) 출간. 딸이 그림을 그린 산
문집 『맘먹은 대로 살아요』(생각의나무) 출간. 여행 산문집 『카일라스 가는 길』
(문이당) 출간. 젊은 작가들과의 대담집 『박범신이 읽는 젊은 작가들』(문학동네)
출간. 서울문화재단 이사장 취임. 네이버에서 『촐라체』 연재 시작.

2008년

장편『촐라체』(푸른숲) 출간. 장편『엔돌핀 프로젝트』(중앙books) 출간.

2009년

장편『고산자』(문학동네) 출간. 이 작품으로 제17회 대산문학상 수상.『틀』(세계사, 박범신 문학전집 제17권) 출간.

2010년

장편소설『은교』(문학동네) 출간. 최초로 종이책과 전자책을 동시에 출간. 갈망 3부작 (『촐라체』,『고산자』,『은교』) 완성. 장편『비즈니스』를 계간지『자음과모음』과 중국의 문학지『소설계』에 동시에 연재한 후 한국과 중국에서 동시 출간(한국어판은 자음과모음). 이후 차례로 장편소설 8권(『숲은 잠들지 않는다』,『외등』,『은교』,『비즈니스』,『더러운 책상』 등)이 중국어로 번역 출간됨. 산문집『산다는 것은』(한겨레출판사) 출간. 한국예술평론가협의회 '제30회 올해의 최우수예술가상' 문학 부문 수상. G20정상회의 기념 '각계명사 릴레이 강연'.

2011년

장편『나의 손은 말굽으로 변하고』(문예중앙) 출간.『외등』(자음과모음) 개정판 출간.『빈방』(자음과모음) 개정판 출간. 장편『나의 손은 말굽으로 변하고』출판기념회 및 명지대 교수 정년 퇴임식 진행. 명지대 교수직에서 정년퇴임 후 논산으로 낙향하여 논산시대 시작.

문학 그 높고 깊은

2012년

산문집『박범신 논산일기 - 나의 사랑은 끝나지 않았다』(은행나무) 출간. 상명대학교 석좌교수로 부임.

2013년

마흔 번째 장편소설『소금』(한겨레출판) 출간. 여행산문집『그리운 내가 온다』(맹그로브숲) 출간.『은교』대만어판 출간. 서울국제도서전 홍보대사. 제1회 박범신 전국 백일장 개최(논산시). 제1회 인문학탐방 소풍 개최(논산시). 제1회 와초의 문학제 개최(논산시) 부산국제영화 'BOOK TO FILM' 참가작품으로『소금』선정.

2014년

장편『소소한 풍경』(자음과모음) 출간. 산문집『힐링』(열림원) 출간. 상명대 문화기술대학원 소설 창작학과 개설에 참여.『더러운 책상』프랑스어판 출간 후 '일종의 계시와도 같은 책'이라는 극찬과 호평. 바이링궐 에디션 한국 대표 소설에『향기로운 우물 이야기』선정되어 한국어와 영어 번역 함께 수록. 제2회 와초 박범신 문학제(논산), 제2회 인문학탐방 소풍(논산). 인천시립극단『소금』뮤지컬, 논산에서 공연. 논산 한국폴리텍대학교 명예학장.

2015년

장편『주름』(한겨레출판) 개정판 출간.『촐라체』(문학동네) 개정판 출간. 문학동네에서 장편『당신-꽃잎보다 붉던』, 문학앨범『작가 이름, 박범신』,『박범신 중단편전집』(전7권) 출간. 제3회 와초 박범신 문학제(논산), 제3회 인문학탐방 소풍(논산). 건양대학교 '제1회 와초문학포럼' 개최. 강우석 감독, 박범신 소설 『고산자』 영화화. 『은교』 베트남어판 출간.

2016년

카카오페이지와 대만종합지 'INK'에 소설 『유리』 동시에 연재. 건양대학교에 '박범신 문학콘텐츠연구소' 설립. '문학인 시국선언' 등으로 문화예술인 블랙리스트에 오름. 제4회 와초 박범신 문학제(논산), 제4회 인문학탐방 소풍(논산), 제2회 와초 문학포럼(논산). 영화 '고산자' 논산에서 시민과 함께하는 시네마토크 개최.

2017년

장편소설 『유리-어느 아나키스트의 맨발에 관한 전설』 대만 잉크(INK)출판사와 은행나무출판사에서 동시 출간. 제5회 와초 문학제(논산), 제3회 와초 문학포럼(논산), 제5회 인문학 탐방 소풍(논산).

2018년

제25회 베이징 국제도서전 '한국문학행사' - 『더러운 책상』 대담.

2019년

소설 『읍내 떡뺑이』(감독 진명) 영화화. 한국콘텐츠학회 '2019 춘계종합학술대회 및 춘계국제디지털디자인 초대전' 기조연설. 콘텐츠학회가 주는 예술가상 수상. 5월~7월 산티아고 순례길 800km 완주.

문학 그 높고 깊은

2021년

육필시집 『구시렁구시렁 일흔』 출간(아이북)

영화화된 작품

장편 『죽음보다 깊은 잠』, 『미지의 흰새』, 『깨소금과 옥떨메』, 『밤이면 내리는 비』, 『밀월』, 『풀잎처럼 눕다』, 『불의 나라』, 『물의 나라』, 『은교』, 『고산자』, 『읍내 떡뻥이』 등

TV 드라마가 된 작품

중편 「시진읍」, 장편 『불꽃놀이』, 『물의 나라』, 『불의 나라』, 『우리들 뜨거운 노래』, 『숲은 잠들지 않는다』, 『수요일은 모차르트를 듣는다』, 『재회』(원제 『돌아눕는 魂』), 중편 『향기로운 우물이야기』, 장편 『외등』 등

연극으로 공연된 작품

『겨울江 하늬바람』(박범신 희곡. 극단 에저또 공연), 『그래도 우리는 볍씨를 뿌린다』(박범신 희곡. 극단 광장공연), 『불의 나라』(극단 창조극장, 극단 목화공연-오태석 연출. 일본 파르코 극장에서 원정공연), 『물의 나라』(극단 반도), 뮤지컬 『소금』(인천 시립극단) 등

TV 다큐멘터리

「중국은 지금」(중국 종단여행, KBS, 1988)

「신생의 빛, 아프리카」(아프리카 종단여행5부작, KBS, 1990)

「유라시아 10만 킬로 대장정」(유라시아 횡단여행, SBS, 1994)

「거친 바람 부드럽게」(히말라야 산맥 종주, KBS 신년특별기획, 2001)

「2006 희망원정대, 아! 킬리만자로」(킬리만자로 정상 트래킹, KBS)

그 외 - 부탄 2회, 터키 일주 3부작, 티베트 2부작, 백두산, 히말라야 트래킹 3회 등 다수의 공중파 TV 및 종편 TV 등 다큐멘터리 제작에 참여함.

주요 경력

문영여중교사. 명지대학교 문예창작학과 정교수. 상명대학교 석좌교수. 민족문학작가회의 소설분과위원장. 방송개혁위원회 위원. KBS이사. 서울문화재단 이사장 등.

문학 그 높고 깊은

문학 그 높고 깊은

박범신 문학연구

엮은이 박아르마
펴낸이 박찬규
디자인 신미연

펴낸곳 구름서재
1판 1쇄 발행 2021년 5월 18일
등록 제396-2009-000058호
주소 서울시 마포구 서교동 375-24 그린홈 403호
이메일 fabrice@naver.com
블로그 http://blog.naver.com/fabrice
ISBN 979-11-89213-18-3 (93800)

*이 연구서는 건양대학교의 지원을 받아 출간되었습니다.